Burgschattenkinder

Burgschattenkinder

Leben zwischen Gewalt und Hoffnung

Roman nach einer wahren Geschichte
von

Monika Kiel-Hinrichsen

NOVALIS

MIX
Papier | Fördert gute Waldnutzung
FSC® C083411
www.fsc.org

REIHE BELLETRISTIK

Bibliographische Angaben der Deutschen Nationalbibliothek:
Die Deutsche Nationalbibliothek verzeichnet diese Publikation in der Deutschen Nationalbibliografie; detaillierte bibliographische Daten sind im Internet über http://dnb.ddb.de abrufbar.

Auch als E-Book erhältlich

Lektorat: Nathalie Marchioni
Umschlaggestaltung: Kate Cahill
Grafische Gestaltung / Satz: Florian v. Wissel
Schriften: Cardamon, Tafel Sans
Druck und Bindung: CPI, Leck
Printed in Germany

ISBN 978-3-941664-82-1

www.novalisverlag.de

CO_2-Kompensation
2023 Printprodukt
mit FirstClimate.com

Mit diesem Buch sende ich den Wunsch in die Welt, dass alle Menschen mit Beeinträchtigung liebevolle Begleitung erfahren mögen.

Vorwort

Prof. Dr. Bernhard Schmalenbach

Institutsleitung Heilpädagogik und Sozialtherapie, Alanus Hochschule Alfter

Die Geschichte der Unterbringung von Kindern und Jugendlichen mit einer ‚geistigen Behinderung' in Heimen, Instituten und Kliniken im Nachkriegsdeutschland ist noch nicht geschrieben. So bleibt die Lebenssituation gerade derer verborgen, die in den 50er bis frühen 70er Jahren in einer Einrichtung leben mussten, als es noch keine Schulpflicht für *alle* Kinder und Jugendlichen gab. In dieser Zeit wurden an einer großen Zahl von Kindern, Jugendlichen und Erwachsenen in Heimen und auf Stationen Versuche mit Medikamenten durchgeführt. Erst seit Kurzem widmen sich Forschungsprojekte diesem fragwürdigen Vorgehen. Einzelne Berichte und Reportagen aus beiden Teilen Deutschlands bringen gravierende Missstände ans Licht. Hier zeigt sich an vielen (wenngleich nicht an allen) Beispielen, dass trotz der damals geäußerten Distanzierung von der Euthanasie der NS-Zeit, die ihr zugrunde liegende Mentalität vielfach in Kraft blieb. Diese verhinderte die Wahrnehmung von (jeder) Individualität und die Achtung ihrer Menschenrechte. Damit konnten die Betroffenen, wenn überhaupt, ihr *eigenes* Leben nur in sehr beschränkter Form führen. Ihren Beitrag für andere Menschen sowie für unsere Gesellschaft zu geben, blieb ihnen versagt.

Monika Kiel-Hinrichsen verbindet in diesem Buch ihre persönliche Betroffenheit als Schwester eines der hier porträtierten Kinder mit gründlicher Recherche und gestaltet dies literarisch aus. Sie erzählt von den menschenunwürdigen

Umständen auf Burg Wernberg, einer totalitären Institution bzw. geschlossenen Anstalt, welche in den 60er und 70er Jahren des vergangenen Jahrhunderts tatsächlich existiert hat. Dabei stellt sie die Schicksale einzelner Kinder und ihrer Eltern, die Handlungen der Betreuerinnen und Betreuer und der verantwortlichen Personen innerhalb und außerhalb der Einrichtung ins Zentrum ihrer Geschichte. Diese Form der Beschreibung gibt den LeserInnen die Möglichkeit, die Geschehnisse nicht nur zur Kenntnis zu nehmen, sondern sich auch mit ihnen auseinanderzusetzen: mit den Motiven der Beteiligten, dem langwierigen Prozess der Bekämpfung und letztlich der Schließung der Institution. Gesellschaftliche und politische Zusammenhänge treten ebenso zutage wie institutionelle Manipulationen und die Entscheidungsmomente von Individuen, sich einer misshandelnden und verwahrlosenden Praxis in den Weg zu stellen. Die Autorin nimmt auch die verzweifelten Versuche der Kinder in den Blick, sich zu wehren, sich dem unterwürfigen Gehorsam zu verweigern oder gar zu flüchten. Die literarische Form dieses Buches ermöglicht es uns LeserInnen, dem nachzugehen, was diese Kinder und Jugendlichen für andere (hätten) geben können und woran sie systematisch und nachhaltig gehindert worden sind.

Ihr Leben in diesen untragbaren und unerträglichen Zuständen steht nicht nur im Schatten gesellschaftlicher Aufmerksamkeit, es manifestiert auch den Schatten einer Gesellschaft und der mit ihr einhergehenden Strukturen und Bewusstseinsformen. Gerade der Zusammenhang von Werten und Einstellungen, Strukturen und individuellen Handlungen wird in diesem Buch nachvollziehbar. Die LeserInnen können auch erleben, wie dieses Unrecht die Familien überschattete, welche ihre Kinder und Geschwister, häufig nichts Böses ahnend, in die Obhut der Einrichtung gegeben hatten.

Beim Lesen dieses auf eingehendes Quellenstudium und Interviews mit den damaligen AkteurInnen beruhenden Tatsachenromans wird deutlich, wie wichtig es ist, dass das Leiden, die Kämpfe und auch die Gegenwehr der Kinder und Jugendlichen zur Darstellung kommen. Es ist an der Zeit, dass sie eine Stimme bekommen und für uns Gestalt annehmen. So etwas ist möglich durch Erfahrungsberichte und Biografien, aber auch durch präzise und einfühlende Beschreibungen, wie wir sie in diesem Buch finden. Dank dieses Romans, basierend auf einer wahren Geschichte, können wir LeserInnen über das historische Geschehen hinaus für die Gegenwart vieles lernen.

Teil 1

Aufbruch ins Ungewisse

Helenen-Stiftung, Dezember 2021

Johann sitzt auf seiner Bettkante und müht sich, in seine schweren, schwarzen Schuhe zu kommen. Eigentlich sind diese viel zu massiv für seine kleinen Füße. Doch ohne sie und seinen Rollator könnte er schon lange nicht mehr sein Gleichgewicht halten, geschweige denn sich selbstständig bewegen. Geduldig zieht er den Reißverschluss seines orthopädischen Schuhwerks hoch, stützt sich mit beiden Händen an der Bettkante ab, um Schwung zu holen und in die Aufrichte zu kommen.

Alle Mitbewohner im Heim erkennen Johann bereits an seinem schlurfenden Gang und dem nicht weniger langsamen mit Speedcontrol ausstaffierten Rollator. Seine Füße anzuheben, würde ihn viel zu viel Kraft kosten.

Das wilde Durcheinander an kreischenden Stimmen auf dem Flur lässt ihn heute schneller als gewöhnlich zum Aufenthaltsraum schlurfen. Aufgeregt kommt ihm eine Bewohnerin mit vor sich drehenden Händen auf dem langen, mit grauem Linoleum ausgelegten Flur entgegen.

„Johann, testen. Allemann! Zunge rausstrecken", brüllt sie ihm gestikulierend und dabei ihre eigene Zunge vor sich hertragend entgegen.

„Nee, will nicht", nuschelt Johann und zeigt ihr mit seinen verknöcherten Fingern einen Vogel.

„Doch, Du musst!" Sie beißt sich wütend in den Handrücken und schnauft laut.

Ein regelmäßiges Ritual in der Einrichtung: Tests, Mundschutz, Impfungen und Schließungen.

Je näher Johann dem Tagesraum kommt, desto lauter wird es um ihn herum. Ein Mitbewohner bewegt aufgeregt seinen Oberkörper vor und zurück und wiederholt dabei rhythmisch „Co-ro-na, Co-ro-na". Das macht Johann wütend. Er fuchtelt ihm drohend vor dem Gesicht herum und gibt ihm unmissverständlich zu verstehen, dass er still sein soll. Er will kein Corona mehr, denn das bedeutet, dass seine Schwester nicht kommen kann, die Werkstätten geschlossen sind und er nicht mit Timo im Chor singen darf. So war es jedenfalls im Frühjahr. Auch wenn er nicht mehr so genau weiß, wann es eigentlich Frühjahr war.

Elena, langjährige Heilerzieherin im Heim, deutet auf den Test, der vor der jungen Frau auf dem Tisch liegt. Positiv!

„Ihr geht jetzt jeder wieder auf euer Zimmer. Solange bis es eine andere Ansage gibt. Klar?"

Es folgt ein solches Murren, Kreischen und Stöhnen, dass sie laut „Ruhe!" rufen muss.

„Ich telefoniere mit der Verwaltung und dann sehen wir weiter. Ihr müsst mir jetzt alle mithelfen und das macht ihr, indem ihr erstmal in eure Zimmer geht."

Und weil Elena von fast allen die Lieblingsbetreuerin ist, wird es mit einem Schlag still.

Johann schlurft in seinen Schlafraum zurück, schaltet seinen CD-Player an. „Junge komm bald wieder, bald wieder nach Haus" schmettert Freddy Quinn mit seinem tiefen Bass aus dem Lautsprecher und lässt ihn für einen Moment Corona vergessen.

Am Mittag steht fest: Der zweite Test ist auch positiv. Die Mitbewohnerin muss in Quarantäne. Dies gestaltet sich nicht so einfach, denn sie lebt gemeinsam mit Tilla in einem Zimmer. Bei wem könnte diese vorübergehend einziehen?

Ein Lächeln huscht über Elenas Gesicht. Johann! Er hat das größte Zimmer von allen und ein freundlicher Mann ist er außerdem. Von dem Gedanken beflügelt ruft sie seine Schwester an. Doch diese reagiert verhalten. Johann soll es selbst entscheiden. Wenn er zustimmt, kann Tilla bei ihm schlafen. Alle atmen auf. Johann sagt freudig zu. Kurze Zeit später sitzt er in seinem Sessel und beobachtet, wie zwei Praktikanten Platz in seinem Zimmer schaffen und Tillas Bett in der freigewordenen Ecke aufbauen.

Johann hat in diesem Jahr seinen 64. Geburtstag gefeiert. Seit 46 Jahren lebt er in der Einrichtung, wo er nach zwölf Jahren auf der Burg eine neue Heimat gefunden hat. Er hat viele Stationen in der Stiftung durchlaufen. Heute gehört Johann zu den Senioren in seiner Gruppe, dabei wirkt er noch immer kindlich, kaum einer verständlichen Sprache mächtig und motorisch unbeholfener denn je. Aber sein sonniges Wesen hat ihm überall in der Einrichtung die Herzenstüren geöffnet.

Tilla liegt eingeschüchtert in ihrem Bett. Sie versteht nicht so recht, warum dieses plötzlich in Johanns Zimmer steht. Tilla muss, auch wenn sie schon lange erwachsen ist, ein bisschen weinen. Leise steht Johann auf und schlurft vorsichtig, sich an der Bettkante festhaltend, zu ihr.

„Musst nicht weinen, alles gut. Bin da."

Tilla atmet tief durch und dreht sich auf die Seite. Kurze Zeit später hört Johann ihr leises Schnorcheln. Er ist froh und ein wenig stolz, dass er helfen konnte. Und es ist tatsächlich schön, nicht immer allein zu schlafen.

Aber am nächsten Tag zieht Tilla in ein kurzfristig frei gewordenes Einzelzimmer um und alles geht wieder seinen gewohnten Gang.

Elena schließt Johanns Zimmertür hinter sich.

Was vor wenigen Wochen für seine Mitbewohnerin galt, trifft jetzt auch auf Johann zu. Quarantäne!

Kein Besuch im Zimmer, keine Teilnahme am täglichen Leben der anderen. Immer wieder wird ihm erklärt, dass er krank sei und kleine Tierchen in sich habe, mit denen er andere anstecken könne.

„Oh nein, will ich nicht. Arbeiten gehen, Schwester soll kommen. Schön anziehen, essen gehen."

Johann ist außer sich. Fühlt sich ausgegrenzt, allein! Immer wieder wird den anderen verboten, zu Johann zu gehen. Er muss auf seinem Zimmer essen und bekommt einen Toilettenstuhl, um seine Notdurft zu verrichten. Elena sieht aus wie ein Gespenst in ihrer Schutzkleidung, die sie seit Wochen trägt. Er kann ihren Mund nicht sehen, geschweige denn alles, was sie sagt, verstehen. An ihren Augen liest er ihre Strenge und das Unerbittliche ab: Allein bleiben.

Johann fühlt sich eingesperrt, gefangen in sich selbst. Er schreit, weint und schlägt mit der Faust gegen seine Zimmertür. Ohne Erfolg!

Und dann, immer wenn die Ohnmacht am größten wird, richtet er sie gegen sich selbst. Mit wut- und schmerzverzerrter Miene kratzt er sich durch sein Gesicht, über seine Arme, seine Brust, bis es blutet. Und dann kommt die Angst vor den Konsequenzen. Auch, wenn er schon eine Ewigkeit keine mehr zu spüren bekommen hat.

Es wird still in seinem Zimmer. Erschöpft und apathisch liegt Johann auf seinem Bett. Starrt in die Ecke. Plötzlich hat der Raum keine Fenster mehr und das freundlich abgetönte Weiß der Wände wird grau und schmutzig. Seine Hände fühlen sich an wie festgezurrt. Er kann sich nicht mehr bewegen. Ihm wird kalt. In ihm breitet sich eine große Leere aus. Er kann sie nicht benennen, weiß nur tief in sich drinnen, dass er dieses Gefühl von irgendwoher kennt.

Hotel Burg Wernberg, Frühjahr 2014

Sie späht durch die leicht geöffnete Eingangstür des Burghotels, um die ersten frühlingshaften Sonnenstrahlen zu erhaschen, als sie das Paar über die Zugbrücke kommen sieht. Er, mit grauen Locken und freundlichen Falten im Gesicht hat sie, etwas jünger mit roten Haaren und Sommersprossen, untergehakt. Etwas unschlüssig kommen sie auf den Empfangstresen zu.

Die Rezeptionistin legt ihre Unterlagen beiseite und begrüßt ihre Gäste. Als er zu sprechen beginnt, fühlt sie sich in seiner festen und warmen Stimme gleich gut aufgehoben.

„Wir waren auf Ihrer Webseite und überlegen, ob wir den sechzigsten Geburtstag meiner Frau im nächsten Jahr von Ihnen ausrichten lassen. So etwas bieten Sie doch an, oder?"

Während er spricht, blickt seine Frau starr auf den Boden, als wolle sie am liebsten gar nicht hier sein.

„Selbstverständlich, gerne. Wir haben da verschiedene Räumlichkeiten im Angebot. Sie wollen sicher auch übernachten?"

„Einen Teil der Gäste würden wir gerne bei Ihnen unterbringen. Wäre es möglich, eines Ihrer Zimmer zu sehen?"

„Sehr gerne. Ich schaue einmal nach, welches gerade frei ist und für Sie attraktiv sein könnte."

Bei dem Wort „attraktiv" schnellt der Blick der Frau nach oben. Ungläubig, fast schon erschrocken schaut sie die Rezeptionistin für einen kurzen Moment an. Irritiert wendet diese sich dem Belegungsplan im Rechner zu.

„Ah, ja, sehr gut. Ich kann Ihnen das wunderschöne, herrschaftliche Zimmer der Kategorie Landgraf zeigen", strahlt sie die Besucher begeistert an und wendet sich mit einer einladenden Geste dem modernen Fahrstuhl zu.

Während sie im zweiten Stock lautlos über den mit weinrotem Teppichboden ausgelegten Flur gehen, kommen sie an der offenen Tür zu einem fensterlosen Raum vorbei. Abrupt bleibt die Frau stehen. Still starrt sie in den in sanftes Licht getauchten Raum.

„Das ist unser Ruhe-Raum, hier können Sie sich zurückziehen, die Stille genießen. Die Liegen sind super bequem. Buchen Sie eine Massage dazu, wenn Sie wollen."

Während sie weiter über das originale Mauerwerk, welches man hat stehen lassen, und die zusätzlichen Holzträger schwärmt, die dem Raum die nötige Wärme verleihen, sieht sie wie die Frau zunehmend blasser wird und sich am Türrahmen festhält.

„Das Mobiliar ist aus hochwertigem Material", schließt die Empfangsdame ihren Bericht, während sie das Zimmer Landgraf gegenüber aufschließt und das Paar mit einladender Geste in den Raum führt.

„Werfen Sie gerne einmal einen Blick ins Tal."

Die beiden gehen ans Fenster. Plötzlich beginnt die Frau zu weinen. Er legt liebevoll den Arm um sie und reicht ihr sein Stofftaschentuch.

Für eine endlos erscheinende Minute hört die Rezeptionistin nur das leise Schluchzen in der Stille der trutzigen Burg. Die dicken Wände dämpfen jegliches Geräusch aus den Nebenzimmern.

„Möchten Sie auch noch eine unserer Suiten sehen?", versucht die junge Frau sich aus der unangenehmen Stille zu retten. „Wir haben da zum Beispiel die *Grafensuite* die ebenfalls durch die harmonische Verbindung der Einrichtung mit den Natursteinmauern besticht."

„Gerne, wenn wir einen kurzen Blick hineinwerfen dürften?", sagt der Mann mit einem Lächeln, während er seine Frau liebevoll vom Fenster wegführt.

Während die Rezeptionistin weiter über das liebevolle Ambiente des Hotels schwärmt, überlegt sie, was mit der Frau los sein könnte. Die Bedürfnisse ihrer Gäste bis ins Kleinste wahrzunehmen, darin ist sie richtig gut. Aber hier kommt sie nicht weiter. Vielleicht haben die Zwei einfach eine Unstimmigkeit vorher gehabt?

Über den Flur geht es in den Festsaaltrakt. Schwere Teppiche liegen auch hier auf dem alten, liebevoll restaurierten Holzboden. Fürstliche Möbel schmücken den Raum. Ahnenbilder hängen an der Wand.

„Gerade in diesem Trakt haben wir versucht, vieles zu erhalten“, versucht sie die Frau etwas von ihren Emotionen abzulenken. „Hier zum Beispiel das alte Kaminzimmer. Das Ambiente wird besonders gerne in der kälteren Jahreszeit genutzt. Wann soll denn der runde Geburtstag gefeiert werden?“

„Im Februar.“

Es ist das erste Mal, dass die Frau selbst spricht. Mit leiser Stimme und Tränen in den Augen.

„Wir werden uns beratschlagen“, sagt ihr Mann mit einem fürsorglichen Blick zu seiner Frau.

„Vielen Dank für Ihre freundliche Führung.“

„Gerne“ lächelt die junge Frau. Ein wenig verwundert über das abrupte Ende, begleitet sie die beiden bis zur Rezeption zurück. Auf dem Weg beschließt sie zu schweigen, um die Schönheit der Burg wirken zu lassen. Am Tresen angekommen reicht sie dem Paar die Werbemappe des Hotels.

„Es war mir ein Vergnügen, Sie durch unsere schöne Burg zu führen. Überlegen Sie es sich in aller Ruhe, und wenn Sie Fragen haben sollten, rufen Sie mich gerne an“, spult sie ihren Standardspruch ab. Dann hört sie sich zur Frau hingewendet sagen: „Und für Sie alles Gute.“

Nachdenklich blickt sie dem Paar in der Frühlingssonne nach.

Nordsee, Januar 1957

Der Wetterdienst hatte zum wiederholten Male Orkanböen mit Windstärke 12 - 13 angesagt. Wild peitschten die Wellen gegen die Deichbefestigungen. Feuerwehr und Deichaufsicht befürchteten, dass die Deiche mit zunehmender Flut brechen könnten. Alle Männer, die zur Verfügung standen, waren heute angetreten, um Sandsäcke zu den Deichen zu schleppen. Zum Schutz, dass diese nicht brachen.

Die letzte Unwetterwarnung kam vor drei Stunden durchs Radio. Helene Berger schaute seitdem alle fünfzehn Minuten auf die Uhr. Kurz vor den Wetternachrichten setzten ihre Wehen ein. Mitternacht war vorbei.

Sie ging ins Schlafzimmer, um ihre kleine Tochter zu wecken. Martina hatte einen tiefen Schlaf. Sie nahm sie aus dem Bettchen auf ihren Arm und redete sanft auf sie ein, bis sie wach wurde.

Martina begann kläglich zu weinen, als ihre Mutter sie in die Winterjacke zwängte und ihr die Schuhe über die Füße zog. Kleidung und Windeln hatte sie bereits am Abend aus einer Vorahnung heraus in einen Beutel gepackt. Helene machte sich auf den Weg zu den Großeltern ins gegenüberliegende Etagenhaus. Schweißnass stand sie im dritten Stock vor der Wohnungstür und schellte. Die schrille Klingel war nicht zu überhören. Verschlafen öffnete die Großmutter die Haustür.

„Geht es los, Helene? Hast Du alles gepackt? Mein Gott, hoffentlich geht alles gut? Wenn ich nur an die letzte Geburt denke? Soll Willi dich begleiten?"

Helene schüttelte energisch den Kopf.

„Jetzt mach mich nicht nervös. Ist schon schlimm genug, dass der Karl nicht da ist."

„Oma, Arm."

Martina streckte der Großmutter ihre kleinen Ärmchen entgegen. Wenig später lag sie gemütlich mit ihr unter der dicken Federdecke im Bett.

Zu Fuß machte sich Helene auf den Weg ins Städtische Krankenhaus. An ein Taxi war heute Nacht gar nicht zu denken. Sie kämpfte gegen den Sturm an. Bei jeder Wehe musste sie stehen bleiben. Tränen liefen ihr über die Wangen. Warum musste Karl auch gerade jetzt auf See sein?

Endlich ragte das Krankenhaus aus der Dunkelheit hervor. *Nur noch ein kleines Stück, Helene, halte durch!* Schmerzverzerrt hielt sie sich wenig später am Geländer des Eingangs fest und merkte, wie ihr etwas feucht die Beine hinunterlief. Jetzt wurde es Zeit, das spürte sie!

Der Pförtner spähte aus seiner Fensteröffnung hervor. Er erfasste die Situation mit einem Blick. Ein Griff zum schwarzen Telefonhörer genügte, und schon war er mit dem Kreißsaal verbunden.

„Schwester, hier steht eine junge Frau mit heftigen Wehen. Ich glaub, es eilt."

„Bin gleich da."

Wenige Minuten später rollte die Hebamme mit dem Krankenstuhl heran. Helene hing mit schmerzverzerrtem Gesicht am Geländer. Sie unterdrückte ihr Bedürfnis zu schreien.

„Ganz ruhig, junge Frau. Wir kriegen das schon hin."

„Ich kann nicht mehr. Tun Sie doch was", bettelte Helene die Hebamme an.

Die Wehen dauerten Stunden. Immer wieder wurde sie mit Chloroform ruhiggestellt. Der diensthabende Arzt war vor einer Stunde zu einer Notoperation gerufen worden.

Helenes Muttermund war sieben Zentimeter weit geöffnet, doch die Geburt kam nicht in Gang. Unruhig fuhr sich die Hebamme mit der Hand durchs Gesicht. Die Herztöne des Kindes wurden schwächer. Am liebsten würde sie einen Kaiserschnitt machen lassen. Sie wollte noch einen letzten Versuch wagen. Dazu musste sie sich auf Helenes Bauch legen und versuchen, das Kind in den Geburtskanal zu schieben. Helene schrie verzweifelt und biss vor Schmerzen immer wieder in das Handtuch, das zum Abwischen des Schweißes neben ihr lag. Sie wollte sterben.

Endlich begann der Muttermund sich vollständig zu öffnen, und die Presswehen setzten ein. Innerhalb einer halben Stunde gebar Helene einen kleinen Jungen. Die Hebamme wand das Kind aus der Nabelschnur, die sich zweimal um seinen Hals gewickelt hatte. Schlaff lag es in ihren Händen und atmete nicht. Hektisch klopfte sie den Säugling ab und hoffte inständig, dass der Kleine seinen ersten Schrei von sich geben würde. Genau in dem Moment betrat der Arzt den Kreißsaal. Er erkannte sofort die Situation, riss ihr den Jungen aus den Händen und rannte mit ihm zum Beatmungsgerät. Wenige Augenblicke später begann er zu schreien.

Benommen und erleichtert lehnte Helene sich im Kreißbett zurück. Sie und ihr Baby hatten es geschafft. Sie hatte einen Sohn geboren. Tränen liefen ihr über die Wangen. Diese Nacht kam ihr wie ein Albtraum vor. Dass sie es hochschwanger geschafft hatte, trotz des Sturms sicher in der Klinik anzukommen, grenzte schon bald an ein Wunder. Was würde das für ein Kind sein, das sich dermaßen mit ihr ins Leben kämpfen musste.

Der Arzt riss sie aus ihren Gedanken, indem er ihr den Kleinen in die Arme legte. Ein kleines schmächtiges Wesen blickte sie für einen winzigen Moment an. Dann schloss der Kleine seine Lider und schlief ein.

„Wie soll er denn heißen?“

„Johann.“

Wernberg, Sommer 1963

Die Tschechoslowakei, dominiert von der stalinistisch geprägten Führungsspitze der Kommunistischen Partei, befand sich in einer tiefgreifenden ökonomischen und gesellschaftlichen Krise. Immer mehr reformerische Stimmen forderten eine Befreiung der Betriebe von der sozialistischen Führung. Die Bevölkerung wünschte sich einen Abbau der Bürokratie und die Zulassung autonomer Gewerkschaften sowie endlich auch privat geführte Kleinbetriebe und Zusammenschlüsse mit westlichen Unternehmen.

Agnes und Harald Nastrewa spielten schon länger mit dem Gedanken, die Tschechoslowakei zu verlassen. Deshalb hatten sie vor einigen Wochen eine Besuchsreise nach Westdeutschland beantragt. Ein guter Freund und Landsmann lud zu seinem Aufstieg vom Arzt zum Medizinalrat ein. Seit 1948 lebte er in Deutschland und hatte die Karriereleiter im Gesundheitssektor betreten.

Die Grenzüberfahrt ging komplikationslos vor sich. Ein kurzer Blick des Grenzbeamten auf ihr Zweitagesvisum, dann winkte er sie durch. Sie befanden sich auf deutscher Seite.

In einer Stunde waren sie beim „Weißen Bären". Als sie auf den Parkplatz des Gasthauses vorfuhren, kam Agnes Nastrewa sich mit ihrem alten Auto ein wenig armselig vor. Ein schicker Mercedes stand neben dem anderen.

Sie straffte sich innerlich und hakte sich bei Harald ein. Der gab ihr die nötige Sicherheit, die sie gleich brauchen würde, um dem westlichen Dünkel standzuhalten.

Medizinalrat Adolf Gassner hatte einflussreiche Freunde aus Politik, Wirtschaft und Gesundheitswesen eingeladen. Die Tafel war mit weißen, gestärkten Tischtüchern und Servietten, Silberbesteck und Kristallgläsern eingedeckt. Agnes und Harald Nastrewa saßen zu ihrem Erstaunen direkt neben dem Gastgeber, was ihnen die Kommunikation sehr erleichterte. Sie sprachen zwar beide deutsch, aber es galt immer wieder, eine Hemmschwelle zu überwinden.

Gemeinsam mit seiner Frau hatte Adolf Gassner einen gediegenen Menüplan zusammengestellt. Vorweg gab es eine Suppe, dann Hirschragout mit Knödeln und Rotkraut und anschließend Vanilleeis mit heißen Himbeeren. Man munkelte, den Hirsch hätte er während seiner letzten Jagd selbst erlegt.

Das Essen schmeckte vorzüglich.

„Gute, deutsche Hausmannskost", flüsterte Harald Agnes ins Ohr.

Beim Mokka ließ Adolf Gassner die Neuigkeit heraus. Er sprach Agnes und Harald in ihrer tschechischen Muttersprache an, was dafür sorgte, dass einige Kollegen neugierig zu ihnen hinüberblickten. Er war ihnen bisher als deutschsprachiger Kollege bekannt.

„Ihr müsst unbedingt auf dem Rückweg über die kleine Ortschaft Wernberg fahren. Liegt fast an der Grenze zur Heimat. Ihr seid doch auf der Suche nach einem Projekt. Ich sage Euch, dass könnte was sein. Ihr werdet es gar nicht verfehlen. Die alte Burg springt Euch sofort ins Auge."

„Was sollen wir denn mit einer Burg? Etwa von einer Ruine in die nächste rutschen?", fragte Agnes konsterniert.

Sie war entsetzt über die Idee. Lebten sie doch bereits in der Tschechoslowakei mit ihrer Tochter Anna auf einem verfallenen Gutsgehöft, das allerdings in Staatsbesitz war.

Doch schnell fasste sie sich wieder und hakte mit versöhnlicher Stimme nach:

„Nein, im Ernst, was hat das mit der Burg auf sich?"

„Also, ich habe gehört, dass die Burg Wernberg für soziale Zwecke zu verpachten sein soll. Vor einer Woche lag bei uns ein Rundschreiben, das an alle Jugend- und Gesundheitsämter ging, auf meinem Schreibtisch. In Niedersachsen ist der Notstand ausgebrochen. Sie haben dort so viele Unterbringungsanfragen für behinderte Kinder, dass die Behörden diese im eigenen Bundesland nicht mehr abdecken können. Das wäre doch die Gelegenheit für Euch, einen Antrag auf Ausreise zu stellen. Mit solch einem Projekt an der Angel."

„Und was soll ich mit denen tun? Ich bin Geschäftsfrau und keine Pädagogin."

„Das lass mal meine Sorge sein. Ich habe da so meine Ideen und Verbindungen. Das kriegen wir schon hin."

Medizinalrat Gassner zwinkerte ihr zu und schaute Harald dabei auffordernd an. Was das bedeutete, wusste Agnes nur zu gut. Ihr Freund war schon immer der Meinung gewesen, dass Harald mehr die Initiative übernehmen sollte, sie in ihren Projekten zu unterstützen. Aber viel war nicht von ihm zu erwarten, bei seinem Phlegma. Einerseits war ihr das ganz recht so, sie hatte gerne das Zepter in der Hand. Ihr aber mal den Rücken zu stärken, damit sie endlich aus der Tschechoslowakei rauskommen können, würde sie dann doch begrüßen.

Cuxhaven, Sommer 1963

Helene freute sich seit Tagen darauf, mit Johann und Martina an den Strand zu gehen. Sie musste dafür zwar einige Kilometer Fußmarsch auf sich nehmen, doch das Meer und der feine Sandstrand würden sie dafür belohnen.

Es war strahlender Sonnenschein. Die Flutwellen rollten unaufhörlich übers Watt, sodass die Kinder schon bald baden konnten. Martina baute emsig an einer Sandburg. Immer wieder lief sie mit ihrer kleinen Gießkanne zum Spülsaum und holte neues Wasser, um sie zu benässen. Dann klopfte sie mit beiden Händen den Sand fest.

„Mama, darf ich Muscheln suchen gehen?", fragte sie aufgeregt.

„Ja, aber lauf nicht zu weit weg. Hier hast Du eine Tüte zum Sammeln."

Martina suchte mit gesenktem Kopf und konzentriertem Blick im Schlick des Watts nach Seeschätzen für ihre Sandburg.

Johann war im Januar sechs Jahre alt geworden. Zwar konnte er, wenn er sich an der Karre festhielt, stehen, aber gehen konnte er nur mit Helenes Hilfe. So saß er versonnen auf der Stranddecke und krabbelte zaghaft durch den Sand. Am liebsten matschte er mit seinen Händen im Watt und patschte freudig in die Pfützen des Spülsaums. Kam ein Strandwanderer vorbei und blieb stehen, strahlte Johann ihn mit seinen hellblauen Augen an.

Während Martina Muscheln und Treibholz sammelte, hielt Helene Ausschau nach ihrer Schwester. Sie freute sich auf die gemeinsamen Stunden mit ihr am Strand. Seit Karl im April letzten Jahres auf einem Fischkutter kurz vor Island tödlich verunglückt war, hatte Helene wieder verstärkt Kontakt zu ihr aufgenommen.

Wenn sie an den Moment dachte, als der Mitarbeiter vom Seeschifffahrtsamt plötzlich vor ihrer Wohnungstür stand, kamen ihr noch immer die Tränen.

„Frau Berger, ich habe schlechte Nachrichten. Es gab ein Schiffsunglück. Unwettermeldung vor Island. Ihr Mann war noch in der Kombüse, um das Mittagessen für die Mannschaft vorzubereiten, als der Orkan ausbrach." Unfassbar, was er da sagte. *Mein Karl, ein Opfer des Unwetters?* Sie hatte ihn ungläubig angeschaut.

„Er muss beim Austreten über die Reling gestürzt sein. Einige aus der Mannschaft haben sein Schreien gehört. Der Steuermann hat sofort reagiert. Getan, was unter diesen Wetterbedingungen möglich war. Den Kurs geändert, allesamt haben vom Schiff aus einen Suchtrupp gebildet. Leider ohne Erfolg. Ihr Mann ist verschollen!"

„Aber das kann doch nicht sein, man muss ihn doch gefunden haben. Ein Mensch verschwindet doch nicht mir nichts dir nichts im Meer?"

Der Nachrichtenüberbringer hatte mit den Schultern gezuckt und darauf nichts weiter zu sagen gewusst. Beklommen hatte er sich verabschiedet.

Fassungslos, wieder und wieder hatte Helene den Bericht vom Seeschifffahrtsamt lesen müssen.

Seitdem war ein gutes Jahr vergangen. Nun musste Helene sich Gedanken machen, wie das Leben weitergehen sollte. Die Halbwaisenrente der Kinder und ihre kleine Witwenrente reichten vorne und hinten nicht. Sie würde sich eine Arbeit suchen müssen. Aber durch Johanns Behinderung war sie ans Haus gefesselt.

In den ersten Monaten hatte sie es nicht bemerkt. Doch als er keine Anstalten machte, sich zu drehen oder hinzusetzen, und dann die Anfälle hinzukamen, wusste sie, dass etwas in seiner Entwicklung nicht stimmte.

Helenes Schwester riss sie aus ihren dunklen Gedanken. Sie winkte ihr gemeinsam mit ihrer kleinen Tochter vom Deich herunter zu. Freudig winkte Helene zurück.

Martina lief ihnen mit ihrer halbvollen Tüte voller Schätze entgegen. Stolz hielt sie ihrer Cousine einige Muscheln zum Verzieren der Sandburg hin. Die beiden Mädchen rannten die Deichschräge hinunter und ließen sich in den Sand plumpsen. Während ihre Cousine die Burg verzierte, schaufelte Martina emsig einen Burggraben aus.

Helene zog die Stranddecke stramm und fegte mit der Hand den Sand herunter. Die Thermoskanne knirschte bereits beim Aufschrauben. Sie schenkte ihrer Schwester und sich einen Becher Kaffee ein und öffnete die Dose mit Leibniz-Keksen. Sofort stürmten die Mädchen herbei und griffen hinein. Auch Johann kam herangekrabbelt.

„Hallo Johann, Du bist ja groß geworden."

Seine Tante strich ihm sanft über seinen Blondschopf.

„Elsbeth, ich war in der letzten Woche beim Sozialamt und habe mich nach einer Heimunterbringung für Johann erkundigt. Ich fühle mich gerade wie eine Rabenmutter", klagte Helene.

„Das musst Du nicht! Denk mal, was Du in den letzten Jahren alles für ihn getan hast, dass er bei euch bleiben konnte. Und erinnere Dich, wie entlastend es für Dich und Martina war, als er zur Abklärung die vier Wochen in den Alsterdorfer Anstalten war", versuchte Elsbeth sie zu beruhigen.

„Ich weiß, aber er ist doch so hilflos und auf mich angewiesen. Außerdem haben sie auf dem Sozialamt sowieso gesagt, dass es keine freien Plätze in der Umgebung gibt. Die Heime sind alle belegt. Auch fällt er durch alle Raster. Entweder ist er zu wenig behindert oder zu stark. Von Ostfriesland bis nach Bremen ist nichts zu machen. Ich wusste gar nicht, dass es so viele Heime und um ehrlich zu sein, auch nicht, dass es so viele behinderte Kinder gibt."

„Ja, das wundert mich auch. Hast du schon mal von dem Verein *Lebenshilfe* gehört? Die sind gerade dabei, sich zu gründen."

„Die hat der Sozialarbeiter erwähnt. Sie können nur eine Teilzeit-Tagesbetreuung anbieten. Aber er hat mir von einem neuen Projekt erzählt. In Oberbayern, an der tschechischen Grenze. Genaueres wollte er mir jedoch noch nicht sagen."

„Oberbayern? Soweit weg? Meine Güte, da verlierst Du ja den Kontakt zu Johann." Der Satz tat Elsbeth sofort leid. Sie wollte ihr doch kein schlechtes Gewissen bereiten.

Aber die Worte hatten ihre Wirkung nicht verfehlt. Helene begann zu weinen und schaute verzweifelt zu ihrem Sohn hinüber. Was sollte nur aus ihm werden? Aber die Vorstellung mit ihren achtundzwanzig Jahren wegen Johann allein bleiben zu müssen, setzte ihr genauso zu. Welcher Mann würde denn eine Frau mit einem behinderten Kind wollen?

Tschechoslowakei, Herbst 1963

Agnes und Harald Nastrewa standen auf dem Marktplatz inmitten des kleinen Städtchens Wernberg. Die tausend Jahre alte Burg lag auf einer Anhöhe und ragte aus dem Naabtal mit seinen Mischwäldern hervor. Sie hielt staunend die Luft an.

„Harald, ich fasse es nicht. Bitte fahr mal ganz nach oben." Agnes deutete mit dem Zeigefinger auf die Burg.

„Ich bin nicht sicher, ob ich bis hoch komme. Aber ich versuche es." Harald musste mit einem schattigen Parkplatz am Waldrand vorliebnehmen. Der Weg war zu bewachsen. Mühsam erklommen sie die Anhöhe, überall hohes Gras und Disteln.

„Du Harald, ich glaube hier war ewig keiner mehr. So viel Wildnis. Schau mal dort, eine echte Zugbrücke."

Sie marschierten über die alte Zugbrücke und gelangten in den Burginnenhof, in dessen Mitte ein alter Burgbrunnen von einer beeindruckenden Tiefe gemauert war. „Hallo", rief Agnes laut in den Brunnen hinein. Ihre Stimme verhallte darin. Sogar eine kleine Kapelle gab es. Agnes ruckelte an dem alten schmiedeeisernen Türgriff. Verschlossen! Vor ihnen lag eine Burg mit Geschichte, das wurde ihnen klar.

„Wenn Mauern reden könnten. Was hätten diese uns wohl zu erzählen? Ich muss mich unbedingt mit der Chronik der Burg befassen. Was für eine wahnwitzige Idee von Adolf Gassner. Mir wird ganz seltsam zumute. Ich sehe uns schon die Räume einrichten. Schau mal, hier könnte unser Trakt sein."

Sie zeigte auf den Burgteil, der an die Kapelle angeschlossen war.

„Stell Dir vor, eine eigene Kapelle."

„Agnes, jetzt lass uns erst mal nach Hause fahren und darüber schlafen. So ein Schritt will doch wohlbedacht sein."

„Du hast ja Recht, Harald. Aber gleich morgen muss ich mit Adolf telefonieren. Ich bin total neugierig geworden, was für ein Angebot er auf seinem Schreibtisch liegen hat."

Agnes Nastrewa hatte in den nächsten Tagen in verschiedensten Chroniken über die Burg Wernberg recherchiert und Informationen gesammelt. Dabei kam sie aus dem Staunen gar nicht mehr heraus.

„Hör doch mal, Harald, was hier steht."

Die Erstnennung der Burg Wernberg erfolgte 1280. Als sie von den Landgrafen von Leuchtenberg an Konrad von Paulsdorf verkauft wurde. Dieser überschrieb die Burg noch im selben Jahr wohl als Heiratsgut seinem Schwiegersohn Heinrich Notthafft von Wildstein, der sich nun „von Wernberg" nannte ....

„Keine Sorge, ich lese Dir jetzt nicht die ganze Geschichte vor, nur das, was spannend für unser Projekt ist. Hör mal weiter."

Von 1805 bis 1822 befand sich das Rechnungsamt Nabburg auf der Burg. Danach wurde sie kurzzeitig königliches Forstamt und Zweigstelle der Gefangenenanstalt Ebrach. 1860 brachte man auf der Burg eine „Beschäftigungsanstalt für gefallene weibliche Personen" und eine „Rettungsanstalt für schulpflichtige verwahrloste Mädchen" unter der Obhut der Schwestern des Klosters vom Guten Hirten in München unter. Die Wasserknappheit auf der Burg und der schlechte Ruf als ehemalige Gefangenenanstalt beendeten 1866 diese Unterbringung.

„Eine Rettungsanstalt war es vor hundert Jahren bereits schon einmal. Harald, wenn das kein gutes Omen ist."

Sie legte die Abschriften sauber gefaltet in die Schublade ihres alten Sekretärs zurück. Harald kratzte sich bedächtig den Kopf.

„Irgendwie macht mir die Größe des Projekts ein wenig Bauchweh. Ist das nicht eine Nummer zu groß für uns?

Von Vorteil wäre allerdings, dass wir die deutsche Sprache beherrschen und Du Dich gut mit Zahlen auskennst." Ja, davon verstand seine Agnes etwas, das wusste er aus vergangenen Zeiten.

„Naja, ein Versuch, mit den Ämtern ins Gespräch zu kommen, wäre es auf jeden Fall wert", pflichtete er Agnes Euphorie bei.

Agnes fiel ihrem Mann um den Hals.

„Harald, das ist unsere Chance, dem Regime hier den Rücken zu kehren!"

Cuxhaven, Frühjahr 1964

Martina und Johann schliefen heute Nacht bei Elsbeth.

Endlich einmal frei, dachte Helene.

Sie trug ihr extra für diesen Abend selbstgenähtes Kleid. Eines mit Punkten, die gerade modern waren, und dazu die roten Pumps mit den Pfennigabsätzen. Ihre Haare hatte sie kräftig toupiert und mit Haarspray zum Sitzen gebracht. Schließlich sollte die Frisur die Nacht über halten. Aufgeregt war sie, wie ein junger Backfisch. Dass sie Mutter zweier Kinder war, musste sie ja nicht gleich jedem auf die Nase binden.

Als sie die Bar betrat, spielte eine Band im Stil von James Last. Die Musiker lockten die Menschen mit ihrem Swing auf die Tanzfläche. Es juckte ihr geradezu in den Füßen. So lange hatte sie nicht mehr getanzt.

Helene entdeckte den schneidigen Typen in der Marineuniform gleich beim Reinkommen. Seine feinen Züge, das Haar wellig aus dem Gesicht gekämmt, fielen ihr sofort ins Auge. Sie suchte sich einen Platz in seiner Nähe. Dummerweise kam schnurstracks ein Freund ihres Bruders auf sie zu.

„Hallo Helene, wie schön, Dich hier zu sehen. Schenkst Du mir den nächsten Tanz?"

Am liebsten würde sie ihm einen Korb geben. Sie wollte frei sein! Aber sie wusste ja gar nicht, ob *er* sie überhaupt auffordern würde.

Sie ließ sich von Herbert über die Tanzfläche führen und genoss die Leichtigkeit in seinen Armen.

„Helene, Du siehst bezaubernd aus. Hat Dir das heute schon jemand gesagt?"

„Nein, nicht so direkt. Danke."

Karl war jetzt bereits zwei Jahre tot. Kurz spürte sie Schuldgefühle in sich aufsteigen. Nein! Heute war sie, und nur sie dran.

Nach drei Tänzen brachte Herbert sie zu ihrem Platz zurück. Verlegen trank sie einen Schluck ihrer Coca Cola. Ein neues Getränk aus Amerika. Den Marineoffizier hatte sie nun leider im Rücken. Aber ihr schien es, als brannten seine Blicke fast darauf. Oder bildete sie sich das nur ein?

Als die Band „Blue Eyes" anstimmte, berührte sie jemand zart am Arm.

„Darf ich um den nächsten Tanz bitten?"

Ihr Herz schlug fast bis zum Halse. Also hatte sie sich nicht geirrt, er hatte auch sie angeschaut. Sie blickte ihm in seine stahlblauen Augen und reichte ihm die Hand.

Es blieb nicht bei diesem einen Tanz. Sie waren gar nicht wieder auseinanderzubringen. Bei einem langsamen Walzer kamen sie sich so nahe, dass sie sein Rasierwasser riechen konnte.

Sie hätte die ganze Nacht so weitertanzen mögen. Aber Helene hatte ihrer Schwester versprochen gegen ein Uhr bei ihr zu sein, falls etwas mit Johann sein würde. Andreas bot ihr an, sie mit seinem VW-Käfer nach Hause zu fahren. Leicht beschwipst verließen sie die Bar. Er legte vorsichtig den Arm um ihre Schulter und Helene widersprach nicht. Ja, sie genoss seine Nähe, seinen Geruch. Andreas öffnete ihr galant die Beifahrertür, um dann beschwingt um das Auto herum zu gehen und auf dem Fahrersitz Platz zu nehmen. Sie mussten nur ein kurzes Stück fahren, da es bis zu ihrer Schwester nicht weit war.

„Magst Du bitte an der Ecke dort anhalten, ich gehe das letzte Stück zu Fuß", bat Helene.

Sie wollte nicht, dass ihre Schwester, aber besonders ihr Schwager, sie aus seinem Auto steigen sah. Helene fürchtete die dummen, manchmal etwas anzüglichen Sprüche.

Andreas parkte den Wagen und drehte den Schlüssel nach links. Stille im Auto. Als er sich zu ihr hinüber neigte, begann ihr Herz wie wild zu pochen. *Sie hatte sich doch nicht etwa in diesen Mann verliebt?*

„Darf ich Dich wiedersehen? Soll ich Dich noch ein Stück begleiten?", fragte Andreas.

Helene schüttelte energisch den Kopf. Wiedersehen ja, aber für heute musste es genug sein.

„Kann ich Dich anrufen?" Andreas ließ nicht locker.

„Ich habe kein Telefon. Wenn Du mir Deine Nummer gibst, rufe ich Dich aus der Telefonzelle an. Am nächsten Wochenende, wenn Du magst."

Sie brauchte Zeit, um über den Abend, ihren aufgewühlten Zustand und vor allen Dingen über ihre Lebenssituation nachzudenken.

Wenige Wochen später brachte Helene die Kinder wieder zum Übernachten zu ihrer Schwester. Dieses Mal schliefen sie allein dort. Heute blieb Helene noch auf einen Tee bei Elsbeth sitzen. Sie musste ihr unbedingt von dem letzten Gespräch mit dem Sozialarbeiter berichten.

„Du, der hat mir den Platz für Johann geradezu aufgedrängt. Er meinte, es wäre die Chance, dass er sinnvoll gefördert werden könnte. Eine Heilpädagogische Anstalt soll es sein. Allerdings meinte er, die wäre in einer Trutzburg untergebracht. Alles gerade neu renoviert. Sie soll im Mai eröffnet werden."

„In einer Burg? Oh Gott, was für eine Vorstellung! Aber besser in einer Burg als in einer Baracke. Was lässt Dich noch zögern?"

„Die Vorstellung, mich von Johann trennen zu müssen. Und was wird Martina dazu sagen? Die Kinder sind doch so eng miteinander verbunden."

„Helene, Du musst jetzt auch mal an Dich denken. Willst Du ewig in dem einen Zimmer mit den Kindern leben? Und Andreas, was hat er eigentlich dazu gesagt, dass Du zwei Kinder hast? Hast Du ihm von Johanns Besonderheit erzählt?"

„Ja, nein, nicht direkt. Ich habe mich noch ein wenig herausgewunden. Aber er weiß, dass ich zwei Kinder habe. Andreas hat gemeint, das störe ihn nicht. Er käme selbst aus einer großen Familie. Oh, Elsbeth, manchmal fasse ich mein Glück noch gar nicht." Ihre Stimme überschlug sich fast vor Freude.

Sollte sie es auch einmal so gut haben wie Elsbeth? Ein kleines Haus mit Garten, eine richtige Familie, vielleicht noch einmal ein Kind gemeinsam mit Andreas? Jetzt musste sie aber ihre Fantasie zügeln. Wie konnte sie an ein weiteres Kind denken und im gleichen Atemzug daran, den Johann wegzugeben.

„Jedenfalls hat der Sozialarbeiter gemeint, dass ich mich innerhalb der kommenden Woche entscheiden muss, weil der Platz sonst an eine andere Familie gehen würde. Was soll ich nur tun?"

„Was spricht denn dafür? Wann soll er überhaupt dorthin?", fragte Elsbeth nach.

„Gleich im Mai soll es losgehen. Ja, was spricht dafür? Also, was mich beeindruckt hat, ist die Förderung der Kinder dort. Johann kann immer noch nicht sprechen, trocken habe ich ihn auch noch nicht bekommen. Und er wäre unter seinesgleichen. Keiner würde ihn mehr so anstarren und hänseln wie hier in der Stadt."

Helene begann während des Gespräches, den Gedanken an eine Heimunterbringung gar nicht mehr so abwegig zu finden. Plötzlich fielen ihr immer mehr Gesichtspunkte ein, die dafür sprachen.

„Er wäre auch nicht der Einzige aus dem Umkreis. Und sie würden ihn in den Ferien zu uns bringen. Besuchen könnte ich ihn mit Martina jederzeit. Außerdem könnte ich endlich einer Arbeit nachgehen und müsste dem Sozialamt nicht länger auf der Tasche liegen."

Elsbeth nickte ihr aufmunternd zu.

„So, jetzt mach Dich auf den Weg in deine kleine Freiheit. Genieße den Abend und die Nacht mit Andreas. Ich würde ihn ja gerne mal kennenlernen."

Sie zwinkerte ihr zu und scheuchte Helene fast zur Tür hinaus.

„Lass mir noch ein wenig Zeit. Ein Schritt nach dem anderen, ja?!"

Mit Vorfreude auf ihren freien Abend schwang sie sich auf ihr altes, rostiges Fahrrad und radelte zu Andreas.

Burg Wernberg, Mai 1964

Agnes Nastrewa hatte es mit Adolf Gassners Unterstützung geschafft, den Pachtvertrag für die Burg Wernberg zu bekommen. Es war genauso, wie sie es sich gedacht hatte. Eine Heilpädagogische Anstalt passte gut zur Chronik der Burg. Besonders nach den dunklen Jahren des Nationalsozialismus, in denen Menschen mit Behinderung zu Tausenden Opfer von Euthanasieverbrechen geworden waren, da schrieb man sich jetzt gerne eine Wiedergutmachung auf die politische Fahne.

Mit den Behörden in Niedersachsen ging es allerdings nicht ganz so einfach, sie von ihrer Qualifikation als Heimleitung zu überzeugen. Doch Adolf Gassners Redekunst und seine guten Beziehungen taten ihr Nötiges. Im letzten Gespräch mit dem Landessozialamt hatte Agnes versichern müssen, genügend pädagogisch ausgebildetes Personal einzustellen. Die Kinder sollten ausreichend gefördert werden. Aber genügend Personal zu finden, schien kein Problem im Bayrischen Landkreis zu sein. In Kürze hatten sich jede Menge Bewerbungen auf ihrem Schreibtisch angesammelt. Die meisten von ihnen waren Kinderpflegerinnen.

In den letzten Monaten liefen die Handwerker täglich auf der Burg ein und aus. Zum Schluss mussten sie sogar am Wochenende arbeiten, damit alles termingerecht fertig wurde. Für die Räume der Kinder hatte Agnes Nastrewa die Ansprüche nicht allzu hoch geschraubt. Aber in ihrem Trakt sollte es schön werden. Schließlich wollten sie jetzt ihren Lebensmittelpunkt auf die Burg verlegen.

Das schwere Eichenmobiliar hatten sie übernehmen können. Auch die Ahnenbilder vom Grafen Schall-Riaucour blieben an den Wänden hängen. Schließlich war diese Familie noch der rechtmäßige Besitzer und darüberhinaus gaben sie auch etwas her.

Gerade kam Harald mit dem jungen Schlosser Kurt, dem zukünftigen Hausmeister der Anstalt, aus dem Haupttrakt die Steinstufen herunter. Sie hatten gemeinsam im ersten Stock die Betten für die anreisenden Kinder aufgestellt. Nun fehlten nur noch die Tische und Stühle. Eine Spende, die sie von einer alten Hauptschule aus dem Nachbarort bekommen hatten. Vom Landessozialamt gab es zwar einen ausreichenden Etat für die Grundausstattung, aber sie hatte in ihrer alten Heimat das Sparen gelernt.

„Die Tische wackeln alle ziemlich stark und sind ordentlich verkratzt. Willst Du nicht doch neue in Auftrag geben?", gab Harald zu bedenken.

Sie winkte entschieden ab.

„Ihr könnt sie ja noch abschleifen. Dann macht es einen besseren Eindruck. Für die Eröffnung muss erst mal alles schön hergerichtet sein. Nicht dass wir uns gleich zu Beginn blamieren. Kurt können Sie das übernehmen?"

Der junge Hausmeister nickt ihr beflissen zu.

Sie hatte die Verträge für die ersten Pflegekräfte fertig gemacht. Diese sollten in der kommenden Woche zum Monatsersten ihren Dienst antreten. Bis dahin mussten die Räume noch einen letzten Schliff bekommen, damit die ersten Kinder am 10. Mai anreisen konnten.

„Schau, Harald, wir haben tatsächlich eine Spende von den VW-Werken aus Wolfsburg erhalten. Das liegt wohl auch in Niedersachsen. Unser erster Bus. Morgen soll er gebracht werden. Dafür wollen sie natürlich einen Bericht in der Zeitung haben. Er ist zwar nicht mehr neu, aber damit können wir die Kinder wunderbar abholen."

„Weißt Du schon, wer sie holen wird?"

Adolf Gassner hat mich angesprochen, ob wir eine junge Praktikantin, die sich auf dem Gesundheitsamt beworben hat, gebrauchen können? Wäre doch gut, die würden zu zweit fahren. Wie viele sind es denn fürs Erste?", wollte Harald wissen.

„Wir müssen mehrere Fahrten machen. Einige Eltern wollen ihre Kinder auch selbst zu uns bringen. Bis Ende Mai sollen wir dreißig aufgenommen haben. An wen hast Du denn gedacht?", fragte Agnes neugierig nach.

„Ich dachte, dass der Kurt das gut schaffen könnte. Es sollte schon ein Mann fahren. Männer halten länger durch und sind auch besser im Durchgreifen bei Schwierigkeiten. Es ist schließlich eine lange Fahrt bis an die Nordsee."

„Ja, da hast Du recht. Ich muss mir die Adressen von den Sozialämtern heraussuchen und die Eltern anschreiben. Kümmerst Du Dich um den Fahrtenplan?" Sie wartete seine Antwort gar nicht ab und wandte sich Kurt zu.

„Und wie steht es denn mit Ihnen, Kurt? Können Sie sich eine Fahrt ans Meer vorstellen? Mit einer netten Praktikantin dabei?"

Sie zwinkerte ihm ein wenig anzüglich zu.

„Das mach ich gern Frau Chefin. Ich kann Ihrem Mann auch bei der Planung helfen", bot Kurt sich an.

Agnes Nastrewa ging über den überdachten Durchgang im ersten Stock zurück in ihr Büro, um Adolf Gassner wegen der Praktikantin anzurufen. Sie war gespannt, ob diese sich eine Busbegleitung zutrauen würde. Überhaupt musste sie erst einmal wissen, wie alt sie war.

Es gab noch so viel für die nächsten Wochen zu bedenken, sollte die Eröffnung ein gelungener Eintritt in die Öffentlichkeit werden. Auch darüber musste sie unbedingt mit Adolf sprechen. Er hatte bereits eine Liste von Persönlichkeiten zusammengestellt. Als sie neulich von ihm den

Namen vom Bundestagsabgeordneten hörte, blieb ihr fast der Atem stehen.

Ihr alter Freund Adolf Gassner wollte auch etwas von dem Rampenlicht haben, wie ihr schien.

Cuxhaven, April 1964

Jeder Tag war für Helene eine Tortur. Sie hatte sich entschieden, Johann in die Heilpädagogische Anstalt in die Oberpfalz zu geben. Seit dieser Entscheidung schlief sie kaum eine Nacht durch. Manchmal wachte sie schweißgebadet aus einem Albtraum auf.

Sie hatte Johann an der Hand, geriet in eine Menschenmenge und plötzlich wurde er ihr weggerissen. Sie wollte durch die Menschenmenge hindurch seinen Namen rufen, doch immer wieder versagte ihre Stimme und es kam kein Laut heraus. Sie kämpfte sich durch, um Johann zu finden. Doch ohne Erfolg. Er war spurlos verschwunden!

Meist wachte sie von ihren eigenen Tränen auf und gewahrte dann ihren Sohn ruhig schlafend neben sich. Ihr schien, als bekam sie in den Träumen einen Vorgeschmack auf die Zeit nach dem 10. Mai.

Am Morgen dieses Tages hatte sie Johann mit kleinem Gepäck und einem Lieblingsspielzeug bereit zur Abholung zu halten. Der Sozialarbeiter war mit ihr in der vergangenen Woche den Heimvertrag durchgegangen. Sie hatte ihn unterschrieben.

Immer wieder hatte Helene mit ihrer Schwester Elsbeth alles durchgesprochen und war zu dem Schluss gekommen, dass es das Beste für Johann sei, da er dort gefördert werden und so mehr Chancen auf Eigenständigkeit erhalten würde. Auch für Johanns Schwester würde es eine Entlastung bedeuten. Sie hatte ihrer Mutter in den letzten Jahren schon genug zur Seite stehen müssen. Martina war für ihr Alter ein viel zu ernstes Mädchen geworden und Helene wünschte ihr mehr Unbeschwertheit und Zeit mit Freundinnen.

Und zu guter Letzt ging es auch um ihre eigene Zukunft. Sie hatte in Andreas einen liebevollen Partner gefunden und sehnte sich nach mehr Zeit und am liebsten auch einem Familienglück mit ihm.

Als sie ihm von ihren beiden Kindern erzählte, reagierte er nicht schockiert, sondern aufgeschlossen und zugewandt. Doch als sie später gemeinsam mit Martina und Johann im Deichcafé Eis essen waren, bemerkte sie, dass Andreas im Umgang mit Johann sehr befangen war. Seine Behinderung schien ihn doch zu verunsichern.

In ihrem tiefsten Innern wusste Helene, dass ein gemeinsames Leben mit Johann eine zu große Herausforderung für ihre Beziehung sein würde. Diese Erkenntnis hatte ihr letztendlich die Kraft gegeben, den Vertrag zu unterschreiben.

Cuxhaven, Mai 1964

Am frühen Morgen des 9. Mai fuhr der weiße VW-Bus mit der neuen Praktikantin Martha und dem Hilfspfleger Kurt, wie ihn die Chefin mit Beginn dieser Fahrt nannte, vom angrenzenden Burgparkplatz Richtung Norden ab.

Auf die Empfehlung von Adolf Gassner hatte Agnes Nastrewa eine bodenständige Siebzehnjährige an die Hand bekommen. Wie sich im ersten Gespräch herausstellte, war sie als Tochter einer Deutschen in der Tschechoslowakei geboren. Damit hatte sie schon gleich Pluspunkte bei der Chefin gesammelt. Und da sie noch nicht genau wusste, welchen Beruf sie erlernen wollte, konnte das Praktikum auf jeden Fall hilfreich für sie sein.

Die Chefin händigte ihnen die Adressenlisten aus und gab letzte Instruktionen. Sie sollten auf jeden Fall am nächsten Tag vor Einbruch der Dunkelheit mit den Kindern wieder auf der Burg sein.

Martha stellte das von der neuen Köchin Frau Ertl frisch zubereitete Vesperpaket auf den Rücksitz des Busses und nahm auf dem Beifahrersitz Platz.

Sie breitete die Landkarte auf ihrem Schoß aus, um sie besser studieren zu können.

„Wir fahren über Nürnberg an Amberg vorbei und dann am Oberpfälzer Wald entlang. Das ist bestimmt eine schöne Route. Sind Sie diese Strecke schon einmal gefahren?", fragte sie Kurt.

Dieser war etwas angespannt, denn zugegebenermaßen war er bisher über Ulm nicht hinausgekommen. Von dort kam seine Frau.

„Nur ein Stück, der ganze Rest wird auch neu für mich sein. Und Du? Ich darf doch noch Du sagen, oder? Bist ja gerade erst der Schulbank entwischt."

„Ja, gerne. Das Sie klingt mir tatsächlich noch fremd. – Ich bin mal in Fulda gewesen. Aber da sind wir mit dem Zug hingefahren. Soll ich Ihnen die Richtungen ansagen?"

„Mach das. Kann ja nicht schaden. Ich hab die Karte zwar vorher auch studiert, aber doppelt hält besser."

Kurt fuhr fast 120 Stundenkilometer, der Bus wackelte hin und her, sodass Martha schläfrig wurde und vor sich hindöste.

In Kassel fuhr er einen Rastplatz an. Martha verteilte die Brote auf dem Steintisch, schenkte ihm einen Kaffee und sich einen Tee ein.

„Ganz schön mager belegt die Brote." Kurt hob die Brothälften auseinander. „Die Leberwurst muss man suchen."

„Hm, die Fleischwurst ist auch dünn geschnitten. Aber es stillt den Hunger."

„Was denkst Du eigentlich darüber, dass wir die Bälger jetzt ganz aus dem Norden zu uns in die Oberpfalz holen? Können sie die nicht selbst unterbringen?"

„Ich habe von der Chefin gehört, dass sie nicht genügend Heime haben. Ist aber tatsächlich ganz schön weit weg für die Kinder. Wenn ich mir vorstelle, mein Bruder würde so weit entfernt in ein Heim kommen. Uh, das fände ich ziemlich schrecklich."

„Ich weiß nicht, viele von denen sollen ja richtig blöd im Kopf sein. Idioten hat die Chefin gesagt. Da hatte man vor zwanzig Jahren ganz andere Lösungen."

Kurt lachte über seine eigenen Worte. Doch ein Blick in Marthas Gesicht zeigte ihm, dass er danebengegriffen hatte.

„Auf geht's!", unterbrach er die peinliche Stille.

Sie packten die Reste in die Brotdosen zurück, verschraubten die Warmhaltekannen und bestiegen den Bus um weiter in Richtung A7 Hannover / Bremen zu fahren.

Am späten Nachmittag fuhren sie durch die niedersächsische Landschaft auf der B73 Richtung Cuxhaven. Bis zur ersten

Familie waren es nur noch ein paar Kilometer. Sie sollten bis *Zur Nordseeperle*, ein Hotel nahe am Strand gelegen, fahren.

Vor ihnen lag ein riesiges Wattenmeer. So etwas hatten Martha und Kurt noch nie gesehen. Am Horizont fuhren große Fischdampfer vorbei und weit und breit war kein Wasser zu sehen. Hier würden sie heute übernachten, denn für eine Rückfahrt mit den Kindern war es viel zu spät.

Sie betraten das Hotel und Kurt klopfte an die Tür, *privat* stand darauf. Ein etwas schlitzäugiger Junge öffnete ihnen mit einem breiten Lachen und nuschelte sie an.

„Wollt ihr mich abholen?"

Das hatte Kurt nun nicht erwartet, dass der Junge bereits auf sie wartete und freiwillig mitgehen würde. Mensch, der sah dem Maxl aus Wernberg ähnlich, wie aus dem Gesicht geschnitten.

Peter hatte blitzende Augen. Sein Mund stand immer ein bisschen offen und seine Zunge lag leicht auf seinen Lippen. Martha fielen sofort seine dicklichen Hände mit den kurzen Fingern auf.

Peter war der Sonnenschein in der *Nordseeperle*. Von dem Personal und den meisten Gästen wurde er gemocht. Besonders die Stammgäste, die jede Saison wiederkamen, waren auch gewillt, sich von ihm drücken und küssen zu lassen. Eine Eigenart, die anderen entweder das Herz öffnete oder abstoßend auf sie wirkte.

Peters Eltern hatten noch eine jüngere Tochter. Sie war gerade Ostern in die erste Klasse gekommen und ihr ganzer Stolz. Anders bei Peter. Er war viel krank gewesen und wurde schon mehrmals wegen seines Herzfehlers operiert. Die Ärzte hatten sie immer wieder darauf hingewiesen, dass Peters Lebenserwartung kurz sein könnte.

Doch inzwischen war er acht Jahre alt und wuchs allmählich aus dem niedlichen Alter heraus. Sie hatten sich um eine naheliegende Betreuung für ihn bemüht – erfolglos. Eine Beschulung war noch nicht in Aussicht, lediglich die Lebenshilfe bot für geistig behinderte Kinder ein paar Stunden Betreuung an. Das reichte ihnen nicht. So war ihnen das Angebot von der Burg Wernberg ganz recht gekommen.

Im Winter würden sie ihn ja zu sich holen können. Am schlimmsten war für sie stets die Saison von Mai bis Oktober. In dieser Zeit stand er geradezu jedem im Weg. Immerzu wollte er mithelfen und mit den Gästen reden. Aber je älter er wurde, desto problematischer zeigte sich die Situation für sie im Hotel. Er konnte einfach nicht mehr so mitlaufen. Die Eltern hofften, dass Peter sich mit seinem freundlichen Wesen schnell woanders einleben würde. Doch leicht fiel ihnen diese Entscheidung nicht.

Kurt schaute Peter an und überlegte, ob er ihn überhaupt verstehen würde. Er entschloss sich, ihn direkt anzusprechen.

„Ja, Du hast Recht, wir wollen Dich abholen. Aber erst morgen früh. Sind Deine Eltern zu sprechen?"

Peter nickte eifrig und verschwand durch die Schwingtür.

„Mama, Papa, ich geh verreisen. Komm mal", nuschelte er.

Peters Mutter kam leichten Schrittes aus dem Frühstücksraum des Hotels, den sie bereits für den nächsten Morgen eingedeckt hatte.

„Herzlich willkommen an der Nordsee. Haben Sie eine gute Fahrt gehabt? Darf ich Ihnen etwas zu trinken anbieten?"

„Nein danke, sehr freundlich. Wir hatten gerade kurz vor Cuxhaven unsere letzte Pause. Schön haben Sie es hier", ergriff Kurt das Wort.

„Das stimmt. Waren Sie schon einmal an der See?", fragte Peters Mutter.

Beide schüttelten den Kopf.

„Sie sind sicher müde von der langen Fahrt. Ich zeige Ihnen gleich ihre Zimmer. Leider habe ich keines mit Meerblick mehr frei", bedauerte sie.

Während Kurt sich sofort schlafen legte, um am nächsten Morgen für die Heimfahrt fit zu sein, lockte Martha das Meer. Sie zog Schuhe und Strümpfe aus und ging barfuß durch den feinen Sandstrand bis zum Watt. Der matschige Meerboden quoll durch ihre Zehen und bei jedem Schritt musste sie gefasst sein, auf eine Muschel oder Wattwurmhäufchen zu treten. Ein bisschen ekelig, aber auch lustig fühlte es sich an. Peters Mutter hatte sie gewarnt, auf keinen Fall weiter hinaus ins Watt zu laufen, da die Flut erwartet wurde. So blieb sie vorne am Spülsaum und spielte mit den Füßen im Wasser. Herrlich, richtig ein bisschen Urlaubsgefühle. Martha bummelte noch ein bisschen an der Strandpromenade und kaufte für ihre Freundin ein kleines Souvenir von der Strandbude. Mit einem Eis setzte sie sich in den Sand und verfolgte den Sonnenuntergang. Wie ein riesiger roter Ball verschwand die Sonne am fernen Horizont im Meer. So etwas hatte sie noch nie zuvor gesehen.

Wenig später lag auch Martha tief beeindruckt, aber ziemlich erschöpft in ihrem Hotelbett. Bis jetzt war die Entscheidung, die Tour zu begleiten, gar nicht so schlecht, stellte sie zufrieden fest.

Doch bereits am nächsten Morgen spürte Martha zunehmend die Tragweite der bevorstehenden Ereignisse. Peter lief unruhig im Frühstücksraum herum. Allen musste er noch einmal die Hand geben. Dabei zeigte er fröhlich mit dem Zeigefinger auf sich.

„Ich geh verreisen."

Er hatte Reiseerfahrung mit seinen Eltern. Jeden Winter besuchten sie mit ihrem Opel Kadett die Großeltern in Berlin.

Dann wurden auch immer die Koffer gepackt, Unmengen von Broten geschmiert und es fühlte sich genauso aufregend an.

Peters Mutter rief zur Eile, da Kurt bereits am Bus wartete. Sie hatte für die lange Fahrt einen riesigen Korb mit Proviant gefüllt. Kalte Koteletts, hartgekochte Eier, jede Menge Brote und einen Marmorkuchen hatte sie von der Köchin backen lassen. Ihrem Peter und den anderen sollte es während der Fahrt an nichts mangeln.

„Haben's seine Sachen bereit? Wir haben noch eine lange Tour vor uns", rief Kurt ungeduldig vom Bus herüber.

Die Mutter nahm Peter an die Hand und ging mit ihm zum Parkplatz. Sein Vater trug den Proviantkorb und seinen Koffer.

Beiden klopfte das Herz zum Zerspringen. Kurt öffnete entschlossen die Schiebetür vom Bus und ließ Martha mit Peter auf den Rücksitzen Platz nehmen.

Peters Vater verstaute das wenige Gepäck seines Sohnes im Kofferraum, beugte sich zu Peter in den Bus und drückte ihn noch einmal kräftig an seine Brust.

„Du schaffst das schon, Peter", flüsterte er ihm mit belegter Stimme ins Ohr.

Peters Mutter tat es ihrem Mann gleich. Sie versprach, ein Paket mit leckeren Sachen zu schicken. Als Kurt den Motor anließ, fing Peters Unterlippe an zu zittern. Tränen liefen ihm die Wange herunter. Noch schnell ein Blick zur Mutter. Dieser ging ins Leere. Sie war bereits zurückgetreten.

Kurt mahnte zur Eile.

„Haben Sie vielen Dank für die Übernachtung und das gute Essen", bedankte sich Martha für sie beide und streckte Peters Mutter zum Abschied ihre Hand aus dem Busfenster entgegen. Diese stand, mit den Tränen kämpfend, verloren am Straßenrand. Martha drückte ihr tröstend die Hand.

Dabei kamen ihr auch schon beinahe die Tränen. Selbst zutiefst von dem Abschied aufgewühlt, wandte sie sich zu Peter. Um ihn von seinem Schmerz abzulenken, stimmte sie *War einst ein kleines Segelschiffchen* an. Zaghaft und mit nuscheliger Sprache, versuchte er mitzusingen.

Auch Kurt ließ die Abschiedsszene nicht unberührt. Sie erinnerte ihn an ein Erlebnis aus seiner eigenen Kindheit. Aber daran wollte er jetzt lieber nicht denken.

„Ich bin froh, dass Du dabei bist, Martha. Das hätte ich alleine nicht geschafft."

Solche Worte hatte Martha von Kurt gar nicht erwartet.

„Ich auch", kam leise von Peter und dann drückte er ihr einen feuchten Kuss auf die Hand.

Altenwalde hieß ihr nächstes Ziel. Dort sollten sie von einem alten Bauernhof den nächsten Jungen abholen. Sie bogen in eine Birkenallee ab, nur noch dreihundert Meter, dann hatten sie es geschafft. Vor ihnen lag ein riesiger Hof mit Stallungen, aus denen die Kühe laut muhten. Gänsegeschnatter und ein krähender Hahn zogen Peters Aufmerksamkeit auf sich.

„Will aussteigen", bat er mit leiser Stimme.

Martha öffnete die Seitentür.

„Ich vertrete mir mit ihm die Beine ein bisschen, während Sie den Thomas holen, ja?"

Sie blickte fragend zu Kurt. Der war indes fasziniert von dem alten Deutz-Trecker. Für einen Moment zog dieser ihn völlig in seinen Bann, sodass er sich selbst an seine bevorstehende Aufgabe erinnern musste.

Weniger friedlich ging es in der Diele zu. Oma Leni hatte ganz rot verweinte Augen und knüllte ihr Taschentuch immerzu in ihren Händen.

Ihr Sohn hatte entschieden, dass ihr Enkel auf die Burg Wernberg ziehen sollte. Da es im Umkreis keine geeignete Betreuung und für die Art von Behinderung auch keine Beschulung gab, hatte das Sozialamt ihm die Einrichtung im fernen Oberbayern empfohlen. Ein idyllischer Ort. Thomas sollte genug andere Kinder zum Spielen haben und angemessen gefördert werden.

Oma Leni hatte bereits gestern Abend die wenigen Habseligkeiten von ihrem Thomas zusammengepackt. Seit ihre Schwiegertochter vor einem Jahr an einer Lungenembolie verstorben war, fühlte sie sich verantwortlich für ihren Enkel. Er war von Geburt an behindert. Er sei schwachsinnig, sagten die Ärzte. Ihr war es egal, wie sich das nannte. Sie liebte ihn, wie er eben war: immer gut gelaunt, ein Lächeln im Gesicht und so ein treuer Blick. Nur nützlich konnte er sich auf dem Hof nicht machen, dazu taugten seine Hände, die immer alles sofort wieder fallenließen, nicht. Ständig lief ihm die Spucke aus dem Mund, was bei den Knechten und Mägden für Spott und Ekel sorgte.

Besonders ihrem eigenen Sohn war er in letzter Zeit ein Dorn im Auge. Wollte dieser doch auch eine neue Frau für sich und den Hof gewinnen.

Nun, wo es so weit war, wurde es ihm jedoch ebenfalls etwas mulmig zumute. Schließlich war es ja sein eigen *Fleisch und Blut,* was er da weggab.

Thomas saß blass am Küchentisch vor seinem Becher Kakao.

Immer, wenn irgendwo eine Aufregung war, spürte er diese mit seiner Feinsinnigkeit als Erster. *Warum hat Oma nur all seine Sachen eingepackt? Sogar sein Holzpferd!*

Laut pochte es an die große Tür. Thomas verschüttete vor Schreck seinen Kakao. Schnell wischte Oma Leni alles weg, während der Vater mit hochgezogenen Schultern ging, um zu öffnen. An dieser Haltung erkannte sie die Anspannung ihres Sohnes schon, seit sie denken konnte.

Kurt trat herein und durchschnitt mit seinen kräftigen Schritten und seinem bayrischen Dialekt die Stille des Raumes.

„Grüß Gott, ich komme von der Burg Wernberg und soll den Thomas abholen. Haben Sie alle Sachen bereit? Es darf aber nicht so viel sein, wir haben keinen Platz. Die haben eh alles dort auf der Burg."

Dieser barsche Tonfall schreckte Oma Leni auf, schnell packte sie noch ein paar anständige Wurstbrote für alle ein und band ihrem Enkel die Schnürsenkel zu. Thomas klammerte sich an sie und begann, kläglich zu weinen. Wieder spürte sie dieses Stechen in der Brust.

Thomas Vater konnte den Schmerz seiner alten Mutter kaum ertragen. Er fühlte sich in die Pflicht genommen, sie zu unterstützen.

„Mutter, lass gut sein! Gib ihn mir. Ich bringe ihn nach draußen zum Bus." Kurzentschlossen zog er Thomas von ihr weg und nahm ihn auf seinen Arm. Draußen drückte er ihn noch einmal an sich und versprach ihm, dass er bald wiederkommen würde. Dann setzte er ihn auf den angewiesenen Platz neben Peter. Gab ihm sein Holzpferdchen in die Hand, drehte sich um und ging ins Haus. Oma Leni kam zum Bus gehumpelt und erhaschte noch einen letzten Blick ihres Enkelsohnes durch die geöffnete Schiebetür.

Kurt verstaute den kleinen Koffer mit Thomas Habseligkeiten im Kofferraum und verabschiedete sich von der Großmutter. Mit Nachdruck schob er die Bustür zu. Martha hatte sich nach hinten gesetzt, um Thomas, zu trösten, der verschüchtert und verweint neben Peter saß und gellende Laute von sich gab.

Da war auch schon das erste Malheur passiert. Vor lauter Angst hatte Thomas sich in die Hosen gemacht. Peter streichelte ihm über den Arm.

„Ist nicht schlimm."

Zum Wechseln war jetzt keine Zeit. Sie mussten den Plan einhalten, um spätestens zum Abend wieder auf der Burg zu sein. Schaukelnd fuhren sie durch die holprige Birkenallee in Richtung Ferne.

Zurück blieb Oma Leni und winkte mit dem Taschentuch, bis der Bus nicht mehr zu sehen war.

Martha musste tief durchatmen. Während Kurt einen immer härteren Gesichtsausdruck bekam, hatte sie einen dicken Kloß im Hals. Aber darüber konnte sie mit ihm nicht sprechen. Sie musste sich selbst beruhigen und den Kindern eine Stütze sein. Ihr fiel nichts Besseres ein, als wieder und wieder das Lied vom Segelschiffchen zu singen. Das beruhigte die beiden Jungen.

Wenig später bogen sie in eine Armenhaussiedlung ein. Sie lag versteckt hinter einer Reihe von roten Backsteinhäusern. 63c stand auf Kurts Zettel, vorletzter Eingang. Weil die Wege hier zu schmal wurden, musste er den Bus am Anfang der Baracken abstellen. Martha blieb bei den Jungen, die blass und verstört wirkten. Sie versuchte, sie mit ein paar Bonbons aufzuheitern.

Aus den verschiedenen Hauseingängen stahlen sich neugierige Kinder hervor. Sie wussten bereits, dass heute der Johann abgeholt werden sollte.

Sie alle wohnten mit ihren Familien auf weniger als zwanzig Quadratmetern. Hier wurde gekocht, geschlafen, gespielt und gelebt. Es gab kein fließendes Wasser. Die Toiletten waren im Hof.

Als Kurt zur Steinbaracke 63c kam, saß dort ein rothaariges Mädchen auf der Stufe zum Eingang, sie war etwa acht Jahre alt und hatte viele Sommersprossen.

Er trat in den kleinen Hausflur, dieser war mit Fahrrädern vollgestellt, vier Zimmer gingen von ihm ab.

Im rechten Wohnraum lebte Helene Berger mit Johann und Martina. Johann war gerade sieben Jahre alt geworden.

„Hallo?", rief Kurt in den Hausflur hinein.

Eine junge Frau öffnete die Tür und bat ihn herein. Ein Tisch, drei Stühle, ein Schrank, ein Klappsofa und ein Bett, viel mehr gab es in dem Wohnraum nicht.

So eine attraktive Frau hier? Sie dürfte mein Alter haben, dachte Kurt. Während sie behutsam den kleinen, blonden Jungen zu Ende anzog und seine letzten Sachen in einem braunen Koffer verstaute, betrachtete er sie eingehend.

Ihre sommersprossige Tochter war Kurt bis zur Tür gefolgt und blickte ihn misstrauisch an.

Er sollte ihr den Bruder nicht wegnehmen! Schon zweimal war dieser in einem Kinderheim in der Nähe untergebracht worden. Einmal, gleich nach dem Tod des Vaters, waren sie gemeinsam im Heim gewesen. Ständig war sie dort um ihren kleinen Bruder besorgt. Besonders wenn sie an die schrecklichen Zuckungen dachte. Danach lag er immer wie tot auf dem Fußboden.

„Johann heißt er", sagte die Frau. „Sie gehen gut mit ihm um, ja?"

Kurt dachte an seine Frau zu Hause und an seinen eigenen Sohn, der, Gott sei Dank, kein Idiot war. Er konnte nicht umhin, dass ihm diese Frau mit ihrem Kind leid tat.

Da kreuzte sich sein Blick mit dem der sommersprossigen Martina, welche ihn immer noch misstrauisch und vorwurfsvoll ansah.

Kurt griff in seine Hosentasche, zog ein Karamellbonbon heraus und reichte es ihr. Doch anstatt das Bonbon anzunehmen, fragte sie ihn herausfordernd:

„Kannst Du nicht mich mitnehmen, oder einfach uns beide?

Ich will meinen Bruder nicht alleine lassen!"

Er blickte in ihre fragenden Augen, Angst und Traurigkeit meinte er darin zu sehen. Jetzt musste er sich einen Ruck geben.

„Sind Sie soweit? Meine Kollegin wartet mit den anderen Kindern schon im Bus. Bitte ziehen Sie ihm die Schuhe an und dann los!"

Der Kleine lächelte ihn an. Er schien nicht zu wissen, was ihm bevorstand. Erst als die Mutter ihn in den Bus neben Thomas setzte und seine Schwester sich an ihn klammerte, verzog er das Gesicht. Lautlos weinte er vor sich hin.

Kurt musste wieder klare Sache machen.

„So, genug jetzt. Der wird es schon gut haben bei uns auf der Burg."

Entschieden schob er die Bustür zu und flüchtete sich ans Steuer. Im Seitenspiegel sah er, wie die Sommersprossige auf ihre Mutter einschlug und lauthals zu weinen begann.

Kurt gab Gas und fuhr mit heulendem Motor vom Platz. Auch Martha war froh, nicht länger Zeugin dieses Abschieds sein zu müssen. Sie schluckte mehrmals, um nicht mitzuweinen. Verstohlen blickten Peter und Thomas ihren neuen Mitfahrer an. Dieser blickte ins Leere, als kenne er Abschiede bereits.

Kurt steuerte das nächste Ziel an. Otterndorf, eine Kleinstadt an der Elbe. In einer halben Stunde waren sie durch die niedersächsische Marschebene gefahren. Weite über Weite und kein Berg in Sicht. So weit von zuhause hatte es ihn noch nie getrieben, *hier könnte er nicht leben, da musste man ja blöd werden.*

Martha nahm die Landschaft kaum wahr. Sie war so stark mit den Abschieden dieser Kinder beschäftigt, ständig musste sie laufende Nasen putzen.

Vor Erschöpfung war Thomas mit dem Kopf an Peter gelehnt eingeschlafen. Dieser saß ganz still. Zu Martha gewandt deutete er mit dem Zeigefinger auf seinen Mund.

„Pscht, der schläft. Nicht wecken."

„So lieb von Dir, Peter, dass Du ihn an deiner Schulter schlafen lässt."

Stolz blickte Peter Martha an und nickte mit dem Kopf.

Kurt schaute auf seine Liste. Jetzt sollten sie Holger abholen. Nach kleinen Irrfahrten erreichten sie die alte Fischersiedlung. Er musste sich noch ein wenig durchfragen, bis sie an einem etwas verfallenen Haus parken konnten. Eigentlich hatten sie es gar nicht verfehlen können. Vor dem Haus lief ein Junge die Hände vor seinen Augen hin- und herdrehend auf und ab.

„Das kann nur der nächste Idiot sein", grinste Kurt Martha an und stieg aus. Dabei entging ihm nicht ihr entsetzter Blick. *Na, die hatte sich noch an einiges zu gewöhnen!*

In der kleinen Fischerkate wurden die letzten Vorbereitungen für Holgers Abreise getroffen. Eng war es in der Kate, in der sich noch vier weitere Kinder tummelten. Das Jüngste wurde noch gestillt, während die anderen beiden Kleinen auf den derben Holzdielen mit ihren Bausteinen spielten. Die größere Schwester packte ihrem Bruder liebevoll kleine Schätze in seinen Rucksack. Bunte Glasscherben, die sie für ihn gesammelt hatte.

Diese konnte er oft stundenlang vor seinen Augen drehen und sich daran erfreuen. Ihr alter Brummkreisel musste auch noch mit. Holger legte sich gerne auf den Boden, um ihn mit seiner Hand rauf und runter zu drücken. Dann drehte er sich so richtig schön, während sich der bunte Hahn und die Henne mit ihren Küken zu den schönsten Farben vermischten. Eine Augenweide für Holger. Dieser sprach nicht viel und meist nur mit seiner Mutter.

„Er hat halt seine eigene kleine Welt", meinte die Mutter.

Auch ihr hatte man nahegelegt, Holger wegzugeben. Er war eine Belastung für die Familie, seit diese immer größer geworden war.

Holgers Vater war Fischer. Er hatte gerade so sein Auskommen. Auch heute war er bereits seit fünf Uhr früh mit seinem alten Fischerboot auf dem Wasser, um den nächtlichen Fang aus den Reusen zu holen. Sie hatten den Gedanken, sich von Holger zu trennen, lange hin und her bewegt. Die vom Amt hatten gesagt, dass er auf der Burg gefördert und auch einmal im Jahr nach Hause gebracht würde. Das hörte sich gut an. Außerdem fehlten ihm die anderen vielleicht gar nicht so sehr, sonst hätte er sicher mehr Kontakt zu ihnen aufgenommen.

Kurt klopfte an die Tür der Fischerkate. Er musste beim Eintreten den Kopf einziehen so niedrig war die Türzarge.

„Grüß Gott, wir kommen von der Burg Wernberg und wollen den Holger abholen. Haben Sie die Sachen bereit? Und bitte, packen Sie nicht so viel ein, wir haben keinen Platz im Bus."

Schuldbewusst drückte die große Schwester den Brummkreisel noch einmal an sich. Dann legte sie ihn zuoberst auf seine Sachen in den alten Seesack ihres Vaters und zog die Kordel fest.

„Wo geht der Holger hin, Mama?", fragten die vierjährigen Zwillinge.

„Der verreist für eine Weile", antwortete sie mit gebrochener Stimme.

Sie nahm den Säugling von der Brust, legte ihn in die Wiege zurück und deckte ihn mit dem dicken Federkissen sorgsam zu.

Wer hätte das gedacht, dass ich einmal mein eigenes Kind weggeben würde. Dabei strich sie über das Kissen, mit dem sie vor sechs Jahren auch den Holger schon zugedeckt hatte.

Kurt riss sie aus ihren Gedanken.

„Jetzt machen Sie bitte voran, wir müssen noch andere Buben abholen."

Hätte sie diesen Moment vor zwei Monaten fühlen können, sie hätte ihren Holger nie und nimmer weggegeben. Doch jetzt war es soweit! Sie ging mit vor die Tür, nahm ihren Sohn an die Hand und wollte ihn zum Bus begleiten. Da begannen die Kinder in der Kate zu weinen. Seine ältere Schwester schluchzte laut auf.

Kurt nahm kurzerhand Holger auf den Arm. Er fuchtelte wild mit seinen Händen und schaukelte mit seinem Oberkörper vor und zurück, sodass Kurt ihn fester an sich drücken musste.

„Jetzt machen wir es nicht unnötig schwer für alle. Sie gehen am besten zu Ihren Kindern rein und wir machen den Abschied kurz und schmerzlos. Der wird es schon gut bei uns haben."

Er trug den sich wehrenden Holger die fünfzig Meter bis zum Bus auf dem Arm. Öffnete mit einer Hand die Schiebetür und drückte den Jungen auf die Sitzbank neben Johann. Holger sperrte sich mit Händen und Füßen und kreischte laut.

„Mama, will zu Mama."

Diesen Satz wiederholt er immer wieder. Jetzt begannen auch Thomas und Johann erneut zu weinen, bis Kurt laut nach hinten brüllte:

„Schluss jetzt mit der Heulerei."

Die beiden Jungen waren auf einen Schlag still.

Kurt startete den Motor, legte den Gang ein und fuhr forsch an. Im Seitenspiegel konnte Martha gerade noch sehen, wie die Mutter des Jungen hinter dem Bus herlief.

„Halten Sie doch nochmal an, die Mutter läuft weinend hinter uns her."

Martha war ganz außer sich.

„Die sollen froh sein, dass sie ihre Bälger los sind, anstatt zu heulen. Jetzt machen wir es denen nicht noch schwerer", zischte Kurt Martha an und gab Gas.

Er fuhr weiter Richtung B73 nach Bremen.

Martha war entsetzt über Kurts Verhalten. Doch sie war nur Praktikantin und musste sich fügen. Sie drehte sich zu den Kindern um und sang das Lied vom *Hampelmann, der Arm und Bein bewegen kann.* Sogleich entspannte sich die Stimmung im Bus ein wenig. Doch nicht nur im Bus, sondern auch in ihr.

Kurt trat aufs Gaspedal. Es war bereits zehn Uhr. Sie mussten noch zwei weitere Kinder abholen. Vor neunzehn Uhr würden sie wohl nicht in Weiden sein. Dann noch eine halbe Stunde Landstraße bis zur Burg. Hoffentlich machten die nicht so viel Geschrei. Eigentlich hatte er ja lieber nachts fahren wollen, aber das war der Chefin nicht recht gewesen.

Burg Wernberg, 10. Mai 1964

Es dämmerte bereits, als Kurt die Bundesstraße verließ, um auf die Landstraße nach Weiden abzubiegen. Wie große, bedrohliche Gestalten wirkten die riesigen Bäume am Waldrand. Zehn Stunden Fahrt lagen hinter ihnen. Die Kinder schliefen schon eine Weile. Sie waren vom vielen Schaukeln des Busses aneinander gerutscht. Im Laufe der Zeit hatte sich ein beißender Geruch von eingenässten und eingekoteten Hosen im Bus ausgebreitet, gegen welchen Kurt zu Marthas Leid auch noch angeraucht hatte.

Endlich hob sich aus der Abenddämmerung die gewaltige Trutzburg ab. Nur noch wenige Minuten, dann waren sie am Ziel. Kurt drehte sich zu Martha.

„He, wach auf, wir sind gleich da. Weck schon mal die Kinder."

Martha rekelte sich aus ihrer eingeklemmten Haltung und drehte sich zu den Jungen auf der Rückbank um.

„Peter, Thomas, und Johann aufwachen. Wir sind da."

Und noch weiter nach hinten rief sie: „Holger, Franz und Arne, aufwachen. Wir sind da."

Umgehend wurde die Stille im Bus von lautem Weinen der Jungen durchbrochen. Einer steckte den anderen an.

Knarrend wurde vor ihnen die riesige Zugbrücke heruntergelassen. Laut holperte der Bus über das Kopfsteinpflaster in den Burghof.

Hundegebell empfing sie und hallte in dem hohen Mauerwerk beängstigend laut wider. Die Kinder wurden bereits erwartet. Martha stieg aus und öffnete die Schiebetür. Kurt zog einen Buben nach dem anderen aus dem Bus. Bettina, die seit einigen Wochen im Agnesheim arbeitete, half Martha die schreienden Kinder zu beruhigen.

Agnes Nastrewa kam aus ihrem Seitentrakt heraus.

„Was ist das für ein Geschrei hier, seht's zu, dass ihr die Buben zur Ruhe bringt."

Neben ihr stand knurrend einer der Jagdhunde ihres Mannes. Sofort waren die Jungen still. Sie klammerten sich krampfhaft an Martha und Bettina fest. Ein scharfer Blick von Agnes Nastrewa gab Bettina stillschweigend zu verstehen: Keine Verweichlichung in meiner Anstalt. Die Jungen müssen abgehärtet werden!

Das hatte sie ihr und den anderen Mitarbeiterinnen erst gestern in der Dienstbesprechung zu verstehen gegeben.

„Habt Ihr eine gute Fahrt gehabt? Hat alles geklappt?", wandte Agnes Nastrewa sich Kurt und Martha zu.

„Das waren schon viele Kilometer, Frau Chefin. Jetzt bin ich aber auch platt", gab Kurt ehrlicherweise zu.

„Und Du, Martha? Hat Dir die Aufgabe Spaß gemacht? Hast mal was von der Welt gesehen, was?"

„Ja, danke. Das ist so eine andere Landschaft als bei uns. Dieses Meer, unglaublich. Aber es war auch sehr traurig mitanzusehen, wie die Eltern und Kinder unter dem Abschied gelitten haben."

„Das kann ich mir denken. Aber die Kinder werden es schon gut bei uns haben. Bringst die Buben noch mit ins Bett und dann machst Du Feierabend. Morgen früh um acht Uhr beginnt Dein Dienst in der Gruppe. Es ist bestimmt von Vorteil, wenn die Jungen Dich gleich in der Früh wiedersehen."

„Klar, das kann ich machen."

Insgeheim hatte Martha gehofft, dass sie nach den langen Fahrten der vergangenen zwei Tage morgen frei hätte. Naja, so war es eben jetzt.

„Kurt, wir sehen uns dann morgen zu den Vorbereitungen für den Empfang", und damit verschwand Agnes Nastrewa wieder in ihrem Domizil.

Die Kinder zitterten vor Kälte und Aufregung. Martha und Bettina brachten sie ins Burginnere. Johann musste nun ebenfalls getragen werden. Martha hatte bereits den kleinen Arne auf dem Arm. Bettina hob ihn hoch, er war zu schwach, um auf seinen Beinen zu stehen, und zudem bis zum Bauchnabel eingekotet, eiskalt am ganzen Körper. Nun sollte er von ihr auch noch mit dem kalten Duschschlauch abgespritzt werden. Er schlotterte währenddessen am ganzen Körper und gab gurrende Laute von sich. Wie gut, dass sie bereits vor der Ankunft der Kinder die Wäsche bereitgelegt hatte. Geschwind steckte sie ihn in einen Schlafanzug und trug ihn ins Dachgeschoss.

Im Schlafsaal standen sechs Gitterbetten. In dreien lagen bereits Jungen mit den Armen an den Gitterstäben fixiert und schliefen. So hatte es die Chefin angeordnet. Bettina legte den Jungen in sein Gitterbett. Nahm seine mageren Arme, um auch ihn zu fixieren. Ein Blick in seine Augen verriet ihr seine Angst. Sie streichelte ihm schnell noch einmal über den Kopf und drehte dann den ausgeleierten Lichtschalter herum. Tiefe Dunkelheit.

Währenddessen hatte Martha Thomas, Holger, Peter und Franz in den Waschraum gebracht und ausgezogen. Frierend und weinend saßen sie auf dem kalten, noch von Johanns Kotresten verschmutzten Kachelboden. Arne lag auf der Holzablage und musste noch von Bettina versorgt werden. Er war wirklich der Kleinste von allen. *Passt auf ihn auf,* hatte seine Mutter zu den anderen Jungen gesagt, als sie ihn in den Bus gesetzt hatte. Seine Eltern waren beide Lehrer und voll berufstätig, sie hofften, dass er hier gut heranwachsen und fürs Leben lernen können würde. Auch er war bis an die Brust vollgekotet. Sie versuchte die Kotkruste mit dem Waschlappen abzureiben. Der Kleine weinte kläglich dabei und schaute sie mit durchdringendem Blick an. Sie streichelte ihm beruhigend über den Rücken und beeilte sich, ihm das Schlafanzugoberteil über den Kopf zu ziehen. Sicherheitshalber wickelte sie eine Windel auf den wunden Po und zog die Schlafanzughose darüber. Arne wog auf ihrem Arm so leicht wie eine Feder. Bettina brachte ihn nach oben zu Johann und fixierte auch ihn mit einer dicken Mullbinde an den Gitterstäben. Dabei drehte er wild den Kopf auf der Matratze hin und her.

Martha war Bettina mit Thomas, Holger, Franz und Peter nach oben in den anderen Schlafraum gefolgt. Um sich in den vielen Gängen und Räumen zurechtzufinden, würde sie sich morgen unbedingt eine Orientierung verschaffen müssen.

Peter schnalzte laut vor sich hin und schüttelte immerzu seine Hände aus.

„Mama, Papa, Strand, Oma, Opa", rief er dabei laut durch den Burgflur. Bettina versuchte, ihn zu beruhigen.

„Pst, Mama kommt bald."

Peter wurde augenblicklich still. Sein hoffnungsvoller Blick richtete sich ganz auf Bettina. Für sie war es jedoch erst einmal wichtig, dass endlich Ruhe einkehrte. Sie wusste sich keinen anderen Rat mehr.

Und jetzt Licht aus! Morgen war ein neuer Tag.

Martha verabschiedete sich von Bettina und schnallte sich ihren Rucksack auf den Rücken, bereit die Abkürzung durch den Wald zu nehmen. Jetzt nichts wie hinaus in die Natur. Ihre Mutter hatte ihr zwar angeboten, sie abzuholen, aber nach den Erfahrungen der letzten Tage brauchte sie, nun erstmal allein zu sein. Das Schicksal der Kinder war ihr doch sehr nahe gegangen.

Was Kurt ihr im Bus von den Familien erzählte hatte, machte sie betroffen.

So unterschiedlich die Gegebenheiten: arm und reich, große und kleine Familien, die Eltern in den verschiedensten Berufen, und alle hatten aus so unterschiedlichen und doch auch so ähnlichen Gründen mehr oder weniger leicht die Entscheidung getroffen und waren im Augenblick des Abschieds mit der Realität konfrontiert, nun getrennt zu sein. Gerne wäre sie mit in die Familien gegangen und sei es nur, um ein paar tröstende Worte zu sagen. Aber einer von ihnen hatte im Bus bei den Kindern bleiben müssen. Und damit war sie auch voll ausgelastet gewesen. So viel Traurigkeit, Angst und Hilflosigkeit. Die Blicke der Kinder hatten sich ihr regelrecht in die Seele gebrannt. Irgendwie fand sie es menschenunwürdig, sie so weit entfernt von ihren Familien unterzubringen. Hätten die Ämter in Niedersachsen nicht andere Lösungen finden können? Die mussten doch eigene Heime für die Kinder schaffen können. Aber was hatte Franz Mutter gesagt, das Amt hätte ihr ihren Sohn schon viel früher weggenommen, wenn es einen Platz für ihn gegeben hätte? Völlig betrunken hatte sie Kurt im Treppenhaus hinterhergeschrien, dass er ihr ihr Kind nicht wegnehmen dürfe. Der Vater, selbst gewalttätiger Alkoholiker, war froh, *dieses blöde Grinsen nicht mehr sehen zu müssen.* Er gab seiner Frau die Schuld an Franz Behinderung. *Sie hatte so viele Schlafpillen geschluckt in dieser Schwangerschaft. Der hätte erst gar nicht geboren werden dürfen.*

In Gedanken versunken stolperte sie über eine Baumwurzel und wäre beinah gestürzt. Sie konnte sich gerade noch an einer alten Eiche festhalten. Vielleicht war es doch schon ein bisschen zu dunkel für den Heimweg zu Fuß. Aber jetzt ließ es sich nicht mehr ändern.

Martha kramte den letzten Apfel von Peters Mutter aus ihrem Rucksack und biss genüsslich hinein.

Morgen sollte ihr erster richtiger Arbeitstag auf der Burg sein.

Es stimmte, sie war für die Kinder wirklich eine Vertrauensperson geworden. Da hatte die Chefin Recht. Wie die Buben wohl reagieren würden?

Als sich der Wald lichtete, sah sie schon im Tal ihr Heimatdorf liegen. Noch ein paar Minuten, dann war sie zu Hause und konnte sich in ihr Bett fallen lassen. Hoffentlich waren ihre Eltern schon schlafen gegangen. Sie war zu müde und zu angefüllt mit Eindrücken, als dass sie noch von ihren Erlebnissen hätte erzählen mögen.

Teil 2

Schattendasein auf der Burg

Burg Wernberg, Mai 1964

Gerade ging die Zugbrücke runter. Glück gehabt, Rosa kam pünktlich zum Wecken. Unpünktlichkeit wurde von der Chefin scharf beäugt, das hatte sie in ihren ersten beiden Wochen hier auf der Burg schnell erkannt.

Rosa mochte den Geruch der alten Gemäuer. Sie atmete beim Öffnen des Tores tief ein und fühlte sich jedes Mal ein wenig in eine andere Zeit versetzt. Es war, als würde die Burg alte Geschichten erzählen. Schon in der Schule hatte sie den Geschichtsunterricht geliebt. Besonders die Räume der Chefin erinnerten sie an vergangene Zeiten. Allerdings betrat sie diese nur sehr selten.

Flink stieg sie die alten Steinstufen zu den Schlafräumen hoch. Sie sang bereits beim Türöffnen ihr Guten-Morgen-Lied. Doch als sie im Dachgeschoss angekommen, in den Gitterbetten die zwei neuen Jungen erblickte, stockte ihr der Atem. Kleine, blasse Gesichter mit ausdruckslosen Augen. Die Hände an den Gitterstäben festgebunden, die Decke weggetreten und unter ihnen eine riesige Urinlache.

Kein Geräusch des Unmutes drang zu ihr, stattdessen eine bedrückende Stille.

Die anderen drei Buben warteten bereits aufs Wecken. Rosa rechnete kurz durch, wie lange sie brauchen würde, um die Jungen anzuziehen. Dann ging sie in den gegenüberliegenden Schlafraum, um die anderen Buben zu wecken.

Behutsam hob sie nacheinander Johann und Martin aus dem Bett und brachte sie in den Waschraum. Sie musste einen guten Zeitplan haben, denn für alle Kinder gab es nur diesen einen Raum auf der Burg. Aus dem Wäscheschrank holte sie für die beiden zwei Lederhosen. Alle Buben auf der Burg trugen solche.

„So, schaut her. Jetzt gibt es was Frisches für Euch zum Anziehen. Hier trägt man Lederhosen, die kennt ihr wohl gar nicht am Meer. Da gibt's halt Badehosen."

Rosa lachte in sich hinein, denn den Witz hatten die Kinder garantiert nicht verstanden.

Gewaschen, gekämmt und neu eingekleidet sahen die Jungen in den viel zu locker sitzenden Hosen etwas verloren aus.

Jetzt hatte sie es eilig, denn alle neuen Kinder sollten heute dem Medizinalrat Dr. Gassner vorgestellt werden.

Als sie mit den Jungen im Frühstücksraum ankam, begann Johann plötzlich zu schwanken und fiel mit lautem Knall auf den harten Steinfußboden. Seine Arme und Beine zuckten, der Kopf schlug unsanft auf, er verdrehte die Augen und begann zu röcheln. Rosa bekam es mit der Angst zu tun. Sie schrie laut über den Burgflur nach Hilfe.

„Mir stirbt hier ein Kind. Hilfe! Kann jemand kommen?"

Ihre Worte hallten durch die ganze Etage.

Durch Rosas Hilferuf hatte sich Arne so erschreckt, dass er an die Kachelwand gelehnt wild mit seinem Oberkörper vor und zurück schaukelte und gurrende Laute von sich gab.

Kurt kam aus dem Hof die Treppen hochgelaufen, warf einen Blick auf Johann und winkte ab.

„Der stirbt so schnell nicht. Das hat er gestern auch schon im Bus gehabt. Wo ist denn seine Medizin? Vielleicht braucht er welche. Den bringen wir gleich als ersten zum Medizinalrat."

Kurt schnappte sich Johann, der inzwischen ruhig auf dem Boden lag, hob ihn über seine Schulter und machte sich auf den Weg zum Arztzimmer. Dazu musste er den Burghof überqueren. Als er den VW-Bus dort stehen sah, tauchten die Eindrücke seiner Norddeutschlandtour wieder auf. Er konnte sich nicht gegen die sich ihm aufdrängenden Bilder von gestern erwehren, die Abschiedsszenen der

Buben waren sofort vor seinem inneren Auge. Schließlich war er kein Unmensch, hatte ja auch zwei Kinder.

Medizinalrat Dr. Gassner stand bereits im weißen Kittel vor dem Trakt der Chefin. Das Arztzimmer befand sich zusammen mit dem Sekretariat in diesem Teil der Burg.

Dr. Gassner nahm Johann in Empfang und legte ihn auf die lederne Liege. Er zog seine Augenlider hoch, leuchtete mit der Taschenlampe in seine Augen und fühlte den Puls.

„Der Junge ist unauffällig. Legen Sie ihn sicherheitshalber in sein Bett und fixieren Sie seine Arme. Ruhestellung ist jetzt erst einmal das Beste."

Kurt wunderte sich, dass er nichts unternahm. Er sollte doch in solch einem Fall Medizin bekommen, hatte seine Mutter ihm gestern gesagt. Plötzlich fiel ihm ein, dass sie ihm Zäpfchen zur Verwahrung mitgegeben hatte. Vor lauter Müdigkeit hatte er gestern Abend vergessen, sie an Bettina weiterzugeben. Er fingerte ein Päckchen mit den Zäpfchen aus seiner Jackentasche und reichte sie Dr. Gassner.

„Seine Mutter hat mir diese Medizin mitgegeben. Ich hab sie in der Aufregung vergessen, weiterzugeben", stammelte er schuldbewusst.

„Schumacher, das hätte auch schief gehen können. Sie müssen ihre Gedanken besser zusammenhalten, wenn sie mit den Jungen arbeiten wollen. Verstehen wir uns?"

„Werde ich machen, Herr Doktor. Kommt nicht wieder vor." Kurt wusste gar nicht, wohin mit sich. Am liebsten würde er verschwinden. Aber er musste auf die Anweisungen vom Arzt warten.

Der war bereits in Johanns Bericht vertieft, aus dem er entnehmen konnte, dass der Junge langwierige diagnostische Abklärungen in den Alsterdorfer Anstalten in Hamburg hinter sich hatte. *Gott sei Dank, dann müssen wir uns darum nicht kümmern,* dachte er. Damit war für ihn der Fall erledigt. Ein kurzer Blick auf das Medikament sagte ihm, dass hier Vorsicht im Umgang mit dem Jungen beim Personal geboten war.

„Der Junge muss eines von diesen Zäpfchen bekommen, wenn sich ein Anfall wiederholt. Geben Sie das an die Pflegekräfte weiter."

Kurt war erleichtert, dass Dr. Gassner nicht weiter auf sein Missgeschick einging. Er nahm Johann auf den Arm, welcher ihn unsicher anblickte und sein Gesicht zum Weinen verzog, und ging mit ihm zurück in die Anstaltsräume.

Adolf Gassner ärgerte sich. Eigentlich hätte man den Knaben mit der Diagnose Epilepsie gar nicht nehmen sollen. Aber Agnes Nastrewa wusste eben genau, was sie wollte. Sie nahm auf, wen sie kriegen konnte. So war für sie auch schnell klar, dass er der Anstaltsarzt werden würde. Aber zugegebenermaßen hatte er damit auch geliebäugelt, als er ihr die Idee mit der Heilpädagogischen Anstalt unterbreitet hatte.

Aber er liebäugelte noch mit etwas anderem.

Versonnen strich er sich über seinen Kopf. Das machte er gerne, wenn er an Agnes Tochter Anna dachte. Sie würde heute Abend für den morgigen Empfang anreisen. Er hatte ein Auge auf die kleine, resolute Schwarzhaarige mit der prägnanten Nase geworfen. Genau wusste er auch nicht, was sie so anziehend für ihn sein ließ. Ob es die gleiche Herkunft war oder weil er nicht mehr so glücklich war mit seiner Frau?

Egal, jetzt musste er sich weiter den Erstuntersuchungen widmen.

Kühl und mechanisch untersuchte er ein Kind nach dem anderen. Die Sekretärin notierte säuberlich seine kurzen Bemerkungen in die neu angelegten Akten der Kinder.

Kurt und Rosa hatten die Kinder abwechselnd Dr. Gassner vorgestellt und wieder abgeholt. Jetzt saßen die Jungen in ihrem fensterlosen Aufenthaltsraum, in dem den ganzen Tag elektrisches Licht brennen musste. Die Luft darin war schnell abgestanden, sodass Rosa schon nach kurzer Zeit stets müde wurde.

Sie setzte die Jungen an die rauen Holztische und auf den Fußboden zu der alten Zinkwanne, in der ein paar Legosteine lagen.

Unbeholfen drehte Thomas die Bausteine in seinen Händen herum, steckte sie zwischendurch mal in den Mund, um sie dann wieder zu drehen oder in die Wanne zurückzuwerfen. Peter ging zu Holger, legte seine kurzen Ärmchen um ihn und schaute mit ihm durch seine grünen und brauen Glasscherben, die er unermüdlich vor seinen Augen hin- und herdrehte.

„Schön bunt", freute sich Peter mit Holger.

Dann setzte er sich mit seinen Gummibeinchen im Schneidersitz zu Franz, der in der Ecke auf dem Boden an die Wand gelehnt saß und rhythmisch seinen Oberkörper hin- und herschaukelte. Plötzlich hielt er inne, biss laut schreiend in seinen Handrücken, dann schaukelte er weiter. Peter streichelte tröstend seinen Oberarm und sprach leise zu ihm.

„Mama kommt bald."

Doch dann überkam es ihn selbst. Er begann zu schluchzen. „Maama, Paapa, kommen. Peter will lieb sein!"

In dem Moment ging die Tür auf und Arne wurde von der diensthabenden Erzieherin Frau Martens hereingebracht. Er bewegte seinen dicken Schnuller unruhig mit der Zunge im Mund hin und her. Sein Blick irrte im Raum herum, bis er Peter sah. Arne erkannte ihn sofort. Schwankend tapste er auf ihn zu und lächelte ihn scheu an. Dabei lief ihm die

Spucke aus seinem linken Mundwinkel heraus. Augenblicklich wurde Peter aus seinem Heimweh gerissen. Er stürzte auf Arne zu und drückte ihn mit seinen kurzen Armen fest an seine Brust, bis Frau Martens ihn unwirsch an die Seite schob.

„Du drückst ihn ja so fest, dass er keine Luft mehr bekommt. Setz Dich hin und bau was!“, befahl sie ihm in harschem Tonfall.

Peter schnaubte laut und atmete schwer ein und aus. Das machte er immer, wenn er wütend wurde. Dann gingen gleich „die Rosse mit ihm durch“, wie die Mama immer sagte. Mit zusammengebissenen Zähnen ging er an den Tisch, hob ihn an der Kante hoch und ließ ihn laut wieder herunterknallen. Mehrmals hintereinander – bis Frau Martens ihn mit festem Griff zur Ruhe brachte.

Holger begann aufgeregt seine Hände hin und her zu drehen und gurrende Geräusche von sich zu geben, während Franz, der bisher still in der Ecke saß, heftig in seinen Handrücken biss, bis dieser zu bluten begann. Alle Kinder zeigten ihre Überforderung auf unterschiedliche Art und Weise. Frau Martens kam sich vor wie im Irrenhaus.

Sie hatte zwar selbst eine behinderte Tochter zu Hause, aber darüber sprach sie auf der Burg nicht. Die würde sie nämlich niemals hier hinaufgeben. Sie war froh, dass ihre Mutter noch lebte und sich um sie kümmern konnte. Mädchen waren halt auch noch was anderes als Buben. Eigentlich fühlte sie sich mit der Aufgabe auf der Burg und dazu der eigenen Tochter überfordert. Und so hart mochte sie im Grunde auch nicht sein. Aber da gab es die strikten Anordnungen der Chefin.

Wenn sie nur an die erste Mitarbeiterbesprechung dachte. Die Chefin hatte sie alle in ihren Wohntrakt eingeladen. Wie feudal es da zuging. Dicke Teppiche lagen auf dem massiven

Holzboden, Kronleuchter prangten von der Decke, in der Ecke stand der schwere Eichenholz-Schreibtisch und überall hingen irgendwelche Ahnen an der Wand. Zu zehnt hatten sie alle miteinander am Eichenesstisch gesessen. Frau Ertl hatte extra für sie gekocht. Es wurde dick aufgetischt, als wären sie edler Besuch. Schweinshaxe auf Sauerkraut und anschließend ein üppiges Erdbeerdessert mit Schlagrahm. Dann folgte die Einweisung der Chefin in die Anstaltsmentalität.

„Die Kinder sind da, weil ihre eigenen Eltern nicht mit ihnen klargekommen sind. Die müssen hier von uns erzogen werden und lernen, sich anzupassen und zu benehmen. Sie wissen ja, was sie früher mit diesen Kreaturen gemacht haben. Heute brauchen sie halt das Nötigste. Sie sollen hier auf keinen Fall verweichlicht werden. Wir haben klare Methoden und alle sollten an einem Strang ziehen, schließlich wollen Sie ja alle Arbeit haben, oder? Sie wissen's alle, die sind blöde und haben zu parieren. Habt's verstanden?", endete sie in bayrischem Dialekt mit tschechischem Einschlag.

Die meisten hatten betreten nach unten geschaut und keiner traute sich eine Frage zu stellen. Stattdessen hatten alle genickt.

Martha holte sie aus ihren Gedanken zurück. Ein wenig scheu betrat sie den Gruppenraum, in dem ihre kleine Bande von gestern saß. Peter stürzte sofort auf sie zu und schlang seine Arme um ihre Beine.

„Hallo, schön Du da. Kommt Mama bald?"

Martha trieb es die Tränen in die Augen, denn sogleich schob sich die gestrige Abschiedsszene vor der *Nordseeperle* am VW-Bus zwischen sie und Peter.

„Nein Peter, Mama kommt heute nicht. Aber ich bin da. Wollen wir etwas zusammen bauen?"

„Grüß Gott, Du bist sicher Martha. Ich bin die Erzieherin der Gruppe. Kannst schon mal die Buben begrüßen. Ich geh derweil eine rauchen."

Und damit verschwand sie hinab in den Burggarten.

Martha freute sich, einen Moment mit den Jungen allein zu sein. So fühlte sie sich unbeobachtet und konnte sich nützlich machen.

Während sie mit Peter an der Zinkwanne mit den Legosteinen einen hohen Turm baute, näherte sich ihr ein Kind nach dem anderen. Martha genoss die Nähe zu den Buben. Sie wusste, dass sie seit gestern ein Stück Heimat für die Jungen geworden war.

Holger brachte ihr seine grüne Glasscherbe, die Frau Martens ihm eigentlich hatte wegnehmen wollen. Aber sie bekam seine kleine Hand nicht geöffnet, so fest hielt er sein Kleinod umschlossen. Und dann hatte Peter den Franz so fest gedrückt, dass Frau Martens dazwischen gehen musste. Darüber hatte sie die Glasscherbe vergessen.

Freudig über die kleine Geste von Holger schaute Martha mit ihm durch sein Glas. Ein Lächeln huschte über Holgers Gesicht.

„Wo ist denn der Johann?", fragte Martha in den Raum hinein.

Leider konnte keiner eine Antwort geben. Nur Peter nuschelte etwas vor sich hin und legte sich demonstrativ auf den Boden.

„Ist der Johann umgefallen?"

„Hm, doll geweint."

„Oje, da habt ihr aber alle einen Schrecken bekommen, was?"

Thomas, an die Wand gelehnt, hielt für einen kurzen Augenblick in seinem Schaukeln inne und schaute Martha für Sekunden in die Augen. Es war ihr, als ginge ein kleines Lächeln über sein Gesicht. Dann fuhr er mit seinem Vor- und

Zurückschaukeln fort. Franz saß teilnahmslos mit seinem alten Teddy im Arm auf dem Stuhl und schaute ins Leere. Nur ab und zu drückte er ihn ganz kurz an seine Nase und stieß ihn wieder weg. Sein Blick ging dabei nach innen, als erinnere er sich durch den Geruch an seine Mutter. Martha hatte diese Geste schon gestern im Bus bemerkt und spaßeshalber auch einmal kurz an ihm geschnuppert. Ein Gemisch aus kaltem Zigarettenrauch und Küchengerüchen schlug ihr entgegen. Diese schienen dem Kleinen ein Heimatgefühl zu geben.

„Arne, komm doch zu uns und bau mit Peter einen Turm."

Martha schaute in Arnes Richtung und streckte ihren Arm nach ihm aus, mit ihren Fingern deutete sie ein „Komm" an. Er lächelte sie glücklich an und krabbelte zu ihr auf den Schoß. Arne war gestern der Letzte gewesen, der von seiner Mutter zu ihnen in den Bus gesetzt worden war.

„War ein Segelschiffchen ...", stimmte Peter fröhlich an. „Singen, bitte?"

Martha stimmte mit einem Kloß im Hals ihr gemeinsames Lied von gestern an und einige der Jungen setzten auf ihre Weise mit ein. Es war ein Brummeln, Summen und Quietschen, aber alle schienen Freude an dem Lied zu haben.

Als Frau Martens vom Rauchen zurückkam, blieb sie einen Moment im Türrahmen stehen. Welch eine Einträchtigkeit zwischen der jungen Praktikantin und den Kindern.

„Na, Du bist ja wohl ein Naturtalent."

Martha blickte ein wenig verlegen zur Seite. Freute sich aber über dieses Kompliment. Vielleicht sollte sie wirklich etwas mit Kindern machen. Um eben das herauszufinden, war das Praktikum genau die richtige Entscheidung gewesen.

„Martha, ich habe die Chefin im Burghof getroffen. Sie braucht Dich heute für die Vorbereitungen des morgigen Empfangs. Du möchtest bitte zu ihr ins Büro kommen."

„Ach schade, die Kinder sind gerade so friedlich miteinander."

„Komm, ich löse Dich ab. Die werden es auch mit mir gut haben."

Doch weit gefehlt. Mit dem Rausgehen von Martha zog sich jedes Kind wieder in sich zurück. Nur Peter baute weiter an seinem Turm. Behielt Frau Martens jedoch gut im Blick

Martha flitzte die alten Steinstufen hinunter und ging über den Innenhof, am Brunnen vorbei, zum Trakt der Chefin. Was sie wohl von ihr wollte? Eigentlich hatte sie gedacht, heute bei den Kindern in der Gruppe zu sein.

„Ah, da bist Du ja. Du musst heute für mich die Tischkarten schreiben und bei den weiteren Vorbereitungen helfen."

Enttäuscht setzte sich Martha zu ihr an den Eichentisch, um in ihrer Schönschrift, wie die Chefin betonte, die Karten mit den Namen der Gäste zu beschriften. Das war nicht gerade ihre Stärke. Hoffentlich machte sie keine Patzer.

Als sie die Liste mit den Gästen sah, kam sie aus dem Staunen gar nicht wieder heraus. Der Bundesminister, Obermedizinalrat Dr. Hammerfeld, Spielzeugfabrikant Eduard Bayer, Medizinalrat Dr. Gassner, Sozialarbeiter Walter Hartmann und sofort. Sie hatte vierzig Karten in exakter Druckschrift zu beschreiben. Das schien ein großer Empfang zu werden.

Am Mittag legte Martha erschöpft den Füllhalter zurück in die Schale. Sie hatte zwar fünf Karten neu schreiben müssen, war aber ansonsten froh, dass sie gut gelungen waren.

„Mädel, Du hast eine gute Hand. Jetzt geh mal in die Küche und stärke dich. Dann kommst Du wieder und faltest die Servietten und polierst das Besteck."

„Jawohl, Frau Chefin. Wie lange soll ich denn heute bleiben?"

„Bis fünf Uhr. Morgen stell Dich auf den ganzen Tag, bis zum Abend ein. Und zieh Dir was Anständiges an. Nicht so eine Cordhose. Hast Du nicht ein fesches Dirndl?"

„Nein, so etwas habe ich nicht."

„Na dann eben ein nettes Kleid. Du hast gesehen, welche Prominenz hier morgen gastieren wird."

Martha war erleichtert, sich in die Küche zu Frau Ertl verdrücken zu können. Außerdem knurrte ihr der Magen.

„Grüß Gott, Martha. Das ist ja schön, dass Du hier oben Dein Praktikum machen kannst. Hast bestimmt einen Mordshunger, was?"

„Ja, total, Frau Ertl. Schön Sie hier zu sehen. Meine Mutter hat mir schon erzählt, dass Sie eine neue Stelle auf der Burg gefunden haben. Was gab es denn heute? Haben Sie noch einen Rest für mich übrig?"

„Es ist nur eine Sauerkrautsuppe, aber ich hab noch ein kleines Wurschtel für Dich gelassen. Morgen soll es ja das Feinste vom Feinsten geben. Das hat die Chefin unten im Bären bestellt. Ich kümmere mich nur um die Suppe und die Nachspeise."

Martha verschlang die Mahlzeit im Nu. Sie hatte gar nicht bemerkt wie hungrig sie war.

„Hm, lecker war das. Vielen Dank, Frau Ertl. Bis Morgen dann."

„Bis morgen, Martha. Grüß mir Deine Mutter."

Um 6.00 Uhr klingelte Agnes Nastrewas Wecker. Sie rüttelte ihren Mann wach. Der war gar nicht gewillt, so früh aufzustehen.

„Harald komm, heute musst Du mir eine echte Hilfe sein. Herr Gott, was bin ich aufgeregt. Wenn nur keines der Kinder sich danebenbenimmt. Vielleicht hätte ich doch entscheiden sollen, sie im Haus zu lassen?"

„Nein, Agnes, das geht überhaupt nicht! Sie sind der Grund, weshalb das hier alles stattfindet."

„Ja, Du hast ja Recht. Wie immer. Wenn ich Dich nicht hätte. Ich weiß nicht, wie ich das alles hätte schaffen sollen. Hast Du nochmal mit den Musikern gesprochen?"

„Habe ich. Sie werden gegen 10.00 Uhr da sein, um sich noch einzuspielen."

„Meinst Du nicht, dass ich zu hoch gegriffen habe mit dem Bayernlied? Es wird seit diesem Jahr immer zu offiziellen Anlässen gespielt."

Harald blickte sie mit erhobenen Augenbrauen an.

„Na gut, zu feierlich gestalteten staatlichen Veranstaltungen. Aber wir haben ja schließlich auch den Bundesminister zu Gast", rechtfertigte sie ihren Entschluss vor sich selbst.

„Jetzt mache Dir nicht so viele Gedanken. Der wird sich wahrscheinlich geehrt fühlen. Außerdem ist es ja nur die Melodie und nicht der ganze Text", versuchte Harald sie zu beruhigen.

„Ja, Du hast Recht. Wird schon nett werden. Ich schau mal zu den Buben rüber. Hoffentlich klappt bei denen alles."

Sie nahm die Abkürzung über den Innenhof, so musste sie nicht durch die halbe Burg laufen, und ging die Steinstufen in den ersten Stock hoch.

„Guten Morgen, Bettina. Ich wollte sicher gehen, dass heute alles wie am Schnürchen klappt. Wie sind die Jungen denn drauf?"

„Ganz gut, Frau Chefin. Aber sie sind schon ein bisschen aufgeregt. Vielleicht können Sie Ihnen noch ein bisschen Mut zusprechen. Das wirkt bestimmt."

„Das machen Sie sicher besser als ich, Bettina."

Sie war zufrieden mit ihrer Wahl. In der Gruppenleiterin Bettina hatte sie eine zuverlässige Kraft gefunden. Bei ihr konnte sie sicher sein, dass die Jungen während der Feierlichkeit nicht ausflippten.

„Hm, ich hab mir gedacht, dass zwei von denen dem Bundesminister die Hand geben könnten. Was denken Sie dazu?"

„Das könnten vielleicht Martin und David machen. Das sind unsere wachsten Jungen. Soll ich sie mal holen?"

„Machen Sie das. Haben die Buben gute Kleidung für den Tag? Und Sie nehmen bitte nachher die dumme Schürze ab. Wie sieht denn das aus?!"

„Jawohl, Frau Chefin."

Bettina machte sich auf, die beiden Jungen zu holen. Hoffentlich ging alles gut. Ihr zitterten richtig die Knie. Das hatte sie in den letzten Tagen öfter, wenn die Chefin in ihre Nähe kam.

„Martin und Davis, Ihr sollt zur Mutter Agnes kommen. Ihr sollt beim Empfang etwas übernehmen."

Ungläubig schauten die beiden Bettina an. Sie waren vor zwei Wochen als erste Zöglinge in der Heilpädagogischen Anstalt angekommen.

„Wwwas sollen wir denn tun?", stotterte Martin vor lauter Aufregung.

„Dem Bundesminister vermutlich *Guten Tag* sagen. Jetzt kommt schon, das werdet Ihr schaffen!"

Zögerlich gingen sie hinunter in den Aufenthaltsraum, wo Agnes Nastrewa schon ungeduldig auf sie wartete.

„Da seid Ihr ja endlich. Hat Bettina Euch schon erzählt, was ich von Euch erwarte?"

„Jemandem die Hand geben sollen wir." Beide Jungen nickten und blickten sie unsicher an.

„Genau! Ich möchte, dass ihr Zwei bei mir vorne in der ersten Reihe sitzt. Ihr werdet eine Blume in die Hand bekommen, die ihr dem Bundesminister nach seiner Rede zum Dank gebt. Ich sag Euch Bescheid, wann es so weit ist.

Schafft ihr das? Nein, das müsst Ihr schaffen. Und macht ja einen guten Eindruck!"

David und Martin nickten.

„Und wisst Ihr, was man macht, wenn man jemandem dankt?"

Sie schüttelten beschämt den Kopf.

„Einen Diener. Hat Euch das denn keiner beigebracht? So geht das." Dabei drückte sie jedem Jungen den Kopf nach vorne.

„Habt's verstanden? So, und jetzt könnt Ihr gehen."

Das ließen sich David und Martin nicht zweimal sagen. Ihnen war vor lauter Aufregung richtig duselig zumute.

Auf dem Weg lief Agnes Nastrewa Kurt über den Weg. Er kam gerade aus dem Keller herauf, in jeder Hand zwei Stühle, auf denen die Kinder im Innenhof sitzen sollten.

„Gut, dass ich Sie sehe. Bitte stellen Sie die Stühle ganz an den Rand und zählen Sie die Jungen und Kinderpflegerinnen nochmals durch. Das auch ja nichts schief geht."

„Wird gemacht, Frau Chefin." Er hatte heute richtig gute Laune und freute sich auf das Fest. Endlich war mal was los auf dieser Burg.

„Ja, und dann helfen Sie beim Aufstellen, wenn die Brauereistühle für die Gäste kommen. Herr Gott, was haben wir für ein Glück mit dem Wetter."

Um 11.00 Uhr hatten sich alle Gäste im Burginnenhof versammelt. Agnes Nastrewa stand der Schweiß auf der Stirn. Sie hatte sich zur Feier des Tages ein blaukariertes bayrisches Dirndl angezogen. Ein bisschen verkleidet kam sie sich darin schon vor. Aber was tat man nicht alles für die Etikette. Hoffentlich klappte alles mit der Technik. Sie hatte gar nicht mitbekommen, ob Kurt das Mikrofon vorher ausprobiert hatte.

David und Martin saßen scheu neben ihr. Sie wirkten etwas verloren neben ihrer fülligen Gestalt. Jeder hatte eine gelbe Rose in der Hand. Wahrscheinlich überforderte sie die beiden mit der Aufgabe. Aber darüber wollte sie jetzt nicht nachdenken. Sie hatte genug mit ihrer eigenen Überforderung und Aufregung zu tun.

Auf Harald Nastrewas Zeichen sollte die Bayernhymne angespielt werden. Sie hatten eigens dafür einen Trompeter und zwei Geigenspieler engagiert. Nun hob er die Hand zum Zeichen und die Musik begann.

Durchdringend erklang das Vorspiel zur Hymne. Dann setzten völlig unerwartet viele der Gäste voller Inbrunst ein. Einige Stimmen wurden so dominant, dass das Bayernlied nur so durch den Burghof hallte.

„Gott mit dir, du Land der Bayern,
Heimaterde, Vaterland!
Über deinen weiten Gauen
walte Seine Segenshand!
|: Er behüte deine Fluren,
schirme deiner Städte Bau
und erhalte dir die Farben
deines Himmels, weiß und blau!"

Manche setzten an, auch die anderen beiden Strophen zu singen. Aber die Stimmen wurden immer dünner, sodass die Musiker die Hymne leise zum Verklingen brachten.

Wohlgestimmt durch sein geschätztes Bayernlied erhob sich der etwas beleibte Bundesminister und betrat das Podest. Er war es, der jetzt ganz selbstverständlich das Mikrofon mit einem leichten Hineinpusten testete, um sicher zu gehen, dass er gut gehört werden würde.

„Verehrte liebe Anwesende!

Es ist mir eine große Freude, nachdem unsere Staatshymne hier erklingen konnte, heute die Eröffnungsrede für die „Heilpädagogische Anstalt“ auf der Burg Wernberg zu halten. Mein Dank geht damit an erster Stelle an Sie, gnädige Frau Nastrewa. Sie haben gemeinsam mit Ihrem Mann die große Aufgabe übernommen, den behinderten Kindern aus Niedersachsen in unserem schönen Staat Bayern eine Bleibe zu verschaffen. Wir wünschen Ihnen die nötige Kraft, Liebe und ein richtiges Händchen für die Führung dieser bedauernswerten Geschöpfe. Danken möchte ich an dieser Stelle besonders dem Land Niedersachsen für sein politisches und menschliches Vertrauen in unser Oberbayern. Ich freue mich, Ihnen nachher noch persönlich meine Wertschätzung aussprechen zu können.“

Wie verabredet spielten die Musiker erneut die Hymne. Jetzt schob Agnes Nastrewa David und Martin mit ihren Rosen nach vorne. Fast wäre Martin die Stufe zum Podest hochgestolpert. Ein kurzes Raunen ging durch die Gästeschar. Unbeholfen überreichten sie dem Minister die Rosen und verbeugten sich vor ihm. Dieser lächelte sie mit milden Augen an. Tätschelte ihnen den Kopf und bedankte sich mit einem Auftakt zum Applaus für die beiden Jungen. Erleichtert gingen sie zu ihren Stühlen zurück, wo sie einen stolzen Händedruck von Mutter Agnes erhielten. Damit hatten sie einen Sonderstatus in ihrem Herzen erhalten.

Als nächster erhob sich Obermedizinalrat Dr. Hammerfeld und steuerte auf das Podest zu.

„Sehr verehrte Anwesende!

Ich darf mich als Vertreter des Gesundheitswesens den Worten unseres geschätzten Bundesministers anschließen und Ihnen, liebe Frau Nastrewa, tiefen Dank für Ihren Mut und das Vertrauen in unser Land aussprechen. Ich freue mich mit meinem geschätzten Kollegen Medizinalrat Dr. Gassner eine medizinische Begleitung der uns anvertrauten Kinder sicherstellen zu können. Ich gehe von einer guten Kooperation mit Ihnen aus, denn Sie sind ja nicht nur Kollegen sondern auch Landesgenossen."

Adolf Gassner trat nach vorne, bedankte sich beim Obermedizinalrat für das ausgesprochene Vertrauen und versprach, dieses nicht zu enttäuschen.

Die Musiker unterstrichen die Ansprache mit einem erneuten Vorspiel der Hymne.

Verstohlen schauten einige Gäste zu den Jungen herüber. In Reih und Glied saßen sie an der Innenmauer der Burg alle brav nebeneinander. Jeder Bub steckte in einer typisch bayrischen Lederhose. Neben ihnen saß ein junges Mädchen, das schützend ihre Arme um zwei der Jungen gelegt hatte. Einer von ihnen drehte unentwegt Glasscherben vor seinem Auge hin und her. Welch einer Aufgabe wollte sich Agnes Nastrewa da annehmen?

Als nächster Sprecher erhob sich Walter Hartmann, Sozialarbeiter vom Landesozialamt Hannover.

„Verehrte Frau Nastrewa, geschätzte Anwesende!

Im Namen meiner niedersächsischen Kollegen möchte ich unseren tiefen Dank darüber aussprechen, dass in nächster Zeit sechzig geistig- und lernbehinderte Kinder hier im Bundesstaat Bayern Aufnahme in der Burg Wernberg finden werden. Selbstverständlich stehen wir Ihnen mit allen Kosten und Fragen, verehrte Frau Nastrewa, zur Seite. Wir sind sicher, der Ort wird eine Lebensbereicherung für die Kinder sein."

Er stieg vom Podest zu Agnes Nastrewa herunter und überreichte ihr zum Dank ein großes Präsent mit Lübecker Marzipan. Gerührt über diese Geste erhob sie sich und nahm die Spezialität aus Norddeutschland, wie Walter Hartmann betonte hatte, entgegen.

Jetzt musste sie selbst nach vorne treten.

„Liebe Gäste,

so darf ich doch wohl sagen? Ich möchte mich für all die herzlichen Worte und das Vertrauen, dass Sie in mich und meinen Mann legen, bedanken. Die Eröffnung des Agnesheimes scheint mir eine länderübergreifende Geste von Ost und West darzustellen, denn meine Heimat grenzt an diese Burg. Aber ebenso von Nord und Süd. Niedersachsen und Bayern nähern sich an. Ich verspreche Ihnen, mein Bestes zu geben. Und jetzt, liebe Freunde, lade ich Sie recht herzlich zur Burgführung und zum anschließenden Festschmaus ein: vorweg eine Leberknödelsuppe, dann Schweinsbraten mit Semmelknödel und Bayrisch Kraut. Und hinterher gibt es noch ein Apfelkücherl. Und ein Maß Bier darf natürlich nicht fehlen. Lassen Sie sich's wohl schmecken!"

Nach kräftigem Applaus erhoben sich die meisten Gäste. Andere blieben noch ins Gespräch vertieft im Burghof sitzen. Doch die meisten von ihnen schlossen sich Agnes Nastrewas Führung durch die Anstalt an.

Sie hatte es sich nicht nehmen lassen, überall in der Burg Blumensträuße zu arrangieren, sodass diese eine freundlichere Ausstrahlung als sonst hatte.

„Wenn Sie mir bitte folgen würden. Hier finden Sie den Eingangsbereich des Heimes, wo die Jungen für Ausflüge an- und ausgekleidet werden. Alles muss so einfach wie möglich sein. Sie haben sicher einige von ihnen auf den Bänken sitzen sehen. Wir haben es hier ja nicht nur mit lernschwachen, sondern auch mit geistig behinderten Kindern zu tun."

Die Wände waren mit Holzhaken ausgestattet. Darunter standen Holzbänke mit Fächern für die Schuhe.

„Dort haben wir noch einen Seiteneingang, der Zugang zum Keller mit Extraschränken. Aber den Weg erspare ich Ihnen. Wenn Sie mir bitte in den ersten Stock folgen mögen?"

Inzwischen hatten sich ihnen fast alle Gäste angeschlossen. Sie mussten sich auf den engen, gewundenen Treppen ein wenig hochdrängeln. Von oben drangen ihnen bereits kreischende Laute der schwerbehinderten Jungen entgegen.

Die Frau vom Medizinalrat Gassner beugte sich zu ihrem Mann und flüstere ihm hinter vorgehaltener Hand zu: „Da kriegt man direkt eine Gänsehaut. Was sind denn das für bemitleidenswerte Geschöpfe?"

Er winkte ab. Sein Fokus war gerade auf jemand ganz anderen gerichtet.

„Hier im ersten Stockwerk", fuhr Agnes Nastrewa fort, „haben wir die Aufenthaltsräume für die lernbehinderten Kinder eingerichtet. Bitte verzeihen Sie, wenn alles noch etwas karg aussieht."

Mit einem direkten Blick zum Spielzeugfabrikanten Bayer wagte Agnes Nastrewa einen Vorstoß. Erhoffte sie sich doch eine Spielzeugspende.

„Wir sind erst dabei, Beschäftigungsmaterial für die Kinder anzuschaffen. Es braucht noch an allen Ecken und Kanten etwas!

Die Mitarbeiterinnen nennen sie die Rabengruppe. Ich weiß auch nicht, was sie sich dabei gedacht haben."

Agnes Nastrewa hatte es etwas eilig, die Führung hinter sich zu bringen. Am liebsten hätte sie diesen Teil ausgelassen.

„Lassen Sie uns in den zweiten Stock gehen. Dort verbringen die geistig behinderten Jungen ihren Alltag. Das ist unsere Eulengruppe. Eulen kriegen ja auch nicht so viel mit", betonte sie scherzhaft und lachte etwas übertrieben.

Einige der Gäste stimmten tatsächlich in das Gelächter ein.

Agnes Nastrewa hatte Martha und Bettina beauftragt, möglichst viel elektrisches Licht im Aufenthaltsraum der Eulen anzumachen. So fiel den Besuchern hoffentlich nicht auf, dass dieser Aufenthaltsraum keine Fenster hatte. Mucksmäuschenstill saßen die Kinder an ihren Tischen. Nur Peter wollte gerade auf einen der Gäste zugehen. Bettina konnte ihn noch rechtzeitig mit einem Fingerspiel ablenken.

Die Chefin nutzte diese Gelegenheit. „Sie sehen es selbst, zu viel Besuch von außen lässt die Kinder unruhig werden. Ich schlage vor, wir gehen jetzt hinunter und widmen uns dem leiblichen Wohl. Die anderen Räume sind sowieso alles Schlafräume."

Bis zum späten Nachmittag saßen die Gäste im Festtrakt der Nastrewas beisammen und ließen sich von Frau Ertl, der die Chefin eigens zu diesem Anlass ein fesches Dirndl spendiert hatte, mit Kaffee und ihrem leckeren Apfelkuchen verwöhnen. Agnes Nastrewa nutzte die Gunst der Stunde und knüpfte so manche neue Beziehung, von der sie sich in der Zukunft Unterstützung erhoffte.

Zufrieden und erschöpft lag sie am Abend neben Harald im Bett und beugte sie sich zu ihm rüber und drückte ihm einen dicken Kuss auf die Stirn.

„Da hatte der Adolf wirklich eine gute Intuition mit der Burg. Harald, es beginnt eine neue Ära für uns."

*

Die Wochen nach der Eröffnungsfeier waren überstrahlt von vielen wertschätzenden Wünschen für die Heilpädagogische Anstalt. Agnes Nastrewa fühlte sich angespornt, eine gute Arbeit mit den Kindern zu leisten. Gerne dachte sie an den Festtag zurück. Die vielen Gespräche beim Essen ließen sie hoffnungsvoll in die Zukunft blicken. Lauter Menschen, die ihre Arbeit, wenn nötig auch mit Spenden unterstützen wollten. Gleich im Herbst würde sie einen Termin mit dem Spielzeugfabrikanten Bayer haben.

In der Zwischenzeit waren auch wieder zehn Buben aus dem Umkreis von Hannover zu ihnen gekommen. Sie musste sich noch einmal die Bewerbungen vornehmen. Dringend brauchte sie eine zusätzliche Kindergärtnerin. Im Moment war Frau Martens die einzige. Die anderen waren Kinderpflegerinnen. Welche den Vorteil hatten, dass sie wesentlich kostengünstiger waren. Sobald die erste Vierteljahres-Einnahmen-Ausgaben-Abrechnung vorlag, würde sie mit ihrer Sekretärin eine Jahresfinanzierung erstellen.

Aber jetzt musste sie sich an das Zeugnis für die Praktikantin Martha setzen. Die Zeit war wie im Fluge vergangen, schon morgen hatte diese ihren letzten Tag. Noch einmal ging Agnes Nastrewa die Begegnungen mit Martha innerlich durch. Erstaunlich, dass sie einen so jungen Menschen dem Kurt als Begleitung an die Seite gestellt und diese die Herausforderung mit Bravour gemeistert hatte. Ihre Entscheidung hatte sich bei der Eingewöhnung der Kinder bezahlt gemacht. Ihr gefiel Marthas ruhiger Blick, der dem ihren nicht einmal ausgewichen war. Das beeindruckte sie. Die meisten ließen sich schnell von ihr einschüchtern. Was ja durchaus in der Führung von Mitarbeitern etwas für sich hatte.

Voller Freude nahm sie das frisch aus der Druckerei gelieferte Briefpapier aus der Schublade. Links oben prangte das Wahrzeichen der Heilpädagogischen Anstalt, die Burg Wernberg, hervor. Das war dem Grafiker wirklich gut gelungen.

Sie rückte ihren Schreibtischstuhl an den Sekretär, nahm ihren Füllfederhalter aus der Mahagoniablage, schraubte ihn auf und schrieb fein säuberlich *ZEUGNIS* in die obere Mitte des Briefbogens.

Martha Hohlbein hat vom 8. Mai bis zum 7. Juni 1964 ein Berufsfindungspraktikum in der Heilpädagogischen Anstalt der Burg Wernberg abgeleistet. Sie wurde in den folgenden Bereichen eingesetzt:

- *Busbegleitung bei Fahrtouren*
- *Kleine Büroaufgaben*
- *Eingewöhnung der geistig behinderten Kinder*
- *Pflegeaufgaben an den Kindern*
- *Pädagogische Begleitung der Kinder im Spiel*

Martha Hohlbein stach durch ihr tatkräftiges, offenes Wesen hervor. Sie zeigte Flexibilität im Ausführen der ihr anvertrauten Aufgaben und übernahm sehr motiviert Verantwortung in allen Bereichen. Sie konnte einen einfühlsamen Kontakt zu den zum Teil sehr stark beeinträchtigten Kindern herstellen.

Sie war stets sehr bemüht und jederzeit lernwillig.

Mit besten Wünschen für Ihre Zukunft,
Agnes Nastrewa

Sie schraubte die grünmelierte Kappe auf den Füllfederhalter und legte ihn in die Schale zurück. Lehnte sich zufrieden in ihren Stuhl und las den Inhalt des Zeugnisses noch einmal. Bestätigend nickte sie mit dem Kopf, faltete das Papier sorgsam zusammen und steckte es in den länglichen Briefumschlag. Auch auf diesem prangte links oben das Wahrzeichen der Burg.

Ja, sie wollte Martha einen guten Start in den Beruf ermöglichen. Schade eigentlich, dass sie gehen musste. Manche hatten es einfach im Blut! Sie brauchte wahrscheinlich gar nicht viel an Ausbildung, um mit diesen Kindern zu arbeiten.

Als Martha am nächsten Morgen vor ihr am Schreibtisch stand, testete Agnes Nastrewa ihren Mut noch einmal.

„Sag mal, Martha, gibt es etwas, was Du Dir hier anders gewünscht hättest? Du hast ja in den vier Wochen viel gesehen und erlebt hier oben auf der Burg."

Martha war die Frage unangenehm. Sie war sich nicht sicher, ob sie die Wahrheit aussprechen sollte, gab sich aber einen Ruck. Es ging ja nicht um sie, sondern um die Kinder.

„Also, wenn Sie mich schon so fragen, Frau Chefin. Die Kinder sind doch sehr eingeschränkt. Aber mir ist aufgefallen, wenn man sich mehr mit ihnen beschäftigt, nehmen sie es dankbar auf. Dafür sind aber zu wenige Mitarbeiterinnen da. Und wenn ich mir vorstelle, dass ich ab morgen nicht mehr da bin ... Außerdem finde ich, sollten sie mehr Spielzeug haben."

„So, das findest Du? Na, mal sehen, was sich da machen lässt."

Erstaunlich, dass sie dieses junge Ding überhaupt fragte. Aber irgendwie hatte sie einen Narren an ihr gefressen.

„Was möchtest Du denn mal beruflich machen?"

„Ich weiß es noch nicht genau. Auf jeden Fall etwas mit Kindern. Vielleicht Kinderkrankenschwester?"

Agnes Nastrewa reichte ihr den Umschlag mit dem Zeugnis herüber.

„Na, dann hoffe ich mal, dass Dir das hier weiterhilft. Aber ich möchte Dir noch einen Ratschlag mit auf Deinen Weg geben."

Martha schaute ihr offen und gespannt in die Augen.

„Lass die Schicksale nicht so nah an Dich herankommen. Du darfst ruhig ein bisschen härter werden, damit Dein Beruf Dich nicht irgendwann kaputt macht." Dabei erhob sie sich und drückte ihr mit festem Druck die Hand.

„Alles Gute für Deine Zukunft, Martha. Und wenn Du mal eine Arbeit suchst, hier bist du immer willkommen."

Sie nahm sich gleich für die nächste Woche vor, den Spielzeugfabrikanten Bayer zu kontaktieren. Ein bisschen mehr Spielzeug konnte ja wirklich nicht schaden.

Burg Wernberg, Sommer 1965

Fünfzig Kinder aus dem Raum Niedersachsen hatten inzwischen auf der Burg ein neues Zuhause gefunden. Immer wieder skizzierte Agnes Nastrewa die Raumverteilung an ihrem Schreibtisch auf großen Bögen. Jeder Winkel, jeder Quadratmeter musste genutzt werden, um möglichst viele Kinder unterzubringen. Handwerker liefen auf der Burg ein und aus. Der Linoleumboden, für den sie sich im Würzburger Fußbodenhandel entschieden hatte, wurde neu verlegt. Pflegeleicht musste der Boden sein. Die meisten Kinder waren ja nicht in der Lage, ordentlich zu essen, sodass allzu häufig etwas daneben ging. Und wenn es nicht Essen war, kam auch schon mal Erbrochenes dazu. Sie hatte die Räume weiß streichen lassen. Vorhänge fand sie überflüssig, Die Räume waren schon dunkel genug.

Ihr größtes Problem waren die sanitären Anlagen. Es gab nur ein Badezimmer mit WC im zweiten Stock und eine provisorische Dusche in den Kellerräumen. Diese hatte sie mit einfachen Kacheln fliesen und mehrere Schläuche zum Abduschen der Kinder anbringen lassen. Aber wie viel Zeit dabei drauf ging, wenn das Personal jedes Mal mit einem Kind durch die Stockwerke laufen musste! Im ersten Stock gab es allerdings ein weiteres WC. Dort lagen auch die Aufenthaltsräume, in denen die Buben spielten und aßen. Am liebsten wollte sie von der Küche einen kleinen Fahrstuhl dorthin einbauen lassen. Denn im Moment musste das Personal das Geschirr und die Mahlzeiten vom Keller durch den engen Treppenaufgang hinauftragen. Das brauchte viel zu viel Zeit.

Bei der Auswahl der Räume hatte sie sich mit Kurt beraten. Die Eulengruppe sollte im fensterlosen Raum bleiben. Sie bekamen eh nicht so viel davon mit. Eigentlich war der Raum für zwanzig Kinder etwas zu klein, aber einige von ihnen verbrachten sowieso immer wieder Tage in ihren Betten.

Die Rabengruppe genoss dafür den deutlich größeren Aufenthaltsraum. Dieser konnte bei Feierlichkeiten wie Nikolaus und Weihnachten auch als Saal genutzt werden.

Im zweiten Stock hatte sie zwei Zwölfbettzimmer und eines mit zehn Betten eingerichtet. Im Dachgeschoss schliefen die Schwerbehinderten und Kinder, die einnässten. Es war zwar für das Personal schwer, sie alle nach oben zu bekommen. Aber trotzdem schien dieser Raum die einfachste Lösung für alle. Das Toilettenproblem hatten sie mit verschließbaren Emailleeimern auf jeder Etage gelöst. Für die Kleidung der Jungen reichte der Platz in den Schlafsälen allerdings nicht aus. Deshalb hatte sie Kurt gebeten, dafür schmale Spinde im Keller zu bauen.

Bei Aufgaben dieser Art bemerkte Agnes Nastrewa immer wieder, dass der Kurt eben Schlosser und kein Tischler war. Diese Fähigkeit bräuchte sie aber eigentlich viel mehr. Manchmal fragte sie sich, wie dieser schmale, feingliedrige und zudem noch kleine Mann es mit seiner Konstitution überhaupt zum Schlosser gebracht hatte. Aber er hatte auch etwas Zähes an sich. Das gefiel ihr vom ersten Augenblick an. *Vielleicht würde sie seine Fähigkeiten noch einmal ganz anders einsetzen können.*

Die Einnahmen-Ausgaben-Aufstellung des ersten Jahres war zu ihrer vollsten Zufriedenheit verlaufen. Sie konnte zu dem jetzigen Mitarbeiterstamm zwei weitere Kindergärtnerinnen einstellen. Alle arbeiteten im Schichtdienst. In der Eulengruppe mussten sie sogar zu zweit, manchmal auch zu dritt sein.

Wenn sie auf das Gehalt, das sie sich selbst anrechnete, schaute, war sie höchst zufrieden. Zudem hatte sie sich in diesem Sommer ihren Traum-Mercedes anschaffen und günstigerweise als Anstaltsausgabe abrechnen können.

Für die Anstalt selbst konnte sie einen neuen Volkswagen T1 Samba-Bus zu günstigen Konditionen anschaffen, einen Zwölf-Sitzer, der gerade in diesem Jahr neu auf den Markt gekommen war. Jedes Jahr mussten einige Jungen für die Ferien in den Norden gebracht werden. Dafür war ein technisch einwandfreies Auto unabdingbar.

Bald kam der Sommer und es war wieder soweit, unbedingt musste sie dazu die junge Praktikantin Martha vom letzten Jahr anschreiben. *Vielleicht wollte sie sich auch in diesem Jahr ein paar Groschen dazu verdienen. Was sie wohl inzwischen für eine Ausbildung begonnen hatte?*

Martha war nicht wenig erstaunt, als sie am Wochenende bei ihren Eltern ankam und einen Brief von der Burg auf ihrem Schreibtisch vorfand. Ihr altes Mädchenzimmer bewohnte sie nur noch an ihren freien Wochenenden. Gleich nach dem Praktikum auf der Burg, hatte sie im Spätsommer des vergangenen Jahres einen Platz in der Ausbildung zur Kinderkrankenschwester in Würzburg erhalten und war in das dortige Schwesternwohnheim gezogen. Besser ging es gar nicht. Jetzt lag ihr erstes Ausbildungsjahr bereits fast hinter ihr.

Oft musste sie an die Kinder auf der Burg denken. Manchmal verspürte sie richtige Sehnsucht nach ihnen. Besonders nach denen, die sie beim schweren Abschied von ihren Eltern begleitet hatte. Der kleine Peter mit seinen kurzen patschigen Händchen, die immer trösten wollten, und seine Gummibeinchen, mit denen er wie ein Yogi im Schneidersitz ruhen konnte. Er war so mutig, wenn es darum ging, einem Kind, dem Unrecht getan wurde, beizustehen. Einmal hatte er deshalb sogar den Kurt gebissen.

Martha freute sich schon besonders darauf, dass sie in der Kinderheilkunde im zweiten Lehrjahr auch noch mehr über Behinderungsformen sprechen würden. Wie viel mehr konnte sie plötzlich den kleinen Holger mit seinen Glasscherben verstehen. Seit ein Heilpädagoge in einer Lehrveranstaltung über Autismus gesprochen hatte. Holgers Art, sich in sich selbst zurückzuziehen und über die viel stärker ausgeprägte Sinneswahrnehmung sich selbst zu spüren. Sie sah ihn mit seinem „Glasscherbenspiel“ geradezu vor sich.

Neugierig öffnete Martha nun den Brief von Agnes Nastrewa. Das gleiche Briefpapier wie das ihres Zeugnisses. Die Burg stach ihr sofort ins Auge. Sie strich mit den Fingern darüber als könne sie damit die Erinnerungen des letzten Jahres verstärken.

Liebe Martha,
ich darf Dich doch noch so nennen?
Du wunderst Dich sicher, so förmlich von mir zu hören.
Ich mache es auch kurz.
In diesem Jahr fahren einige der Kinder das erste Mal in die Ferien nach Norddeutschland zurück. Dafür brauche ich wieder eine Busbegleitung. Das hat ja letztes Jahr ganz gut mit Kurt und Dir geklappt, und die Kinder kennen Dich schon. Da dachte ich mir, ob Du Dir vorstellen könntest, ihn wieder zu begleiten. Es ginge um den 10. und 11. Juli.
Ferner könnte ich gut eine Ferienaushilfe gebrauchen.
Überleg es Dir. Am Geld soll es nicht scheitern!
Ich freue mich, zeitnah Nachricht von Dir zu erhalten.
Es grüßt Dich herzlich
Agnes Nastrewa
- Leitung der Heilpädagogischen Anstalt -

Martha fühlte sich ein bisschen geehrt, von der Chefin gefragt zu werden. In der Tat hatte auch sie neulich daran gedacht, nach einem Ferienjob auf der Burg zu fragen. Sie brauchte dringend Geld für ihren Führerschein. Nun war ihr Agnes Nastrewa zuvorgekommen. Leider konnte sie am 10. und 11. Juli noch nicht. Die Daten fielen in ihre letzte Ausbildungswoche. Schade! Doch die Zusammenarbeit mit Kurt hatte sie auch nicht nur in guter Erinnerung behalten. Deshalb war sie ganz froh über die zeitliche Fügung. Bereits während der Fahrt an die Nordsee waren ihr seine Bemerkungen über die Kinder unangenehm gewesen. Außerdem wirkte er ziemlich grob und gefühllos im Umgang mit den Kindern. Doch Gott sei Dank war er ja nur Hausmeister und hatte mit ihnen gar nicht so viel zu tun.

Martha beschloss, da sie noch nichts anderes für die Ferien geplant hatte, umgehend zu antworten. Sogleich setzte sie sich an ihren Schreibtisch und schrieb in ihrer besten Schrift.

Liebe Frau Nastrewa,
ich habe mich sehr gefreut, dass Sie sich im Zusammenhang der Busbegleitung und Ferienvertretung an mich erinnert haben.
Im vergangenen Sommer habe ich meine Ausbildung zur Kinderkrankenschwester begonnen und leider zum Termin der Busbegleitung noch Schule. Aber sehr gerne würde ich anschließend drei Wochen bei Ihnen arbeiten.
Ich könnte ab dem 15. Juli. Wäre der Zeitpunkt auch für Sie möglich?
Mit freundlichen Grüßen
Martha

Sie faltete den Brief zusammen und steckte ihn in einen Umschlag. Die Briefmarke würde sie sich sparen und ihn noch am Abend selbst auf der Burg in den Kasten werfen.

Cuxhaven, Juli 1965

Laut klopfte es an die Fensterscheibe. Das Herz der kleinen Martina pochte zum Zerspringen. Vor Angst lag sie wie gelähmt in ihrem Bett und stellte sich schlafend. Es war stockdunkel im Zimmer. Martina wusste, dass ihre Mutter zur Spätschicht in der Fabrik arbeiten war und sie niemanden rufen konnte. Es klopfte noch lauter.

„Hallo, ist denn da niemand?", drang eine fremde Männerstimme durch das Fenster.

Ganz vorsichtig traute sie sich, hinter das dunkelgrüne Papierrollo zu blicken. Ein weißer VW-Bus mit offener Schiebetür. Johann! Geschwind stieg sie aus dem Bett und schlüpfte in ihre Klapperlatschen. Drehte den Schlüssel der Zimmertür herum und öffnete die Haustür. Vor ihr stand der Mann vom letzten Sommer. Johann an seiner einen und seinen kleinen, braunen Koffer in der anderen Hand.

„Ist Deine Mutter nicht da? Wir haben doch geschrieben, dass wir heute kommen?", fragte der Mann unwirsch.

Martina wusste von nichts.

„Nein, die arbeitet, aber ich kann ihn nehmen."

Johann blickte sie unsicher an. Seine Unterlippe zitterte. Er begann zu weinen. Schnell schlang Martina ihre Arme um ihren kleinen Bruder und drückte ihn fest an sich.

„Wann kommt denn Deine Mutter nach Hause? Kannst Du Dich um ihn kümmern?", wollte Kurt wissen.

Martina nickte emsig mit dem Kopf und zog Johann zu sich ins Zimmer. „Bis in drei Wochen dann." Kurt hetzte zurück zum Bus, zog die Tür zu und gab Gas.

Martina fühlte sich plötzlich total allein. Was sollte sie jetzt tun?

Wenn doch die Mutter bald käme! Sie sehnte sie geradezu herbei, denn ihr stieg ein scharfer Geruch in die Nase, was nur bedeuten konnte, dass Johann die Hosen voll hatte. Am ganzen Körper zitternd stand ihr kleiner Bruder vor ihr. Schnell zog sie ihm die nasse und vollgekotete Hose aus.

„Ist ja schon gut, mein Kleiner. Brauchst nicht mehr zu zittern. Bist doch jetzt bei Mama und mir zu Hause."

Martina redete weiter beruhigend auf ihn ein. Sie musste einen Würgereiz unterdrücken. Wo sollte sie bloß mit den Sachen hin? Kurzerhand nahm sie den Wischeimer. Goss Wasser aus dem Krug über die stinkende Kleidung und legte ein Handtuch darüber. Dann säuberte sie Johanns Po und zog ihm seinen Schlafanzug an. Zusammen krochen sie in das Bett ihrer Mutter. Sie spürte Johanns zarten Körper an ihrem. Wie beruhigend das war. Endlich wieder vereint, schliefen sie beide ein.

Als Helene nach Mitternacht das Zimmer betrat, erschrak sie. Johann lag neben Martina in ihrem Bett. Sie hatte ihn erst einen Tag später zurückerwartet. Auf der Bettkante sitzend betrachtete sie ihre beiden Kinder. Wie zart Johann immer noch aussah. Obwohl Helene todmüde von der Arbeit war, verweilte sie eine ganze Zeit bei ihnen. Wie oft hatte sie sich in den letzten Monaten nach Johann gesehnt, ihre Entscheidung bereut. Jetzt lag er friedlich schlafend neben Martina, als wäre seit dem letzten Mai gar keine Zeit vergangen. Zärtlich streichelte sie ihren beiden noch einmal die Wangen, dann schlüpfte sie in Martinas Bett und schlief sofort erschöpft ein.

Mit den ersten Sonnenstrahlen, die hinter dem Rollo hervorlugten, erwachte Johann. Er schmiegte sich an Martina und wartete darauf, dass sie ihre Augen öffnete. Aber die schlief tief und fest.

Sonnengelb fühlte er sich heute Morgen, so warm und schön. Der Sprache war er zwar nicht mächtig, aber fühlen konnte er. Johann fühlte in Farben. Heute Morgen war es sonnengelb um ihn herum, während es sich gestern im Bus noch ganz schmutzigrot und dunkel angefühlt hatte. Leise drehte er sich auf die andere Seite. Unter dem Tisch hindurch sah er Martinas Bett und darin den Kopf seiner Mutter. Unter der Bettdecke schaute er hervor. Goldgelbe Wellen fühlte er zu ihr hinüberfließen.

Helene öffnete ihre Augen, reckte und streckte sich, bis ihr schlagartig das Bild der vergangenen Nacht vor Augen stand. Hatte sie geträumt oder war Johann wirklich da? Sie blickte unter den Tisch hindurch zu ihrem Bett und schaute unmittelbar in Johanns Augen.

„Mama, Mama", gurrte er unverständlich. Doch Helene wusste, dass er sie meinte. Sie schlug die Decke zurück und setzte sich auf.

„Hallo, mein Johann. Warte, Mama holt Dich", flüsterte sie, um Martina nicht zu wecken.

Sie nahm ihn auf ihren Arm und drückte ihn an sich. Erschrocken, wie dünn er geworden war, fühlte sie seinen kleinen zarten Körper in ihren Armen. Gemeinsam kuschelten sie sich unter ihre Bettdecke, die sie sorgsam um Johann steckte.

„Mama da", schluchzte Johann vor lauter Freude.

„Pscht, mein Johann, brauchst nicht weinen. Jetzt bist Du wieder bei Mama." Immer wieder drückte sie ihn dabei an sich.

Martina rekelte sich in ihrem Bett. Plötzlich richtete sie sich auf.

„Mama, der Johann ist einen Tag zu früh gekommen. Ich hab solch einen Riesenschrecken bekommen als der Mann an unser Fenster geklopft hat. Dann hab ich aber zum Glück gesehen, dass es der Johann war", platzte es aus ihr heraus.

„Ach, meine Große, wenn ich Dich nicht hätte. Komm zu uns rüber." Einladend hob sie ihre Bettdecke an. Ein bisschen wie früher fühlte sich Helene mit ihren zwei Kindern.

Nachdem sie das Bettzeug in den Bettkasten verstaut und die Schlafcouch zusammengeklappt hatte, deckte sie den Tisch für sich und die beiden. Ein kleines Stück Margarine, ein Rest Pumpernickel und ein wenig Leberwurst. Für die Kinder hatte sie noch etwas Milchpulver. Sich selbst kochte sie einen Carokaffee. Für heute musste das zum Frühstück reichen. Es war noch nicht Monatsende und neuen Lohn gab es erst in wenigen Tagen.

Um Johann die Ferien zu Hause zu ermöglichen, hatte sich Helene unbezahlten Urlaub nehmen müssen. Dafür würde sie einen Teil des Pflegesatzes, der sonst an das Agnes-Heim ging, ausgezahlt bekommen. Das ermöglichte ihr, mit den Kindern an den Strand und einen Tag nach Bremerhaven in den Zoo zu fahren. Und vielleicht blieb auch ein wenig Geld für neue Kleidung übrig. Sie konnte ihn ja nicht den ganzen Tag in dieser harten Lederhose herumlaufen lassen. Johann war im letzten Jahr gewachsen und schien gleichzeitig an Gewicht verloren zu haben. Er war spindeldürr, dünn war er bereits vor der Heimunterbringung, aber jetzt?

Vor zwei Tagen hatte sie eine Fliege mit der Hand vor seinem Gesicht verscheuchen wollen. Sofort hielt er die Hände schützend vor sein Gesicht und begann laut zu weinen. Er wirkte auf sie schreckhaft und schnell verstört. Eigentlich hatte sie erwartet, dass er inzwischen trocken wäre. Aber er nässte mit seinen acht Jahren noch immer ein und sprach keine zusammenhängenden Sätze. Stellte sie ihm Fragen, was er gerne essen oder trinken möchte, lächelte er sie unsicher an. Gab sie ihm Spielzeug in die Hand, drehte er dieses mit beiden Händen unermüdlich hin und her, als wüsste er nichts anderes damit anzufangen. Ihr Mutterinstinkt sagte ihr, dass irgendetwas nicht in Ordnung sein musste, dort im Agnesheim.

Sie waren den langen Weg zum Sozialamt mit Johann in der Kinderkarre zu Fuß gegangen. Wie gut, dass sie diese im letzten Jahr nicht weggegeben hatte.

Herr Niemann saß über seinem Aktenberg als Helene an seine Tür klopfte.

„Herein!"

„Guten Tag, Herr Niemann, Helene Berger. Ich möchte gerne mit Ihnen über meinen Sohn Johann sprechen. Er ist im vergangenen Jahr im Agnesheim auf der Burg Wernberg aufgenommen worden."

„Tag Frau Berger. Ja, ich erinnere mich an den Vorgang. Hat er sich gut eingelebt?"

„Das kann ich Ihnen gar nicht so genau sagen. Ich mache mir jedenfalls Sorgen um meinen Sohn. Er ist seit einer Woche bei uns, mich beunruhigt sein Gesundheits- und Entwicklungszustand. Ich habe Johann schweren Herzens im letzten Jahr weggegeben, um ihm eine bessere Entwicklung als bei mir zu Hause zu ermöglichen. Stattdessen scheint mir, hat er sich zurückentwickelt. Er spricht nicht mehr als vorher und wirkt schnell verstört. Irgendwie sieht er auch unterernährt aus. Außerdem hat er wieder verstärkt Anfälle, bei denen er sich schon sehr verletzt hat."

Das letzte berichtete sie etwas zögerlich. Eine Amtsperson flößte ihr immer Respekt und auch ein wenig Angst ein. So, als hätte *sie* etwas verbrochen.

Herr Niemann machte sich während Helene sprach kurze Notizen auf seinem schon etwas zerfledderten Block. Zwischendurch war er aufgestanden, um sich Johanns Akte aus dem Rollschrank zu holen. Nun lag der Schriftverkehr mit dem Agnesheim vor ihm.

„Ja, das ist ja etwas, was Sie da vortragen. Sind Sie sicher? Ich meine, Sie haben ihren Sohn ein Jahr nicht gesehen. Wie wollen Sie das so genau wissen?"

„Aber ich bitte Sie, ich bin doch die Mutter! Das muss ich doch beurteilen können. Außerdem gibt es auch so etwas wie Mutterinstinkt."

Herr Niemann nickte nachdenklich. Er hatte auch zwei Kinder im Alter von fünf und sieben Jahren zu Hause. Seine Frau würde dies wahrscheinlich mit ähnlichen Worten sagen.

„Frau Berger, gut dass Sie gekommen sind und mir ihre Sorgen erzählt haben. Ich werde mich mit dem Agnesheim in Verbindung setzen und um einen Entwicklungsbericht von dort bitten", versuchte er Helene zu beruhigen.

Helenes Atem wurde ruhiger. Es tat ihr gut, dass Herr Niemann sich beim Agnesheim erkundigen wollte.

„Was glauben Sie, wie lange wird das dauern? Johann soll ja in zwei Woche bereits wieder auf die Burg zurück."

„Das kann ich Ihnen nicht so genau sagen. Ich werde versuchen, heute den Kontakt herzustellen. Schauen Sie in der nächsten Woche am Montag wieder herein. Und machen Sie sich nicht so viele Sorgen. Genießen Sie die Zeit mit Ihrem Sohn."

„Und wenn es nicht gut für ihn dort ist? Was machen wir dann?" Sie schaute ihn dabei unsicher an.

„Das klären wir in der nächsten Woche."

Helene verließ zögernd das Amtszimmer. Was wäre, wenn Johann wieder zurückkommen müsste? Was würde das für sie und ihre neue Lebenssituation bedeuten?

„Hallo Mama", Martina und Johann rissen sie aus ihrem Gedankenkarussell. Ja, jetzt wollte sie wirklich die Zeit mit Martina und Johann genießen. Die beiden hatten sich ein Eis verdient.

Kurz nachdem Helene Berger den Raum verlassen hatte, rief Herr Niemann den Regierungsoberinspektor vom Landessozialamt Hannover an, um ihm die Bedenken der Mutter mitzuteilen. Dieser versprach, sich umgehend mit der Heimleitung in Wernberg in Verbindung zu setzen.

Wenige Tage später hatte Herr Niemann einen Bericht seines Vorgesetzten aus Hannover auf dem Schreibtisch.

Guten Tag Herr Niemann,
wie bei unserem Telefonat der letzten Woche vereinbart, habe ich mich sogleich mit der Leiterin der Anstalt, Agnes Nastrewa in Verbindung gesetzt. Frau N. sagte, dass Johann in ihrem Heim fast anfallsfrei gewesen sei. Nach ihrer Ansicht habe der Junge im Haushalt der Mutter nicht genügend Liebe erhalten. Wenn der Junge in Wernberg Anfälle bekäme, habe sie ihn in den Arm genommen und beruhigt. Die Mutter solle ihn bei seinen Anfällen beruhigen, wie eine richtige Mutter es tun würde. Und ihm besondere Geduld und Liebe zukommen lassen, denn Johann sei ein sehr anhängliches und liebebedürftiges Kind. Frau N. versprach, einen Entwicklungsbericht in doppelter Ausfertigung zu erstellen. Diesen werde ich Ihnen bei Erhalt zusenden.

Mit freundlichen Grüßen
Regierungsoberinspektor

Als Helene in der kommenden Woche erneut vor ihm saß, war ihm gar nicht wohl zumute. Irgendetwas schien in dieser Sache nicht stimmig zu sein.

„Guten Tag Frau Berger. Ich kann ihnen leider nicht wirklich weiterhelfen. Mein Vorgesetzter vom Landessozialamt hat Kontakt mit der Heimleitung aufgenommen. Diese weist Ihre Kritik strikt von sich. Johann ginge es gut im Agnesheim.

Er hätte auch kaum Anfälle und wäre sehr lernwillig. Sie stellt sich die Frage, ob Johanns Zustand vielleicht mit Ihrer Umgebung zusammenhängt."

„Mit meiner Umgebung? Was meint denn diese Frau damit? Ich bin seine Mutter und er freut sich bei mir und seiner Schwester zu sein!"

Helenes Augen füllten sich mit Tränen. Sie suchte verzweifelt in ihrer Handtasche nach einem Taschentuch, schnäuzte sich die Nase und schaute Herrn Niemann ratlos an.

„Sie haben natürlich das Recht, Johann jederzeit aus dem Heim herauszunehmen und bei sich zu versorgen. Falls Sie dies zu tun gedenken und sich über kurz oder lang wieder Schwierigkeiten einstellen sollten, können Sie jedoch nicht damit rechnen, Johann wieder in einem Heim untergebracht zu bekommen. Mein Vorgesetzter hat mir gegenüber betont, dass es keinen anderen Platz für Johann gibt."

Helene schaute Herrn Niemann entgeistert an. Was nehmen die sich vom Amt bloß heraus. Wieder einmal merkte sie, dass sie am kürzeren Hebel saß.

„Versuchen Sie es doch mit noch mehr Geduld und Liebe und beruhigen Sie ihn bei seinen Anfällen. So hat es auch Frau Nastrewa geraten."

„Was denken Sie denn, was ich mache? Mein Kind anschreien, wenn es krampft? Meinem Kind nichts zu essen geben?"

„Beruhigen Sie sich Frau Berger. Vielleicht ist er ja auch nur gewachsen und beim nächsten Besuch sieht alles schon ganz anders aus."

„Auf Wiedersehen, Herr Niemann. Ach, eine Frage habe ich noch an Sie? Haben sie Kinder?"

Er schaute sie verdutzt an.

„Ja, zwei. Sie sind fünf und sieben", antwortete er mit belegter Stimme.

Er wusste, was sie ihm damit sagen wollte.

Burg Wernberg, Juli 1965

Agnes Nastrewa freute sich sehr über Marthas Zusage. Sie sollte in der Eulengruppe bei den ihr vertrauten Buben arbeiten. Und vielleicht würde sie mit den Jungen aus der Rabengruppe kleine Aktivitäten unternehmen können.

Pünktlich um 6.00 Uhr stand Martha am 15. Juli im Burghof. Den Weg in den ersten Stock zu dem kleinen Dienstzimmer des Personals kannte sie noch gut. Geschwind lief sie die Treppenstufen hinauf. Dort wurde sie bereits von der Chefin erwartet.

„Grüß Gott, Martha. Wie schön, dass Du da bist. Zwei Mitarbeiterinnen sind krank, sodass jede Menge Aufgaben auf Dich warten. Du bist in dieser Woche für die Eulengruppe zuständig. Einige sind bei ihren Eltern, Du hast vierzehn Jungen zu betreuen. Am besten fängst Du gleich oben mit dem Wecken an. Wenn Du Fragen hast, komm zu mir. Kurt kann Dir mit zur Hand gehen. Ihr Zwei kennt Euch ja noch vom letzten Jahr."

„Ja, danke. Das mache ich. Gibt es Besonderes zu bedenken?"

„Das weiß ich gar nicht so genau. Da musst Du später die anderen fragen. Dein Dienst geht heute bis um 14.00 Uhr. Pausen inbegriffen. Ich hab gelesen, dass Du die Ausbildung zur Kinderkrankenschwester machst. Dann bist Du den Schichtdienst ja bereits gewohnt. Diese Woche also Frühdienst, nächste Woche Spätdienst." Damit verschwand Agnes Nastrewa wieder zu ihrem Trakt.

Martha ging die engen Burgtreppen bis ins Dachgeschoss hinauf. Der Schlüssel steckte von außen. Leise drückte sie die Klinke herunter. Nichts tat sich. Ah, dafür also der Schlüssel. Diese Tür war verschlossen! Sie drehte ihn nach links und öffnete die knarzende Tür. Sofort schlug ihr ein beißender Uringeruch entgegen. Zwei der acht Gitterbetten standen leer. Johann und Arne waren gemeinsam mit Peter und fünf Jungen aus der Rabengruppe zu ihren Eltern an die Nordsee in die Ferien gefahren worden.

Thomas lachte Martha aus seinem Bett mit weit geöffnetem Mund und leuchtenden Augen entgegen. Erst jetzt, nachdem mehr neue Zähne durchgekommen waren, sah sie sein entstelltes Gebiss.

„Hallo Thomas, kennst Du mich noch?"

Ein gurrender Laut und heftiges Nicken, war seine Antwort.

„Hallo Holger. Wie schön Dich zu sehen. Hast Du Deine Glasscherben und Deinen Brummkreisel noch?"

Holger schaute sie traurig an. Hatte er sie nicht verstanden? Oder gab es sie nicht mehr?

„Grüß Gott, Franz. Du bist ja groß geworden. Jetzt bin ich aber gespannt, ob Du schon laufen kannst?"

Martha wusste, dass er keine Antwort geben konnte. Aber deshalb war eine Ansprache der Kinder trotzdem wichtig. Sie musste die Fixierung der Arme von den Gitterstäben lösen, um den schmächtigen Jungen aus dem Bett zu nehmen. Er hatte immer noch eine Windel um, die pitschenass war. Als sie ihn heraushob, huschte ein Lächeln über sein Gesicht. Er hatte sie wiedererkannt.

Die Namen der anderen drei Jungen würde sie gleich unten erfragen, da keiner von ihnen sprach. Martha wunderte sich über die Haarschnitte der Buben. Als hätten man ihnen einen Topf auf den Kopf gesetzt und drum herum geschnitten. Ob das der Anstaltsschnitt war? Einer der Jungen hatte eine schlecht operierte Hasenscharte und sah dadurch im Gesicht entstellt und wirklich bemitleidenswert aus. Der Arme!

Martha brachte die Kinder in den Waschraum und musste sie auf den grauen, kalten Kachelboden setzen, um sie mit dem Wasserschlauch abzuduschen. Kaltes Wasser! Sie bekam eine Gänsehaut. Hatte die Chefin nicht vor einem Jahr gesagt, dass sie für warmes Wasser sorgen wollte? Die Kinder schlotterten bereits jetzt am ganzen Körper.

Wie hieß nochmal das Lied vom letzten Jahr? Als wäre es gestern gewesen stimmte sie *War einst ein kleines Segelschiffchen* an. Die Jungen lauschten Marthas heller Stimme. So konnte sie einen Buben nach dem anderen in Ruhe ankleiden. Wie froh war sie, als endlich alle vierzehn Jungen im Aufenthaltsraum an den Holztischen zum Frühstück beisammen saßen.

Bei einem Blick auf den Dienstplan hatte Martha gesehen, dass sie heute mit Bettina Schicht hatte, ihrer liebsten Kollegin vom letzten Jahr. Diese trug gerade das Essen für die Kinder nach oben. Als sie Martha sah, stellte sie ihr Tablett auf die Treppe und stürmte auf sie zu.

„Hallo, Du Liebe, lass Dich drücken. Mensch Martha, wie toll, dass Du wieder mal bei uns bist. Ich habe gehört, ganze drei Wochen! Ich freue mich riesig auf die Zeit mit dir. Du musst mir unbedingt von Dir erzählen und was Du jetzt draußen in der großen, weiten Welt machst."

Dabei lachte Bettina ihr herzhaftes Lachen, dass ihr ganzer Körper wackelte. Sie hatte sich nicht verändert, weder vom Gewicht her noch in ihrem Wesen, stellte Martha zufrieden fest.

„Und Du musst mir von Dir erzählen. Hast Du noch Deinen Liebsten von damals?"

Bettina verdrehte die Augen und winkte ab.

„Fang mir bloß nicht damit an. Aber das ist eine längere Geschichte. Und Du? Bist Du inzwischen in festen Händen?"

„Keine Zeit dazu. Mensch Bettina, ich hab tausend Fragen an Dich. Besonders wie es hier auf der Burg so läuft."

Bettinas Gesichtsausdruck veränderte sich.

„Lass uns mal extra treffen. Hier ist es nicht so gut darüber zu reden."

Martha beschlich ein unangenehmes Gefühl. Aber jetzt musste sich jede von ihnen wieder den Jungen zuwenden. Bettina machte sich auf in den ersten Stock zu ihrer Gruppe und Martha deckte den Frühstückstisch in der Eulengruppe. Einige der Jungen gestikulierten wild vor sich hin, andere gurrten laut.

Schnell stimmte sie ein Lied an. Sofort kehrte Ruhe ein. Ein paar der Jungen fielen mit ihren ureigenen Lauten freudig ein.

Martha musste an Johann denken. Er konnte trotz seiner Behinderung so unglaublich gut die Stimme halten. Schade, dass er nicht dabei war. Aber wie wunderbar für ihn, dass er bei seiner Familie sein konnte.

Eigentlich hätte sie sich vierteilen müssen. Die Chefin hatte Recht damit behalten, dass sie alle Hände voll zu tun haben würde.

Vier Kinder brauchten ihre Unterstützung beim Essen. Doch Martha wollte es auf jeden Fall ohne Hilfe probieren. Das war ihr lieber, als dass Kurt mit dazu kam.

Nach dem Frühstück zauberte sie eine Tube Seifenblasen aus ihrer weißen Kittelschürze. Jeder der Jungen durfte versuchen, in den Ring zu blasen. Die Kinder lachten und versuchten nach den Seifenblasen zu greifen. Aber da waren sie schon wieder geplatzt.

So war die Stimmung für den Vormittag gerettet. Sie hatte in einem modernen pädagogischen Ratgeber gelesen, dass man Seifenblasenpusten auch zur Sprachförderung einsetzen konnte. Bei manchem Kind musste sie zwar ein wenig nachhelfen, bis die regenbogenfarbig schillernden Blasen vor ihnen schweben konnten, aber das minderte die

Freude nicht. Am liebsten wäre Martha anschließend mit den Jungen in das Burggelände gegangen. Doch das konnte sie nun wirklich nicht alleine schaffen. Zu viele von ihnen waren im sicheren Gehen eingeschränkt.

Als sie Bettina später fragte, ob es einen Leiterwagen für Spaziergänge mit den Buben gab, schüttelte diese den Kopf und hatte wieder diesen seltsamen, verheißungsvollen Blick aufgesetzt. Was das wohl zu bedeuten hatte? Auf jeden Fall freute sie sich sehr auf die Verabredung mit ihr am Wochenende.

Wernberg, Sommer 1965

Als Martha ein wenig verspätet das Café Meindl am alten Marktplatz betrat, saß Bettina bereits vor ihrem ersten Stück Kuchen.

„Ich hab schon mal angefangen. Der Johannisbeerenkuchen sah so lecker aus, dass ich nicht widerstehen konnte. Will mir sowieso zur Feier des Tages zwei Stücke gönnen." Dabei lachte sie wie immer aus vollstem Herzen.

„Entschuldige bitte, ich musste meiner Mutter noch kurz beim Gardinenaufhängen helfen. Iss Du nur. Ist der gut? Dann nehme ich auch ein Stück davon."

Sie saßen auf der altmodischen Eckbank nah beieinander. Eigentlich war das Café Meindl ein bisschen ein Oma-Café, aber es gab nichts anderes Gemütliches im Ort.

„Jetzt erzähl doch mal, Bettina! Was macht denn der Typ vom letzten Jahr? Wie hieß er noch gleich? Wart ihr nicht sogar verlobt?"

„Udo. Ja, das waren wir. Wir wollten sogar zusammenziehen. Meine Eltern hatten bereits angefangen, im Souterrain für uns auszubauen. Ja, und dann hat's mich gepackt. Ich hatte plötzlich das Gefühl, mit meinem Leben abzuschließen. Ich hab doch noch gar nichts erlebt. Und dann vom Elternhaus eine Etage tiefer ins Elternhaus. Das war mir alles zu eng. Es hat ein Riesenspektakel daheim gegeben, als ich den Rückzieher angekündigt habe. Der Udo hat gemeint, ich würde ihn nicht genug lieben. Irgendwann wusste ich es schon selbst nicht mehr. Und dann hat er letztendlich den Schlussstrich gezogen. Wofür ich ihm heute sehr dankbar bin. Habe jetzt eine eigene kleine Wohnung. Mein Gehalt von der Burg reicht gerade so. Ich bin zufrieden. Die Arbeit mit den Kindern macht mir Freude. Und vielleicht kann ich irgendwann noch die Kindergärtnerinnenausbildung dranhängen. Und Du, Martha? Wie gefällt Dir Deine Ausbildung?"

„Ich bin total glücklich mit meiner Entscheidung. Ich liebe die Arbeit auf den Kinderstationen und sauge die Inhalte der Ausbildung nur so auf. Es ist oft nicht ganz einfach. Gerade wenn ich die vielen Kinderschicksale mitbekomme. Neulich hatte ich ein zwölfjähriges Mädchen auf der Station. Sie hatte Leukämie und nur noch wenige Wochen zu leben. Es war ganz komisch. Ich habe mich jeden Tag auf sie gefreut, auch wenn sie so sehr gelitten hat. So manches Mal nach meinem Dienst habe ich bei ihr am Bett gesessen und Gespräche mit ihr geführt, die waren ganz schön tiefgründig für ihr junges Alter. Sie hat mir von ihren Träumen erzählt, die im Nachhinein bereits ihren bevorstehenden Tod angekündigt hatten. Und dann ist sie tatsächlich auch in meiner Schicht gestorben. Sie lag wie ein kleiner Engel in ihrem Bett. Schlimm wurde es, als die Eltern mit dem Bruder kamen. Das hat mich sehr mitgenommen. Ich habe seltsamerweise seitdem mehrmals von ihr geträumt."

„Dass Dir das nicht zu schwer ist? Ich glaube, das könnte ich nicht. Obwohl, wenn ich manchmal an die Jungen und ihr Schicksal auf der Burg denke, komme ich auch an meine Grenzen."

„Ja genau. Erzähl doch mal. Ich bin schon total gespannt. Kann es sein, dass sich in dem Jahr die Stimmung auf der Burg verändert hat? Es sind jetzt auch so viele Jungen dort."

„Im Moment sind noch nicht einmal alle Jungen da. Ein ganzer Teil ist in die Ferien gefahren. Aber Du hast Recht. Die Chefin hat in kurzer Zeit viele Kinder aufgenommen. Sie hat einfach die Betten näher aneinandergeschoben und als Schränke für die Jungen Spinde in den Keller bauen lassen. Sie haben keine Möglichkeit, frei an ihre Sachen zu kommen.

Die sind abgeschlossen. In der Eulengruppe merken sie es nicht so, aber die Jungen in meiner Gruppe brauchen eigentlich jeder einen Ort für persönliche Dinge."

„Ich glaube, das brauchen die anderen auch. Man denkt so leichtfertig, dass sie nicht viel mitbekommen. Das stimmt nicht. Sie sind ganz feinsinnig in ihrer Wahrnehmung und so dankbar für jede kleine Geste. Jedenfalls ist das meine Erfahrung vom letzten Jahr."

„Ja, Du hast Recht! Jetzt rede ich auch schon wie die Chefin. Manchmal glaube ich, dass sie etwas gegen die geistig Behinderten hat. So als würde sie ihnen ein Stück Lebensberechtigung absprechen. Du wirst es ja bereits bemerkt haben, dass sie den dunkelsten Raum für sie bestimmt hat. Keine Fenster, dort brennt den ganzen Tag elektrisches Licht."

„Sag mal, weißt Du, ob der Holger noch seine Glasscherben hat? Er sieht so in sich gekehrt und leer aus."

„Nein, die hat Frau Martens ihm weggenommen. Er könnte sich daran verletzen."

„Und hat er noch seinen Brummkreisel?"

Bettina stöhnte.

„Nein, auch nicht. Den haben die größeren Jungen so heftig heruntergedrückt, dass er dabei kaputt gegangen war. Einen neuen hat die Chefin nicht angeschafft."

„Siehst Du! Ich habe doch gemerkt, dass ihm etwas fehlt. Mensch, die Kinder haben doch nur ihre kleinen Dinge von zu Hause. Und selbst die müssen sie hergeben." Dabei schlug Martha empört mit der Hand auf den Tisch, sodass die Kellnerin irritiert zu ihnen herüberblickte.

„Und den dunklen Aufenthaltsraum habe ich natürlich bemerkt. Entsetzlich! Vor allen Dingen, dass sie nicht rauskommen. Mir hat die Chefin gesagt, dass die Dorfbevölkerung „die Deppen" nicht so gerne im Dorf sieht. Was ist denn das für eine Haltung?"

„Du, ich fand Deine Idee mit dem Leiterwagen übrigens gar nicht so schlecht. Lass uns mal in der Umgebung danach Ausschau halten. Wenn wir einen anschleppen, kann sie ja gar nicht anders als Ja sagen."

„Super Idee, Bettina. Sag mal, wie geht es Dir eigentlich mit dem Hausmeister Kurt? Ich habe gehört, die Kinder sollen „Onkel Kurt" zu ihm sagen."

„Der wird bald mehr bei den Jungen eingesetzt, als dass er in seiner Werkstatt im Keller ist. Ich habe läuten hören, dass er zukünftig mit den Kindern arbeiten soll. Die Chefin ist auf der Suche nach einem anderen Hausmeister. Neulich hat sie in der Dienstbesprechung gemeint, ein Hahn in einem Hühnerstall sei doch gar nicht so schlecht. Einige Kolleginnen lachen auch noch über solch einen Ausspruch. Naja, die meisten schmieren ihr eh Honig um den Bart."

Martha bekam richtig schlechte Laune. Sie hatte jetzt genug gehört und wollte das Beste für die Kinder aus den verbleibenden zwei Wochen machen. Bettina ging es nicht viel anders.

„Erzähl doch noch ein wenig aus Würzburg. Wie gefällt Dir die Stadt? Hast Du schon ein bisschen von ihr gesehen oder arbeitest Du nur?"

„Nein, ganz so ist es nun auch nicht. Es gibt auf jeden Fall tolle Cafés und eine Diskothek, in der ich mit den anderen Schwesternschülerinnen zwei, drei Mal war. Auf jeden Fall fühle ich mich erwachsener als bei meinen Eltern. Jetzt kann ich mich wieder auf sie freuen, wenn ich alle vierzehn Tage am Wochenende nach Hause fahre."

„Ach, ich beneide Dich darum. Ich bin nie über Wernberg und Nabburg hinausgekommen."

„Du, ich hab eine tolle Idee. Hast Du Lust, mich am nächsten Wochenende in Würzburg zu besuchen? Meine Zimmerkollegin ist bei ihren Eltern auf der Alb und Du könntest in ihrem Bett schlafen."

„Wirklich? Martha Du bist ein Schatz! Da hätte ich total Lust drauf. Und dann stürzen wir uns ins Würzburger Nachtleben, ja? Endlich passiert mal was!“

Bettina fiel Martha vor Freude wieder um den Hals. Sie würde mal raus aus diesem Nest kommen. Die beiden schmiedeten begeistert Pläne für das kommende Wochenende und vergaßen darüber die Zeit, bis die Kellnerin zum Abkassieren kam.

Harald Nastrewa, in der Tschechoslowakei einst passionierter Jäger, konnte sich mit dem Umzug auf die Burg einen Traum erfüllen. Angeregt durch Medizinalrat Dr. Gassner hatte er sich schon bald nach dem Umzug zwei junge Jagdhunde angeschafft. Gegenüber seiner Frau hatte er diesen Schritt mit der Begründung, so hätten die Jungen auch Kontakt zu Tieren, durchsetzen können. Nur der Zwinger, den sie für den Auslauf der Hunde im Burghof einrichten mussten, war ihr nicht so recht gewesen. Inzwischen hatte sie sich aber damit arrangiert und sah durchaus Vorteile bei der Erziehung der Kinder darin.

Einmal in der Woche fuhr Harald Nastrewa mit den Hunden nach Starnberg in die Jagdhundeausbildung. Die war nicht ganz ohne. Damit die Tiere das Aufspüren, Verfolgen, Töten und Apportieren von Wildtieren lernten, mussten sie durch eine harte Schule gehen. Manchmal taten ihm seine zwei Genossen richtig leid. Denn das Prinzip lautete: Durch Schmerzen zum Gehorsam. Dafür wurden Elektroheizgeräte und Stachelhalsbänder eingesetzt. Oft musste er selbst Hand anlegen, indem er sie mit Tritten auf die Pfoten und Kniffen in die Ohren züchtigte. Aber der Erfolg wuchs von Woche zu Woche. Am stärksten entwickelten sie sich beim

Apportieren. In dem Verein wurde eine Methode mit Enten eingesetzt, denen sie die Flügel gestutzt und verklebt hatten, sodass sie nicht wegfliegen konnten. Diese wurden im Schilf vom Starnberger See ausgesetzt. Dort spürten seine beiden Hunde die Vögel auf und brachten sie zu ihm. Das klappte hervorragend. Von den Tunnelanlagen hielt Harald jedoch nicht so viel. Was die sich da ausgedacht hatten, ging ihm zu weit. Da wurden in Tierheimen aufgezogene Füchse in einem künstlich angelegten Tunnelsystem in einen Kessel gesetzt. Nun wurde der zu trainierende Hund auf sie los gehetzt. Zwar war der Kessel durch ein Gitter abgetrennt, sodass der Hund sie nicht angreifen konnte, jedoch wurden die Füchse so immer wieder aufs Neue Todesängsten ausgesetzt. Grausam!

Heute führte er seine Hunde wieder in den angrenzenden Burgwald aus. Dabei musste er sie wegen ihres starken Jagdtriebs an die Leinen nehmen. Hierfür hatte er sich extralange anfertigen lassen.

Als sie auf ihrem Rundweg an die Lichtung kamen, hörte er von weitem bereits die stumpf klingende Motorsäge des Alten. Seit längerem trafen sie sich immer an der gleichen Stelle. Er mit seinen Hunden. Der Alte mit seiner Säge und seiner rostigen Schiebkarre.

Heute stand er vor einem Berg gesägtem Holz, das er Scheit für Scheit mit Schwung in seine Karre warf, um es zu seiner ein wenig abgelegenen Hütte zu fahren. Dort legte er das Holz fein säuberlich auf den an der Wand gelegenen Stapel. Dann machte er wieder kehrt zur Lichtung. Harald gönnte sich gerne an dieser Stelle seine Pfeifenpause. Er konnte dem Alten stundenlang zuschauen. Es beruhigte ihn und seine Hunde auch. Manchmal setzte der Alte sich zu ihm, holte mit seiner linken, um einen halben Zeigefinger verkürzten Hand eine Schachtel Golddollar aus seiner Hosentasche und steckte sich eine Zigarette an. Den Finger hatte er sich in jungen Jahren, als seine Frau und sein Sohn noch lebten, abgesägt. Aber über die Zeit sprach er eigentlich nicht so gerne.

Doch heute war der Geburtstag seines Sohnes. Er wäre jetzt fünfunddreißig Jahre alt geworden.

„Sind sie schon lange tot?"

Harald Nastrewa, sonst auch nicht besonders gesprächig, nutzte die Gunst der Stunde, um endlich mal mit dem Alten zu plaudern. Viele Leute kannte er hier in der Umgebung ja auch nicht.

„Meine Frau ist vor zehn Jahren gestorben. Das Herz hat es nicht mehr gemacht. Das hat ihr damals das Herz gebrochen", begann er Harald mit belegter Stimme zu erzählen.

„Was hat ihr das Herz gebrochen?"

„Na das mit dem Heinzi."

„Mit dem Heinzi?", fragte Harald vorsichtig nach.

„Ja, der war krank im Kopf. So ein bisserl wie die Jungens bei Euch auf der Burg."

„Und was ist mit ihm passiert?"

Der Alte guckte Harald an, als müsste er doch genau wissen, was mit ihm passiert war. Wenn er ein bisschen rechnen würde, käme er doch drauf. Er sollte ihn nicht weiter fragen.

Doch dann erzählte er ihm seine Geschichte. Zwischendrin wischte er sich immer wieder Tränen aus seinem von der Sonne gegerbten Gesicht.

„Sie haben damals, als er diese Anfälle hatte, gesagt, sie würden ihn in der Klinik genauer untersuchen und ein Medikament dagegen finden. Ja, und nach zwei Wochen bekamen wir die Nachricht, dass er an einer Lungenentzündung gestorben sei. Wir durften ihn nicht noch einmal sehen."

Harald schnäuzte sich auch die Nase. Wenn ihm das mit seiner Anna passiert wäre. Nicht auszudenken. Er klopfte dem Alten mitfühlend auf die Schulter.

„Nach dem Krieg kam es ja ans Tageslicht, was sie mit unseren Kindern gemacht haben. Diese Mistkerle!" Die Stimme des Alten begann zu zittern und er ballte seine Fäuste.

Harald räusperte sich.

Plötzlich hatte er eine Idee, die musste er unbedingt mit Agnes besprechen. Es drängte ihn jetzt geradezu nach Hause. Er klopfte seine Pfeife auf dem Stein neben sich aus und zog an den Leinen der Hunde, die sofort parat standen.

„Auf bald."

„Danke für Dein Ohr. Das hat gut getan." Der Alte hob die Hand zum Gruß und machte sich wieder an seinen Holzstapel.

Harald holte zum Abendessen einen guten Bordeaux aus dem Weinregal und entkorkte ihn. Feierlich schenkte er Agnes und sich von dem Rotwein ein.

„Ich hab heute den Alten aus dem Wald getroffen. Felix Spoerl. Du weißt, der Kauzige, von dem ich Dir schon des Öfteren erzählt habe."

„Hm, was ist mit dem? Hat er sich über die Hunde im Wald beschwert?"

„Nein, überhaupt nicht. Ganz im Gegenteil. Wir haben heute das erste Mal länger miteinander gesprochen. Stell Dir vor, der hat gar nicht immer allein gelebt. Hat Frau und Kind gehabt. Seit zehn Jahren lebt er erst so zurückgezogen. Das Schicksal hat ihn bös getroffen damals hier in Deutschland. Euthanasie!"

Agnes Nastrewa hob den Kopf, ihr Blick wurde starr. Ihre Gedanken gingen weit zurück. Zurück in eine Zeit, an die sie sich nicht erinnern wollte!

„Der hat ein Kind wie die hier von der Burg gehabt. Ausgelöscht!"

„Und, warum erzählst Du mir das?"

Diese unerbittliche Härte, welche er an ihr nicht leiden konnte, ließ ihn zweifeln, ob seine Idee wirklich eine gute sein würde.

„Er hat ein gutes Händchen mit Holz und vielleicht ja auch mit Kindern. Ich dachte, Du wolltest den Kurt mehr in den Gruppen einsetzen. Naja, da hatte ich die Idee, ob er nicht Kurts Stelle als Hausmeister einnehmen könnte?"

Agnes schaute ihren Mann überrascht an. Dass auch er mal Geistesblitze haben konnte, freute sie.

„Die Idee gefällt mir! Hast Du ihn schon darauf angesprochen?"

„Nein, natürlich nicht. Ich musste doch erst mal hören, was Du dazu denkst. Er ist ja schon ein bisschen kauzig mit seinen langen Haaren und dem Bart. Ich glaube, dass er einsam ist und sich über eine Aufgabe freuen würde."

„Frag ihn, ob er sich das vorstellen kann!"

„Was sollte er denn genau tun? Nur dass ich ihm auch was erzählen kann."

„Er kann unten im Keller eine Tischlerei einrichten. Geld dafür beantrage ich. Sachanschaffungen! Holzarbeiten und Reparaturen und sich um den Garten kümmern wären seine Aufgaben. Glaubst Du, das liegt dem?"

„Ich sag ja, der ist ein Waldkauz."

„Lad ihn zu einem Gespräch ein!"

Martha kramte auf dem Dachboden ihres Elternhauses in ihren alten Kindersachen. Es ärgerte sie jeden Tag von Neuem, dass die Jungen kein Beschäftigungsmaterial hatten. Sie brauchten

Anregungen und nicht immer die gleichen, inzwischen schon ausgeleierten, Legobausteine. Diese hatte sie gleich zu Beginn ihres Praktikums mit einigen Kindern erst einmal richtig geschrubbt. Sie waren so vollgesabbert und schmierig, dass sie sich vor Ekel schütteln musste. Selbst Holger hatte dabei mit Hand angelegt und sie dabei zaghaft in der Wasserschüssel berührt, ihr für Sekunden in die Augen geblickt. Das sollte für ihn etwas heißen. Sogar Thomas patschte immer wieder begeistert mit seinen Händen ins Wasser.

Freudestrahlend kam Martha mit zwei Memory-Spielen herunter. Ein ganz einfaches mit Symbolen aus dem Alltag der Kinder und eines mit Tiersymbolen. Ihr kleiner, alter roter Puppenkoffer eignete sich wunderbar, um das Material zu transportieren. Sie würde ihn für die Zeit ihrer Tätigkeit oben auf der Burg lassen.

Marthas Mutter hatte die Idee, dass sie doch gemeinsam Fördermaterial für die Jungen basteln könnten. Sie zogen aus alten Schuhen ihres Vaters die Schnürsenkel heraus, schnitten dicke Schuhmodelle aus Pappe zu und stanzten links und rechts Löcher aus. Dann fädelten sie die Schnüre darin ein. Martha würde den Kindern das Schleifenbinden beibringen.

Doch dazu sollte es vorerst nicht kommen. Die Ferienkinder kamen zurück auf die Burg und damit war die Stimmung sofort umgeschlagen.

Die Chefin hatte ihr Kurt an die Seite gestellt. Ständig machte er abfällige Bemerkungen über ihre Ideen.

„Die sind doch viel zu blöd dazu! Das ist vergeudete Energie."

Doch Martha hatte gelernt, sich vor ihm zu schützen. Am besten sie konzentrierte sich auf die Kinder. Und die freuten sich, die Schnürsenkel mit Daumen und Zeigefinger vom Tisch zu nehmen und in die Löcher zu stecken. Martha musste zwar einsehen, dass die wenigsten von ihnen der Logik des Einfädelns, geschweige denn des Schleifenbindens, folgen konnten, aber die Jungen hatten das Gefühl, etwas Wichtiges zu tun. Das stärkte sie auf jeden Fall.

Anders war es bei den Memorykarten. Die Augen der Jungen blitzten auf, als sie verstanden hatten, dass es zwei von jeder Karte gab.

Martha würde sich die kleinen Erfolgserlebnisse mit den Jungen nicht von Kurt vermiesen lassen.

Sie freute sich über die Rückkehr ihrer Jungen. Es war schön, Peter wiederzusehen. Er war der Einzige, der zusammenhängend sprechen konnte, und heute hatte er viel von seiner geliebten Nordsee zu erzählen. Doch von Kurt hörte sie, dass die Eltern Hochsaison im Betrieb hatten und Peter eigentlich genau zur falschen Zeit gekommen war. Deshalb sollte er in den Sommerferien fortan auch auf der Burg verbleiben. Armer Peter.

Johann wirkte sehr blass und in sich gekehrt. Kurt berichtete, dass die Mutter Scherereien auf dem Amt gemacht hatte und die Chefin erst mal *klare Sprache* hatte sprechen müssen. So nannte sie es immer, wenn ihr jemand gegen den Strich ging.

„Die Mutter hat gemeint, wir würden den Johann hier verhungern lassen und er hätte sich nicht genug entwickelt. Die Kinder weggeben und auch noch Ansprüche stellen! Was sagst Du dazu?", fragte Kurt Martha herausfordernd.

„Ich finde, die Kinder haben ein Recht auf Förderung, dafür sind sie doch hier, denke ich."

„Ja, ich weiß schon aus welcher Richtung Du kommst, aber das funktioniert hier nicht. Deinen roten Koffer kannst du heute auch wieder mitnehmen."

Wie gemein der Kurt sein konnte. Martha sah seinen zusammengekniffenen Mund und diesen stechenden Blick in seinen Augen, der ihr zu verstehen gab, lieber den Mund zu halten. Ihren letzten Tag hatte sie sich eigentlich anders vorgestellt.

Wenig später traf sie Bettina im Aufenthaltsraum der Eulen. Beide freuten sich auf den Feierabend.

„Wartest Du auf mich? Ich muss noch zum Abschlussgespräch zur Chefin. So lange wird es hoffentlich nicht dauern. Lass uns im Café Meindl treffen."

„Super, bis gleich."

„Warte. Ich hab noch was für Dich."

Martha reichte Bettina ihren kleinen roten Koffer mit den Memorykarten und den Pappschuhen mit den Schnürsenkeln.

„Das würde ich Dir gern zu treuen Händen geben. Leider wird es in der Eulengruppe untergehen oder Kurt entsorgt es. Du kannst damit bestimmt bei den Raben Freude ernten", ermunterte sie Bettina.

„Ich werde es in Ehren halten und Dir von den Fortschritten der Jungen berichten ", bedankte sich Bettina gerührt über Marthas Abschiedsgeschenk.

Martha drückte noch einmal all ihre Buben an sich. Dann stürzte sie aus dem Gruppenraum. Die Jungen sollten ihre Tränen nicht unbedingt sehen.

Flugs nahm sie die Abkürzung über den Durchgang zum Flur und landete direkt vor dem Büro der Chefin, die bereits auf sie wartete.

„Grüß Gott, Martha. Schon sind die Wochen wieder um. Ich habe Dich kaum gesehen. Aber ich war auch viel auswärts. Wie hat Dir die Zeit bei uns gefallen? Ich habe gehört, dass Du Deine eigenen Spielsachen für die Kinder mitgebracht hast."

„Ja, Frau Chefin. Ich hätte sonst nicht gewusst, was ich mit den Jungen den ganzen Tag hätte anfangen sollen. Es ist schon wenig an Spielmaterial für sie da. Aber das habe ich Ihnen ja letztes Jahr schon zurückgemeldet. Warum schaffen Sie denn nicht etwas an? Das könnte die Buben in ihrer Entwicklung voranbringen. Doch das wissen Ihre Erzieherinnen sicher viel besser als ich."

Agnes Nastrewa staunte über sich selbst, was die Martha sich bei ihr herausnehmen durfte.

„Ich werde noch mal mit denen sprechen. So, hier ist Dein Umschlag mit Deinem Gehalt. Mal sehen, ob Du damit Deinen Führerschein bezahlt bekommst." Dabei zwinkerte sie ihr geheimnisvoll zu.

Martha wollte sich gerade bedanken und verabschieden, als die Chefin noch etwas hinterher schob.

„Übrigens, was ich noch sagen wollte. Du weißt, dass es auch bei uns so etwas wie eine Schweigepflicht gibt? Ich möchte, dass die Kinder hier geschützt aufwachsen und nicht alles nach draußen dringt. Haben wir uns verstanden?"

Martha nickte etwas irritiert. Das mit der Schweigepflicht kannte sie ja aus der Klinik. Aber dass die Chefin sie am Ende noch einmal darauf hinwies, stimmte sie nachdenklich. Hatte sie Sorge, dass sie über die Zustände im Agnesheim in der Öffentlichkeit reden könnte?

Sie reichte Agnes Nastrewa zum Abschied die Hand. Martha war froh, dass ihre Zeit auf der Burg beendet war. Noch im Gehen über die Zugbrücke öffnete sie den Umschlag. Dreihundert Mark! Sie machte einen Luftsprung vor Freude. Das Geld würde für den Führerschein reichen.

Anbei fand sie einen Kartengruß.

Liebe Martha,
es war mir wieder eine Freude, Dich auf der Burg gehabt zu haben.
Du bist, wann immer Du magst, hier willkommen.
Wer weiß, vielleicht ja irgendwann einmal als Kinderkrankenschwester.
Mit besten Grüßen
Agnes Nastrewa

Martha ging versonnen den Berg hinunter. So schön, dass Bettina und sie sich ein bisschen angefreundet hatten. Wenn sie an ihr tolles Wochenende in Würzburg dachte, bekam sie Bauchkribbeln vor Freude. Sie hatten an dem Abend in der Disco einen Heidenspaß gehabt. Mit Bettina wurde es nie langweilig. Es gab immer etwas zu lachen. Zuerst hatten sie ein bisschen über die Männer hergezogen. Doch als Bettina von Ernst zum Tanzen aufgefordert worden war, schien es für den Abend um sie geschehen zu sein. Sie hatte nur noch Augen für ihn gehabt. Seitdem hatte er sie schon zweimal besucht. Sehr vielversprechend. Martha war belustigt darüber, als Bettina ihr erzählte, dass Ernst Koch sei.

„Stell dir vor, was der mir alles Leckeres kochen kann."

Und schon war die Fantasie mit ihr durchgegangen.

Sie selbst hatte sich an dem Abend ein bisschen wie ein Mauerblümchen gefühlt. Am liebsten wäre sie zurück in ihr Zimmer im Schwesternwohnheim gegangen. Aber sie hatte Bettina nicht den Abend verderben wollen.

Wie gut, dass sie geblieben war. Denn es war kurz nach Mitternacht, als Julius in die Diskothek kam. Ein schicker Typ, wie er da mit seiner Cola in der Hand an der Tanzfläche stand. Irgendwann trafen sich ihre Blicke einen Moment zu lange. Sie konnte dem nicht standhalten. So blöd, ihre Unsicherheit Männern gegenüber. Verlegen hatte sie in ihrer Handtasche gekramt, doch nicht einmal eine Zigarette konnte sie sich als Nichtraucherin anzünden. Er schien auch nicht zu rauchen. Sehr sympathisch.

Als der DJ einige Zeit später die Animals mit „House of the Rising Sun" auflegte, war er plötzlich vor ihr gestanden.

„Hast Du Lust zu tanzen?"

Das hätte sie nun gar nicht erwartet. Auch noch ein so langsamer Song. Als sie ihm die Hand reichte, hatte sie in warme, braune Augen gesehen und sich gleich viel sicherer gefühlt.

Gemeinsam waren sie zur Tanzfläche gegangen. Sanft hatte er ihre Hand gehalten und sie behutsam an sich herangezogen. Ihr wurde jetzt noch ganz kribbelig im Bauch, wenn sie daran dachte. Bettina meinte später, sie habe so dahingeschmolzen ausgesehen. *Peinlich.*

Die ganze Nacht hatten sie geredet, getanzt, geredet und sich plötzlich an den Händen gehalten. Ihr Herz schien für einen Moment vor Aufregung stehen bleiben zu wollen. Wieder und wieder konnte sie diesen Moment in sich hervorzaubern.

Julius war Krankengymnast und arbeitete seit seinem Abschluss in einer Würzburger Praxis. Er war drei Jahre älter als sie, aber das störte sie überhaupt nicht. Im Gegenteil! Sie mochte seine Ernsthaftigkeit. Die Jungen in ihrem Alter waren ihr immer viel zu oberflächlich gewesen.

Doch nun musste sie sich sputen. Bettina wartete im Café Meindl auf sie. Gemeinsam wollten sie ihren Abschied von der Burg feiern.

Burg Wernberg, November 1966

Reges Treiben herrschte auf der Burg, gestern hatte die Chefin verkündet, dass der Spielzeugfabrikant Bayer das Heim besichtigen kommen würde. In der vergangenen Woche hatte Agnes Nastrewa mit Herrn Bayer telefoniert. Da er sowieso in der Nähe zu tun hatte, wollte er es sich nicht nehmen lassen, noch einmal persönlich in der Anstalt vorbeizuschauen.

Alle Kinder wurden am Morgen gründlich gewaschen und bekamen mitten in der Woche saubere Kleidung angezogen. Sie sollten einen guten Eindruck machen. Die Mitarbeiter mussten eine Sonderschicht einlegen, um die Räume schöner herzurichten, denn Agnes Nastrewa erwartete eine größere Spende der Firma.

Kurt, der, seit Felix Spoerl seinen Hausmeisterposten übernommen hatte, nun offiziell zum Hilfspfleger befördert worden war, schien heute besonders gereizt. Jeden, der ihm in die Quere kam, schnauzte er an. Die Raben bemühten sich, ihm aus dem Weg zu gehen. Was nicht so einfach war. David ging geradewegs in den Waschraum. Da stand der Onkel auch schon vor ihm.

„Zeig deine Ohren", brüllte er ihn an und zog ihm diese auch schon abwechselnd lang, sodass David gar nicht anders konnte, als laut aufzuschreien.

„Was schreist Du hier herum?"

Kurt brüllte ungehalten und im nächsten Moment zog er David auch noch an den Haaren. Der gab trotz großem Schmerz keinen Laut mehr von sich. Denn das hatte er in der Zeit seit der Hilfspfleger in der Gruppe war gelernt: Den Onkel Kurt durfte man nicht reizen, denn dann wurde der immer wütender.

David flüchtete auf die Toilette. Zu allem Unglück hatte er vor Schreck in die Hose gemacht.

Kurt war unterdessen so richtig auf Touren gekommen. Er warf einen Blick in den Gruppenraum der Eulen und sah Peter im Schneidersitz auf dem Boden sitzen. Für Peter eine gewohnte Haltung, für Kurt eine Provokation.

„Peter, aufstehen!"

Doch das hatte bei Peter wenig Wirkung. Kurt riss ihn am Arm und versuchte ihn hochzuzerren. Peter machte sich schwer wie ein nasser Sack. Seine Art Widerstand zu zeigen.

Johann biss sich vor Anspannung in den Handrücken und schaukelte vor und zurück. Andere kreischten laut und durchdringend und Holger drehte wild seine Hände vor seinem Gesicht hin und her.

Dieser Haufen Deppen, sie konnte Kurt am allerwenigsten aushalten. *Eigentlich war die Lösung damals genau richtig. Aber heute ließ sich scheinbar gut Geld mit ihnen verdienen.*

Plötzlich biss Peter Kurt unvermittelt in die Hand. Jetzt war er es, der laut aufschrie. Bettina kam zu Hilfe und ging mit Peter in den Waschraum. Sie versuchte, ihn zu beruhigen. Aber nach solchen Eskapaden verschloss er sich auch ihr. Erst als sie leise zu summen begann, entspannte sich Peter und lehnte seinen Kopf an ihre Schulter.

Auch sie kam in der Zusammenarbeit mit Kurt immer wieder an ihre Grenzen. *Er war doch eigentlich Hausmeister gewesen, wieso hatte die Chefin ihn als Pfleger eingesetzt? Der hatte doch gar keine Ausbildung. Die anderen munkelten, er genieße ihr besonderes Vertrauen.*

Die Arbeitsatmosphäre hatte sich, seit Kurt in den Gruppen mitarbeitete, eindeutig verschlechtert. Es gab diejenigen, welche mit ihm eine Linie fuhren, und diejenigen, welche die Kinder unterstützen und ihnen ein bisschen Heimat geben wollten. So bildeten sich im Agnesheim ganz allmählich zwei Fronten. Es hatte es keinen Zweck, sich bei der Chefin über Kurt zu beschweren, da diese ihm zunehmend freie Hand in der Züchtigung der Jungen gab. Und heute mussten sie alle für den Spielzeugfabrikanten gute Miene zum bösen Spiel zeigen. Wie sie so etwas hasste.

Wenig später fuhr die schwarze Limousine des Spielzeugfabrikanten Bayer durch das Burgtor. Alle Jungen saßen sauber und adrett auf ihren Plätzen in ihren Gruppenräumen. Wie im Bilderbuch!

Schnell schritt die Chefin die wenigen Stufen zum Innenhof herunter und ging ihm freudig entgegen.

„Wie aufmerksam von Ihnen, Herr Bayer, dass Sie uns einen Besuch abstatten. Hatten Sie eine gute Fahrt? Hoffentlich macht es Ihnen nicht zu viele Umstände?"

„Guten Tag, gnädige Frau. Nein, im Gegenteil. Ich freue mich über die Gelegenheit, das Heim und die Kinder näher kennenzulernen. Bei der Eröffnungsfeier konnte ich leider keinen Blick in die Räume werfen. Aber ich muss schon sagen, wie die Jungen damals dort saßen, das hat mich beeindruckt."

Er zeigte dabei auf die Innenmauer, an der einige Buben zusammen mit Martha und Bettina gesessen hatten.

„Das freut mich sehr, Herr Bayer. Kommen Sie, ich zeige Ihnen die Räume."

Die Jungen saßen still an ihren Tischen. Einige bastelten mit Transparentpapierschnipseln und Kleister Laternen, die eigens für den heutigen Tag vorgefertigt wurden.

Peter strahlte Herrn Bayer an. Johann saß auf Bettinas Schoß.

„Hoppe, hoppe Reiter, wenn er fällt, dann schreit er", sang sie rhythmisch mit ihm.

Johann gab sich ganz der Bewegung hin und lachte bei jedem Plumps. Franz durfte heute sogar seinen alten Teddy, der sonst in seinem Bett lag, mit in den Gruppenraum nehmen. Vielleicht gab es ja ein paar neue.

„Mutter Agnes, wie heißt der?", fragte Peter mit nuscheliger Stimme.

Sie wirkte heute so freundlich und gesprächig, dass auch die Jungen ein wenig offener und mutiger wurden als sonst. Doch Peter bekam keine Antwort auf seine Frage. Stattdessen wandte sie sich wieder Herrn Bayer zu.

„Sie glauben ja gar nicht, was diese Kinder für schwere Schicksale mitbringen. Wie schlecht viele Eltern sich um ihre Kinder kümmern. Uns ist es ein großes Anliegen, den Kindern elterliche Liebe und Fürsorge angedeihen zu lassen. Dafür sind sie hier."

Herr Bayer nickte zustimmend. Es fehlten ihm die Worte. So viel Leid auf einem Fleck hatte er in seinem Leben noch nicht gesehen. Bei dem einen trat seine Hasenscharte hervor, ein anderer sah mit seinen riesigen Zähnen und schielenden Augen vollkommen entstellt aus. Fast dreißig Jungen in dem kleinen Gruppenraum mit den gleichen Kurzhaarschnitten und unglücklichem Gesichtsausdruck, wie er fand. Manche schaukelten hin und her, andere kreischten irre Töne oder bissen sich selbst. Aber es schien auch ein paar *Normale* zu geben.

„Gefällt es Euch denn hier?", fragte er den zehnjährigen Martin.

Der hätte am liebsten von Kurts Wutausbrüchen erzählt. Und dass es keinen Fußball und keine Bücher im Heim gab. Sein Päckchen, was die Mama von zu Hause geschickt hatte, durfte er auch nicht behalten.

Stattdessen lächelte Martin. „Wir haben es gut hier. Alle sind sehr nett zu uns." So hatte es ihm gestern Onkel Kurt unter Androhung von Strafen

eingebläut. Schnell sagte er aber doch hinterher:

„Du hast doch eine Spielzeugfirma. Gibt es da auch Fußbälle?"

Herr Bayer strich Martin über seinen borstigen Haarschopf. Dieser Junge hatte doch dem Bundesminister eine Rose überreicht und wäre dabei fast gestolpert. Irgendwie erinnerte er ihn ein bisschen an seinen Sohn.

„Ich will mal schauen, was sich machen lässt. Ihr Jungen müsst doch Fußball spielen können", ermunterte er ihn lächelnd.

Martin strahlte über das ganze Gesicht. Dabei sah er nicht die vorwurfsvollen Blicke von Mutter Agnes und Onkel Kurt.

Gerade wollte Herr Bayer mit Agnes Nastrewa weitergehen, als Peter vom Tisch aufstand. Er kam schnurstracks auf ihn zu und klammerte sich an sein Hosenbein.

„Wie heißt Du?", nuschelte Peter.

Herr Bayer war sichtlich irritiert. Unbeholfen versuchte er den Jungen von sich loszumachen.

„Peter, lass sofort den Herrn Bayer los! Was fällt Dir denn ein? Setz Dich wieder auf Deinen Platz", herrschte Agnes Nastrewa den Jungen an.

Ihr barscher Tonfall durchdrang den ganzen Raum. Bettina fing sich einen scharfen Blick ein und eilte daraufhin sofort auf Peter zu.

„Mama, Papa, will zu Mama. Papa, Oma, Strand gehen", schrie und strampelte er.

Seine kräftige, leidende Stimme fuhr Bettina durch Mark und Bein. Gott sei Dank ließ er sich von ihr aus dem Gruppenraum bringen. Sie wusste, dass sie sich später auf eine Rüge gefasst machen durfte.

Dem Fabrikanten indes war der scharfe Ton der Anstaltsleiterin nicht entgangen. Auch nicht entgingen ihm wenig später, als sie ihm die Schlafsäle zeigte, die engen und kargen Bedingungen, unter denen die Kinder dort schliefen.

Das Obergeschoss ließ die Chefin vorsorglich lieber aus, denn hier galt für heute *Zutritt verboten.* So genau wusste man nie, wer sich noch in diesem Zimmer befand. Manche Kinder tauchten an manchen Tagen gar nicht in der Gruppe auf. Auch den fensterlosen Aufenthaltsraum der geistig behinderten Kinder enthielt sie ihm bei ihrer Führung vor. Stattdessen leitete sie ihren Gast über den Burghof in ihren privaten Trakt, um zum genüsslichen Teil der Angelegenheit überzugehen.

„Ich habe ein paar Brezeln und einen Kaffee vorbereiten lassen. Mögen Sie einen Cognac zum Kaffee?"

„Gerne. Dass muss man ja erst mal verdauen, nicht wahr? Wie halten Sie das jeden Tag aus?"

„Ach, wissen Sie, da muss man ein großes Herz und schon gute Nerven haben, aber eben auch eine strenge Hand. Da habe ich Gott sei Dank den Kurt, der mir vieles vom Halse hält."

Oh nein, das sollte ihr eigentlich nicht herausgerutscht sein. Aber er schien ihre Worte nicht gehört zu haben. Dankenswerterweise wechselte er jetzt das Thema, denn über die Jungen hatte sie wirklich keine Lust mit dem gutaussehenden Fabrikanten zu sprechen.

Er hatte ihre zwei Jagdhunde im Hofzwinger gesehen. Ein willkommener Anlass, sich über das Wild in der Umgebung auszutauschen. Auch er war begeisterter Jäger, genau wie ihr Mann und Medizinalrat Dr. Gassner, den er bei der Eröffnungsfeier kennengelernt hatte.

„Ich will mal sehen, was ich tun kann in der Firma. Auf jeden Fall lasse ich von einer Mitarbeiterin ein paar Bälle, Autos und noch Bausteine schicken."

Mit diesen Worten zog Herr Bayer sein Scheckbuch aus seiner dunkelbraunen Jackettasche, schraubte seinen schwarzen Füllfederhalter mit der Goldspitze auf und setzte die Summe 3000 DM in die entsprechende Zeile.

„Ich denke, es ist für einen guten Zweck", unterstrich er noch einmal seine Spende. „Ich habe ja gesehen, dass es noch an einigem mangelt. Und zum Weihnachtsfest dürfen Sie sich gerne bei meiner Sekretärin melden. Sie wird dann eine Spielzeugspende für Ihre Zöglinge zusammenstellen."

„Vielen Dank, geschätzter Herr Bayer, seien Sie sicher, dass es für eine gute Sache ist. Sie sagten es ja selbst, dass die Kinder noch so manches brauchen können."

Ein Blick auf die Uhr zeigte dem Fabrikanten, dass sein Fahrer ihn bereits unten im Hof erwartete. Er verabschiedete sich mit dem Gefühl, etwas für die Kinder getan zu haben. Jetzt wollte er diese Eindrücke aber auch schnell wieder hinter sich lassen.

Burg Wernberg, Frühjahr 1967

Frau Martens fluchte über die vielen Stufen bis ins oberste Stockwerk. Keuchend zog sie den Schlüssel für das Nässer-Zimmer aus ihrem Bund heraus. Diese vielen Stufen waren nichts für ihren fülligen Körperbau. Von Drinnen drang ein irres Kreischen und Gurren zu ihr, am liebsten hätte sie die Tür gar nicht erst geöffnet. *Wie lange lagen die Jungen wohl schon wach dort drinnen?* Die meisten von ihnen schaukelten wie wild ihre Köpfe im Bett hin und her und gaben dabei diese armseligen Laute von sich. Fast tierisch hörte sich das an. Manche hatten schon keine Haare mehr am Hinterkopf. Dieser Raum war ihr einfach zuwider.

Sie steckte den Schlüssel ins Schloss und drehte ihn mit einem Ruck herum, sodass die alte Tür mit knarzendem Geräusch aufsprang. Im Nu war es still im Schlafraum. Wieder stieg ihr dieser bestialische Geruch in die Nase. Ein Gemisch aus Urin und Kot zugleich. *Warum musste ausgerechnet sie diese Bengel sauber machen?* Aber sie hatte da so ihre eigene Methode gefunden.

Holger war der erste. Sie löste die Gurte, mit denen die Kinder an den Gitterstäben fixiert wurden, von seinen Handgelenken. Die Schürfspuren wurden jeden Tag mehr. Mit Schwung hob sie ihn aus dem Bett und ging mit ihm in den Waschraum. Dort spritzte sie ihn mit dem Wasserschlauch kalt ab. Um die Kotkrusten von seinem Körper zu schrubben, nahm sie die Toilettenbürste zu Hilfe. Holger musste sich an ihren Beinen festhalten und weinte jämmerlich dabei. Aber da kannte sie nichts. Sie fasste doch diesen Dreck nicht auch noch mit ihren Händen an.

So fertigte sie einen Bettnässer nach dem anderen ab. An manchen Tagen sammelte sich so viel schmutzige Bettwäsche an, dass sie auf der Burg mit dem Wechseln gar nicht hinterher kamen. So schliefen die Kinder oft am Abend wieder auf den vollgepinkelten Laken. Kein Wunder, dass dieser Raum immer stank und verschlossen blieb.

Frau Martens hatte Johann aus dem Nässer-Zimmer in den Eulenraum geholt. Weil er heute einen seltsamen Eindruck auf sie machte, legte sie ihn lieber gleich auf den Fußboden. Ihr schien, der Junge wurde immer dünner und stiller. Manchmal lächelte er still vor sich hin und nahm die anderen Kinder gar nicht mehr wahr. Schon zweimal hatte sie ins Gruppenbuch geschrieben, dass die Anfälle bei Johann vermehrt auftreten würden, ohne dass eine Behandlung von Dr. Gassner darauf erfolgte. Stattdessen kam er an den Arztnachmittagen mit seinen Hunden auf die Burg und ging mit Harald Nastrewa auf die Jagd. *Wahrscheinlich ließ er sich diese Jagd-Nachmittage auch noch bezahlen. Viel getan wurde für die Kinder wirklich nicht.* Aber sie hatte sich ihre skeptische Haltung schnell abgewöhnt, damit schuf man sich hier auf der Burg nur Feinde.

Peter riss sie aus ihren Gedanken. Er polterte in die Gruppe und lief mit großen Schritten auf Johann zu. Setzte sich neben ihn und zog Johanns Kopf auf seinen Schoß. Zärtlich streichelte er seine Wange. In dem Moment verkrampfte Johann seine Hände zu Fäusten und begann wild am ganzen Körper zu zucken. Er bäumte sich kurz auf, schnorchelte bedrohlich und verdrehte seine Augen.

„Hilf, Johann zuckt!", rief Peter aufgeregt und blickte verzweifelt zu Frau Martens hinüber, die gerade den Tisch mit Blechschüsseln für den Haferbrei deckte. Sofort übertrug sich Peters Unruhe auf die anderen Jungen. Alle kreischten laut durcheinander.

„Schön ruhig bleiben, Peter. Sonst erstickt er noch."

Diese Anfälle erinnerten sie ans Sterben. Sie brauchte die Zäpfchen! Doch die Schachtel im Medizinschränkchen war leer. Schnell lief sie in den ersten Stock hinunter ins Krankenzimmer und holte neue. Eigentlich sollten sie immer, für den Fall eines Anfalls, welche in der Kittelschürze tragen. Mit zittrigen Händen verabreichte sie Johann das Diazepam-Zäpfchen. Nach wenigen Minuten entspannte er sich. Sie nahm Johann auf den Arm und trug ihn vorsichtshalber ins Dachgeschoss. *Diese Stufen würden sie nochmal umbringen.*

Währenddessen saß Peter im Schneidersitz auf dem Fußboden. Sein Mund war leicht geöffnet und die Zunge lag schwer zwischen seinen Lippen. Johanns Anfälle nahmen ihn immer sehr mit. Er wirkte erschöpft und traurig.

Vor wenigen Wochen waren Peters Eltern zu Besuch auf der Burg gewesen. Seitdem litt er wieder verstärkt an Heimweh. Dann schmiss er sich manchmal unvermutet auf den Boden oder schlug mit dem Kopf wütend auf den Tisch. Dafür wurde er in die Kammer gesperrt. "Zum Abkühlen", wie Kurt sagte.

Bei seinen Eltern war er es gewohnt gewesen, frei herumzulaufen. Die Nordseespaziergänge erinnerte er noch gut. Auf der Burg hingegen war er seit Jahren mit den anderen Kindern, bis auf wenige Ausnahmen, eingesperrt. Während die Jungen aus der Rabengruppe ab und zu Ausflüge machen durften, mussten die Eulen sich mit dem Auslauf auf der Burg begnügen.

Oft rief er laut: „Will raus, will raaauus!"

Mit dem Ergebnis, dass er sich noch weniger in seinem Trakt bewegen durfte. Früher zu Hause hatte er immer etwas zu tun. Hier hatte er nur die ausgeleierten Legosteine, mit denen kein Turm mehr zu bauen war. So saß er oft im Schneidersitz auf dem Stuhl und brütete vor sich hin.

Am schönsten waren dann die Tage, an denen Bettina oder Rosa mit ihnen bastelten. Emsig schnitt Peter mit seinen kurzen Fingern Kreise aus und half sogar den schwächeren Kindern, es ihm nachzutun.

Rosa hatte Peter in ihr Herz geschlossen. Einmal hatte sie es sogar bei der Chefin durchboxen können, ihn am Wochenende mit zu sich nach Hause zu nehmen. Peter war an jenem Tag sehr anhänglich gewesen und hatte ihren kleinen Sohn mit lauter Küssen überhäuft. Wie traurig war er, als er merkte, dass dies ein einmaliger Besuch blieb.

Rosa gehörte mit Bettina zu den Erzieherinnen, die sich den Kindern liebevoll zuwandten, mal mit ihnen sangen und kleine Fingerspiele machten. Eben so, wie sie es auch in ihrer Ausbildung gelernt hatten.

Neulich hatte Rosa in einer Besprechung zu bedenken gegeben, dass die Kinder Fördermaterial bräuchten, um sich weiterentwickeln zu können. Das hätte schon die italienische Ärztin und Pädagogin Maria Montessori vor über fünfzig Jahren herausgefunden. Bettina hatte ihr beigepflichtet und angeregt, dass sie selbst etwas herstellen könnten. So wie es Martha im vergangenen Jahr für die Kinder der Eulengruppe gemacht hatte. Aber das hatte die Chefin sofort abgewehrt.

„Die haben alles, was sie brauchen. Das reicht doch, dass *Ihr* da seid! Die sollen versorgt, aber nicht verhätschelt werden."

Rosa war fassungslos über solch eine Aussage gewesen, hatte aber Angst, sich noch mehr die Finger zu verbrennen. Gerade kürzlich erst hatte eine junge Mitarbeiterin sich über die Härte, mit der Hilfspfleger Kurt die Kinder behandelte, bei der Chefin beschwert. Aber anstelle von Empörung hatte diese die junge Frau scharf zurechtgewiesen.

„Die Jungen brauchen eine strenge Führung, sonst tanzen sie uns auf der Nase herum. Wenn Ihnen das nicht gefällt, können Sie gerne wieder gehen. Es warten mindestens drei andere auf Ihre Stelle."

Und damit war ihre Anstellung aufgelöst. Es war ein Kommen und Gehen von Mitarbeitern auf der Burg.

Rosa beschloss zu schweigen.

Prag, November 1968

Anna Nastrewa war gerade aus dem Rechnungsamt nach Hause gekehrt. Ihr erster Gang war in die Küche. Sie stellte das vorgekochte Gulasch auf die Herdplatte und deckte den Tisch für sich. Da schellte es an der Tür.

Wer konnte das sein?

Sie drehte das Gulasch herunter und ging an die Haustür.

Vor ihr stand ein Expressbote mit einem Telegramm in der Hand. Sofort begannen ihre Gedanken zu rasen.

Wer sollte ihr ein Telegramm schicken? Was war passiert? Der Papa? Die Mama?

Sie unterschrieb dem Boten den Erhalt des Schreibens. Schloss die Tür hinter sich und setzte sich an den Küchentisch. Wie paralysiert starrte sie das Telegramm an. Sie musste sich einen Ruck geben, um den Briefumschlag zu öffnen. Ahnte sie doch, dass dieses Schreiben ihr Leben verändern würde.

LIEBE ANNA,
KOMM SOFORT INS NABBURGER KRANKENHAUS!
MAMA HATTE EINEN HERZINFARKT.
GRUSS PAPA

Wieder und wieder las sie die wenigen Zeilen. Sie konnte sich nicht erheben. Der Appetit war ihr inzwischen vergangen.

Sie ging ins Schlafzimmer und holte ihre Reisetasche hervor. *Was sollte sie mitnehmen? Wie lange musste sie bleiben? Herzinfarkt, was hatte das zu bedeuten?*

Ihre Mutter hatte schon seit zehn Jahren einen hohen Blutdruck. Sie hatte ihr immer wieder gesagt, sie solle nicht so viel Energie in dieses Heim stecken. Und jetzt ein Herzinfarkt. Anna kamen die Tränen. *Nein Mama, nicht gehen!*

Dann riss sie sich am Riemen. Packte weiter. Schmiss das Gulasch in den Müll und schnürte den Beutel zu, um ihn gleich unten in die Mülltonne zu werfen. Goss alle Blumen, nahm den Mantel vom Haken. Sie drehte überall das Licht aus und verschloss die Haustür zweimal.

Wie lange würde sie bis zur deutschen Grenze brauchen? Sie könnte in drei Stunden da sein. Hoffentlich kam sie nicht zu spät?

Sie stieg in ihren alten Škoda Octavia und hoffte, dass die Heizung dieses Mal funktionieren würde.

Burg Wernberg, November 1968

Der alte Felix Spoerl fand Agnes Nastrewa am Eingang der kleinen Kapelle gleich neben ihrem Wohntrakt auf der Steintreppe liegend. Sie röchelte und schnappte nach Luft. Ihre rechte Hand hielt sie verkrampft am Brustkorb. Er sah sofort, dass ihr etwas Schlimmeres zugestoßen sein musste und brachte sie schnell in eine sichere Seitenlage. Dann lief er, um Harald zu holen.

Was er sonst nie tun würde, er riss die Haustür der Nastrewas auf und schrie durch die Wohnräume.

„Harald, Deine Frau ..., Harald! So komm doch, schnell!"

Harald Nastrewa schreckte aus seinem Mittagsschlaf auf, schlüpfte in seine Schuhe. Dabei trat er die Hacken herunter. Es musste schnell gehen. Felix empfing ihn aufgeregt an der Tür,

„Sie liegt vor der Kapelle. Atmet noch, ist aber nicht bei Bewusstsein."

„Oh Gott, meine Agnes!"

„Am besten Du rufst gleich Dr. Gassner oder noch besser einen Krankenwagen an."

„Felix, bitte mach Du das. Da drüben auf dem Schreibtisch steht das Telefon."

Harald kniete vor seiner Frau. Er fasste ihre Hand an und strich über ihr Gesicht.

„Du darfst mich nicht hier alleine lassen. Agnes, hörst Du mich?", rief er eindringlich in ihr Ohr.

Agnes Nastrewa öffnete die Augen und versuchte etwas zu artikulieren.

„A-n-n-a m-u-s-s k-o-m-m-e-n."

Harald hielt sein Ohr ganz dicht an ihren Mund, um sie verstehen zu können. Er wiederholte ihre Worte. Agnes nickte schwach mit dem Kopf.

Kurze Zeit später fuhr Adolf Gassner im Burghof vor. Er öffnete in Windeseile ihre Jacke, maß ihren Blutdruck und gab ihr eine Herzspritze. Ihr Blutdruck war beunruhigend hoch und der Puls schwach. Der Krankenwagen musste jeden Augenblick kommen.

Derweil hatte Harald ein Telegramm an Anna nach Prag aufgegeben. Sie musste dringend kommen. Wenn sie es nur zeitig schaffte. Harald hatte kein gutes Gefühl. Er packte die Unterlagen und das Nötigste für Agnes in einer kleinen Reisetasche zusammen. Auch für sich holte er schnell ein Buch, seine Brille und das Kreuzworträtselheft. Wer weiß, wie lange er in der Klinik bleiben musste.

Er musste unbedingt Felix noch ein paar Anweisungen geben. Dieser wirkte sehr mitgenommen. Harald ahnte, dass das etwas mit dem damaligen Tod seiner eigenen Frau zu tun haben musste.

„Felix, kannst Du Dich um die Hunde kümmern? Fleisch ist in der Küche im Kühlschrank und die müssen nochmal aus dem Zwinger heute. Sonst heulen sie die ganze Nacht im Burghof herum."

„Mach ich Harald. Kannst Dich drauf verlassen. Alles Gute für Euch!"

In dem Moment fuhr der Krankenwagen vor. In großer Eile wurde Agnes Nastrewa transportfertig gemacht, die schweren Doppeltüren geschlossen und dann ging es mit Blaulicht ins Nabburger Krankenhaus.

Die Unruhe im Burghof war den Mitarbeitern und Kindern nicht verborgen geblieben. Einige der Jungen pressten ihre Nasen an die Fensterscheiben, um zu sehen, warum ein Krankenwagen mit Blaulicht bei ihnen auf der Burg vorfuhr.

Als sie Mutter Agnes auf der Trage sahen, ging ein Flüstern durch die Gruppenräume der Raben.

„Mutter Agnes ist krank. Muss sie jetzt sterben? Wer ist dann unsere Mutter?"

Bettina und Rosa schauten sich berührt an.

Wahnsinn, dass die Kinder trotzdem noch so an ihr hängen.

Im Operationssaal war bereits alles zum Legen eines Herzkatheters vorbereitet. Anschließend lag Agnes Nastrewa auf der Intensivstation. Die Ärzte hatten Harald darauf vorbereitet, dass es sein könnte, dass seine Frau es nicht schaffen würde. Harald betete zu Gott, dass Anna bald da sein möge.

Anna raste über die Bundesstraße und fluchte laut vor sich hin.

Das Regenwasser spritzte von der Straße bis an die Scheiben hoch.

„So ein Mist, dass es gerade jetzt auch noch regnen muss."

Plötzlich kam der Wagen ins Schlittern. Aquaplaning! Sie nahm sofort den Fuß vom Gas und ließ die Reifen ihre Spur wiederfinden.

Sie musste Ruhe bewahren! Wenn ihr etwas passieren würde, wäre Mama auch nicht geholfen.

Als endlich das Nabburger Ortsschild aus der Dunkelheit auftauchte, atmete sie erleichtert durch. Auf dem Schotterweg vor dem Krankenhaus parkte sie ihren Wagen und lief gehetzt zur Aufnahme.

„Ich möchte zu meiner Mutter. Agnes Nastrewa. Lebt sie noch?"

„Das kann ich Ihnen leider nicht sagen."

Der Pförtner schaute sie mitfühlend an.

„Zimmer 10, Intensivstation."

Anna nahm gleich zwei Stufen auf einmal. Sie spürte, dass sie einen Wettlauf mit dem Tod machte. Sie musste sie noch einmal lebend antreffen.

Hektisch klopfte sie an die Krankenzimmertür und stürmte hinein.

Tränen schossen ihr in die Augen. Ihr Vater saß, die Hände ihrer Mutter haltend, an deren Bett. Wie verloren er wirkte.

Anna setzte sich auf die andere Seite des Bettes, legte ihre Hände auf die ihrer Eltern und flehte ihre Mutter an.

„Bitte Mama, nicht aufgeben. Wir brauchen Dich noch."

Anna war verzweifelt. Nie und nimmer hatte sie damit gerechnet, dass ihre Mutter sterben könnte. So selbstverständlich hatte sie alles hingenommen. Und jetzt konnte es jeden Augenblick zu Ende gehen.

Plötzlich nahm sie eine Veränderung wahr. Ihre Mutter schien wacher zu werden. Sie öffnete die Augen und schaute Anna für Sekunden völlig klar an.

„A-n-n-a, m-a-c-h w-e-i-t-e-r. K-ü-m-m-e-r-e D-i-c-h u-m P-a-p-a."

Anna wusste, was sie damit meinte.

Agnes Nastrewa starb noch in dieser Nacht an den Folgen ihres Herzinfarktes.

Anna brach am Bett ihrer Mutter zusammen. Sie weinte und klammerte sich an der Toten fest, als könnte sie diese damit zum Leben erwecken. Harald saß erschüttert und wie gelähmt daneben.

Irgendwann stand er benommen auf und streichelte noch einmal Agnes kühle Wange. Dann legte er den Arm um Annas Schultern, als wollte er ihr und sich selbst damit Mut zusprechen.

„Ich geh den Arzt holen und dann fahren wir heim."

Er ging hinaus.

Es wurde ein großes Begräbnis für Agnes Nastrewa. Manch einer der Trauergäste fühlte sich an die Eröffnungsfeier auf der Burg erinnert. Allerdings dieses Mal ohne die Bayernhymne.

Alles aus der Umgebung, was Rang und Namen hatte, saß heute zur Trauerfeier in der Kirche St. Anna beisammen. Selbst einige der Jungen durften dabei sein. Sie saßen ganz vorne hinter Anna und Harald Nastrewa und ihren Verwandten aus der Tschechoslowakei.

Ihre ganze Kinderschar, die sie in den vergangenen Jahren aufopfernd begleitet hatte, hieß es später im Bayrischen Stadtanzeiger.

Bettina hatte heute zwar keinen Dienst, war aber trotzdem in die Kirche gekommen. Sie hatte Martha angerufen und sie überredet, mit ihr an der Trauerfeier teilzunehmen. Gemeinsam fiel es beiden leichter.

Sie setzten sich direkt hinter die Jungen, die verunsichert und von dem mit Blumenschmuck beladenen Sarg eingeschüchtert auf ihren Plätzen saßen. Für die meisten von ihnen war es die erste Trauerfeier. Als die Orgel laut zu spielen begann, schreckten die Jungen zusammen. Bettina und Martha legten ihnen beruhigend ihre Hand auf die Schulter. David drehte sich verstohlen zu ihnen um und lächelte Martha zu.

Nachdem das Orgelspiel verklungen war, betrat der füllige Pfarrer schwerfällig die Kanzel. Er umfasste sie, als wollte er sich an ihr festhalten, holte tief Luft und blickte auf die anwesende Trauergemeinde.

Liebe Trauergemeinde!
Wir gedenken heute unseres lieben Mitglieds Agnes Nastrewa. Sie wurde 1905 in Strakonitz geboren. Hier verbrachte sie mit drei Brüdern ihre frühe Kindheit. Sie erlebte den ersten Weltkrieg als Kind, den zweiten als junge Frau und Mutter ihrer Tochter Anna. 1938 lebte sie mit ihrer Familie bereits an der deutsch-tschechischen Grenze. Wie wir alle wissen, musste das gesamte Grenzgebiet zum Deutschen Reich mit mehrheitlich deutschsprachiger Bevölkerung an dieses abgetreten werden. Das Gebiet, in dem Agnes Nastrewa lebte, wurde von Deutschland besetzt. Es folgten Vertreibungen und Massenmorde. Als tschechische Halbjuden lebte ihre Familie im zweiten Weltkrieg unter ständiger Angst vor dem Naziregime und den damaligen Deportationen. Agnes musste mitansehen, wie zwei ihrer Brüder erschossen und ihre alten Eltern in das Konzentrationslager Theresienstadt deportiert wurden. Sie sah sie nie wieder. Durch die Heirat mit Harald Nastrewa und sehr begünstigten Umständen genoss Agnes selbst eine Sonderstellung, die sie vor dem Arbeits- und Konzentrationslager bewahrte.

Vor diesem Hintergrund ist es Agnes Nastrewa hoch anzurechnen, dass sie 1964 den Schritt wagte, hier in Deutschland eine Heilpädagogische Anstalt einzurichten und sich dem Wohl der deutschen Kinder anzunehmen. So hatte sie denn ihre letzten Lebensjahre diesen Jungen gewidmet. Wir können uns fragen: Was mag wohl vorgefallen sein, dass Agnes Nastrewa kurz vor ihrem Hingang noch in die kleine Burgkapelle gehen wollte? Gab es etwas, womit sie Frieden schließen wollte, weil sie ihren Tod vorausahnte? Auf diese Fragen werden wir wohl keine Antwort mehr erhalten.

Möge sie in Frieden ruhen. Amen.

Es folgte das Orgelstück Arioso von Johann Sebastian Bach. Nachdem die Musik verklungen war, verließ die Trauergemeinde die Kirche und folgte den Sargträgern zum Grab auf dem angrenzenden Friedhof. Diesen Teil wollten Frau Martens und Rosa den zwölf Jungen ersparen. Sie hatten sich gut gehalten. Obwohl David vor lauter Anspannung seine Nägel noch kürzer heruntergekaut hatte, sodass Daumen und Zeigefinger bluteten.

In den letzten Tagen hatten die Jungen mit Hilfe von Rosa und Bettina jeder ein Abschiedsbild für Mutter Agnes gemalt und sie mit einer Kordel zusammengebunden. Frau Martens nahm die Bilder nun an sich, um sie später Agnes Nastrewa ins Grab zu werfen. Sie hatte zwar Martin gefragt, ob er es nicht tun wollte, aber ihn gruselte es, dort mit hinzugehen. So ging Rosa mit den Buben zurück zur Burg und Frau Martens hielt für sie die Stellung.

Die Worte des Pfarrers aus dem Leben von Agnes Nastrewa waren Martha und Bettina unter die Haut gegangen.

Deshalb setzten sie sich nach dem Kondolieren schnell ab. Auf keinen Fall wollten sie mit zum *Leichenschmaus* in den Goldenen Bären. Stattdessen saßen sie wieder in ihrem vertrauten Café Meindl beisammen.

„Hast Du gewusst, dass sie solch eine grausame Vergangenheit hatte?"

„Nein. Ich hätte auch nicht gedacht, dass der Pfarrer so offen über die Nazizeit spricht. Das ist doch für viele noch ein dunkler Schatten hier. Fand ich aber gut! Ein bisschen erklärt das vielleicht ihre Härte."

„Weißt Du eigentlich, dass ich auch Halbtschechin bin?"

„Nein."

„Ja, aber das war ja nach dem zweiten Weltkrieg. Ich habe mich nur immer wieder gefragt, warum sie so nett zu mir war. Sie hat gemeint, ich könne immer wieder auf der Burg arbeiten."

„Ich bin ja mal gespannt, was die Zukunft bringt. Ihre Tochter hat gleich am nächsten Tag verkündet, dass alles beim Alten bleiben wird. Sie wird wohl die Nachfolgerin ihrer Mutter werden. Hoffentlich ist sie ein bisschen milder als die Alte. Entschuldige bitte meine Ausdrucksweise. Knapp ist sie unter der Erde ..."

„Ich verstehe schon, wie Du es meinst.

Bettina, schön wieder mal mit Dir hier zu sitzen."

Martha umarmte sie herzhaft. Bettina war für sie in den vergangen drei Jahren zu einer echten Freundin geworden. Sie vertrauten sich fast alles an und waren sicher, dass es bei der anderen gut aufgehoben war.

„Wie geht es Ernst? Was machen Eure Zukunftspläne?"

„Oh Martha, ich bin Dir so dankbar, dass wir damals zusammen in Würzburg waren. Ohne Dich hätte ich Ernst niemals getroffen!

Du, der Ernst plant ein Restaurant in Nabburg zu übernehmen. Das wäre doch die Gelegenheit. Deshalb haben wir überlegt, uns in Nabburg oder Pfreimd was zum Wohnen zu suchen. Dann kann ich auch auf der Burg bleiben. Die Kinder liegen mir schon sehr am Herzen. Es gibt nicht so viele wie Dich und mich dort oben."

„Das würde mich riesig freuen, wenn Du bleibst. Und, wer weiß, vielleicht komme ich tatsächlich nochmal auf die Burg zurück. Jetzt muss ich erst einmal mein Examen schaffen. Ich muss ganz schön pauken.

Aber schau mal, ich habe Dir etwas mitgebracht."

Martha kramte in ihrer Tasche und holte ihre säuberlich geschriebene Arbeit hervor.

„Im Frühjahr hatten wir einen Kurs bei einem Kinder- und Jugendpsychiater, da habe ich ein Referat gehalten. Er hatte verschiedene Themen zur Auswahl gestellt. Durch die Begegnungen mit den vielen behinderten Kindern auf der

Burg konnte ich nicht anders, als dieses Thema zu wählen."

Bettina warf einen Blick auf die Überschrift.

Kinder und Erwachsene mit Behinderung in vergangenen Jahrhunderten

„Du kannst es gerne mitnehmen und in Ruhe zu Hause lesen.

Sag mal, was machen eigentlich Deine Pläne bzgl. der Ausbildung zur Kindergärtnerin?"

„Die habe ich noch im Blick. Aber durch Ernst kommen natürlich ganz andere Gedanken dazu."

Bettina zwinkerte Martha bedeutungsvoll zu.

„Nein, Du bist doch nicht etwa ...?"

„Nein, noch nicht, aber wir haben schon darüber fantasiert. So in ein, zwei Jahren vielleicht.

Und wie geht es bei Dir und Julius?"

„Witzigerweise hat Julius so ähnliche Gedanken wie Ernst. Er überlegt, ob er mit in eine Krankengymnastikpraxis einsteigen kann. Das wird auch abhängig davon sein, wo ich eine Stelle bekomme. Ich würde so gerne näher an die Natur ziehen. Auf Dauer ist mir das Stadtleben zu hektisch. Ich brauche den Wald und die Freiheit in der Natur."

„Und sonst? Liebst Du ihn?"

„Ich denke ja. Wir haben so viele Parallelen in unserer Biografie. Er ist ein sehr einfühlsamer Mensch und hat heilsame Hände. Immer wenn ich ihm von den schwerstbehinderten Kindern aus der Anstalt berichtet habe, meinte er, dass man ihnen ganz sicher durch Krankengymnastik vieles erleichtern könnte. Es gibt so eine neue Methode nach Bobath, die besonders für körperbehinderte Kinder unterstützend sein kann. Aber ich erzähle so viel über den Beruf.

Doch, ich liebe ihn. Und auch wir denken an gemeinsames Wohnen und reden über Kinder. Aber für mich ist es noch viel zu früh zum Kinderkriegen."

„Ich freue mich darauf, Deine Ausarbeitung zu lesen. Werde sie hüten wie meinen Augapfel."

Dabei zwinkerte sie Martha lachend zu.

An diesem Abend versprachen sich die beiden, die Abstände ihrer Treffen in Zukunft kürzer zu halten. Sie wollten intensiver im Austausch, auch über die Geschehnisse auf der Burg sein.

Als Bettina am Abend zu Hause ankam, gönnte sie sich erst einmal ein paar von den köstlichen Frikadellen, die Ernst für sie zurückgelassen hatte. Die Trauerfeier und das Gespräch mit Martha hatten sie sehr aufgewühlt. Sie machte es sich auf ihrem Sofa gemütlich. Hüllte sich in ihre Wolldecke ein und zündete sich eine Kerze an. Unbedingt wollte sie noch ein paar Seiten von Marthas Arbeit lesen. Bis Ernst nach Hause kam, dauerte es sowieso noch.

Bettina öffnete den Schutzumschlag und war sofort in den Text vertieft.

Kinder und Erwachsene mit Behinderung in den vergangenen Jahrhunderten

Im zwanzigsten Jahrhundert, das die Reformpädagogin Ellen Key im Jahr 1900 zum Jahrhundert des Kindes aussprach, änderte sich das Verhältnis zum Kind wie in keiner Zeit zuvor. Menschenrechte wurden benannt und es gab die UN-Kinderrechtskonventionen. Erstmalig durch Janusz Korczak ins Leben gerufen. Sein Grundsatz: „Jedes Kind hat ein Recht auf Kindheit." Leider galten diese Rechte bis in die sechziger Jahre nur für das gesunde Kind. Behinderte Kinder erfahren noch heute schlimmste Ausgrenzungen, die von Misshandlungen bis hin zu Tötung von „unwertem Leben" im dritten Reich gingen. Ein Blick in die Geschichte zeigt, dass bereits in der Antike bis ins Mittelalter hinein das Leben von Menschen mit einer geistigen Behinderung nicht geschützt und erhalten wurde. Oft widerfuhr diesen Menschen das Schicksal der Ausstoßung oder Tötung. Wenn sie von der Gemeinschaft toleriert wurden, lebten sie oft isoliert in den Familien. Wurde z.B. durch den Tod der Eltern dies nicht mehr möglich, brachte man sie in Bettlergruppen, Klöstern, Hospitälern, Gefängnissen und Irrenanstalten unter.

Im Großen und Ganzen lassen sich drei Lebenssituationen von Menschen mit Behinderung in jener Zeit beschreiben:

Die erste Gruppe der Menschen mit Behinderung wurde von der Großfamilie mitgetragen und oft mehr schlecht als recht „durchgeschleppt". Das trifft vermutlich auch auf schwer behinderte Kinder zu. Wurden diese älter und zunehmend schwieriger zu versorgen, wurden sie in Spitälern oder Narrentürmen untergebracht. Oftmals verstümmelten die Familien ihre behinderten Kinder noch zusätzlich, um das Mitleid der Passanten zu erheischen, wenn sie von ihnen zum Betteln geschickt wurden. Für Almosen wurden manche Jugendliche von ihren Eltern als monströse Subjekte ausgestellt. Ausgesetzte Mädchen wurden für das Unzuchtsgewerbe bestimmt, also in die vollendete Fehlentwicklung zurückgedrängt.

Die zweite Gruppe der Menschen mit Behinderung musste entweder auf der Straße leben oder wurde in Narrentürmen und Spitälern untergebracht, wo sie katastrophalen hygienischen und unmenschlichen Zuständen hilflos ausgesetzt waren.

Nach einem Besuch eines Narrenturms schrieb der Münchner Psychiater Mahir 1846: „Dieser Narrenturm war ein runder, fünf Stockwerke hoher Steinbau mit 140 kerkerähnlichen Zellen, in den bis zu 250 Irre untergebracht waren. Die größte Unreinlichkeit, ein scheußlicher, unerträglicher Gestank, Heulen und Brüllen, ein entsetzendes, schauderhaftes Jammergeschrei vieler, noch an schweren Ketten und eisernen Reifen, an den Beinen und Armen, selbst am Halse auf die grausamste Weise gefesselter Irren. (....) Die armen und unglücklichsten aller Geisteskranken, die ich jemals gesehen habe, werden gleich den wildesten Raubtieren hier gehalten und gefüttert; die schlechteste Menagerie bietet aber noch immerhin ein weit freundlicheres und menschlicheres Ansehen. Auf allen Gesichtern und in der ganzen Haltung der Irren sind grässlicher Jammer, Schmerz und Verzweiflung ausgeprägt: bei magerer Kost und unaufhörlichen Schmerzen des Körpers, die durch gewalttätige Heilversuche mittels Pustelsalbe hervorgerufen werden, wird diesen beweinenswerten Kranken nicht einmal Natur zu Theil, worüber sich selbst die schwersten Verbrecher und Mörder wenigstens von Zeit zu Zeit erfreuen, denn nie scheint auf diese Unglücklichen ein Strahl der Sonne oder das volle Tageslicht. Alle ärztliche Untersuchung und Behandlung geschieht in der Regel nur durch ein mit Eisen vergittertes kleines Loch der eisernen Thore, aus welchem Jammergeschrei und Gebrüll, Schimpf und Fluch dem besuchenden Arzt erwidert werden. Durch dasselbe Loch wird diesen misshandelten Irren gleich Wölfen und Hyänen Kost und Getränk, von rohen gefühllosen Wärtern eingeschoben." (Mahir, zit. n. Schröder 1985, 259f.)

Die dritte Gruppe der Menschen mit Behinderungen, die meist dem Bürger, Ritter- oder Adelsstand angehörten, wurden von ihren begüterten Familien einem Kloster zur Fürsorge übergeben; sie hatten dort ein gesichertes Leben im Vergleich zu den Menschen der ersten und zweiten Gruppe. Bei leichten Behinderungen konnten sie sogar zu einem Mitglied des einfachen Ordensstandes (Bruder, Schwester) werden. (Bopp, 1939, 45f.)

Um das Jahr 1800 begann man erstmals von Geistigbehindertenpädagogik zu sprechen und diese zu institutionalisieren. Eduard Seguin arbeitete das erste Lehrbuch für „Idiotenerziehung" aus und gründete die erste sogenannte „Idiotenschule". 1856 wurde dann die erste Heil- und Erziehungsanstalt LEVANA durch Jan-Daniel Georgens und Heinrich Marianus Deinhard in Baden bei Wien eröffnet. Sie sind die

Begründer der Heilpädagogik und die Ersten, die sich wissenschaftlich mit der Geistigbehindertenpädagogik auseinandersetzten. Auch Maria Montessori, deren pädagogischer Ansatz sich bis heute erhalten hat, gehört in die Reihe der Persönlichkeiten aus dieser Zeit. Ab 1881 wurden in Deutschland die ersten Hilfsschulen gegründet. 1931 wurde die erste Professur für Heilpädagogik an der Universität Zürich vergeben. Der Schwerpunkt der damaligen Beschäftigung mit der Erziehung von Menschen mit geistiger Behinderung lag hauptsächlich auf medizinischem und religiösem Gebiet. Gleichzeitig wurde sie jedoch auch wieder zu ihrer Ausgrenzung genutzt. Wegen ihrer psychischen und körperlichen Besonderheiten wurden diese Menschen als anormal und minderwertig und als nutzlose Wesen für die Gesellschaft bezeichnet. Nach dem Ersten Weltkrieg entbrannte erstmalig eine Diskussion um die Zwangssterilisation. Diese schuf die Grundlage für das 1933 geschaffene „Gesetz zur Verhütung erbkranken Nachwuchses". In der Zeit des Nationalsozialismus wurden Menschen mit geistiger Behinderung unter unhygienischen und entwürdigenden Bedingungen in Anstalten untergebracht und ab 1938 systematisch ermordet. So lebten direkt nach dem Krieg aufgrund der systematischen Tötung der behinderten Kinder und Jugendlichen nur noch wenige Menschen mit geistiger Behinderung in Deutschland. Ab 1938 war auch das Reichsschulpflichtgesetz gültig, das Menschen mit geistiger Behinderung die Bildungsunfähigkeit unterstellte, so herrschte auch nach 1945 die Unsicherheit über den Umgang mit behinderten Kindern. Eine Beschulung und Unterbringung musste neu gegriffen werden, denn das Hilfsschulwesen war nicht mehr existent und eine neue Rechtsgrundlage für ihre Beschulung wurde erst 1951 durch die Sonderschulverordnung (Verordnung des Ministeriums für Volksbildung über die Beschulung der Kinder mit wesentlichen physischen und psychischen Mängeln in Krankenhäusern und Heilstätten) geschaffen. 1958 gründete eine Elterninitiative in Marburg die Lebenshilfe für das geistig behinderte Kind, welche heute noch bekannt ist unter Lebenshilfe e.V. Diese wurde für die weitere Schulentwicklung ein wichtiger Motor. 1965 wurde dann die erste Schule für Geistigbehinderte in Frankfurt am Main gegründet.

Es bleibt zu hoffen, dass diese Entwicklung weitere Fortschritte annehmen wird, damit auch diese Kinder ein echtes Recht auf Kindheit haben.

Martha Hohlbein

Bettina hatte gar nicht bemerkt, wie die Zeit vergangen war.

Erst als Ernst aus seinem Spätdienst nach Hause kam, holte er sie aus den vergangenen Jahrhunderten zurück in die Gegenwart.

Die Bilder hatten sie derart stark eingenommen, dass sie ihm die halbe Nacht davon erzählen musste. Sie kam aus dem Staunen und Kopfschütteln gar nicht mehr heraus. Was hatte Martha da alles zusammengetragen.

„Manches davon erinnert mich an die Kinder auf der Burg. Ich kann die Chefin einfach nicht einordnen. Auf jeden Fall erinnert mich ihre Haltung den behinderten Jungen gegenüber sehr an vergangene Zeiten."

„Bettina, Du darfst Dir das Schicksal der Kinder nicht so zu Herzen nehmen", entgegnete Ernst.

„Das darfst Du so nicht sagen. Lies mal den Bericht von Martha, dann verstehst Du mich besser. Wir dürfen heute nicht mehr so denken und handeln wie früher."

Bettina ärgerte sich. War das wirklich Ernsts Haltung? Das hatte sie nicht von ihm erwartet. In letzter Zeit hatte sie manchmal richtige Weinanfälle wegen der Zustände dort oben bekommen. Ernst hatte sie immer verstanden.

„Du hast ja Recht", beschwichtigte er sie. „So wirklich gut haben die Jungen es dort oben nicht getroffen."

Er nahm sie liebevoll in den Arm und drückte ihr einen Kuss auf die Stirn.

„Und nun sollten wir ins Bett gehen, liebe Bettina."

Bettina musste Martha unbedingt fragen, wo sie das alles gefunden hatte. Sie beneidete sie ein bisschen um ihre Klugheit. In solchen Momenten merkte sie immer, dass sie selbst nur einen niedrigen Schulabschluss hatte.

Anna Nastrewa hatte sich unbezahlten Urlaub im Prager Rechnungshof genommen. Nach der Beerdigung musste sie sich verstärkt um ihren Vater kümmern. Ihr schien es, als ob er erst jetzt realisierte, dass seine Frau wirklich tot war.

Wieder und wieder saß er mit Felix Spoerl zusammen und ließ sich erzählen, wo genau er sie gefunden hatte. Ob er gesehen hatte, wo sie herkam. Dieser konnte ihm auch nicht mehr sagen als zuvor. Dann schlug Harald Nastrewa ihm freundschaftlich auf die Schulter.

„Was für ein Segen, dass Du hier bist! Sonst wäre meine Agnes wahrscheinlich bereits vor der Kapelle gestorben und unsere Anna hätte sie nicht mehr lebend gesehen."

Der Alte strich sich seinen langen Bart, als dächte er noch über etwas nach.

„Harald, ich wollte mich schon lange bei Dir für Deine Fürsprache bei Deiner Frau bedanken. Mein Leben hat seitdem wieder einen Sinn bekommen. Die Werkstatt ist richtig gut geworden. Kurt hat mir geholfen mein ganzes altes Werkzeug und die Werkbank mit dem Bus zu holen. Sogar die alten Schnitzmesser hab ich alle geschliffen. Besonders freue ich mich, wenn die Jungen mal vorbeischauen dürfen. Wenn Du Lust hast, komm mich doch in der Werkstatt besuchen. Mit den Händen was zu tun, vertreibt dunkle Gedanken."

„Das werde ich tun, Felix. Wollte sowieso mal ein paar Dinge von uns reparieren", versprach Harald dankbar für die Einladung.

Für Anna Nastrewa war Felix Spoerl auch aus anderen Gründen eine gute Fügung. Sie hatte den Eindruck, dass ihre Mutter eine weise Entscheidung getroffen hatte, Kurt zum Hilfspfleger zu befördern. Er schien, wie ihr die Sekretärin berichtete, sich gut eingearbeitet und ein wenig mehr Schliff in die Pädagogik gebracht zu haben. Das sollte ihr nur recht sein.

Anna setzte sich an den alten Eichenschreibtisch ihrer Mutter und ging alle anfallenden Aufgaben durch. Als Erstes musste sie sich mit dem Landessozialamt und den städtischen Sozialämtern in Verbindung setzen und den Tod ihrer Mutter mitteilen. Gleichzeitig wollte sie deutlich werden lassen, dass sie bereit war, ihre Nachfolge anzutreten. Hoffentlich gab es keine Schwierigkeiten. Dazu musste sie sich in ihrer Urlaubszeit in die Unterlagen der Kinder einarbeiten.

In den nächsten Tagen saß sie oft bis in die Nacht hinein mit der Sekretärin über den Zahlen. Ließ sich die Jahresberichte, die Zahl der Buben und die Aufstellung der Pflegesätze zeigen. Dabei sah sie, dass ihrer Mutter bereits in den vergangenen Monaten Dinge entglitten waren. Es schien ihr schon länger nicht gut ergangen zu sein.

„Hast Du Veränderungen an meiner Mutter bemerkt, Gertrud?"

„Im Nachhinein habe ich schon wahrgenommen, dass ihr Manches zu viel wurde. Es hat gedauert bis sie Telefonate beantwortet hat und bis ich die Zahlen gesehen habe, war auch eine Zeit vergangen. Alles musste immer zuerst über ihren Schreibtisch gehen."

„Ja, so ganz meine Frau Mama! Jedenfalls scheint viel liegen geblieben zu sein. Da werde ich mich richtig reinknien müssen. Aber erst einmal muss ich übermorgen meine Angelegenheiten in Prag klären. Ich lege Dir die zu erledigenden Posten hin. Kannst Du Dich in meiner Abwesenheit um alles Weitere kümmern?"

„Klar, selbstverständlich. Kann ich Dich denn in Prag erreichen?"

„Du kannst mich im Büro anrufen. Privat habe ich kein Telefon. Sei so nett und schick mir den Pfleger Kurt in einer Stunde in das Büro meiner Mutter."

Anna Nastrewa versuchte gerade Ordnung in das Papierchaos auf dem Schreibtisch zu bringen, als es an der Tür klopfte. Nanu, den Kurt hatte sie doch erst in einer Stunde bestellt. Auf ihr Herein stand ganz unerwartet Adolf Gassner in der Tür.

„Grüß Dich Anna. Ich wollte es mir nicht nehmen lassen, Dir noch einmal ganz persönlich mein Beileid auszusprechen. Es tut mir sehr leid für Dich und Deinen Vater."

Er reichte ihr seine rechte Hand, mit der linken strich er fürsorglich über ihren Oberarm.

Sie hatte Adolf Gassner zwar auf der Beerdigung ihrer Mutter gesehen, aber nicht wirklich ein Auge auf ihn werfen können. Sein charismatisches Aussehen erstaunte sie. Ein attraktiver Fünfziger, graumeliertes Haar. Gepflegte Erscheinung. Sie kannten sich schon, da war sie noch ein junger Backfisch.

„Hallo Adolf. Das ist ja wirklich eine Ewigkeit her, dass wir uns gesehen haben. Gut schaust Du aus. Wirst gar nicht älter, was?"

„Oh, jetzt willst du mir aber schmeicheln. Aber Du bist ja eine richtig attraktive junge Frau geworden. Wie alt bist du jetzt? Aber entschuldige, das fragt man eine Frau ja nicht."

„Vierunddreißig steht in meinem Pass. Und Du darfst mich das fragen."

„Wie geht es Dir mit all dem Nachlass aus der Heilpädagogischen Anstalt Deiner Mutter? Es kommt viel auf Dich zu, stimmt's?"

„Ja, im Moment muss ich die Dinge hier und meine eigenen in der Tschechoslowakei ordnen. Und den Papa auffangen!"

„Wenn es irgendetwas gibt, womit ich Dir helfen kann, Anna? Ich stehe zu Deinen Diensten."

Wie förmlich er das gesagt hatte. Ein formvollendeter Mann. Das gefiel ihr. Sie nickte.

„Gerne komme ich auf Dein Angebot zurück, Adolf. Wann wirst Du die nächsten Untersuchungen der Jungen durchführen? Darüber kann ich gar nichts in Mutters Unterlagen finden. Es wäre schön, wenn wir bei Deinem nächsten Besuch darüber ausführlicher sprechen könnten."

„Ich kann sie vor Weihnachten nochmal alle durchchecken. Wann bist Du wieder da?"

„Ich schätze Anfang Dezember."

„Schön, dann sehen wir uns. Ich freue mich."

Er hielt ihre Hand ein wenig zu lange und blickte ihr direkt in die Augen. „Viel Kraft, Anna!"

Schon klopfte der Nächste an die Tür. Fast wären Dr. Gassner und Kurt zusammengestoßen.

„Guten Tag Frau Chefin, ach nein, entschuldigen Sie bitte. Jetzt weiß ich gar nicht, wie ich Sie nennen soll?"

„Ist schon Recht, Kurt. Ich werde ja tatsächlich Ihre neue Chefin sein. Kommen Sie, setzen wir uns hier an den Tisch. Möchten Sie etwas trinken."

„Nein danke."

„Kurt, ich möchte mit Ihnen über die nächsten Wochen sprechen. Wie Sie wissen, habe ich zurzeit meinen Wohnsitz in Prag und muss auch noch dorthin zurückkehren."

Kurt nickte bestätigend mit dem Kopf. Worauf wollte sie hinaus?

„Ich möchte sicher gehen, dass in der Anstalt in meiner Abwesenheit alles gut läuft. Sie sind ja bereits von Anfang an da und kennen alle Abläufe gut. Die Sekretärin wird für die Arbeits- und Dienstpläne sorgen. Sie möchte ich bitten, ein bisschen mit auf die Disziplin im Haus zu achten. Wäre das zu viel verlangt?"

Kurt schaute sie an, als wäre er begriffsstutzig. Hatte sie ihm gerade die Verantwortung für das Personal übergeben? Ihm, dem Hilfspfleger? Wie sollte er das machen, er hatte doch gar keine Ahnung von all dem? Dachte er, ließ sich davon aber nichts anmerken.

„Ich werde es versuchen, Frau Chefin. Versprechen kann ich aber nichts. Ich hab so etwas noch nie gemacht."

„Das lernen Sie schon noch, Kurt. Ich bin auch keine Pädagogin und soll das jetzt hier übernehmen."

„Wenn Sie meinen und das Vertrauen in mich haben."

Sie gaben sich wie ein Geschäft besiegelnd die Hand und Kurt ging zurück in die Gruppe, während Anna Nastrewa, zufrieden über den Verlauf der letzten beiden Gespräche, weiter Ordnung in alles brachte.

Der Tod der Chefin hatte eine schwere Wolke von den Mitarbeiterinnen und Jungen genommen. Als würde die Zeit für eine Weile anhalten. Trotz des traurigen Ereignisses kam mehr Fröhlichkeit in den Gruppen auf. Selbst Frau Martens hatte begonnen, mit den Kindern zu singen. Der inzwischen zehnjährige Johann taute förmlich auf. Er sang in seiner ihm ganz eigenen Sprache mit und klatschte dabei in die Hände. Peter folgte ihr, wenn sie freundlich war, hilfsbereit auf Schritt und Tritt. Er deckte den Tisch mit ab, nahm die kleineren, neu aufgenommenen Kinder mit an die Hand in den Waschraum und kümmerte sich liebevoll um sie, wenn sie weinten.

Rosa hatte sich gemeinsam mit Frau Martens über das Nässer-Zimmer im Dachgeschoss hergemacht. Die Betten überzogen, kaputtes Bettzeug entsorgt und alles gründlich mit Desinfektionsmittel ausgewischt. Sie wollten gemeinsam die Bettnässer-Kinder durchgehen. Vielleicht konnte es eine Umbettung der Jungen geben. Sie waren voller Energie, da sie nicht mehr mit Restriktionen der Chefin rechnen mussten. Nur um den dunklen, fensterlosen Aufenthaltsraum kamen sie nicht herum. Aber auch den wollten sie jetzt mehr dekorieren. Die Jungen sollten es ein wenig heimeliger bekommen. Sicher hatte die Juniorchefin nichts dagegen. Gerade hatten sie Sterne ausgeschnitten und mit den Kindern Weihnachtslieder gesungen, als Bettina aufgeregt in die Gruppe kam.

„Stellt Euch vor, ich habe mit unserem Hausmeister Felix Spoerl gesprochen. Der hat zu Hause bei sich im Schuppen noch einen alten Leiterwagen stehen. Martha hatte damals während ihrer Ferienarbeit die Idee, ob wir nicht solch einen anschaffen könnten, damit die körperlich beeinträchtigen Buben auch mal rauskämen. Er würde uns den wieder aufmöbeln. Wie findet ihr das?"

„Das klingt gut. Allerdings müssen wir sie dann alle nach unten schleppen."

Frau Martens klang nicht ganz so begeistert. Aber Rosa, deutlich jünger als sie, war von dem Leiterwagen sehr angetan.

„Mir tun die Buben die ganzen Jahre schon leid, dass sie immer hier in den Räumen hocken müssen. Ich trag sie auch", versuchte sie Frau Martens zu überzeugen.

„Und stellt Euch vor, was er noch für eine Idee hat. Er meint, dass doch aus der Rabengruppe einige Jungen bei ihm in der Werkstatt mithelfen könnten. Zum Beispiel sägen und ein bisschen schnitzen lernen. Und er würde sie im Frühjahr mit Holz machen lassen. Der ist eine echte Perle im Haus."

Damit verschwand Bettina flugs in den ersten Stock zu den Raben-Jungen, wie sie diese liebevoll bei Ernst nannte. Sie wollte gleich morgen mit David, Martin, Roland und Lothar zu Felix in die Werkstatt gehen. Die Jungen könnten sich mit den anderen jeweils abwechseln. Das wäre zu toll.

Selbst Frau Ertl aus der Küche kochte in den Tagen nach dem Hinscheiden der Chefin besser. Die Kinder aßen mit mehr Appetit als sonst. Bettinas Fantasie begann, mit ihr durchzugehen. *Wenn Kinder zu Felix in die Werkstatt gehen dürfen, dann könnten doch auch einige der älteren Jungen zu Frau Ertl in die Küche und ein bisschen kochen fürs Leben lernen. Auf die Idee hatte Ernst sie kürzlich schon einmal gebracht.*

Wie gut, dass die Juniorchefin sich momentan noch aus allem heraushielt. Sie hatte scheinbar genug anderes im Büro zu tun. Der einzige Haken an den Veränderungen könnte der Hilfspfleger Kurt sein. Einerseits war er Felix Spoerl ganz dankbar, dass er da war. Sonst hätte Kurt sicher nicht den Aufstieg zum Pfleger geschafft. Aber er wusste auch um die Freiheiten, die dieser als Hausmeister genoss und die ihm seit dem Wechsel verloren gegangen waren. Die Arbeit auf der Gruppe war etwas ganz anderes. Das bemerkte Kurt in letzter Zeit immer häufiger. Er war näher an den Jungen dran, ja! Aber immer öfter wurde genau das zum Problem.

Burg Wernberg, Sommer 1969

Die Prager Zeit gehörte inzwischen der Vergangenheit an. Anna weinte dieser nicht eine Träne nach. Eigentlich hatte sie die Trennung von Gregor im letzten Jahr wie eine Zäsur erlebt. Sie wusste nur zu dem Zeitpunkt noch nicht, wohin sie das Leben führen würde.

Nun war sie durch den Tod ihrer Mutter Leitung einer Heilpädagogischen Anstalt mit sechzig Kindern geworden. Ihr fiel diese Aufgabe nicht in den Schoß. Als Buchhalterin hatte sie zwar Ahnung von Zahlen, aber von Pädagogik, geschweige denn Heilpädagogik, verstand sie gar nichts. Die Mitarbeiterführung machte sie aus dem Bauch heraus, was ihr auch ganz gut gelang. Auf jeden Fall hatte das Personal Respekt und manche hatten, wie ihr schien, auch ein wenig Angst vor ihr.

Die niedersächsischen Ämter hatten grünes Licht für die weitere Führung der Anstalt gegeben. Und nicht nur das. Ihre buchhalterischen Fähigkeiten waren ihr bei der Durchsicht aller Vereinbarungsnotizen und der Konten ihrer Mutter sehr zu gute gekommen. Sie hatte die Gunst der Stunde des Leitungswechsels genutzt und versucht, höhere Pflegesätze herauszuschlagen und noch zehn Kinder mehr aufzunehmen. Der Bedarf war auf jeden Fall da. Sie bekam seit letztem Monat pro Kind einen Tagespflegesatz von 62,00 Mark. Jetzt standen ihr rund 110.000 Mark monatlich zur Verfügung. Anna hatte erst einmal den Angestelltenschlüssel, trotz der zehn Kinder mehr, nicht erhöht. Sparmaßnahmen, das hatte sie im Osten gelernt, waren Sicherheiten für die Zukunft. Ihr Vater und Adolf Gassner bestärkten sie darin. Überhaupt war Adolf ihr immer mehr zu einem Ratgeber und Begleiter geworden. Manchmal war sie etwas verunsichert, wohin das führen sollte. Seine Nähe löste in ihr jedes Mal leichte Unruhe aus. Ihr schien, als kam er ihr Woche für Woche näher. Neulich hatte er sie plötzlich von hinten umfasst. In ihr begann ein ganzer Ameisenhaufen zu kribbeln. Wahrscheinlich bildete sie sich das alles nur ein. Er war siebzehn Jahre älter als sie, verheiratet und hatte zwei Söhne. – Doch mitnehmen würde sie es schon, wenn ihr etwas geboten würde.

Sie betrachtete sich wohlwollend im Spiegel. Ihr dichtes, schwarzes Kurzhaar und noch keine Fältchen im Gesicht. Eigentlich fand sie sich, bis auf ihre ein wenig hakige Nase, ganz hübsch. Ihrer kleinen, eher zarten Gestalt hatte sie mit den Pumps, die sie in verschiedenen Farben besaß, Abhilfe geschaffen. Die klackernden Pfennigabsätze waren inzwischen auf der Burg zu ihrem Markenzeichen geworden. Sie wusste um deren Wirkung, wenn sie durch die Flure ging.

Heute Abend hatte Adolf Gassner sich bei ihr zum Abendessen angemeldet. Sie hatte Frau Ertl aus der Küche gebeten, etwas Feines vorzubereiten. Das brauchte sie am Abend nur aufzuwärmen. Und ihren Vater würde sie um eine gute Flasche Wein bitten.

Pünktlich um 19.30 Uhr stand Adolf in ihrem Wohnzimmer. Ihren Vater hatte sie an diesem Abend wohlweislich ausgeladen.

Adolf hatte eine Flasche Beaujolais mitgebracht. Wie aufmerksam von ihm. Und riechen tat er auch so gut nach seinem Aftershave. Also hatte er sich frisch rasiert. Was er wohl zu seiner Frau gesagt hatte?

„Grüß Dich, liebe Anna! Danke für die Einladung oder besser gesagt, dass Du meiner Selbsteinladung nachgekommen bist", lachte er laut und lobte den vielversprechenden Geruch im Haus. Sie hatte das gute Meissner Porzellan mit dem frisch polierten Silberbesteck eingedeckt. Dazu Mutters Kristallgläser. Anna war zufrieden mit sich.

„Grüß Dich, lieber Adolf! Wie schön, dass Du ein bisschen Zeit mitbringst. Ich freue mich auf den Abend. Nimm doch schon Platz."

Eilig verschwand sie in der Küche, um den Krustenbraten auf die Fleischplatte, die Biersoße in die Sauciere und das Bayrisch Kraut in die Schüssel zu geben. Es sollte ein wenig festlich sein. Adolf hatte indes den Wein entkorkt und ihnen eingeschenkt. Klingend stießen sie mit dem Rotwein an und sahen sich heute Abend mehr als geschäftlich in die Augen.

„Zum Wohl, Anna. Schön, dass Du jetzt hier auf der Burg bist. Aber Du bist schon ein wenig einsam hier, oder? Kommst Du denn auch mal raus und erlebst etwas?"

„Wenn ich ehrlich bin, war dafür noch nicht wirklich Zeit. Der Papa braucht mich ziemlich viel. Ohne mich würde er das Essen vergessen."

„Genau darüber wollte ich heute unter anderem mit Dir sprechen."

„Über meinen Vater?" Annas Stimme überschlug sich fast. Sie blickte ihn ungläubig und etwas enttäuscht an.

„Ja, nein, nicht direkt. Ich habe jedenfalls eine Idee, die ich Dir vorschlagen wollte."

„Na dann erzähl mal."

Anna setzte ihren geschäftsmäßigen Blick auf. An ihrem Tonfall hätte Adolf Gassner auch ihre Enttäuschung bemerken können. Aber er war viel zu sehr mit sich selbst beschäftigt.

„Also, ich habe mir Folgendes überlegt. Dein Vater und ich gehen ja einmal im Monat gemeinsam mit Freunden und Kollegen von mir auf die Jagd. Eine wunderbare Sache! Und der Alte, verzeih, Dein Vater schlägt sich auch sehr gut mit seinen zwei Hunden. Die sind wirklich vorbildlich ausgebildet. Gehorchen aufs Wort."

„Und was hab ich damit zu tun?", fragte Anna leicht gereizt.

„Nun, warte es doch ab! Also, ich habe mir gedacht, ob wir nicht nach der Jagd ab und zu einen Jagdschmaus hier auf der Burg halten könnten? So ein anständiger Rehbraten gibt schon was her. Und dann könnte Frau Ertl noch manches dazu zaubern. Du hättest auf diese Weise eine großartige Gesellschaft auf der Burg. Es würden Persönlichkeiten aus Politik und Gesundheitswesen bei Dir gastieren."

Adolf Gassner beobachtete Anna aus den Augenwinkeln. Ihm entging ihr Leuchten in den Augen nicht. In der Beziehung war sie wie ihre Mutter. Sie brauchte es auch, im Mittelpunkt zu stehen und hofiert zu werden. Außerdem würde sich auf diese Weise ihre Beziehung verdichten können.

„Das klingt wirklich verlockend. Wir könnten richtige Feste daraus machen. Hast Du schon mit meinem Vater darüber gesprochen?"

„Nein, ich wollte es selbstverständlich zuerst mit Dir abstimmen. Und, soll ich Dir verraten, wer zu Deinen Gästen gehören würde?"

„Unbedingt!"

Er nahm ihre linke Hand in die seine und erhöhte durch seinen Händedruck die Spannung.

„Der Bundesminister."

„Nein, das glaube ich nicht!"

„Du wirst es ja sehen."

Annas Wangen glühten vor Begeisterung. Sie kamen aus dem Planen und Fabulieren gar nicht heraus. Als die Flasche Beaujolais zur Neige ging, gab Adolf Gassner sich einen Ruck. Er musste nach Hause, sollte es nicht Ärger mit seiner Frau geben.

Er half Anna, das Geschirr in die Küche zu tragen. Dabei blieben sie vor dem Spülbecken stehen. Er konnte nicht anders, als sie endlich in seine Arme zu schließen. Wie klein sie doch war. Zärtlich küsste er sie auf den Hals, was die

Spannung zwischen ihnen erhöhte. Dann suchte er vorsichtig ihren Mund, mit dem sie ihm leicht geöffnet entgegenkam. Alle aufgestaute Spannung löste sich in diesem Kuss. Doch er musste einen klaren Kopf behalten. Sanft schob er Anna von sich und ließ sich von ihr zur Tür begleiten.

„Auf bald, Anna", hauchte Adolf ihr ins Ohr.

Anna räumte das Geschirr in der Küche zusammen. Sie würde es morgen zum Abwasch in die Burgküche geben. Dabei fiel ihr ein, dass sie über das aufregende Gespräch die Nachspeise vergessen hatte. Die feine Mokkacreme, eine Spezialität von Frau Ertl, stand unberührt im Kühlschrank. Sie gönnte sich eine davon und nahm sie, verzückt über den Verlauf des Abends, mit in ihr Bett.

Das Essen mit Anna war sehr zu Adolf Gassners Zufriedenheit verlaufen. Er freute sich bereits auf die nächste Jagd. Wenn es nach ihm ging, konnte gleich nach der Sommerpause im Oktober ein Festessen geplant werden. Er musste nur noch Annas Vater davon überzeugen und ein bisschen aufpassen, dass er nichts von seiner Annäherung an seine Tochter mitbekam, was gar nicht so einfach war, denn Vater und Tochter wohnten im gleichen Trakt. Anna hatte ein eigenes Schlafzimmer und daneben ihr Büro. Aber in das kam der Alte selten.

Er würde sie zukünftig mehr in der Heimleitung unterstützen. Sie konnten die Berichte über die Kinder, die er einmal jährlich als Amtsarzt an die Sozialämter schicken musste, mit ihr durchsprechen. Er würde offen für ihre Fragen sein und somit das Ganze ein bisschen mehr im Blick haben. Womit er natürlich vor allem Anna als Frau mehr im Blick haben würde. Zufrieden strich er sich über den Kopf. So hätte er auch genügend Begründungen seiner Frau gegenüber. Anna brauchte seine Fürsorge!

Auch Anna suchte immer wieder Gelegenheiten, sich mit Adolf Gassner zu treffen. Heute Abend wollte sie unbedingt mit ihm über die Personalkosten sprechen. Außerdem musste sie endlich wissen, was seine Sätze für die Untersuchung der Kinder waren. Je näher sie sich kamen, und sei es, dass sie sich in seinem Auto trafen, desto stärker wurde ihre Sehnsucht nach körperlicher Nähe. Er übte eine starke Anziehungskraft auf sie aus. Sie verzehrte sich geradezu nach ihm. Viele Möglichkeiten boten sich ihnen dafür allerdings nicht. Mit dem Vater im Haus!

Wie glücklich war sie deshalb, als er sie einlud, ein Wochenende mit ihr nach Salzburg zu fahren.

„Anna, wir müssen mal so richtig für uns sein", verkündete er eindringlich.

Sein lustvoller Blick entging ihr dabei nicht. Innig küsste sie ihn auf den Mund.

„Ich habe meiner Frau gesagt, dass ich einen Kongress in Salzburg besuchen werde. Habe mich auch dazu angemeldet, werde aber nur kurz dort auftauchen. Du könntest derweil die Stadt besichtigen und Dir etwas Nettes kaufen."

„Adolf, das wäre wunderbar! Was sage ich nur dem Vater?"

„Hast Du nicht eine Freundin, die Du besuchen könntest?"

„Ach, so genau will er es wahrscheinlich gar nicht wissen. Ich finde schon eine Begründung", winkte sie ihre Bedenken ab.

„Ich kümmere mich um das Hotel. Am besten wir nehmen zwei Einzelzimmer. Ich muss vorsichtig sein."

Anna spürte wieder mal eine leise Kränkung. Immer diese Geheimnistuerei. Sie wollte ihn ganz an ihrer Seite. Aber wer weiß, vielleicht war das der erste Schritt in die richtige Richtung. Nur noch zehn Tage, dann hatte sie ihn ein ganzes Wochenende für sich. Sie konnte es gar nicht erwarten.

Vorher musste sie unbedingt für eine gute Zusammensetzung des Personals sorgen. Dafür war Kurt genau der richtige

Ansprechpartner. Selbst ein bisschen schüchtern und unterwürfig ihr gegenüber, aber nach unten konnte er gut treten. Leider konnte nicht jede Kinderpflegerin mit ihm, sodass sie wiederholt Beschwerden erreichten. Sie musste sich selbstverständlich ihm gegenüber loyal verhalten. Er tat ja schließlich nur das, was sie von ihm erwartete. Denen, die zu aufmüpfig waren, hatte sie kurzerhand gekündigt. Sie fand schnell neue Ersatzkräfte. Nur kürzlich war eine dabei, die sich ans Jugendamt gewendet hatte und dort verlauten ließ, auf der Burg herrsche ein gewalttätiger Hilfspfleger. Gott sei Dank hatte Adolf Gassner dieses Gerücht sofort entkräftet.

Sie schmunzelte in sich hinein. Er war eine gute Partie!

Er sei als Burgarzt schließlich regelmäßig in Kontakt mit den Kindern und Mitarbeitern. Davon hatte er nichts bemerken können, hatte er als Begründung gegeben.

Adolf und sie waren sich einig, dass die Kinder eine strenge Hand brauchten. Dafür war Kurt genau der Richtige.

Kurt hatte von der Juniorchefin Anweisungen erhalten, Zucht und Ordnung in der Anstalt walten zu lassen. Dass ihm dies nicht schwerfiel, hatten in den vergangenen Monaten alle Mitarbeiterinnen zu spüren bekommen. Er war nicht nur von den Kindern gefürchtet.

Seine Ansagen duldeten keinen Widerspruch. Die Kinder wurden bei kleinster Angelegenheit von ihm geschlagen. Seine Lieblingsmethode waren Kopfnüsse gegen den Hinterkopf. Mit ihnen hatte er angefangen, die Kinder zu züchtigen und zu erschrecken. Jetzt waren sie zum Alltag geworden.

Neulich hatte sich einer der Buben getraut, beim Aufräumen eine kleine Widerrede verlauten zu lassen. Daraufhin hatte er ihn so lange auf den Kopf und das rechte Ohr geschlagen, dass es blutete.

„Und lass Dir ja nicht einfallen, mir dafür die Schuld zu geben, dann schlag ich Dich zusammen", brüllte er ihn an.

Als wenig später Bettina den Max so sah, war sie entsetzt.

„Was hast Du denn mit Deinem Kopf gemacht, Max? Da ist ja Blut."

„Ich hab mich gestoßen."

Max wusste, dass Onkel Kurt Ernst machen würde. Das hatte er beim Heinz erlebt. Der musste neulich Abend drei Stunden in der Ecke auf dem kalten Boden knien und hatte immer noch Tritte in den Bauch hinzu bekommen und dass nur, weil er unter der Bettdecke über einen Witz lachen musste.

Vor dem Hilfspfleger Kurt bekamen es alle mit der Angst zu tun. Er war unberechenbar.

Bettina glaubte Max die Ausrede nicht.

„War das etwa Onkel Kurt?"

Max nickte stumm mit dem Kopf. Die Angst vor weiteren Schlägen saß ihm im Nacken.

Bettina war nicht mehr bereit, sich diese Kinderschändereien mit anzusehen. Sie ging schnurstracks ins Sekretariat und bat um ein Gespräch mit der Chefin.

Die Sekretärin reagierte reserviert und abweisend.

„Die Chefin hat angeordnet, sie nicht zu stören."

Doch Bettina ließ sich nicht abwimmeln. Sie ging direkt zu ihrem Trakt, auch wenn sie befürchtete, dass es Ärger geben würde. Kräftig klopfte sie an die Tür.

„Herein!". klang es scharf durch die verschlossene Tür.

Bereits etwas weniger überzeugt trat Bettina ein.

„Nanu, Sie kommen unangemeldet zu mir? Das ist aber nicht üblich bei uns. Was kann ich für Sie tun?"

„Frau Chefin, ich möchte etwas melden ...", stammelte Bettina. Warum ließ sie sich nur von dieser Person so einschüchtern? Sie wurde ärgerlich über sich selbst.

„Na, also was wollen Sie denn melden? Bei uns gibt's eigentlich nichts zu melden."

Vor Bettinas Augen tauchte Max mit seinem blutenden Ohr auf. Sie gab sich einen Ruck.

„Frau Chefin, der Kurt schlägt die Kinder, bis sie bluten. Außerdem habe ich mehrere von ihnen mit blauen Flecken gesehen. Wenn ich sie frage, haben sie sich gestoßen. Das kann doch so nicht weitergehen. Die armen Kinder, sie haben doch nur diesen Ort", stieß sie aufgeregt hervor.

Scharf unterbrach Anna Nastrewa sie.

„GENAU die Kinder haben nur diesen Ort und deshalb müssen sie sich hier einfügen und unterordnen. Wer das nicht kann, muss halt entsprechend erzogen werden. Der Kurt genießt mein volles Vertrauen."

Damit war für Anna Nastrewa das Gespräch beendet. Doch konnte sie nicht umhin, Bettina noch einen Stich mit auf den Weg zu geben.

„Und das gilt auch für mein Personal. Wer sich nicht einordnen kann, muss gehen. Sie können ja schauen, ob sie eine neue Stelle finden."

Bettina war erschrocken und empört zugleich. Sie machte auf dem Absatz kehrt und konnte gerade noch die Tür festhalten, sodass sie nicht hinter ihr zuknallte.

Wenn doch nur Martha hier wäre. Gemeinsam wären sie stark.

Burg Wernberg, 1970/1971

Seit dem Tod der Seniorchefin waren bereits zwei Jahre vergangen. Heute war ihr Todestag.

Die kleine, etwas verfallene Burgkapelle füllte sich um Punkt zehn Uhr zu einer Andacht für Agnes Nastrewa, zu der eigens ein Pfarrer aus dem Nachbarort gekommen war.

In der ersten Reihe saßen Harald und Anna Nastrewa, sowie Adolf Gassner und ein Reporter der hiesigen Zeitung.

Die hinteren Reihen waren für das Personal und einige der Jungen bestimmt. Kurt hatte nur die ihm genehmsten ausgewählt und sie zu Zucht und Ordnung angehalten. Und wehe, einem von ihnen würde ein Laut entschlüpfen. Davon konnte Heinz eine Geschichte erzählen. Kurt hatte ihm im Anschluss an das Begräbnis vor zwei Jahren diese heftigen Kopfnüsse gegeben.

„Damit es endlich in sein Hirn hineinkäme", hatte er ihn angebrüllt.

Das saß den anderen Jungen noch in den Gliedern.

Die vielen brennenden Kerzen ließen die kleine Kapelle in einem milden Licht erscheinen. Den Blick auf das verblichene Altarbild mit dem Gekreuzigten in der Mitte gerichtet, versuchten alle, dem gedrungenen alten Pfarrer, der so manche Beichte der Seniorchefin entgegengenommen hatte, auf der etwas brüchig anmutenden Kanzel zu lauschen.

„Wir gedenken heute der treuen Katholikin Agnes Nastrewa, die uns vor zwei Jahren hier auf Erden verlassen hat. Mit ihr ist eine Persönlichkeit von uns gegangen, die immer das Gute für die Kinder im Agnesheim gewollt hat. Sie hat sich in bemerkenswerter Weise um ihr Heil und Wohl gesorgt und nichts unversucht gelassen, das Ansehen der Burg in der Öffentlichkeit zu heben. Nach ihrem Tod hat sie diese Aufgabe in die Hände ihrer Tochter Anna Nastrewa gegeben."

Hierbei blickte er über seine dicken Brillengläser in Annas Richtung. Sie schien neben Adolf Gassner ein Stück zu wachsen.

„Möge Agnes Nastrewa weiterhin in Frieden ruhen. Im Namen des Vaters, des Sohnes und des Heiligen Geistes. Amen", führte er singend die dreimalige Bekreuzigung vor der kleinen Gemeinde aus.

Die Jungen hatten Tage vorher das Lied „Herr, Deine Liebe" mit Frau Martens und Rosa geübt. Auf Zeichen des Pfarrers begannen sie, mit leisen Stimmen zu singen. Es breitete sich eine fast andachtsvolle Stimmung in der Kapelle aus, die Anna Nastrewa zu Herzen ging. Sie legte ihre Hände vor ihrem leicht gewölbten Bauch zusammen und blickte zu Adolf herüber. Ja, sie wollte es ihm heute nach der Gedenkfeier eröffnen.

Den dritten Monat hatte sie bereits überschritten und ganz bewusst mit der Mitteilung ihrer Schwangerschaft gewartet. Jetzt konnte ihm nicht mehr einfallen, ihr eine Abtreibung vorzuschlagen.

Anna hatte Respekt vor Adolf. Er, der Medizinalrat, der überall für Aufsehen sorgte. Seine Unterstützung in den letzten beiden Jahren war auf mehreren Ebenen ein Segen für sie gewesen.

Er begehrte sie immer wieder und das an den ungewöhnlichsten Orten auf der Burg. Nicht, dass ihr das nur angenehm war. Manchmal standen sie beim Abschied im hintersten Winkel der Zugbrücke, wo er sie in der Dunkelheit zu nehmen wusste. Die lustvollen Geräusche drangen dann wie das Winseln der Hunde in den Burghof. Oft musste sie ihm ihre Hand auf den Mund legen. Wenn sie nur keiner gehört hatte. Sie vermutete, dass die Konzeption das Ergebnis einer solchen Zusammenkunft war. Ein Kind der Lust! Aber war es auch ein Kind der Liebe? Konnte sie sich auf ihn verlassen? Schließlich war er verheiratet und hatte bereits zwei Kinder. Nun ja, jetzt war es eh zu spät. Sie würde ihn schon in seine Pflicht zu nehmen wissen.

Die plötzliche Stille in der Kapelle holte sie in die Gegenwart zurück. Sie bekreuzigte sich mit den letzten Worten des Pfarrers und erhob sich auf sein Zeichen gemeinsam mit ihrem Vater und Adolf Gassner von der harten, schmalen Kirchenbank, um in ihren Wohntrakt zurückzukehren. Dort stand sie, gemeinsam mit Adolf dem Reporter für ein kurzes Interview zur Verfügung.

Gleich nachdem der Zeitungsreporter ein Foto von ihr gemacht und sich verabschiedet hatte, gab Anna sich einen Ruck.

„Adolf, hast Du bitte noch einen Augenblick für mich?"

„Ich habe eigentlich wenig Zeit. Aber für Dich tue ich doch alles."

Er küsste ihren Nacken und legte seine Hand mit Nachdruck auf ihr Gesäß. Doch heute hatte Anna keinen Sinn für diese Anzüglichkeiten. Sie entzog sich seiner körperlichen Nähe und richtete den Kaffee und zwei Cognacschwenker dazu. Den konnten sie beide sicherlich gleich gebrauchen.

„Adolf, ich habe Neuigkeiten."

„Da bin ich aber gespannt. Hast Du wieder eine neue Geldquelle aufgetan?"

„Nein, woran Du immer gleich denkst."

Sie gab ihrer Stimme einen weichen Klang, legte ihre Hand auf seinen Arm und schaute ihm warm in die Augen. Es war ihr ganz besonders zumute. Sie trug ein tiefes Glücksgefühl in sich wie nie zuvor in ihrem Leben.

„Adolf, wir werden ein Kind zusammen bekommen."

Jetzt war es gesagt!

Adolf hatte das Gefühl, als würden Blitze durch sein Gehirn schießen. Für Sekunden setzte sein Denken aus. Doch dann hatte er sich wieder gefasst. Ihre tiefe Freude über die Schwangerschaft berührte ihn. Deshalb legte er alle ihm zur Verfügung stehende Wärme in seine Stimme und erwiderte ihren Händedruck.

„Anna, was für eine Überraschung. Ich weiß gar nicht, was ich dazu sagen soll."

Adolf stand auf und nahm sie in seine Arme, während in seinem Kopf tausend Gedanken durcheinanderwirbelten. Was sollte er seiner Frau sagen? Was würden die Kollegen denken, von wem das Kind ist? Was der Alte? Die Belegschaft würde sich das Maul zerreißen darüber. Sahen sie ihn doch oft genug zu abendlicher Stunde kommen oder gehen. Was für ein Bild würde darüber in der Öffentlichkeit entstehen? Er konnte das Gedankenkarussell kaum stoppen.

Da kam ihm Harald Nastrewa zu Hilfe.

„Nanu, was steht denn ihr Zwei so nah beisammen?"

Er schien überrascht und freudig zugleich über diesen Umstand.

„Papa, wir müssen reden. Der Adolf und ich haben schon länger eine Beziehung. Wir haben versucht, Dich dabei herauszuhalten, aber nun geht es nicht mehr."

Sie schaute hilfesuchend zu Adolf. Doch der bekam einen steinernen Gesichtsausdruck, der ihr sagte *Doch nicht jetzt!* Aber Anna nahm darauf heute keine Rücksicht. Sie schwelgte in ihrem Glück und wollte ihren Vater daran teilhaben lassen.

„Ich bin schwanger und DU wirst Großvater!"

„Du, Du bist was?"

„Ja, Du hast richtig gehört. Ich bin schwanger."

Darauf musste ihr Vater erst einmal einen Cognac haben. Er nahm einfach eines der beiden Gläser und schenkte sich ein.

„Willst Du auch einen Adolf? Du siehst ja aus wie ein begossener Pudel!"

Adolf fühlte sich wie ein junger Mann in die Pflicht genommen. Harald wurde gerade zu seinem Schwiegervater. Wie absurd! Warum musste sie auch gleich damit herausplatzen. Er rang um Haltung. Nahm den Cognacschwenker und stieß mit Harald an. Anna hatten die beiden dabei ganz vergessen.

Sie musste jetzt stark sein. Sie wusste, dass Adolf sich nicht von heute auf morgen scheiden lassen würde. Sie würde ein uneheliches Kind auf die Welt bringen müssen. Kurz musste sie an die Burgchronik, die sie gerade neulich aus den Unterlagen ihrer Mutter hervorgeholt hatte, denken. Im letzten Jahrhundert war die Burg eine Verwahranstalt für ledige Mütter gewesen. Was das damals hieß, war klar. Welch eine Ironie des Schicksals!

Die Schwangerschaft der Chefin sprach sich wie ein Lauffeuer auf der Burg herum. Wer der Vater sein konnte, war für niemanden eine Frage. Waren doch die Ausuferungen der beiden im Burghof dem Personal nicht entgangen. Die Gerüchteküche tat ihr Weiteres dazu.

Anna Nastrewa entwickelte mit zunehmender Schwangerschaft eine Launenhaftigkeit, die jeder zu spüren bekam, der ihr über den Weg lief. Heute war Kurt ihr Opfer. Sie hatte gerade die Einnahmen und Ausgaben überprüft und beschlossen, dass das Personal noch mehr zu sparen hatte.

„Kurt, wie können Sie sich erklären, dass die Posten für Hygiene so hoch sind? Fressen die Kinder die Zahnpasta oder was machen die Bälger damit?"

Kurt wusste genau, wann er sich vor der Chefin in Acht nehmen musste. Sein siebter Sinn stand dann auf Alarm. Genauso ging es wahrscheinlich den Jungen, wenn er zum Kampf auftrat. Oft gab er an diese weiter, was er selbst wie nichts in der Welt fürchtete: Macht und Gewalt!

„Ich kann es mir nicht erklären, Frau Chefin, werde aber sofort für eine Reduzierung sorgen", gab er kleinlaut zum Besten.

„Außerdem sind mir aus der Waschküche Beschwerden gekommen, dass der Wäscheeingang in der Woche zu hoch ist. Wir sind hier doch nicht in einem Hotelbetrieb, in dem die Bälger verwöhnt werden sollen. Sorgen sie dafür, dass Handtücher und Waschlappen nur noch einmal in der Woche gewechselt werden. Ist das klar?"

„Ja, Frau Chefin! Ich werde eigens dafür sorgen, dass das aufhört", antwortete er noch kleinlauter.

„Sie können gehen. Und machen Sie nicht so ein saublödes Gesicht. Sie schauen ja schon bald aus wie die Schwachsinnigen selber!"

Wieder hatte sie es geschafft, ihn dermaßen zu demütigen, dass er schweißgebadet in seinem weißen Kittel steckte. Wäre er bloß in seinem Schlosseranzug geblieben. *Schuster bleib bei Deinen Leisten* hatte sein Großvater früher immer gesagt. Schlosser passte da ebenso gut, dachte Kurt. Vor Jahren hatte die Seniorchefin ihn mit der Aufgabe des Hausmeisters betraut und schnell auch immer mehr als Hilfspfleger eingesetzt. Mit der Einstellung von Felix Spoerl war das Ganze dann offiziell geworden und hatte natürlich auch Auswirkungen auf sein Gehalt gehabt. Damals war sein zweites Kind unterwegs gewesen und sie hatten das Geld gut gebrauchen können. Außerdem fand er die direkte Arbeit mit den Jungen zufriedenstellender. Mit dem Tod der Seniorchefin war immer mehr Verantwortung auf ihn übergegangen, sodass er schon manche schlaflose Nacht hinter sich hatte. Damit konnte er noch leben. Aber dass die Juniorchefin sich als weitaus mächtiger und skrupelloser als die alte Nastrewa entpuppte, brachte ihn so manche Tage an seine Grenzen.

Wie oft schon war er wutentbrannt und mit geballten Fäusten aus ihrem Trakt geflüchtet. Und dann bekam der nächste der Jungen, der ihm über den Weg lief, seine aufgestaute Wut ab. Warum sollten die es auch besser haben als er. Sie waren schließlich tatsächlich alle blöde. Das hatte er ja schon immer gewusst.

Kurt ging durch alle Stockwerke und gab die Anordnungen der Chefin an das Personal weiter.

„Zahnpasta muss um die Hälfte reduziert werden und ab jetzt nur noch einmal die Woche Handtücher und Waschlappen wechseln. Habt's verstanden?"

Rosa verzog angeekelt ihr Gesicht. Die Lappen stanken so schon nach Kot und die Handtücher rochen nach alter Feuchtigkeit. Sie holte gerade Luft, um etwas dazu sagen, als Kurt ihr über den Mund fuhr.

„Behalten Sie ihre dummen Sprüche für sich. Wir sind hier ja schließlich nicht im Hotel", imitierte er die Chefin.

Damit war für ihn das Thema erledigt.

Burg Wernberg, Sommer 1971

Für Anna Nastrewa gestaltete sich die Schwangerschaft sehr lästig. Körperlich litt sie unter starker Gewichtszunahme und Wasser in den Beinen. Sie ging auseinander wie ein Hefeteig. Oft lag sie nachts mit Rückenschmerzen im Bett und konnte kein Auge zukriegen. Jede Bewegung des Kindes war eine Herausforderung. Sie konnte sich nicht an Adolf schmiegen, sondern lag allein mit ihrem Kind in ihrem großen Bett. In solchen Nächten wurde sie von Ängsten und Sorgen gepeinigt, die sie nicht mit ihm teilen konnte. Was, wenn sie auch ein Kind mit Schaden bekommen würde? Könnte sie dieses Kind lieben? Nein, diesen Gedanken wollte sie keinen Raum geben. Aber das Gedankenkarussell hatte bereits begonnen, sich zu drehen. Warum machte sie das überhaupt alles hier? Sich um anderer Leute Kinder kümmern? Eigentlich konnte sie diese Bälger schon lange nicht mehr ertragen. Mit ihrem dümmlichen Gesichtsausdruck, dem idiotischen Gehabe – immer hin- und herschaukeln, laute, gurrende Geräusche von sich gebend, stinkend und nervtötend, das waren sie.

Sie bekam richtige Aggressionen gegen die Kinder. Nein, solch ein Kind wollte sie auf keinen Fall! Vielleicht hätte sie doch eine andere Lösung wählen sollen. Doch jetzt war es zu spät. Sie hatte noch vier Wochen bis zum Geburtstermin.

Adolf hatte inzwischen seiner Frau von der Beziehung zu Anna erzählt. Er musste es häppchenweise tun. Sie reagierte jedes Mal mit Vorwürfen und die Auseinandersetzungen endeten immer mit Tränen. Als er ihr die Schwangerschaft beichtete, war sie zusammengebrochen.

„Was tust Du mir damit an. Du machst mich zum Gespött der Leute! Ich kann schon nicht mehr einkaufen gehen, ohne dass die Frauen hinter meinem Rücken über uns reden", schluchzte sie verzweifelt.

Darauf wusste er nichts zu sagen. Durch die Schwangerschaft war die Beziehung zu Anna zu einer unauslöschlichen Tatsache geworden. Er saß in der Klemme, aus der er sich nur durch Rückzug befreien konnte. Er wusste, dass sein Verhalten seine Frau provozierte und gleichzeitig kränkte. Gerade davor musste er sich schützen. Dies gelang ihm am besten, wenn er ihre Vorwürfe ignorierte. Andere sagten über ihn, er sei hart wie Stahl gegen seine Mitmenschen. Damit hatten sie wohl nicht Unrecht. Aber er konnte genauso hart sich selbst gegenüber sein.

Anna erwachte vom Nässegefühl unter sich. Jetzt wurde es allerhöchste Zeit, sich auf den Weg ins Krankenhaus zu machen. Wie gut, dass sie die Tasche für sich und das Kind bereits gepackt hatte. Laut klopfte sie an die Schlafzimmertür ihres Vaters.

„Papa, Du musst aufwachen. Mach schnell! Wir müssen in die Klinik fahren. Die Fruchtblase ist geplatzt."

Im Nu war Harald Nastrewa hellwach.

„Meine Anna. Mein Enkelkind kommt. Ach, wenn das die Mama noch erleben könnte."

„Papa, jetzt mach zu! Ich hab Angst, dass es zu schnell gehen kann. Die Wehen haben eingesetzt."

Umständlich zog er sich seine Hose an. Vor lauter Aufregung knöpfte er sein Hemd schief zu. Aber das war jetzt auch egal.

„Anna, wir schaffen das schon. So schnell kommen die Kinder nicht."

Während der Autofahrt hielt Anna ihren Bauch fest umschlungen. Als könnte sie die Geburt damit aufhalten. Die Wehen wurden stärker. Sie stöhnte laut vor sich hin. Harald Nastrewa trat aufs Gaspedal.

Im Krankenhaus ging dann alles sehr schnell. Als sie in den Kreißsaal gebracht wurde, rief ihr Vater noch hinter ihr her.

„Soll ich hier auf Dich warten, Anna?"

Anna winkte ab und verschwand hinter der großen Milchglastür.

Wenige Stunden später brachte Anna einen gesunden Jungen zur Welt. Sie dankte dem Himmel für diese Fügung. Liebevoll schaute sie ihren kleinen Sohn an. Sie konnte es kaum erwarten, bis Adolf kam.

Doch dieser wollte sich nicht zum Gespött des Klinikpersonals machen und zögerte seinen Besuch hinaus. Eine Kränkung, die sie ihm so schnell nicht verzeihen würde. Sie hatte ein uneheliches Kind auf die Welt gebracht, zu dem der Vater sich nicht öffentlich stellen wollte. Welch eine Schmach! Zu allem Unglück stockte jetzt auch noch der Milchfluss und sie musste Unmengen von Fenchel- und Anistee trinken. Dabei hatte sie eine Abneigung gegen Kräuter. Sie würgte das Gebräu herunter. Aber der kleine Gabriel machte es ihr leicht. Er entwickelte sich zu einem guten Sauger und war ihr Trost und Halt zugleich. Immer wieder streichelte sie sein kleines Köpfchen und bestaunte seine winzig kleinen Händchen. Glücksgefühle durchströmten sie dabei.

Nach drei Tagen durfte Anna endlich mit Gabriel die Klinik verlassen. Bis zum Schluss hatte sie gehofft, dass Adolf vor dem Portal auf sie beide warten würde. Stattdessen stand ihr Vater, diese treue Seele, dort, um sie und ihren kleinen Sohn nach Hause zu holen. Was würde sie nur ohne ihn tun?

Wie wohltuend war es, wieder nach Hause zu kommen. Anna war froh, dass sie das Kinderzimmer so zeitig eingerichtet hatte. Als hätte sie den früheren Geburtstermin schon geahnt. Behutsam legte sie ihren kleinen Sohn in seine Wiege. Er hatte während der Autofahrt friedlich in seine Wolldecke eingewickelt geschlafen. Stillen musste sie ihn erst in zwei Stunden. Sie ging durch alle Zimmer als wäre sie Wochen fort gewesen. Ihre Sekretärin hatte zur Begrüßung frische Wiesenblumen gepflückt und sie auf den Wohnzimmertisch gestellt. Auf ihrem Schreibtisch stand ein Strauß mit sieben roten Rosen. Davor eine kleine Grußkarte:

Meiner geliebten Anna zur Geburt unseres Sohnes

Er stellte sich also doch zu ihnen. Innerlich machte sie einen Freudensprung. Anna dachte an den kleinen Gabriel, der friedlich in seiner Wiege schlief. Jetzt hatte sie immer einen Beweis ihrer Liebe bei sich.

Mit der Geburt des kleinen Gabriels hatten viele Mitarbeiterinnen Hoffnung geschöpft, dass sich auch etwas für die behinderten Kinder auf der Burg ändern würde. Anna Nastrewa wirkte mit ihrem kleinen Bündel im Arm weich und einfühlsam, fast verletzlich. Das konnte sich doch nur auf die armen Geschöpfe auf der Burg ausweiten.

Doch weit gefehlt!

Sie hatte stattdessen zwei der Kinderpflegerinnen für die Betreuung des kleinen Gabriels abgezogen. Diese kümmerten sich abwechselnd um ihn. Dafür hatte sie zwei Persönlichkeiten ausgesucht, die für ihre besonderen Leistungen, die Schweigepflicht inbegriffen, gut bezahlt wurden. Wusste Frau Martens hinter vorgehaltener Hand zu berichten.

Anna Nastrewa selbst zog sich immer mehr zurück und übergab die Verantwortung für das Personal noch mehr an Kurt. Er solle ruhig hier und da Stichproben machen, riet sie ihm. Denn ihr war zu Ohren gekommen, dass den Jungen seit ihrer Abwesenheit besondere Freiheiten gewährt wurden.

Bettina hatte einen harmonischen Tag mit den Jungen gehabt. Es tat ihnen allen immer wieder gut, etwas Sinnvolles miteinander zu tun. Sie hatten aus Strohhalmen Sterne gebastelt, die jetzt die Burgfenster schmückten. Während Bettina die obere Runde im Dachgeschoss machte, hatte sie den Raben erlaubt, im Bett noch in ihren Mickey-Mouse-Heften zu lesen.

Plötzlich stand Kurt, der eigentlich gar keinen Dienst hatte, im Türrahmen.

„Raustreten!", brüllte er die Jungen an.

Bleich vor Schreck versteckten die Jungen die Hefte unter ihrer Bettdecke und stellten sich neben ihren Betten auf.

„Ihr schaut trotz meines Verbotes im Bett Hefte an? Wo habt Ihr die überhaupt her?"

Keiner der Jungen antwortete. Er nahm eine Bettdecke hoch und zerriss vor ihren Augen eines der Hefte.

„Ihr wagt es, mich zu hintergehen?", brüllte er sie an und schlug David, der am nächsten bei ihm stand, ins Gesicht und mit einem zweiten Faustschlag in den Magen. David krümmte sich vor Schmerzen.

„Aufstehen, Du Schwachkopf. Stell Dich in die Ecke und Du gleich dazu!"

Er zeigte auf den körperbehinderten Klaus, dem es besonders schwerfiel, zu stehen. Angsterfüllt blickten die Jungen zu Boden und hofften nur, dass es bald vorbei sein und der Kurt wieder gehen würde. In dem Moment kam Bettina die Treppen herunter.

Kurt tobte wie ein Wilder und beschimpfte jetzt auch Bettina vor den Jungen.

„Das wollen Sie Pädagogik nennen? Das ist Verweichlichung der Jungen. Die brauchen eine klare Linie und Führung. Ich werde dafür sorgen, dass das hier ein Ende hat."

Bettina begannen vor Schreck die Knie zu zittern. Ihr Mund wurde trocken, sie bekam keinen Ton heraus. Panik und Angst standen ihr zu Gesichte. Die Jungen blickten sie an und jeder von ihnen hoffte, dass sie etwas zu ihrer aller Verteidigung sagen würde. Doch kein Wort kam über ihre blassen Lippen.

In ihrem Inneren arbeitete es. Diese Demütigungen würde sie nicht länger ertragen. Heute hatte Kurt den Bogen überspannt. Sie so vor den Jungen zu maßregeln. Wie sollte sie da noch die Autorität ihnen gegenüber behalten?

Doch die Jungen fühlten in diesem Moment ganz anders. Sie war eine von ihnen geworden. Hatten sie doch ihrer aller Angst in Bettinas Gesicht widergespiegelt gesehen.

Kurt hatte der Chefin sofort von dem Vorfall berichtet. Daraufhin hielt Anna Rücksprache mit Adolf.

„Ich habe Sorge, dass hier bald jeder macht, was er will und ich die Autorität vor den Kindern verliere. Es hat einen starken Konflikt zwischen Bettina und Kurt gegeben. Adolf, ich weiß nicht mehr, wie ich entscheiden soll?"

„Anna, DU musst sie Dir erziehen! Es ist wie bei der Hundedressur: Durch Schmerz zum Gehorsam. Am besten Du machst am Abend die Runde selbst. Damit erziehst Du die Knaben und die Erzieherinnen zugleich."

„Wo soll ich nur die Kraft hernehmen. Ich fühle mich noch so schwach?"

„Da musst Du durch. Wofür hast Du denn die Kinderpflegerinnen."

Von nun an übernahm Anna trotz ihrer kurzen Wochenbettzeit es selbst, am Abend die Runde durch die Gruppenräume zu machen. Adolf hatte ihr empfohlen, die Reitgerte bei sich zu haben. Damit könne sie sich mehr Autorität verschaffen.

Bettina saß in der Bahn nach Würzburg. Sie hatte sich nach dem Vorfall mit Kurt sofort mit ihr in Verbindung gesetzt, woraufhin Martha sie zu sich nach Würzburg eingeladen hatte. Dringend musste sie sich mit Martha klar werden, wohin ihr weiterer Weg gehen sollte. Außerdem war sie gespannt auf Marthas neues Zimmer.

Diese hatte sich nach ihrem Examen eine neue Bleibe bei einer Witwe gesucht, da Julius noch nach einer geeigneten Praxis Ausschau hielt. Die Vermieterin hatte nichts dagegen, dass Bettina über Nacht blieb. Sie freute sich riesig auf den gemütlichen Abend mit Martha. Mit im Gepäck hatte sie die leckeren Frikadellen von Ernst und eine Schüssel Kartoffelsalat. Martha wollte nicht so gerne in der Küche der alten Frau werkeln.

Sie hatten sich den Tisch gedeckt und eine Flasche Lambrusco zum Essen geöffnet. Martha genoss die Frikadellen und den Salat, denn oft gönnte sie sich nur eine Brotzeit. Während des Essens redete Bettina sich alles von der Seele.

Martha ballte vor Empörung die Hände zu Fäusten. „Das kann doch nicht wahr sein“, protestierte sie mit vollem Mund.

„Das ist ja noch nicht alles. Vergangene Woche hatten wir eine Mitarbeiterbesprechung bei der Nastrewa. Wegen ihres Babys, meinte sie, sollte diese bei ihr stattfinden. Dabei hat sie doch schon zwei von uns Kinderpflegerinnen auf den Gabriel abgestellt. Die sind gar nicht mehr in den Gruppen. Sozusagen private Kinderfrauen, wahrscheinlich von Staatsgeldern bezahlt. Naja, das geht mich ja nichts an“, ereiferte sich Bettina erneut.

„Bettina, Du wolltest von der Besprechung erzählen“, erinnerte Martha sie.

„Stimmt. Die Frau bringt mich so in Rage. Also, sie hatte uns alle in ihren Wohntrakt ins Kaminzimmer eingeladen. Du weißt ja, wie es da ausschaut. Diese dicken Teppiche und

Kronleuchter. Wir haben alle miteinander an dem alten Eichenesstisch gegessen. Sie wollte die Geburt von dem Kleinen ein wenig feiern und sich damit für die Ausfahrgarnitur und die Spieluhr bedanken, die wir ihr zur Geburt geschenkt haben. Nach dem Essen folgte dann noch einmal mit Nachdruck die Einweisung in ihre Anstaltsmentalität. Du hättest sie hören müssen, genau die gleiche Einstellung wie die ihrer Mutter.

„Sie wissen, die Kinder sind hier, weil ihre eigenen Eltern sie nicht mehr bei sich haben wollten. Jetzt werden sie hier von uns erzogen und müssen lernen, sich anzupassen und zu benehmen. Die sollen auf keinen Fall verweichlicht werden. Hier haben wir klare Methoden und alle müssen an einem Strang ziehen, schließlich wollen Sie ja alle Arbeit haben, oder?

Also, Sie wissen's, die sind ja alle blöd. Die haben hier zu parieren. Zur Not einfach eins in die Schnauze hauen, dann kapieren die schon."

Bettina ahmte sie mit Gesten und Tonfall nach.

„Martha, seitdem geht sie jeden Abend mit ihren Stöckelschuhen und der Reitpeitsche, die sie sonst im Kaminzimmer an der Wand hängen hat, über die Flure. Sie inspiziert selbst die Schlafräume und lässt die Peitsche zum Furchteinflößen über den Boden knallen. Neulich hat sie dem Wolfgang, Du weißt schon, der aus der Rabengruppe, die Peitsche über den Rücken geschwungen, dass er laut aufgeschrien hat."

Martha hielt die Luft an. Das was Bettina da erzählte, konnte einfach nicht wahr sein. Das durfte nicht wahr sein.

„Und was macht Ihr dann? Guckt Ihr einfach zu?", konstatierte Martha vorwurfsvoll.

„Du hast gut reden, Martha. Was sollen wir denn Deiner Meinung nach tun? Ihr die Peitsche aus der Hand nehmen?"

Bettina fühlte sich von Martha angegriffen. Sie wusste doch selbst, wie es auf der Burg zuging.

„Am liebsten ja! Aber entschuldige Bettina. Du merkst, ich kann das schon beim Zuhören kaum aushalten. Ich weiß, wie schwer Euer Stand ist."

„Ich kann es auch nicht mehr ertragen. Die Kinder sind derart verängstigt, dass sie sich ganz in sich selbst zurückziehen. Viele der Jungen kauen ihre Fingernägel herunter. Andere nässen ein und müssen jetzt in das zweite Bettnässer-Zimmer. Das im Dachgeschoss kennst Du ja. Jetzt haben sie noch ein enges Sechsbett-Zimmer in der früheren Rumpelkammer eingerichtet. In beiden steht Tag und Nacht das Fenster auf. Das soll sie abhärten und den Gestank vermindern. Es ist so erbärmlich dort oben."

„Kannst du Dich nicht mit anderen Erzieherinnen zusammenschließen und zum Jugendamt gehen?"

„Ich habe bereits mit einigen gesprochen, aber wenn sie Farbe bekennen sollen, machen sie einen Rückzieher. Die haben einfach Angst um ihre Arbeit. So geht es mir im Grunde genommen ja auch. Du kannst zu keinem dort wirklich Vertrauen haben. Die Anna Nastrewa und der Dr. Gassner haben den Kurt regelrecht auf die Kinder und uns abgerichtet. Die stecken alle unter einer Decke. Selbst der alte Nastrewa fängt an, die Jungen mit den Hunden zu schikanieren."

Bettina schluchzte laut auf. Sie barg ihr Gesicht in den Händen und schüttelte immer wieder ihren Kopf. Martha legte tröstend den Arm um sie.

„Mensch Bettina, da muss doch was getan werden! Das klingt ja an Stellen wie in meinem Referat. Wie könnte man die bloß überführen?"

„Ich müsste Beweise haben und ein paar Leute auf meiner Seite."

„Und wenn Du anfängst, alle Vorkommnisse aufzuschreiben? Am besten mit Zeugen dabei."

„Ja, ich glaube das wäre der erste Schritt. Ich werde auch

mit Rosa und zwei anderen Kolleginnen sprechen. Wir müssen einen Plan schmieden!"

„Und Ihr müsst euch um die Buben kümmern. Was ist eigentlich aus der Idee geworden, die Jungen zum Felix Spoerl zu schicken?"

„Ich habe es angeregt, aber die Chefin hat gemeint, die Kinder wären auch dazu zu blöd. Es ist ein entsetzlicher Kreislauf."

„Steht der Alte denn auf der Seite der Kinder? Kann der was ausrichten?"

„Vielleicht sollte ich ihn mal direkt ansprechen."

„Geh gerne auch zu Frau Ertl in die Küche, mit einem schönen Gruß von mir. Sie ist eine Bekannte meiner Mutter. Frag, ob sie etwas für die Kinder tun kann."

„Das werde ich machen. Ach Martha, wenn Du auch auf der Burg wärst, würde ich es sicher schaffen. Ich bin einfach nicht so stark wie Du."

„Quatsch Bettina, Du musst nur dabei an die Kinder denken, dann wächst Dir die Kraft zu", versuchte Martha, ihr Mut zuzusprechen.

Wie so oft, wenn sie beisammen waren, hatte die Burg dermaßen viel Raum eingenommen und eine düstere Stimmung verbreitet, dass sie sich aufraffen mussten, dem etwas Leichtes entgegenzusetzen. Martha kannte ein kleines italienisches Eiscafé in ihrer Nähe, dessen Besitzer frisch aus Italien gekommen war und sein Glück in Deutschland versuchen wollte. Er hatte nach italienischer Sitte bis spätabends geöffnet. Dahin lud sie Bettina jetzt ein.

Felix Spoerl stapelte gerade vor seinem Haus das gesägte Brennholz an die Wand als Bettina mit ihrem alten, etwas klapprigen schwarzen Fahrrad um die Ecke kam. Erschrocken wandte er sich um. Er bekam selten Besuch.

„Grüß Gott, Felix."

„Ja grüß Gott, Bettina. Was verschafft mir die Ehre Deines Besuches?"

Er war überrascht, dass die junge Kinderpflegerin ihn bei sich zu Hause aufsuchte.

„Ich wollte Sie gerne mal außerhalb der Burg treffen. Habe etwas auf dem Herzen und dachte mir, Sie wären vielleicht der Richtige, bei dem ich mich aussprechen kann", lachte Bettina unsicher.

„Komm erst einmal herein. Ich koche uns einen frischen Pfefferminztee aus meinem Garten und dann reden wir."

Sie gingen in die kleine, bescheiden eingerichtete Kate. Es roch würzig nach Kräutern, die er in dem Sprossenfenster an einem gespannten Bindfaden zum Trocknen aufgehängt hatte. Felix füllte den alten Kupferkessel mit Wasser und stellte ihn auf die Hexe, seine einzige Feuerstelle im Haus. Sie setzten sich an seinen selbstgezimmerten Holztisch und Felix nahm zwei derbe Becher aus einem Regal.

„Nimmst Du Zucker oder ein bisschen Honig von meinen Bienen?"

„Hm, Honig. Ich wusste gar nicht, dass Sie auch imkern."

„Ich habe auch nur noch zwei Völker. Früher, als meine Frau noch lebte, hatten wir fünfzehn. Das hat uns ein bisschen Geld eingebracht. Heute reicht es mir für den eigenen Gebrauch und zum Verschenken."

Felix gab in jeden Becher einen Zweig Pfefferminze und goss kochendes Wasser darüber, während Bettina ihm von ihrem Besuch bei Martha in Würzburg und ihren Sorgen über die Jungen auf der Burg berichtete. Allmählich entspannte sie sich. Wie gut tat es ihr, all das dem alten Mann zu erzählen. Er hatte so ein gütiges Gesicht, auch wenn er mit seinen langen Haaren und dem Bart ein bisschen kauzig aussah.

Felix Spoerl hörte ihr mit einer Ruhe zu, die sich mit der Zeit auch auf Bettina auswirkte. Sie saßen sich gegenüber und zwischen ihnen breitete sich eine vertrauensvolle Wärme aus.

„Felix, können Sie nicht etwas für die Buben tun? Sie verkümmern da oben. Keiner von ihnen kann lesen und schreiben, weil sie keine Schule besuchen. Sie haben doch nur uns, die wir mit ihnen arbeiten sollen."

Felix strich sich immer wieder mit seiner rechten Hand seinen langen Bart aus. Hielt inne, als wollte er etwas sagen. Dann fuhr er damit fort, sich den Bart zu streichen. Es schien ihn zu beruhigen und beim Denken anzuregen.

„Ich könnte der Chefin sagen, dass ich Hilfe beim Äpfelsammeln und Pressen gebrauchen kann und ihr bestimmte Jungen vorschlagen. Sie könnten auch beim Holzstapeln helfen. Und sogar beim Blätterrechen könnten manche mitschaffen. Im Herbst gibt es ja immer viel in der Natur zu tun. Aber ob sie es genehmigen wird?"

Bettina umfasste die von der harten Arbeit verkrümmten und von der Sonne gegerbten Hände des Alten.

„Das wäre so toll, dann kämen die Buben auch mal raus. Wären wohl ein paar Äpfel zum Apfelringschneiden übrig? Wir könnten sie zum Trocknen in den Gruppenräumen aufhängen."

„Klar, da stehen draußen mehrere Apfelbäume. Ein Boskop, ein Cox Orange und ein Graf Luckner", erwiderte er stolz.

„Gibt es eigentlich noch den alten Leiterwagen, den wir damals für die Eulengruppe haben wollten? Da hatte die Chefin doch gemeint, Sie hätten jetzt für so etwas keine Zeit. Es lagen andere Bauten an. Sollen wir noch einmal einen Vorstoß wagen? Die Kinder müssen doch mal an die Luft!"

„Den habe ich gehütet wie meinen Augapfel. Habe nur auf die Frage gewartet."

Jetzt nahm er Bettinas Hände und schaute sie mit glasigen Augen an.

„Bettina, Sie haben eine so gute Seele. Danke!"

Sie verstand gar nicht, was gerade in dem Alten vorging. Aber es musste etwas Tieferes sein. Vielleicht würde er es ihr irgendwann anvertrauen.

Felix Spoerl hatte bereits eine Idee, wie er die Jungen zu sich bekommen würde. Er musste sie als Helfer benötigen, wenn Pfleger Kurt keinen Dienst hatte. Das war die einzige Möglichkeit ihn zu umgehen. Die Chefin würde er schon überzeugen können. Das behielt er aber lieber erst einmal für sich.

„Jetzt muss ich aber los, es wird schon dunkel. Haben Sie großen Dank, lieber Felix. Wir bleiben in Kontakt."

Und dann radelte Bettina ins Dorf zurück.

Felix Spoerl schaute gleich am nächsten Tag bei Harald Nastrewa rein. Sie hatten sich länger nicht gesehen, aber das tat ihrer Vertrautheit seit dem Tod von Agnes keinen Abbruch.

„Felix, komm setz Dich nieder." Dabei zeigte Harald auf die Küchenbank. „Ich koche uns einen Kaffee."

„Danke, Harald, gerne. Du, ich habe da was auf dem Herzen."

„Nur raus damit Felix. Was kann ich für Dich tun?"

Er wollte ihn bitten, ein gutes Wort für die Jungen bei seiner Tochter einzulegen. Doch er wusste nicht, wie er es anstellen sollte.

„Also, gestern hat mich die junge Kinderpflegerin Bettina besucht. Du weißt, die kleine Mollige."

Harald nickte.

„Sie hat ein großes Herz für die Jungen und mich gefragt,

ob ich nicht einige von ihnen mit in meine Werkstatt nehmen könnte. Sie würden kleine Aufgaben bekommen und so lernen, mit ihren Händen etwas Sinnvolles anzufangen. Dann machen sie auch weniger Unsinn. Naja, und Du weißt ja, dass auch ich durch meinen Sohn eine besondere Verbindung zu den Jungen da oben habe."

„Hm, das weiß ich wohl. Aber was soll ich dabei tun?"

„Könntest Du nicht ein gutes Wort bei Anna für die Jungen einlegen? Kannst auch sagen, dass ich sie brauche."

„Du kennst meine Anna nicht! Sie hat so ihren eigenen Kopf. Aber ich will sehen, was sich machen lässt. Bin Dir ja noch was schuldig."

„Harald, sag nicht so etwas. Das war Schicksalsfügung, dass ich Deine Agnes so frühzeitig gefunden habe."

Felix Spoerl legte seine schwielige Hand auf Haralds Schulter. Er wusste nur zu gut, wie sich der Verlust der Frau anfühlte. Harald standen Tränen in den Augen. Er schniefte mehrmals laut in sein Taschentuch und räusperte sich.

„Ich werde sie fragen. Ich mach das für Dich, mein Freund. Ja, Du bist mir seit Agnes Tod ein richtiger Freund geworden. Danke!", tätschelte er Felix Spoerl am Arm.

Anna Nastrewa hatte sich zuerst quer gestellt. Doch ihr Vater blieb dieses Mal beharrlich. Sie hatten an Felix etwas gut zu machen. Punkt! Harald war zufrieden mit sich. Endlich hatte er sich einmal gegen seine Tochter durchgesetzt. Sie hatte nach dem Tod von Agnes sowieso schon zu viel über ihn bestimmt.

Gleich in der nächsten Woche nahm Felix Spoerl sechs Buben aus der Rabengruppe mit zu sich nach Hause. Es wurde eine richtige Wanderung. Er war sich nicht sicher, ob die Jungen überhaupt jemals durch einen Wald gegangen waren. Frau Ertl hatte ihnen ein anständiges Futterpaket gepackt. Sie waren völlig aus dem Häuschen.

„Felix, dürfen wir auch im Wald Holz sammeln?"

„Und wer trägt es dann? Wir haben keinen Leiterwagen mit."

„Och, schade. Nächstes Mal nehmen wir den aber mit, ja?"

„Dann müssen wir den aber erst zusammen reparieren."

„Kann ich helfen?", klang es von David, Martin und Roland wie aus einem Munde.

„Klar, das planen wir zusammen. Jetzt machen wir aber erst Holz bei mir!"

Sie mussten noch eine Viertelstunde gehen, dann sahen sie die Lichtung und rannten voller Freude darauf zu.

Für Felix Spoerl war die Veränderung der Kinder ein richtiges Glückserlebnis. Sie waren wie ausgewechselt. Wenn ihm doch auch etwas zu den Schwächeren einfiele. Diese waren ihm innerlich am allernahesten. Sie wirkten auf die Belegschaft vielleicht wie Idioten, so nannte Anna sie ja auch immer! Für ihn strahlten sie etwas Heilsames in dieser kalten Burg aus.

Er musste an die Wochen denken, als er im zweiten Stock weitere Betten einzubauen hatte. Sein Vorgänger Kurt fuhr die Jungen mit hartem Tonfall an und war nicht zimperlich mit festen Griffen.

Die meisten Mitarbeiter dachten wahrscheinlich von ihm, *der Felix Spoerl kriegt ja nicht viel mit.* Doch da hatten sie sich getäuscht. Gerade durch den tiefen Schmerz um seinen verlorenen Sohn, war er besonders empfänglich für diese Kinder geworden.

Die dort oben waren jedenfalls so dankbar für jede kleine Geste und jedes liebe Wort, dass es ihn zutiefst anrührte. So lebten sie in ihrer eigenen kleinen Welt, an die das Böse nicht so tief herandringen konnte.

Schon wie der Peter immer wieder ganz vertrauensvoll auf die Menschen zuging und es schaffte, bei den nicht so hart Gesottenen die Herzen zu öffnen. Oder Johann, der mit seinem Lächeln dermaßen zerbrechlich und unschuldig wirkte, dass man dieses Kind am liebsten nur beschützen wollte. Eigentlich war es egal, an welches er dachte, er hatte sie alle in sein Herz geschlossen und konnte es nicht leiden, wenn die Chefin oder der Kurt die Buben schlugen und triezten.

Ihm war es nur recht, dass Bettina das Wort für die Jungen ergriffen hatte. Aber er musste aufpassen. Dieser Kurt konnte sehr ungemütlich werden, wenn man ihm in die Quere kam. Das hatte er schon des Öfteren beobachtet. Er musste seine Augen offen halten. Wie gut, dass Traute Ertl auch auf der Seite der Buben stand. Er würde sie auf jeden Fall dazu animieren, noch mal einen Vorstoß zu wagen, auch Kinder in der Küche helfen zu lassen.

Burg Wernberg, Dezember 1971

Es schien, als würde der bevorstehende Advent auch bei Anna Nastrewa etwas Menschliches auslösen. Bettina durfte bei Felix Spoerl jede Menge Tannengrün bestellen und nachdem sie sich dafür eingesetzt hatte, die Adventskränze mit den Jungen selbst zu binden, wurde ihr dies genehmigt. Der Geruch des Tannengrüns löste bei ihnen allen etwas Friedliches und eine Vorfreude auf das Weihnachtsfest aus.

Als dann am ersten Advent der große Kranz mit leuchtend roten Schleifen und vier Kerzen besteckt unter der Decke im Gemeinschaftssaal der Raben hing, ging ein Raunen der Kinder durch die Reihen.

„Oh, wie schön. Ah, so schön. Hm, riecht gut. Leuchten."

Anna Nastrewa ließ es sich nicht nehmen, die erste Kerze selbst zu entzünden. Sie musste dazu auf einen Stuhl steigen, um mit einem langen Fidibus die erste Kerze anzuzünden. Die Jungen klatschten vor Freude in die Hände. Anna fühlte sich an alte Zeiten in der Tschechoslowakei erinnert. Da waren sie noch eine Familie gewesen. Ihr fehlte die Mutter. So gerne hätte sie ihr den Enkelsohn in die Arme gelegt.

Als Frau Martens das Adventslied anstimmte, verspürte sie das Bedürfnis mitzusingen. Erst da spürte sie den Kloß in ihrem Hals. Sie rang mit den Tränen. *Anna, jetzt bloß nicht sentimental werden,* musste sie sich selbst zur Raison rufen. Die Jungen sangen indes jeder auf seine Weise „Advent, Advent, ein Lichtlein brennt". Keiner nahm weiter Notiz von ihr und nach kurzer Zeit hatte sie sich wieder gefangen. In wenigen Tagen war das Nikolausfest, dem wollte sie in diesem Jahr besondere Beachtung schenken. Sie hatte es geschafft, einen Knecht Ruprecht und einen Nikolaus im Dorf zu finden und auf die Burg zu holen. Darauf freute sie sich schon heute.

Der Tag war ein Höhepunkt im Leben der Heimkinder. An diesem Nachmittag gab es für fast jeden Jungen Süßigkeiten in einem kleinen mit roter Schleife zugebundenen Jutesack.

Majestätisch schritt der Sankt Nikolaus in seinem langen roten Mantel und der roten Mithra auf dem Kopf durch die Flure der Anstalt. Als er in den kleinen Saal kam, musste er seinen Kopf einziehen, dass ihm seine Kopfbedeckung nicht herunterfiel. Unter dem Arm trug er sein goldenes Buch, in dem die guten und die schlechten Taten der Kinder standen. Knecht Ruprecht trottete in seinen Lumpen und mit dem dicken Jutesack über der Schulter gebeugt hinter ihm her. Als die Jungen ihr eingeübtes Nikolauslied „Knecht Ruprecht aus dem Walde, der kommt zu uns gar balde“ sangen, tanzte er polternd dazu im Kreis herum. Danach kam Martin an die Reihe. Der Nikolaus blätterte in seinem goldenen Buch, als suchte er etwas. Es war mucksmäuschenstill im Raum. Alle warteten gespannt, was der Nikolaus über Martin sagen würde. Mit lauter, kräftiger Stimme las er vor.

„Martin, über Dich habe ich nicht so viel Gutes zu berichten. Du ärgerst gerne Deine Zimmergenossen und machst dem Pfleger Kurt das Leben schwer“, habe ich gehört.

Martin stand betreten vor dem Nikolaus und wusste nicht, wohin mit seinen Händen. Er versuchte seine Tränen herunterzuschlucken. *Nie wieder würde er die anderen ärgern. Wenn er doch auch nur eins von diesen Säckchen mit der roten Schleife bekommen würde.* Doch der Nikolaus fuhr mit scharfem Ton fort.

„Damit Du das bis zum nächsten Jahr lernen kannst, bekommst Du leider in diesem Jahr nur eine Rute. Knecht Ruprecht komm mal zu mir! Such dem Martin mal seine Rute heraus.“

Knecht Ruprecht hob seinen Sack von der Schulter und stellte ihn vor sich auf den Boden. Dann wühlte er darin herum, bis er die Rute gefunden hatte. Der Nikolaus nahm sie ihm ab und gab sie Martin. Mit gesenktem Kopf ging dieser zurück auf seinen Platz. Tränen liefen über seine Wangen, er musste mehrmals die Nase hochziehen, während er in seinen Hosentaschen die Hände zu Fäusten ballte.

Martin war nicht der Einzige, dem es so erging.

Bettina saß erschüttert dabei. Sie nahm sich vor, all denen, die kein Säckchen bekommen hatten, am nächsten Morgen eine Trostgabe zu bereiten. Sie hatte die ganze Zeit vor Anspannung kaum richtig atmen können. Was war diese Frau bloß herzlos! Ein dicker Kloß saß ihr im Hals, der auch nicht weichen wollte, als sie zum Abschluss mit den Kindern „Niklaus ist ein guter Mann, dem man recht vertrauen kann" sangen.

Kaum hatte Anna Nastrewa den kleinen Festsaal verlassen, begannen die Jungen laut zu schluchzen. Peter und Johann hatten die Spannung der letzten Stunde kaum ausgehalten. Jetzt nahmen sie beide ihr Jutesäckchen, zogen unbeholfen die rote Schleife auf und griffen in ihren Beutel, um für die leerausgegangenen Buben Zuckerkringel herauszuholen. Peter ging zu Martin und reichte ihm seinen Apfel.

„Musst nicht traurig sein", nuschelte er und streichelte seinen Arm.

Wieder standen Bettina Tränen in den Augen. Doch diesmal vor Ergriffenheit über Peters liebevolle Geste.

Wenige Tage nach dem Nikolausfest ließ sich Mutter Anna, wie sie sich von den Kindern auch gerne nennen ließ, einen Wunschzettel fürs Christkind malen. Bettina hatte die Jungen noch nie so emsig schaffen gesehen.

Die des Schreibens oder Malens mächtig waren, saßen mit geröteten Wangen über ihren Wunschzetteln und Malstiften und ließen ihrer Fantasie freien Lauf. Ein Fahrrad, ein Lastauto, ein Trecker, ein Fußball sollte es sein. Ein Junge malte ein Buch.

So gerne wollte er in die Schule gehen und lesen und schreiben lernen wie sein großer Bruder zu Hause. Die Vorfreude auf das Weihnachtsfest war für alle spürbar, und als Anna Nastrewa anschließend durch die Räume ging, um die Wunschzettel einzusammeln, erntete sie hoffnungsvolle Blicke.

Am Mittag des Heiligenabends herrschte große Aufregung unter den Jungen. Keiner von ihnen hatte seinen Wunsch auf dem Zettel für Mutter Anna vergessen.

Rosa und Bettina machten die Jungen, wie sie es selbst von zu Hause gewohnt waren, fein für den Heiligen Abend.

Während Bettina die älteren Buben zum Duschen schickte, suchte Rosa die Sonntagskleidung für sie heraus und legte sie bereit. Dann holten sie Johann, Peter, Franz und Holger zum Waschen und Haare kämmen. Und zum Schluss gab es zur Feier des Tages für alle eine Portion Nivea-Creme ins Gesicht. Rosa kontrollierte noch einmal alle Fingernägel.

„David und Martin, wo habt ihr denn mit Euren Nägeln gegraben?", fragte sie scherzhaft.

Die Jungen lachten. Sie murrten nicht, als Rosa ein wenig nachhelfen musste, bis auch der letzte Rest Schmutz unter den Nägeln entfernt war. Heute ließen sie einfach alles mit sich machen. Kein Geschrei von „Au, Du tust mir weh", sondern erwartungsvolles Ertragen.

„Ihr macht Euch schließlich für das Christkind schön", scherzte Bettina.

Endlich war es Nachmittag! Kurt hatte einen Sack nach dem anderen in den ersten Stock geschleppt und vor den Festsaal gestellt.

Eng hintereinander saßen die Jungen bereits auf ihren Stühlen und blickten auf den Adventskranz an der Decke. Alle vier Kerzen brannten. Eigentlich hatten sie sich zwar auf einen Weihnachtsbaum gefreut, aber sie erwarteten heute Wichtigeres. Außerdem konnten sie die große Tanne mit den elektrischen Kerzen im Burghof vom Fenster aus bewundern.

Anna Nastrewa ließ sich die Säcke von Kurt hereintragen. An jedem hing ein Zettel, auf dem der Name der Gruppe stand. Doch zuerst sollten die Jungen ihr ein Weihnachtslied singen. Bettina stimmte „O du fröhliche Weihnachtszeit" an. Es erklang ein Durcheinander an Stimmen und Tönen, aber jeder gab trotzdem heute sein Bestes. Anna Nastrewa hätte sich am liebsten die Ohren zugehalten und war froh, als die Jungen endlich fertig waren.

„Das habt Ihr gut gemacht. Zur Belohnung bekommt Ihr jetzt Eure Weihnachtsgeschenke. Es konnten natürlich nicht die von Eurem Wunschzettel werden. Da habt Ihr viel zu teure Wünsche gehabt. Also seid zufrieden mit dem, was Ihr bekommt", verkündete sie vorsichtshalber.

Ein leises Raunen ging durch den Raum. Besonders die Buben aus der Rabengruppe stöhnten laut auf. Martin fluchte David leise ins Ohr.

„Ich will keine Klagen hören. Verstanden?", befahl Agnes Nastrewa.

Die Jungen nickten mit eingezogenen Köpfen.

„Bettina und Rosa, holen Sie bitte die Säcke. Auspacken können Sie die Sachen mit den Jungen auf der Gruppe. Sonst gibt es hier zu viel Geschrei."

Rosa und Bettina nahmen die Geschenksäcke und ihre Buben und verschwanden zügig in ihren Gruppenraum.

Dort erlebten die Jungen eine große Enttäuschung. In dem Sack war wohl für jeden von ihnen ein eingepacktes Geschenk, doch mit ihrem Wunschzettel hatte dieses wirklich überhaupt nichts zu tun.

Johann saß mit einem wackeligen Plastikbus am Tisch und versuchte ihn hin- und herzuschieben. Doch das gelang ihm nicht, da bereits beim Auspacken ein Rad abgegangen war.

Peter hatte sich so sehr ein Schiff gewünscht, stattdessen fand er eine Plastikpuppe mit Glubschaugen vor. Er wollte keine Puppe.

„Dumme Puppe! Will zu Mama, zu Papa", schimpfte er unter Tränen.

Die Jungen saßen mit traurigen Blicken vor ihren Geschenken, mit denen sie nichts anzufangen wussten.

Anna Nastrewa hatte es sich einfach gemacht. Sie hatte um Spenden bei der Spielzeugfirma Bayer gebeten und diese wahllos von ihrer Sekretärin und Frau Ertl einpacken lassen. Diese hatten bereits da den Eindruck gehabt, dass die Firma den Jungen Spielzeug zweiter Wahl gespendet hatte.

Als endlich der Kartoffelsalat mit den Würstchen kam, waren Bettina und Rosa heilfroh. Die betretene Stimmung war auch für sie nicht auszuhalten. Zur Feier des Tages gab es einen Früchtepunsch, den Anna Nastrewa eigens mit Hilfe von Adolf Gassner für die Jungen zubereitet hatte. Er verbreitete einen köstlichen Geruch im Gruppenraum und die Jungen tranken ihren Becher flugs aus. Rosa und Bettina wunderten sich, wie ruhig und müde die Jungen kurze Zeit später waren.

Während es im Trakt von Anna Nastrewa bereits nach Weihnachtsbraten roch, sodass der Geruch bis zu ihnen hochzog, hatten sie Anweisung bekommen, die Kinder heute früher als sonst bettfertig zu machen.

„Wir wollen ja schließlich auch noch Weihnachten feiern und in die Christmesse gehen, da muss man halt ein bisschen nachhelfen. Dafür halten Sie, werte Rosa, heute Nacht die Stellung", kommentierte Anna Nastrewa ihre Entscheidung.

Benommen wurden die Jungen am späten Nachmittag in die Schlafsäle gebracht. Sie waren noch nie so schnell eingeschlafen.

Heilige Nacht

Die Burg hatte durch den anhaltenden Schneefall ein weißes Kleid bekommen. Erhaben ragte sie über die Anhöhe hinaus. Alle Räume von Anna Nastrewa waren hell erleuchtet. Um ihre tschechischen Verwandten zu verwöhnen, hatte sie es sich nicht nehmen lassen, ihren Vater zu bitten, eine Gans zum Fest zu schießen. Dazu holte Harald einige seiner edelsten Weine aus dem Keller herauf, welche er stolz servierte. Felix Spoerl musste eine drei Meter hohe Tanne im Wald fällen. Nach alter Tradition hatte Anna sie mit den Weihnachtskugeln ihrer Mutter und elektrischen Lichtern geschmückt. Endlich fühlte sie sich seit dem Tod von Agnes einmal wirklich heimisch auf der Burg. Wie anders war es doch, in ihrer Muttersprache zu sprechen.

Während bei Anna Nastrewa das Weihnachtsleben pulsierte, lag der andere Teil der Burg bereits in tiefer Dunkelheit.

Rosa ging noch einmal durch alle Schlafräume. Überall herrschte Totenstille. Richtig ein bisschen unheimlich fühlte es sich an. Sie zog sich in ihr Ruhezimmer im ersten Stock zurück. Die Chefin hatte sie für die Nachtschicht an Heiligabend eingeteilt, mit der Begründung, dass sie ja noch keine eigene Familie habe. Dagegen konnte sie nichts einwenden.

Rosa hatte noch ein wenig Punsch im steinernen Krug vorgefunden und genehmigte sich den letzten Schluck. Auch sie wollte früh schlafen gehen. So musste sie nicht an ihre Familie und die Geschenke unter dem Tannenbaum in der guten Stube daheim denken.

Gegen Mitternacht wurde sie von den läutenden Kirchenglocken aus dem Dorf geweckt. Viele Menschen begaben sich auf den Weg in die Mitternachtsmesse. Rosa spähte aus dem Fenster in den Burghof. Auch die Nastrewas und ihre Gäste machten sich gerade auf ins Dorf. Sie fühlte einen Anflug von Melancholie. Die schneebedeckten Tannen, der klare Sternenhimmel und dazu das Glockengeläut. Sie hätte heulen können. Allein auf der Burg mit sechzig Kindern. Kaum zu fassen! Betrübt ging sie noch einmal durch die Schlafsäle der Jungen. Sie musste sich an den Wänden festhalten, da ihr taumelig zumute war und ihr Kopf entsetzlich brummte. Gott sei Dank schliefen alle tief und fest. Das hatte sie bisher noch in keinem ihrer Nachtdienste erlebt. Dann legte auch sie sich wieder auf ihre spartanische Liege, zog sich die Bettdecke über den Kopf und fiel in einen tiefen Schlaf. Gegen 2 Uhr schreckte Rosa auf. Kerzengerade saß sie im Bett und rieb sich die Augen. Für Minuten konnte sie Wirklichkeit und Traum nicht voneinander unterscheiden.

Noch eben war sie Zeugin eines großen Wunders gewesen. Sie war mit Weihnachtsglocken an die Betten der Jungen gegangen, um sie zur Weihnacht zu wecken. Die Räume der Jungen erstrahlten in einem sanften Licht. Sofort waren sie hellwach gewesen und erhoben sich sorglos aus ihren Betten. Allen voran ging Johann eingehüllt in ein leuchtendes Gewand, das ihm Größe und Würde verlieh. Sicher durchschritt er die dunklen Burggänge hinunter in den Gemeinschaftssaal. Es schien ihr wie ein Wunder, denn der war größer als je zuvor. In der Mitte stand eine mit Strohsternen, rotwangigen Äpfeln und wohlriechenden Kerzen geschmückte Tanne und reichte mit ihren geschwungenen Zweigen weit in den Raum hinein. In einem Kamin brannten Holzscheite leise knisternd und schenkten dem Weihnachtszimmer Wärme und Wohligkeit. Im Saal roch es nach Tannengrün und Weihrauch.

Rosa fühlte sich wie ein Eindringling. Wie ein großes Schauspiel tat sich eine ganz andere Burgwelt vor ihren Augen auf.

Andächtig betrat ein Junge nach dem anderen den Raum. Mit leuchtenden Augen setzte sich ein jeder auf seinen Stuhl. In dieser Nacht schienen alle in dem kleinen Raum Platz zu finden.

Martin nahm den Fidibus und entzündete die Kerzen am Weihnachtsbaum. Johann begann mit sicherer Stimme *Stille Nacht, Heilige Nacht* zu singen und alle anderen stimmten mit ein. Es klang, als hebe der Chor der Weihnachtsengel zu einem Gesang an. Rosa fühlte sich wie im Märchen. Was war mit den Jungen geschehen?

Nach dem Verklingen der letzten Strophe begann Peter mit klarer Stimme zu sprechen.

„In der Heiligen Nacht ist uns die Sprache und die Kraft der gesunden Menschen verliehen worden und wir können aussprechen, was uns sonst versagt ist. Als ich noch zu dem Chor der Ungeborenen gehörte, sah ich die Traurigkeit und Dunkelheit der Menschen. Hunderttausende von ihnen waren im letzten Weltkrieg zurück in das Reich der Verstorbenen und Ungeborenen gekehrt und erzählten schreckliche Dinge von der Erde. Deshalb habe ich mir vorgenommen, durch mein Anderssein, die Liebe in die Welt zu tragen. Mein Herz ist zwar schwach, aber immer wenn ich liebevoll auf einen Menschen zugehe, entsteht ein Lichtbogen zwischen mir und dem anderen Menschen und mein Herz erhält eine stärkende Kraft. Auch wenn ich vieles, was gesunde Menschen können, nicht kann, meine Liebe kann ich immer verschenken."

Die anderen Jungen hatten andächtig Peters Worten gelauscht und nickten einträchtig mit dem Kopf. Es herrschte eine Friedfertigkeit unter ihnen wie sie es in ihrem gemeinsamen Burgalltag sonst nicht kannten.

Als Nächster fasste sich Holger ein Herz und hob an zu sprechen. Er konnte es selbst kaum glauben, dass ihm die

Sprache verliehen war und seine bunten Glasscherben dabei ruhig in seiner Hand liegen konnten.

„Ich möchte die Menschen auf die kleinen, feinen Dinge aufmerksam machen. Ich verwende meine Sinne auf das Licht und die Töne in der Welt. Sie sind hierfür besonders geschärft. So sehr, dass mir die vielen, intensiven Eindrücke meist zu viele werden. Aber ich kann eine Nuancenvielfalt von Farben sehen und wenn die Menschen sich auf meine Ebene einlassen, können sie die Schönheit um sich herum mehr wahrnehmen. Sie lernen, die Steine, Pflanzen und Tiere zu bewundern und so sich selbst besser zu verstehen."

Rosa hatte mehrmals versucht, den Jungen zuzulächeln, aber es schien ihr, dass diese sie gar nicht wahrnahmen. Als sie plötzlich Franz sich aufrichten sah, entfuhr ihr „Franz, pass auf!" Doch keiner wandte sich ihr zu. Stattdessen geschah eines der größten Wunder in dieser Heiligen Nacht. Franz, der sich durch seine Schwerstbehinderung sonst nicht selbstständig bewegen und nicht sprechen konnte, saß aufrecht und mit ruhigem Blick in seinem Stuhl und verkündete: „Ich möchte die Menschen die Langsamkeit in der Schnelllebigkeit des Alltags lehren. Im Umgang mit mir braucht ein jeder viel Zeit. Denn nur dann kann man einen Augenblick bei mir erhaschen. Ich brauche lange, um meinen Blick auf mein Gegenüber zu richten und Augenkontakt herzustellen. Ich brauche lange, bis ich meine Hand gehoben habe. Noch eh ich es vollbracht habe, sind die meisten Menschen schon an mir vorüber geeilt."

Wieder nickten die anderen bestätigend, denn eine besondere Art der Aufmerksamkeit wollten sie alle in ihrem Leben vermitteln.

Mit warmem Blick sprach Johann nun in die Runde, Rosa war tief gerührt.

„Ich möchte den Menschen Vertrauen und Frohsinn schenken. Trotz Einsamkeit und Demütigungen ist mir die Gabe verliehen, jeden neuen Tag mit einem Lächeln zu beginnen. Ich kann den Menschen mit meinen Augen ins Herz schauen und lächeln. Doch viele verschließen sich meinem Blick. Stimme ich eine Melodie an, singen manche freudig mit. Der Frohsinn liegt in den kleinen Augenblicken des Alltags." Glücklich stimmte Johann mit klarer, kräftiger Stimme ein Lied der Weihnacht an.

Sein Singen hatte auch Arne mutig werden lassen. Trotz seiner Kleinwüchsigkeit wirkte er heute groß und wuchs mit seiner Stimme über sich hinaus.

„Ich möchte den Menschen zu mehr Achtsamkeit verhelfen. Ich bin viel zu klein auf die Welt gekommen. Doch kann ich trotzdem flink laufen. Schnell gehen die Menschen über mich hinweg, als wäre ich gar nicht da. Dann mache ich sie durch mein lautes Kreischen auf mich aufmerksam. Sie können nicht anders, als sich zu mir herunterbeugen. Ich wünsche mir, dass sie es irgendwann auch ohne mein Kreischen tun werden."

Viele der anderen Jungen erzählten in dieser Nacht von ihrer Aufgabe, Licht in die Welt zu bringen. Am Ende las David ihnen allen aus dem „Hohelied der Liebe" vor.

Die Liebe macht die Seele groß,
Die Liebe erfüllt die Seele mit wohltuender Güte.
Die Liebe kennt keinen Neid, sie kennt keine Prahlerei,
sie lässt keine Unechtheit aufkommen,
die Liebe verletzt nicht, was wohlanständig ist,
sie treibt die Selbstsucht aus,
sie lässt nicht die Besinnung verlieren,
sie trägt niemandem Böses nach,
sie freut sich nicht über Unrecht,

sie freut sich nur mit der Wahrheit.
Die Liebe erträgt alles,
sie ist stets zu gläubigem Vertrauen bereit,
sie darf auf alles hoffen und bringt jede Geduld auf.

Erst weit nach Mitternacht wurden die Kerzen am Weihnachtsbaum gelöscht und alle gingen mit frohem Herzen in ihre Betten zurück. Wissend, dass sie sich morgen wieder auf die alte Weise begegnen würden.

Rosa saß frierend in ihrer Kammer. Rieb sich wieder und wieder die Augen. Was hatte sie da nur geträumt? So etwas konnte es doch gar nicht geben. In welch einem Licht waren ihr die Jungen im Traum erschienen? Entschieden stand sie auf und vergewisserte sich, dass noch alle Buben in ihren Betten lagen. Sie ging mit der Taschenlampe in der Hand die Treppen nach oben zu den Schlafsälen. Von Bett zu Bett leuchtete sie behutsam in die Antlitze der Jungen. Nein, sie schliefen allesamt tief und fest.

Wie sehr wünschte sie sich in diesem Augenblick, dass ihr Traum Wirklichkeit werden möge. Sie konnte nicht umhin, mit einem anderen Blick an die Jungen zu denken. Eigentlich war sie nicht wirklich gläubig, aber ein wenig breitete sich Ehrfurcht in ihr aus. Sie empfand fast Dankbarkeit für diese Nachtschicht.

Jetzt spürte sie wieder ihren schweren Kopf. Sie hatte einen Kater. Diesen Schmerz kannte sie nur, wenn sie deutlich zu viel Wein getrunken hatte.

Ganz allmählich dämmerte ihr etwas.

Die Stimmung auf der Burg am nächsten Morgen war äußerst angespannt.

Die Nachwirkungen des Früchtepunschs waren für die Mitarbeiter deutlich spürbar. Die Jungen wirkten immer noch sediert und antriebslos.

Frau Ertl konnte die Trostlosigkeit in der Anstalt kaum noch ertragen. Kurzerhand hatte sie den Buben in der Küche kleine Tüten mit Süßigkeiten gepackt. Doch allzu schnell waren die Schokoladenweihnachtsmänner und die kleinen Lebkuchen aufgegessen. Das Süße schien ihre Frustration noch zu erhöhen.

Peter weinte vor sich hin und rief immer wieder im gleichen Rhythmus mit seiner, durch den Stimmbruch inzwischen etwas brüchig gewordenen Stimme nach seinen Eltern.

„Mama, Papa, Ihr sollt kommen. Holt mich raus!"

Einer steckte den anderen an und jeder verschaffte sich auf seine Weise Erleichterung. Viele der Jungen hatten durch die dauernden Fixierungen an Bett und Stuhl ein hohes Potenzial an Autoaggressionen entwickelt. Johann kratzte sich ständig mit seinen viel zu langen Fingernägeln das Gesicht und seine Arme blutig. Wenn Frau Martens ihn festhielt, versuchte er, sich selbst zu beißen. Holger schüttelte unermüdlich seine Hände vor sich aus und lief wie ein Tiger im Käfig hin und her. Thomas hatte sich den kleinen Holzstuhl auserwählt. Diesen nahm er immer wieder in die Höhe und ließ ihn laut auf den Linoleumboden knallen.

Ganz anders ging es bei den Raben zu. Sie suchten Streit untereinander und stachelten sich dabei gegenseitig an.

„Dich will doch eh keiner mehr. Du bist doch viel zu blöd. Schau mal in den Spiegel. Mit Deiner Hasenscharte kriegst Du nie eine ab."

Roland hatte es auf Martin abgesehen. Je mehr er ihn piesackte, desto wütender wurde dieser. Als Roland keine Ruhe gab, fiel Martin über ihn her und packte ihn am Hals, bis er röchelte.

Bettina versuchte dazwischen zu gehen, fühlte sich jedoch total überfordert und rief laut nach Frau Martens. Doch statt dieser stand plötzlich die Chefin in der Tür. Sie hatte einen hochroten Kopf und vorsorglich bereits die Reitgerte mitgebracht. In Windeseile ließ sie diese über die Buben knallen, sodass es augenblicklich still im Gruppenraum wurde.

„Was fällt Euch ein, hier so ein Geschrei zu machen. Und das an Weihnachten. Ihr seid doch ein solcher Haufen von Idioten, das hält ja kein normaler Mensch aus!"

Zu den Mitarbeitern gewandt schrie sie:

„Ich hab es Euch doch schon immer gesagt und jetzt habt Ihr es selbst erleben können. Diese Deppen hier sind die potenziellen Mörder von morgen."

Sie knallte die Peitsche mit einer Wucht über den Fußboden, dass die anderen Jungen angsterfüllt automatisch einen Schritt zurückwichen. Unmerklich stand Dr. Gassner im Türrahmen.

„Die Peitsche ist viel zu harmlos für dieses Volk. Ich werde ganz andere Seiten mit Euch aufziehen. Mitkommen!"

Damit riss er an Rolands und Martins Arm, forderte auch die anderen mit einem Fingerzeig auf, ihm nach unten zu folgen. Er schubste die Jungen die engen Stufen hinunter in den Burghof.

Dort wurden sie von Harald Nastrewas zähnefletschenden, blutrünstigen Jagdhunden empfangen. Wieder wichen die Jungen automatisch zurück. Doch genau das sollten sie nicht! Die Hunde bellten und knurrten gefährlich laut und standen zum Angriff bereit direkt am Drahtzaun.

„Solche Hosenscheißer seid ihr also. So jetzt kommt ihr bis an den Zwinger ran. Wer will denn von Euch zuerst rein?"

Er fasste die zwei Streithähne mit festem Griff am Handgelenk und öffnete den Hundezwinger ein Stück. Die Jungen begannen zu zittern und laut zu schreien.

„Nein, ich mache das nie wieder. Bitte nicht! Ich sag nie wieder Böses", flehten sie ihn an.

Dr. Gassner lachte gehässig und schlug die Jungen rechts und links ins Gesicht. So, das sollten sie wohl jetzt begriffen haben, wer hier die Macht hatte.

Anna schaute Adolf Gassner dankbar an. Wie klar und deutlich er für alle hier ein Exempel statuiert hatte. Das hätte sie nicht gekonnt. Es würde sich unter den Mitarbeitern herumsprechen und für eine entsprechende Burgmentalität sorgen. Dafür liebte sie ihn. Er wusste, was er wollte, und war im richtigen Augenblick für sie da.

Die anderen Jungen standen völlig erstarrt und kreidebleich im Burghof. Vor lauter Angst hatten sich einige in die Hosen gemacht.

Adolf Gassner befahl den Mitarbeitern, sie nach oben zu bringen. Sein herrischer Tonfall war dabei niemandem entgangen.

Burg Wernberg, 1972

Die Ereignisse der diesjährigen Weihnachtstage hatte bei einigen Kollegen das Fass zum Überlaufen gebracht. Nachdem Bettina noch am selben Abend mit Rosa über den Vorfall mit der Reitgerte und den Hunden gesprochen hatte, wussten sie: Es musste etwas passieren!

Zu dritt saßen sie im „Wilden Eber" in Nabburg, an einem abgeschiedenen Tisch ganz hinten in der Ecke, wo sie ungestört reden konnten. Bettina war die Wortführerin. Wie gut, dass sie Martha im Hintergrund wusste. Mit ihr hatte sie die einzelnen Schritte alle durchgesprochen. Martha war es auch, die sie zu diesem Treffen ermutigt hatte.

Bettina beugte sich zu den anderen herüber.

„Ich bin froh, dass wir endlich zusammenrücken. Ich schlage vor, wir sammeln erst einmal alle Fakten und gehen die nötigen Schritte durch. Einverstanden?"

Christa und Rosa nickten zustimmend. Bettina hatte ihren Schreibblock mitgebracht, auf dem sie die Übergriffe des letzten Jahres bereits gesammelt hatte.

„Ich finde, wir sollten auf jeden Fall von den ständigen Peitschenhieben der Chefin erzählen", ereiferte sich Christa. Sie konnte den Schmerz auf dem Rücken der Kinder noch nachempfinden.

„Und dass sie immer mal wieder Schlafmittel in den Tee der Jungen geben, ist auch wichtig. Der Gassner verliert seine Approbation, wenn das rauskommt, das sage ich Euch."

Bettina hatte die Sache mit den Schlafmitteln im Tee schon länger vermutet. Hatte aber keine genügenden Beweise gehabt. Von daher war es eine Fügung des Schicksals, dass Rosa noch einen Rest vom Früchtepunsch aus dem

Krug getrunken hatte und dadurch selbst zum Opfer des Schlafrausches geworden war.

„Aber die seelische Misshandlung durch die Hunde müssen wir auch unbedingt erwähnen. Ich sage Euch, wer dabei gewesen ist, kriegt noch jetzt eine Gänsehaut, stimmt's?"

Rosa nickte Christa bestätigend zu.

„Zu dumm, dass Frau Martens sich nicht bereit erklärt hat, unser Vorhaben zu unterstützen. Hoffentlich fällt die uns nicht in den Rücken. Sie ist ja auch nicht gerade zimperlich im Umgang mit den Jungen."

„Und was machen wir mit den Schlägen von Kurt?"

„Ich glaube fast, wir sollten uns erst einmal auf die höchste Stelle konzentrieren: die Chefin und den Dr. Gassner. Vor allen Dingen sollten wir auch endlich über seine Untersuchungen bzw. deren Unterlassung reden. Zu oft war ich dabei, wenn er die Kinder wie Vieh behandelt hat und die anderen Tage erscheint er erst gar nicht."

So hatte Bettina es auch mit Martha besprochen. *Der ist ein Kinderschänder,* hatte Martha gemeint. Über ihre Mutter hatte sie gehört, dass er bei den Schuluntersuchungen auch sehr grob sei. Bei den Mädchen war es wohl bereits zu Übergriffen grenzwertiger Art gekommen. Die Schüler und Schülerinnen weigerten sich seitdem, von ihm als Amtsarzt untersucht zu werden. Dieser Umstand hatte bereits für Unruhe beim Gesundheitsamt gesorgt.

Am Ende des Abends waren sich alle drei einig: Sie würden zum Jugendamt gehen und die Missstände im Agnesheim aufdecken!

Schon wenige Tage später hatten sie gemeinsam beim Jugendamt vorgesprochen und auf die Missstände im Agnesheim aufmerksam gemacht. Doch dabei trafen sie nicht nur auf offene Ohren.

„Sie sind sich bewusst, dass Sie den Amtsarzt Dr. Gassner dieser Vergehen mitbeschuldigen? Außerdem ist uns bei der letzten Begehung des Heimes nichts Derartiges aufgefallen. Wie erklären Sie sich das?"

Bettina und Christa zuckten mit den Schultern. Rosa schluckte. Der Mitarbeiter hatte einen derart scharfen Ton angeschlagen, dass sie sofort eingeschüchtert waren und keine von ihnen mehr etwas sagte.

„Ich werde mich selbstverständlich mit Frau Nastrewa und Herrn Dr. Gassner in Verbindung setzen. Wir werden Ihre Anschuldigungen prüfen." Damit war für ihn das Gespräch beendet.

Frustriert und verunsichert verließen sie das Jugendamt. Bettina hatte währenddessen richtige Schweißausbrüche bekommen. Alle waren den Tränen nahe.

„Kommt, lasst uns ins Café Meindl gehen und einen klaren Kopf bekommen. So schnell lassen wir uns doch nicht ins Bockshorn jagen", versuchte Bettina sich und den Kolleginnen Mut zu machen.

„Ich denke, wir sollten einen Schritt weitergehen und die Kriminalpolizei einschalten", schlug Rosa vor. „Wir können ja sagen, dass wir zuerst das Jugendamt informiert haben und trotzdem sicher gehen wollen, dass dem nachgegangen wird."

Bettina und Christa stimmten ihr zu. Nur wer von ihnen sollte dort vorsprechen? Sie wanden sich um die Entscheidung, bis Bettina vorschlug, sich seelische Unterstützung von ihrer Freundin Martha zu holen. Damit wäre sie bereit, den Schritt zur Kripo zu wagen. Doch so weit kam es erst gar nicht.

Bereits einen Tag nach ihrem Jugendamtsbesuch wurde Bettina in den Burgtrakt der Chefin gerufen. Beklommen machte sie sich auf den Weg in Anna Nastrewas Büro. Da auch

Dr. Gassner anwesend war, wusste sie schon beim Eintreten, um was es in diesem Gespräch gehen würde.

Die Chefin trat, ohne ihr einen Platz anzubieten, dicht vor sie hin, während er im Hintergrund stehen blieb.

„Bettina, was erlauben Sie sich eigentlich hier in meiner Einrichtung? Sie gehen hinter meinem Rücken zum Jugendamt und drohen mir mit einer Anzeige. Warum kommen Sie nicht, wie es sich gehört, erst zu mir, wenn Ihnen hier etwas nicht gefällt?“, fragte sie anklagend.

Bettina traf der Vorwurf nicht unvorbereitet. Sie war sich nur nicht sicher, ob der Mitarbeiter vom Jugendamt ihren Namen genannt hatte oder ob ihr über ihre heiminternen Spitzel etwas zu Ohren gekommen war. Denn trauen konnte man in der Anstalt kaum noch jemandem.

„Frau Nastrewa, ich möchte dazu keine Stellung beziehen“, entgegnete Bettina bestimmt.

„So, keine Stellung beziehen! Was denken Sie eigentlich, wer Sie sind? Sie haben jahrelang mein Vertrauen genossen und sich hier eine Position unter den Mitarbeitern geschaffen, die sie jetzt böswillig ausgenutzt haben. Ihnen ist klar, was das für Sie bedeutet?“

„Ja, das kann ich mir denken. Aber ich habe meine Entscheidung bereits selbst getroffen“, dabei trat sie einen Schritt gen Tür.

Bettina merkte, dass sie den beiden damit den Wind aus den Segeln genommen hatte. Sie würde diese Zustände auf der Burg nicht mehr unterstützen, komme was wolle.

„Ich möchte jetzt gehen, bitte.“

„Einen Moment noch, junge Frau!“ Jetzt tat Dr. Gassner einen Schritt auf Bettina zu.

„Ist Ihnen eigentlich klar, dass ich Sie wegen schwerer Verleumdung anzeigen werde? Sie haben sich weit heraus gelehnt. Ihre Anschuldigungen müssen Sie erst einmal beweisen", lachte er hämisch. Aber Bettina ließ sich von ihm nicht mehr einschüchtern. Sie schaute ihm ruhig in die Augen. Angst hatte sie keine mehr vor diesem Scheusal. Im Gegenteil – sie hatte in seinem Blick etwas Lauerndes und Unruhiges gesehen. Er verriet ihr, dass *er* tatsächlich Angst um seine Stellung haben könnte. Bettina schwieg.

„Sie verlassen augenblicklich meine Einrichtung. Sie sind fristlos gekündigt. Packen Sie Ihre Sachen und verschwinden Sie!", befahl Anna Nastrewa.

Mit hochrotem Kopf stand sie vor ihr und deutete aufgebracht mit dem Zeigefinger zur Tür. Bettina verließ erhobenen Hauptes das Büro. Sie wusste gar nicht, woher sie plötzlich diese Ruhe und Kraft nahm. Mit schnellen Schritten und gleich zwei Stufen auf einmal nehmend ging sie noch einmal nach oben zu den Raben- und Eulenjungen, um sich zu verabschieden.

„Bin gefeuert", konstatierte sie den Besuch bei der Nastrewa.

Christa und Rosa hatten Dienst. Sie schauten sie mit entsetzten Gesichtern an. Bettina wusste sofort, was diese dachten. *Wann bin ich dran? Werde ich auch eine Kündigung bekommen?* Sie sah ihre existenzielle Angst in ihren Gesichtern. Die Armen!

Beim Anblick der Jungen verspürte Bettina allerdings einen dicken Kloß im Hals. Sie musste die aufsteigenden Tränen unterdrücken. Da kamen ihr die klackernden Pfennigabsätze der Chefin zu Hilfe. Ihr wollte sie auf keinen Fall noch einmal begegnen. Sie hastete die Treppen in den Keller hinunter, um ihren Mantel aus dem Spind zu holen und ihre dicken Winterstiefel anzuziehen. Schnell stopfte sie ihren weißen Kittel, den sie sowieso immer schrecklich gefunden hatte, und ihre Pantoletten in den Rucksack und stürzte in den Burghof hinaus. Dort stieß sie auf Felix Spoerl. Nun liefen ihr doch noch Tränen über die Wangen. Sie hatte es nicht geschafft, auf dieser Schreckensburg. Felix drückte Bettina tröstend an sich. Wieder stieg ihr der vertraute Geruch von Kräutern und der Feuerstelle in seiner Kate in die Nase.

„Felix, ich erkläre Ihnen alles später. Ich komme vorbei, ja?"

„Mach das Mädchen!"

Hilflos tätschelte er ihren Arm. Er konnte seine Betroffenheit kaum verbergen. Ahnte er doch, dass etwas Entscheidendes passiert sein musste.

Bettina holte ihr Fahrrad aus dem Unterstand hervor. In dem Moment fingen die Hunde im Zwinger an zu knurren und zu bellen. *Nichts wie weg hier,* dachte sie, schwang sich auf ihren alten, ledernen Fahrradsitz und holperte ein letztes Mal über das dicke Innenhofpflaster.

Die Abwärtsfahrt von der Burg hinunter ins Dorf tat ihr noch nie so gut wie heute. Der kalte Wind wehte ihr durchs Haar und sie verspürte ein Gefühl der Freiheit. Jetzt wollte sie sich unbedingt ein dickes Stück Schwarzwälder Torte im Café gönnen. Und am Nachmittag würde sie versuchen, Martha zu erreichen.

In Gegenwart von Bettina hatten Adolf Gassner und Anna Nastrewa noch Oberwasser gezeigt. Doch knapp hatte diese das Büro verlassen, platzte es aus Anna heraus.

„Verdammt, die kann uns gefährlich werden. Hast Du ihre Augen gesehen? Die schreckt vor nichts zurück!"

Auch Adolf Gassner war sich der Gefahr, die von der Kinderpflegerin ausging, bewusst.

„Adolf, Du musst etwas tun! DU hast doch die ganzen Beziehungen zu den Leuten. Wozu bist Du denn Medizinalrat Dr. Gassner?", schrie sie verzweifelt.

„Das Dumme ist, dass es schon eine Beschwerde gegen mich gibt. Du weißt, diese Lügnerinnen vom Gymnasium", klagte er kleinlaut.

„Wir müssen jetzt klug vorgehen. Ich werde mir die zwei anderen Damen vorknöpfen. Mal sehen, was sich da machen lässt. Auf keinen Fall sollte ich denen kündigen. Die Bettina wollte ja eigentlich von alleine gehen. Ich hätte sie nicht rausschmeißen sollen", klagte Anna.

„Ich weiß, dass die Kollegen vom Jugendamt bei derartigen Anschuldigungen dazu verpflichtet sind, die Mitarbeiter anzuhören. Das heißt, wir müssen die Vorwürfe unbedingt entkräften können."

„Ich rede mit dem Personal und werde mir jede Angestellte einzeln vornehmen. Wie gut, dass Kurt endlich aus seinem Weihnachtsurlaub zurückkommt. Der schafft wieder Ordnung im Haus. Mich wundert es übrigens, dass sie den ganz außen vor gelassen haben."

„Die hat es auf mich abgesehen! Ich habe es bei den Untersuchungen der Bälger schon immer gespürt, dass die was gegen mich hat. Eine dieser neumodischen Frauen, die Männern die Kante zeigen wollen", fluchte Adolf Gassner mehr vor sich hin als zu Anna.

Adolf Gassner war richtig in Rage geraten. Anna war verwundert über den Wandel in ihm. Er benahm sich, als hätte er geradezu Angst vor der rundlichen, unscheinbaren Bettina.

Doch in Adolf Gassners Leben gab es Zeiten, von denen Anna und selbst seine Frau nichts wussten.

Er hatte sich seinen Traumberuf erfüllen wollen, als er nach Prag ging, um dort Medizin zu studieren. Wie sein Großvater schon, wollte auch er Arzt werden. Als er im zehnten Semester seines Studiums war und parallel dazu gerade seine Doktorarbeit schrieb, marschierten im März 1939 die Deutschen in Prag ein. Der Präsident der Tschechoslowakei Hácha hatte damals unter Druck sein Amt in die Hände von Adolf Hitler gelegt. Die Menschen weinten und protestierten gegen die Übernahme der Deutschen. Es brach geradezu eine Volks-Depression aus. Doch Adolf Gassner hatte Glück gehabt. Gerade noch konnte er sein Studium beenden. Jedoch nicht seine Doktorarbeit. Um seine Laufbahn zu retten, entschloss er sich, Militärarzt auf deutscher Seite zu werden. Seine Freunde warfen ihm vor, ein Kollaborateur zu sein und sie verraten zu haben. Damals war er 26 Jahre alt. In Deutschland fragte man ihn, ob er sich vorstellen könne, für eine Sonderaufgabe zur Verfügung zu stehen. Er fühlte sich geschmeichelt. Alles begann in Berlin mit dem vertraulichen Erlass vom 18. Juli 1939. Amtsärzte, Hebammen und Gemeindeschwestern, Kinder- Haus- und Klinikärzte hatten von da an die Pflicht, missgestaltete Säuglinge und Kleinkinder mit Behinderungen verschiedener Art beim Gesundheitsamt zu melden. Von dort aus leitete der Amtsarzt die Daten an die Reichskanzlei weiter. Sie hatten Bericht über Kinder mit Idiotie, Mongolismus, Mikrozephalie, Hydrozephalus, Missbildungen jeder Art, besonders von Gliedmaßen, schwere Spaltbildungen des Kopfes und der Wirbelsäule sowie zerebrale Lähmungen zu erstatten. Hier sammelte Adolf Gassner seine ersten Erfahrungen durch Erhebung von Daten und Hospitationen bei erfahrenen Kollegen.

Nach kurzer Einarbeitungszeit wurde er schon bald in die Kinderfachabteilung Eglfing-Haar nach München versetzt. Dort begann er medizinische Experimente an behinderten Kindern auszuüben und war in der Folge mitverantwortlich an der Ermordung vieler dort eingewiesener Kinder. Sie waren damals ein Team von jungen Ärzten, alle durchschnittlich 30 Jahre alt. Klar, er war noch unbedarft gewesen, doch er stand dazu! Wie oft hatte er sich schon auf der Burg die Frage nach der Lebensberechtigung dieser Kreaturen gestellt. Aber heute waren andere Zeiten, diesen musste er sich anpassen. Nach Ende des Krieges hatte er Arbeitsverbot erhalten. Aber er hatte sich schon immer die richtigen Leute zum Freund machen können.

Das musste er auch jetzt schaffen! Er ließ sich doch nicht von so einer simplen Kinderpflegerin sein Leben zerstören! Schließlich hatte er es bis zum Medizinalrat gebracht. Dass er eigentlich keinen Doktortitel hatte, machte der nichtakademische Titel des Medizinalrates für ihn wieder wett. Aber auch das war sein Geheimnis. Hauptsache, er hatte die höhere Laufbahn genau wie sein Großvater eingeschlagen. Der wäre heute stolz auf ihn.

Adolf Gassner griff zum Telefon und wählte die Nummer seines altvertrauten Rechtsanwaltes. Der kannte seine Geschichte und würde ihm sicher wieder mit Rat und Tat zur Seite stehen.

Anna Nastrewa bestellte jede Mitarbeiterin einzeln zu sich. Sie musste es jetzt genau wissen, wer für und wer gegen sie war. Je mehr sie auf ihre Seite bekam desto besser.

„Frau Martens, Sie haben doch sicher nur Gutes über unsere Einrichtung zu berichten, nicht wahr?“, suggerierte sie ihr. „Ich weiß, dass Ihnen die Stelle in der Burg wichtig ist. Bestimmt kann Ihre Familie eine kleine Gehaltserhöhung gut vertragen. Sie wissen ja, was es bedeuten könnte, wenn die Anstalt ins falsche Licht geraten würde!“

„Ja, Frau Chefin, ich weiß, dass Sie es gut mit uns meinen. Ich stehe auf Ihrer Seite, keine Sorge“, pflichtete Frau Martens ihr bei.

So und ähnlich verliefen die meisten Gespräche. Anna Nastrewa war mit sich und ihrer Methode an diesem Abend äußerst zufrieden und Adolf hoffentlich auch mit ihr. Die Namen von Christa und Rosa hatte sie ebenso wie Bettinas vom Jugendamt erhalten. Diese beiden Mitarbeiterinnen wollte sie gemeinsam zu sich bestellen.

Durch Bettina hatten Rosa und Christa bereits einen Vorgeschmack auf das Gespräch bei der Chefin bekommen. Ihnen war bei dem Gedanken daran gar nicht wohl zumute. Als sie über den Burghof zum Büro gingen, hielten sie sich ermunternd gegenseitig bei den Händen. So schnell würde Anna Nastrewa sie nicht klein kriegen!

Wider Erwarten empfing die Chefin sie äußerst freundlich und bot ihnen sogar Kaffee und Gebäck an. Dann kam sie direkt aufs Thema zu sprechen.

„Sie sind sicher von Bettina angesteckt worden, diese blödsinnigen Gerüchte über meine Einrichtung zu verbreiten, nicht wahr?", fragte sie beide mit einschmeichelnder Stimme.

Rosa wollte gerade etwas entgegnen, da fuhr sie ihr über den Mund.

„Sagen Sie nichts! Ich will Ihnen ein Angebot machen. Sie helfen mit, dass diese üble Nachrede entkräftet wird und erhalten von mir die Zusage über eine Gehaltserhöhung. Außerdem werde ich den Kindern schönes Spielzeug zukommen lassen. Man soll mir schließlich nicht nachsagen, ich kümmere mich nicht um die Jungen. Sie waren ja schon immer für die Förderung dieser Kinder, stimmt's? Was haben Sie und die Kinder davon, wenn wir schließen müssen?"

„Frau Chefin, da kann ich nicht mitgehen. Ich habe doch mit eigenen Augen gesehen, wie oft die Kinder gelitten haben. Das können Sie doch nicht leugnen?", widersprach Rosa.

„Ist schon recht, Rosa. So sind Sie halt, unnachgiebig und Mitleid an der falschen Stelle. Ich würde es mich ja auch etwas kosten lassen, wenn Sie Ihre Angaben zurückziehen würden, das haben Sie doch gehört, oder?"

Rosa schaute zu Christa. Diese senkte beschämt den Kopf. Sie hatte verstanden. Christa würde sich kaufen lassen. Aber sie nicht!

„Nein, tut mir leid“, sagte Rosa mit fester Stimme. „Ich lasse mich nicht kaufen!“

„Dann haben wir uns nichts mehr zu sagen. Mit Christa spreche ich gerne allein weiter. Vielen Dank, Sie können gehen.“

Damit war für Anna Nastrewa die Sache erledigt. Rosa wusste, was sie zu erwarten hatte. Zwei Tage später lag ihre fristlose Kündigung in der Post. Begründung: Mangelndes Vertrauen. Sie wusste, dass andere Kolleginnen in den vergangenen Jahren ähnliche Kündigungen erhalten hatten.

Die Kriminalpolizei hatte Adolf Gassner, Anna Nastrewa und deren Vater aufgrund der Informationen der drei Mitarbeiterinnen der Anstalt mehrmals verhört. Sie waren noch einmal zu einem Darstellungsgespräch auf das Revier geladen worden. Christa hatte nach dem Gespräch mit Anna Nastrewa mit der Begründung, nicht immer dabei gewesen zu sein, bereits zu dem Zeitpunkt einen Rückzieher gemacht. Bettina und Rosa schlugen sich hingegen wacker. Sie wiederholten ihre Beobachtungen und konnten hinzufügen, dass Frau Nastrewa ihnen umgehend nach der Information durch das Jugendamt gekündigt hatte. Das weckte zwar Misstrauen bei der Kriminalpolizei, konnte aber von Adolf Gassner entkräftet werden. Diese zwei Frauen wären schon länger aufsässig gewesen. Er wusste, dass Frau Nastrewa ihnen über kurz oder lang gekündigt hätte.

Ein Kriminalkommissar befragte daraufhin weitere Mitarbeiterinnen, aber hieraus ergaben sich derart viele Widersprüche, dass es zu keinen stichhaltigen Beweisen der Anschuldigungen kam. Die Aussagen von Bettina, Rosa und Christa über Peitschenzüchtigungen, Verabreichungen von Narkotika und Züchtigungen der Kinder durch Hunde waren damit entkräftet.

Adolf Gassner war zwar bei den Kollegen dafür bekannt, dass er Kinder grob anfasste, doch reichte diese Tatsache für eine Klage nicht aus. Er hatte ihnen genügend Gegenargumente liefern können, die ihn entlasteten. Außerdem wäre es auch politisch ein Desaster geworden: „Medizinalrat Amtsarzt Dr. Gassner quält behinderte Kinder". Nicht auszudenken, was dadurch kommunalpolitisch in Gang hätte kommen können.

Das Verfahren wurde zum Anfang des neuen Jahres eingestellt. Aber Adolf Gassner wurde als Konsequenz der Ermittlungen wegen Kindesmisshandlung eine weitere Amtsarzttätigkeit im Agnesheim von der Regierung untersagt.

Endlich mal wieder ein gemeinsames Stündchen im Café Meindl. Bettina und Martha hatten es nach langer Zeit wieder einmal geschafft, sich Zeit freizuschaufeln, um gemütlich beisammenzusitzen. Seitdem beide im Besitz eines Telefons waren, hatten sie sich in den letzten Monaten häufiger über diesen Weg gehört. Ohne den intensiven Austausch mit Martha wäre Bettina wohl nicht so gut über die Runden gekommen. Auch wenn Ernst ihr zur Seite stand und sie wirklich liebevoll mit den leckersten Gerichten verwöhnte, die Kündigung machte ihr schon sehr zu schaffen.

Mit Rosa hatte sie sich mehrmals getroffen. Diese pflegte im Gegensatz zu ihr noch Kontakt zur Burg. Durch sie konnte Bettina hin und wieder Neuigkeiten erfahren.

„Stell Dir vor, Martha, die Nastrewa hat tatsächlich Spielmaterial für die Kinder besorgt. Solch ein Memory- und Lottospiel wie Du damals mitgebracht hattest. Und sie hat jede Menge Tonpapier zum Basteln gekauft, sowie neue Scheren und Kleber. Sie basteln gerade Osterkörbchen und Ostereier.

Außerdem lässt sie sich öfter mit ihrem kleinen Sohn in den Gruppen blicken", wusste Bettina zu berichten.

„Unglaublich! Dann hat Euer Aufbegehren ja doch etwas bewirkt. Ein großes Plus ist auf jeden Fall, dass dieser Dr. Gassner nicht mehr auf der Burg schalten und walten darf", unterstrich Martha das Ergebnis mit Nachdruck.

„Ja, das schon, aber er geistert ja noch immer als Liebhaber und Vater auf der Burg herum. Außerdem gibt es ja noch den Hilfspfleger Kurt! Die Nastrewa braucht halt immer jemanden, der ihr die Verantwortung für die Jungen abnimmt, jedenfalls in der Durchführung."

„Ist der immer noch so cholerisch?"

„Scheinbar ja. Vielleicht hätten wir den letztes Jahr gleich mit stellen sollen?"

Martha atmete schwer durch.

„Ach Bettina, lass uns die Burg mal lassen. Ich möchte viel lieber etwas von Dir hören. Du hast gesagt, Du hast eine Überraschung für mich?"

Überraschungen waren immer gut und Martha war schon ein bisschen neugierig.

Bettinas Gesicht bekam sofort einen weichen und frohen Ausdruck.

„Martha, ich bin schwanger."

„Oh Bettina, wie toll!" Sie musste ihre Freundin vor lauter Begeisterung immer wieder drücken. „Wie weit bist Du denn?"

„Im vierten Monat. Die ersten drei Monate wollten wir abwarten, bevor wir es unseren Eltern und Freunden sagen. Von meinen Freundinnen bist Du die Erste, die es erfährt."

„Das ehrt mich, meine Liebe."

„Weißt Du, in den letzten Monaten ist mir auch klar geworden, dass ich unbedingt von der Burg wegmusste. Ich hätte diese Übergriffe in meinem Zustand noch weniger ertragen, glaube ich."

„Das kann ich mir vorstellen. Was sagt denn Ernst dazu?"

„Der ist völlig aus dem Häuschen und verwöhnt mich schon jetzt total. Aber es gibt noch eine Überraschung."

„Nein! Sag nicht, dass Du Zwillinge bekommst?"

„Neiiin. Aber wir wollen natürlich heiraten. Und Du sollst unsere Trauzeugin sein, Martha, magst Du?"

Martha bekam eine Gänsehaut. Sie durfte Trauzeugin werden. Wie wunderbar. Sie dachte sofort an Julius und sich. Heirat, Schwangerschaft, das war auch bei ihnen schon Thema gewesen.

„Und ob! Sehr gerne werde ich Eure Trauzeugin. Danke für Dein Vertrauen."

„Und was treibst Du so?", schwenkte Bettina zu Martha über und schlürfte dabei mit Genuss ihre heiße Schokolade. Seit der Schwangerschaft war dies ihr liebstes Getränk geworden.

„Ich bin ganz zufrieden im Moment. Allerdings fordert mich meine Arbeit in der Kinder- und Jugendpsychiatrie ziemlich heraus. Ich bin auf einer Station mit Jugendlichen mit Essstörung. Die einen haben Anorexie, die anderen Bulimie. So etwas von gegensätzlich, sag ich Dir."

„Kannst Du mir das mal übersetzen bitte?", fragte Bettina unsicher nach.

„Entschuldige! Ich denke nur noch in diesen Fachbegriffen. Also, Anorexie heißt Magersucht und Bulimie heißt Ess-Brechsucht. Beides sind Essstörungen. Bei der Magersucht wird krankhaft geschaut, das Gewicht zu vermindern. Häufig sogar bis hin zur lebensbedrohlichen Unterernährung. Im Unterschied zur Anorexie nehmen die Bulimiepatientinnen nicht so extrem ab und halten ihr Körpergewicht oft im Normbereich. Sie haben aber die totalen Fressanfälle. Dann nehmen sie Abführmittel oder stecken den Finger in den Hals, um alles wieder auszubrechen."

„Oh Gott, meinst Du ich habe eine Essstörung? Ich habe auch manchmal so Fressanfälle." Dabei schaute Bettina Martha so entsetzt an, dass diese schallend lachen musste.

„Nein, Bettina, das glaube ich nicht. Du hast einfach einen gesunden Appetit und liebst das Essen. Dafür nimmst Du halt ein bisschen mehr Rundungen in Kauf. Stimmt's?"

Bettina lachte erleichtert und schaute Martha anerkennend an.

„Womit Du Dich beschäftigen musst. Martha, ich bewundere Dich!"

„Mich haben solche Themen schon immer interessiert. Aber ehrlich, mein Leben lang möchte ich dort nicht arbeiten."

„Weißt Du noch als Du vor ein paar Jahren gesagt hast, dass Du später mal auf die Burg zurückkehren könntest?", erinnerte Bettina sich.

„Hab ich das? Hm, im Moment jedenfalls nicht. Ich hoffe, dass Julius und ich demnächst wissen, wo wir bleiben werden. Er ist in der jetzigen Praxis nicht mehr zufrieden und hält wieder Ausschau nach einem neuen Projekt. Ich glaub fast, er muss immer etwas in Planung haben. Hoffe, das gibt sich wieder, wenn er das Richtige gefunden hat. Und wer weiß, was ich dann machen werde. Auf jeden Fall haben wir auch an Kinder gedacht."

Martha schaute Bettina verschwörerisch an und sie schwelgten beide noch ein bisschen in zukünftigen Muttergefühlen.

Erschrocken schaute Martha auf die Uhr. Sie hatte die Zeit vollkommen vergessen.

„Apropos Mutter, ich muss los, meine Mutter wartet mit dem Essen auf mich. Ich muss doch heute Abend noch zurück nach Würzburg."

Martha drückte Bettina innig an sich. Ein kleines Wesen war bereits in ihr, unglaublich.

Burg Wernberg, Frühjahr 1974

Verwundert nahm Anna Nastrewa das Einschreiben vom Postboten entgegen und setzte ihre Unterschrift auf die Empfangsbestätigung. Auf der Suche nach dem Absender drehte sie den Brief hin und her. *Kultusministerium Bayern - Unterausschuss Sonderschule* stand auf der Rückseite des Briefes. Mit zittrigen Händen öffnete sie das Einschreiben mit ihrem scharfen Brieföffner und faltete es bedächtig auseinander, so als könnte sie dadurch den Erhalt der Nachricht in die Länge ziehen.

Sehr geehrte Frau Nastrewa,
aufgrund einer Mitteilung wurden wir auf Ihre Einrichtung - hier: Agnesheim - Heilpädagogische Anstalt auf der Burg Wernberg - aufmerksam.
Wie uns anonym mitgeteilt wurde, werden durch Sie, Anna Nastrewa, mehr als 60 Kinder und Jugendliche im Alter von 6 - 18 Jahren betreut, ohne dass diese eine Schule besuchen. Wie Sie sicherlich wissen, besteht für Kinder ab dem sechsten Lebensjahr in unserem Freistaat Bayern Schulpflicht. Diese gilt auch für behinderte Kinder bereits seit 1970.
Ich zitiere einen Beschluss aus selbigem Jahr: „Gleiche Chancen in Bildung und Ausbildung müssen auch behinderten und geschädigten Kindern geboten werden. Sie sind in einer leistungsorientierten Industriegesellschaft besonders benachteiligt. Es ist deshalb Aufgabe der Gesellschaft, das Sonderschulwesen zu verbessern und auszubauen, um das Recht auf Bildung auch für benachteiligte Kinder zu verwirklichen und ihnen die Möglichkeit zu geben, am gesellschaftlichen und politischen Leben teilzunehmen." (BMBF 1970)
Es ist Aufgabe des Ausschusses für Sonderschulen, darüber zu wachen, ob auch unser Bundesland die notwendigen gesteigerten Anstrengungen unternimmt, behinderten

Kindern und Jugendlichen eine möglichst umfassende schulische Rehabilitation und Bildung zu ermöglichen.
Aufgrund dessen bitten wir Sie, uns innerhalb einer Woche Alter, Namen, Beeinträchtigung und Herkunftsbundesland der Ihnen anvertrauten Zöglinge mitzuteilen. Ferner möchten wir Sie bitten, uns Gründe für die Unterlassung der Einschulungen zu nennen.
Wir ordnen als persönlichen Gesprächstermin den 15. Mai um 15.00 Uhr im Kultusministerium, Salvatorstraße 2 in München an.
Bitte senden Sie uns dringend vorab alle angeforderten Unterlagen zu.
Mit freundlichen Grüßen
Hans Maier
(Kultusminister des Freistaates Bayern)

Anna Nastrewa brach der kalte Schweiß aus. Sie musste sich erst einmal setzen. Wer mochte die Frechheit besessen haben, eine anonyme Mitteilung nach München zu geben? Sie ging innerlich alle Mitarbeiterinnen durch. Kurt konnte es auf gar keinen Fall gewesen sein. Er war ihre rechte Hand. Wem sollte sie jetzt noch in ihrer eigenen Einrichtung trauen können? Sie musste unbedingt mit ihrer Sekretärin sprechen, auch wenn diese gerade eine Woche Urlaub hatte. Anna wählte Gertruds Nummer und trommelte beim Erklingen des Freizeichens vor Anspannung mit den Fingerkuppen auf der Schreibtischplatte. Endlich, nach zehnmaligem Läuten erklang am anderen Ende eine Frauenstimme.

„Schwabing, guten Tag."

„Gertrud, bist Du es?"

„Nein, ich bin die Mutter. Meine Tochter ist zum Einkaufen."

„Oh, könnten Sie Gertrud bitten, mich dringend zurückzurufen?"

„Ja, wen denn bitte?"

„Ja mich, ihre Chefin!"

Es dauerte für Anna Nastrewa eine gefühlte Ewigkeit bis Gertrud Schwabing zurückrief. Sie musste ihre Ungeduld im Zaume halten. Schließlich hatte Gertrud Urlaub. Das Gedankenkarussell drehte sich unaufhörlich. Was würde das für Auswirkungen haben? Würden sie vom Landessozialamt Niedersachsen den Pflegesatz kürzen? Bekam sie neue Auflagen oder gar eine Strafe? Nach anderthalb Stunden klingelte endlich das Telefon.

„Hallo Gertrud, gut, dass Du Dich meldest."

„Guten Tag Anna, was ist passiert, dass Du mich im Urlaub anrufst?"

„Ich brauche dringend Deine Hilfe! Das Kultusministerium München hat geschrieben. Es ist alles aufgeflogen. Irgendjemand hat denen etwas untergeschoben, dass unsere Kinder nicht beschult werden."

„Ganz ruhig, Anna. Wir schauen uns das nächste Woche zusammen an, ja?"

„Nein! In einer Woche sollen alle Unterlagen zusammengestellt und bei denen sein. Und am 15. Mai habe ich so etwas wie eine Vorladung nach München. Am liebsten wäre mir, Du kämest mit. Du kennst doch die Vorgänge viel besser als ich."

„Aber ich habe doch noch fünf Tage Urlaub."

„Das hier ist ein Notfall Gertrud! Ich werde mich auch erkenntlich zeigen."

Am nächsten Tag saß Anna Nastrewas Sekretärin treu, wie sie war, in ihrem Büro. Ihr Schreibtisch war überhäuft von den Akten der Zöglinge. Es blieb kaum Platz für ihre alte Olympia-Schreibmaschine. Mit lautem Tastenanschlag listete sie die gefragten Daten der Kinder auf. Bei den meisten Jungen stand am Ende der Vermerk des Landessozialamtes: *Nicht beschulbar.*

Dort wo dieser fehlte, hatte Amtsarzt Dr. Gassner als Fazit seines Entwicklungsberichtes hinzugefügt: *Weiterhin nicht beschulbar.*

Gertrud Schwabing war gespannt, was bei dieser Prüfung durch das Kultusministerium herauskommen würde. Sie hatte sich jedenfalls nichts vorzuwerfen!

Am 15. Mai fuhren Anna Nastrewa und Gertrud Schwabing auf der Bundestraße Richtung München. Auf dem Rücksitz lagen die Unterlagen der Kinder in einem Aktenkoffer bereit für das Gespräch. Anna hatte sich von Medizinalrat Dr. Gassner als langjährigem Burg- und Amtsarzt ein Begleitschreiben erbeten. Aus diesem ging hervor, dass er in regelmäßigen Abständen den Leistungsstand der Jungen überprüft und sich an die Empfehlungen der niedersächsischen Behörden gehalten hatte, dass diese Kinder in Niedersachsen nicht beschulbar wären. Sollte mittlerweile eine entsprechende Sonderschule eingerichtet worden sein, würde er als Arzt selbstverständlich eine Einschulung der Kinder umgehend unterstützen. Anna hoffte sehr, dass dieser Brief sie entlasten würde.

Gertrud parkte den Mercedes in einer Nebenstraße. Sie hatten noch ein wenig Zeit und konnten das letzte Stück zum Ministerium zu Fuß gehen. Anna Nastrewa war sehr angespannt. Unentwegt musste sie sich räuspern. Das würde sich hoffentlich gleich legen. Vor der Amtstür schob sie Gertrud vor, sodass diese klopfen und vorweg eintreten musste.

Der Beamte erhob sich von seinem Schreibtischstuhl und kam ihnen mit ausgestreckter Hand entgegen.

„Grüß Gott, Frau Nastrewa, Finke ist mein Name. Ich bin stellvertretend für Herrn Maier", begrüßte er die beiden mit Handschlag.

„Grüß Gott, Herr Finke. Das ist meine Sekretärin Frau Schwabing. Sie begleitet mich und hat ja auch den meisten

Schriftverkehr geführt", damit zeigte Anna auf Gertrud, der der beiläufige Satz ihrer Chefin nicht entgangen war. *Versuchte diese jetzt, sich dadurch aus der Affäre zu ziehen? Sie würde sehr wach in diesem Gespräch sein müssen.*

„Frau Nastrewa, wir haben Ihr Schreiben mit den Daten der Kinder bekommen. Daraus ging hervor, dass Sie Kinder mit unterschiedlichsten Behinderungsgraden betreuen. Keines ihrer Zöglinge besucht seither eine Schule. Richtig?" Dabei schaute Herr Finke Anna Nastrewa mit steiler Stirnfalte über seine Brillengläser hinweg fragend an.

„Jawohl, das ist richtig. Ich habe Ihnen hierzu noch ein Begleitschreiben von unserem Burgarzt Medizinalrat Dr. Gassner mitgebracht."

Sie reichte ihm das Schreiben mit dem Briefkopf des Gesundheitsamtes über den Schreibtisch. Erwähnte aber mit keinem Wort, dass Dr. Gassner bereits vor über einem Jahr die medizinische Versorgung der Jungen auf der Burg einstellen musste. Herr Finke schien in diese Tatsache von Amts wegen auch nicht eingeweiht zu sein. Er las das Schreiben und nickte dabei sichtlich zufrieden.

„Ja, da haben wir doch eine gute, rechtsgültige Begründung, Frau Nastrewa. Das erleichtert die Sache um einiges."

„Ach, da bin ich aber froh!" Anna Nastrewa atmete erleichtert auf.

„Jetzt müssen wir nur noch die Behinderungsgrade der Kinder genauer anschauen. Wissen Sie, wir können die Sonderschulen natürlich nicht alle mit einem Mal aus dem Boden stemmen. Sie haben lernbehinderte und geistig- als auch körperbehinderte Kinder in Ihrer Einrichtung?"

Anna Nastrewa nickte bestätigend mit dem Kopf.

„Um die lernbehinderten Kinder haben wir uns schon länger Gedanken gemacht. Die Jungen werden nicht mit den anderen zusammen betreut. Wir haben für sie bisher ein Extra-Förderprogramm. Sie sind immer wieder in der Obhut unseres Hausmeisters und der Köchin, wo sie lebenspraktisch lernen dürfen. Sie wissen inzwischen Gerichte zuzubereiten und können mit einfachen Holzwerkzeugen umgehen. Außerdem arbeiten wir mit Ihnen das Einmaleins sowie das Alphabet", erläuterte sie dem Beamten ihre Verhältnisse in der Anstalt.

Herr Finke war sichtlich beeindruckt von den Ausführungen der Heimleiterin. So schlecht schien es dort gar nicht zu sein, wie er anfänglich dachte.

„Das klingt ja wunderbar und freut uns natürlich sehr. Haben Sie schon einmal überlegt, eine eigene Heimschule zu gründen? Dieses Modell ist gerade für Einrichtungen wie die Ihrige sehr im Gespräch."

Anna Nastrewa war über die Wende des Gespräches überrascht. Dass sie darauf noch nicht selbst gekommen war! Aber ihr wurde sofort klar, dass die Räume in der Anstalt dazu nicht ausreichen würden.

„Nein, diese Überlegung haben wir aufgrund der begrenzten Räumlichkeiten nicht angestellt. Leider! Das wäre ja die ideale Lösung gewesen."

„Schade. Dann lassen Sie uns jetzt zum Wesentlichen übergehen. Die Schulpflicht der lernbehinderten Kinder. Sie alle haben ein Anrecht auf Bildung. Die nächste Sonderschule für Lernbehinderte ist leider zwanzig Kilometer weit entfernt. Sodass wir uns für dieses Modell einige Gedanken machen müssten. Einfacher wäre es, die Schülerzahl ihrer angesiedelten Hauptschule zu prüfen und die Jungen nach Alter und Bildungsstand, wenn man davon denn reden kann, zu verteilen. Bei den anderen Jungen müsste geprüft werden, ob sie alle in den Bereich *geistig behindert* fallen. Eine Sonderschule für geistig Behinderte gibt es auf jeden Fall noch nicht im weiteren Umfeld. Diese Kinder müssen in

Ihrer Einrichtung gefördert werden. Hierzu sollten Sie einen Psychologen oder Heilpädagogen einstellen. Das wäre eine Auflage von Seiten des Ministeriums."

„Ja, selbstverständlich. Das klingt nach einer guten Lösung. Es ist auch uns ein Anliegen, dass die Jungen etwas fürs Leben mit auf den Weg bekommen", pflichtete sie Herrn Finke bei.

„Gut, Frau Nastrewa, ich werde alles Besprochene schriftlich festhalten und dann bekommen Sie Bescheid von uns. Sie können sich derweil schon mit der Schule in Wernberg in Verbindung setzen.

Erleichtert verließen Anna Nastrewa und Gertrud Schwabing das Kultusministerium. Den Ausgang des Gespräches mussten sie unbedingt im Münchner Hofbräuhaus bei einem guten Glas Wein feiern, bevor sie die Heimfahrt antreten würden.

In der Burg herrschte Aufregung wie noch nie zuvor.

Nachdem Anna Nastrewa die Gespräche mit der Schulleitung der hiesigen Hauptschule geführt hatte, war klar, dass die fünfundzwanzig Jungen nach den Sommerferien vorerst dort eingeschult werden sollten.

Als die Chefin diese Neuigkeit in einer Mitarbeiterbesprechung verkündete, herrschte Stille. Keiner konnte diese Nachricht wirklich glauben. Erst als sie es auch den Buben mitgeteilt hatte und diese vor lauter Freude es jedem, der ihnen über den Weg lief, erzählen mussten, waren sie sich sicher. Ein Meilenstein in dieser Einrichtung!

Anna Nastrewa nutzte die Gunst der Stunde und beantragte Gelder für Sonderausgaben. Die Jungen konnten unmöglich in ihrer verschlissenen Kleidung in die Schule gehen. Dann würde sofort das Gerede über ihre Einrichtung im Dorf beginnen. Sie würde sich ab jetzt mehr in Acht nehmen müssen.

Für die größte Ausgabe und Aufregung sorgten die neuen Schulranzen und Federmappen. Fünfundzwanzig Lederranzen! Das hatte ihren Etat schrumpfen lassen.

Die Jungen konnten ihr Glück noch gar nicht fassen. Immer wieder fragten sie Frau Martens nach dem ersten Schultag.

„Wer bringt uns denn in die Schule? Wir kennen den Weg doch gar nicht“, wollten sie wissen.

„Das werden Frau Martens und ich machen“, verkündete Anna Nastrewa zu ihrer aller Überraschung. Sie wollte sich ihren Auftritt als Heimleitung in der Schule nicht nehmen lassen.

Im Vorfeld hatte sie alles genauestens geplant. Kurt würde mit Christa und der neuen Erzieherin den Dienst auf der Burg abdecken. Das gefiel diesem zwar gar nicht, weil er bei den „Idioten“ abgestellt wurde, wie er zu sagen pflegte. Aber so war es nun mal!

Die Jungen waren gar nicht wieder zu erkennen. Sie redeten alle durcheinander.

„Bekommen wir auch richtiges Pausenbrot mit?“, wollte Martin wissen.

„Und wenn ich das nicht verstehe, was der Lehrer will, gibt es dann Prügel?“, mutmaßte Heinz. Er kannte Schläge nur allzu gut aus dem eigenen Elternhaus und von Kurt.

David und Martin träumten bereits von ersten Fußballspielen mit Klassenkameraden. Etwas, was sie in ihrem Burgalltag bisher kaum kannten.

Doch die Einschulung sorgte leider auch für Unruhe und Eifersucht. Peter hatte sein letztes Jahr in der Anstalt. Eigentlich sollte er bereits wieder in Cuxhaven sein. Doch durch den plötzlichen Tod seines Vaters musste eine anderweitige Unterbringung noch verschoben werden. Oft saß er in letzter Zeit stumpfsinnig vor sich hinbrütend in einer Ecke im

Aufenthaltsraum. Die allgemeine Unruhe war auch bis zu ihm vorgedrungen. Peter hatte zwar noch nie eine Schule gesehen, aber er wollte auch in die Schule gehen.

„Will auch in die Schule gehen", brüllte er mit seiner inzwischen tiefen Stimme durch den Gruppenraum. Plötzlich hob er wie früher die Tische an und ließ sie wieder herunterknallen. Das brachte Kurt an seine Grenze. Er nahm Peter in den Schwitzkasten bis dieser vor Schmerzen aufschrie. Dann schlug er ihn immer wieder mit dem Kopf gegen die Wand.

„Bist Du jetzt still?", schrie er ihn an.

Das hatte seine Wirkung nicht verfehlt. Peter fiel in sich zusammen und bekam seinen gewohnten ausdruckslosen Blick. Von nun an saß er wieder apathisch in seiner Ecke.

Johann, von Kurts Gewalt eingeschüchtert, lächelte unsicher. An schlechten Tagen konnte selbst dieses Lächeln Kurt zur Weißglut bringen. Doch heute musste er sich um die kleinen Hosenscheißer kümmern. Hörte das denn nie auf? Es war ein Kreislauf. Kaum waren die einen groß und trocken, kamen die nächsten Kleinen und das Dilemma begann von vorne. Nun sollte auch noch eine Beschulung dazu kommen. Er war gespannt, was die Jungen von dort mitbringen würden. Wenn die erst einmal die Freiheit geschnuppert hatten!

Der erste Schultag war äußerst ernüchternd für die Jungen gewesen.

Die anderen Mitschüler hatten sie spüren lassen, dass sie von der Burg mit den „Bekloppten" kamen, wie sie im Dorf genannt wurden. Keiner wollte neben ihnen sitzen. David und Martin konnten gemeinsam, aber Leo musste allein an einem Tisch sitzen. Bruno sollte neben einem Jungen aus dem Dorf sitzen. Der rückte weit von ihm ab und hielt sich die Nase zu, als würde er stinken. Seine Tränen hatte sich Bruno verdrücken können, aber er hatte auch kein bisschen von dem verstanden, was der Lehrer da an die Tafel geschrieben hatte. Er konnte doch gar nicht lesen.

„Ich will morgen nicht wieder in die Schule", verkündete er deshalb Frau Martens.

„Ich auch nicht. Schule ist blöd!", pflichtete David ihm bei.

So gut wie keiner der Jungen hatte sich an seinem ersten Schultag wohlgefühlt. Als Anna Nastrewa am Abend ihre Runde machte, hörte sie nur Klagen.

„Ihr seid ein so undankbares Volk! Ihr könnt Euch glücklich schätzen, dass ich das für Euch durchgesetzt habe. Na, wir werden Euch auch das noch einbläuen", dabei hob sie drohend den Zeigefinger und ließ wütend die Peitsche über den Linoleumboden knallen, sodass die Jungen zusammenfuhren.

Als sie fort war, flüsterte Leo „Das ist ja gerade noch einmal gutgegangen. Wie gut, dass keiner von uns sie gereizt hat. Der hätte sonst ganz sicher den Peitschenhieb abbekommen."

Einhellige Zustimmung im Schlafsaal. In dieser Nacht lagen sie noch lange wach in ihren Betten. Sie alle hatten sich Schule ganz anders vorgestellt. Keiner von ihnen wollte einschlafen, denn mit dem Aufwachen am nächsten Morgen würde die nächste Herausforderung wieder vor ihnen stehen.

Burg Wernberg, Frühjahr 1975

Kurt tobte heute im Agnesheim. Durch seine untersetzte Gestalt mit dem vorgeschobenen Kinn wirkte er an diesem Tag auf die Kinder besonders bedrohlich.

Bruno aus der Rabengruppe war verschwunden. Er hatte in den letzten Wochen immer wieder über starkes Heimweh geklagt. Seit zweieinhalb Jahren war er nicht mehr zu Hause gewesen, weil Anna Nastrewa nach seinem letzten Ferienaufenthalt einen Brief an seine Eltern geschrieben hatte. *Warum hat Ihr Kind während der Abwesenheit aus dem Agnesheim drei Kilo abgenommen? Anscheinend hat er den Aufenthalt bei Ihnen seelisch nicht verkraftet, sodass es am besten ist, Ihren Sohn künftig im Heim zu belassen.*

Brunos Eltern hatten versucht, auf dem niedersächsischen Sozialamt dagegen anzugehen. Mit der Folge, dass Adolf Gassner noch ein medizinisch begründetes Schreiben aufgesetzt hatte. Daraufhin wurden Bruno weitere Familienbesuche untersagt. Er verstand die Welt nicht mehr. *Warum sollte er nicht mehr nach Hause fahren?*

Seine aggressiven Ausfälle, in denen er die schlimmsten Schimpfwörter durch die Gegend schrie, unkontrolliert auf andere Jungen einschlug und anschließend weinend in sich zusammenbrach, wurden täglich schlimmer. Im Nachhinein schämte er sich dann dafür vor den anderen und verkroch sich im Keller oder in seinem Bett. Neulich hatte Kurt ihn dabei erwischt, aus seinem Bett gezogen und wild auf ihn eingeschlagen. Am Ende hatte er ihn noch mit dem Kopf gegen die Wand gehauen. Anschließend musste Bruno drei Stunden in der Ecke knien.

Hier wollte er auf gar keinen Fall mehr bleiben!

An diesem Morgen setzte Bruno alles auf eine Karte. Heimlich schmierte er sich zwei Stullen mehr und wickelte sie in ein Stück Schreibpapier. Viel konnte er nicht mitnehmen. Es musste alles in seinen Schulranzen passen.

Am Abend hatte er sich das Taschenmesser von seinem Zimmerbruder stibitzt. Wer weiß, wofür er es brauchen würde. Geld hatte er keines. Mutter Anna zahlte ihnen schon lange kein Taschengeld mehr aus.

Er würde trampen müssen. Neulich stand schon mal jemand an der Straße, der seine Hand rausstreckte und von einem Autofahrer mitgenommen wurde.

Bruno wollte sich nach der Schule heimlich davonstehlen und zu Fuß und per Anhalter auf den Weg nach Weiden machen. Er wollte nicht mehr auf der *Dummenbank* sitzen müssen und immer wieder von seinen Mitschülern aus dem Dorf gehänselt werden. Neulich hatte ihn allerdings ein Lehrer mitfühlend nach seiner geschwollenen Backe gefragt. Daraufhin hatte Bruno sich durch seine Anteilnahme ermutigt gefühlt, ihm von den Schlägen von Onkel Kurt zu erzählen. Als der Lehrer ihn erschüttert ansah, musste er losweinen. Doch der gleiche Lehrer wies ihn Tage später zurecht.

„Erzähl mir ja nicht wieder solche Lügengeschichten. Andere dafür beschuldigen, wenn Du vor lauter Angst nicht zum Zahnarzt gehen willst! Da hast Du selbst Schuld, wenn Du eine dicke Zahnweh-Backe kriegst“, beschuldigte der Lehrer ihn.

Bruno verstand die Welt nicht mehr. Von was redete der Lehrer? Seitdem wusste er, dass er auch in der Schule niemandem trauen konnte. Die Lehrer dachten, er und die anderen Jungen erzählten Gruselgeschichten und wollten damit bei den Mitschülern auftrumpfen. Das war ein Grund mehr abzuhauen.

Kaum hatte die Schulglocke geläutet, schnallte Bruno sich seinen Ranzen auf den Rücken und verließ das Gebäude durch den Hintereingang. Von da aus gelangte er durch die mit Efeu zugewachsene Pforte in den anliegenden Wald hinein. Er musste kräftig an dem Tor ruckeln bis es sich aufziehen ließ. In den Pausen hatte er seinen Fluchtweg bereits genau erkundet. Wie gut, dass die Pforte nicht zugesperrt war.

Hindurchgeschlüpft und nun im Schutze des Waldes wollte Bruno abwarten, bis die anderen sich auf den Heimweg gemacht hatten. Sie würden ihn zwar vermissen, aber irgendeiner trödelte immer mal auf dem Weg zur Burg herum. Zwar gab es dann immer Ärger mit den Erziehern, aber für ein kleines Stückchen Freiheit, die sie sich auf diese Weise erlaubten, nahmen sie das in Kauf.

Wie dumm, dass es ausgerechnet gestern geregnet hatte. Um jetzt von dem Wald bis zur Straße zu gelangen musste man über das angrenzende Feld laufen. Immer wieder sank er in die tiefen Ackerfurchen ein, sodass der Matsch an seinen Schuhen festklebte. Egal, er wollte möglichst schnell an die Hauptstraße gelangen, dann ein Auto nehmen und weg!

Er stellte sich bereits vor, wie sehr seine Eltern sich freuen würden, ihn zu sehen. Wie wohl sein großer Bruder inzwischen aussah? Seine Schritte wurden bei dem Gedanken an seine Familie immer größer. Da hinten war sie, die Hauptstraße. Noch ein paar hundert Meter, dann hatte er es geschafft.

Mit klopfendem Herzen gelangte er an die Straße. Hoffentlich kam bald ein Auto. Eben wechselte er die Straßenseite, da drangen auch schon aus der Ferne die ersten Motorgeräusche zu ihm. Schnell streckte er seinen Arm raus. Aber der Autofahrer beachtete ihn gar nicht. Enttäuscht ging er weiter am Straßenrand entlang. Laut dröhnte ein Traktor an ihm vorbei und bog links auf das Feld ab. So gerne würde er auch einmal auf solch einem sitzen und über den Acker heizen.

Bruno war so sehr mit dem Traktor beschäftigt, dass er das Geräusch des sich nähernden Autos erst im letzten Moment hörte. Der Fahrer überholte ihn und fuhr rechts ran, obwohl er noch gar nicht seinen Arm ausgestreckt hatte. Schnell lief er auf die Beifahrertür zu. Im letzten Moment sah er Onkel Kurt am Steuer sitzen. Panikartig drehte er sich um, sprang über den schmalen Graben und lief in den Wald hinein. Diesen Wald kannte er nicht, aber er lief so schnell er nur konnte.

Kurt ließ das Auto am Straßenrand stehen und rannte hinter ihm her. Bruno rannte um sein Leben. Er wusste, was mit ihm geschehen würde.

„Bleib stehen, Du Saukerl!", schrie Kurt hinter ihm her.

Er war außer sich vor Wut. Gleich nachdem die Jungen aus der Schule im Agnesheim angekommen waren, hatte er entdeckt, dass Bruno fehlte. Er kannte seine Pappenheimer doch genau und Bruno ganz besonders. Der hatte in letzter Zeit häufiger gesagt, dass er abhauen würde. Aber dass der so blöd war und es auch noch tat. Unglaublich!

Kurt hatte sein eigenes Auto genommen und war seiner Intuition gefolgt. In solch einem Fall musste man geistesgegenwärtig handeln, andernfalls hatten alle Verantwortlichen, bei einem Durchdringen an die Öffentlichkeit, mit heftigen Konsequenzen zu rechnen. Jetzt war er nur noch ein paar Schritte von Bruno entfernt. Er legte noch einmal Tempo zu, noch zwei Meter, dann packte er ihn von hinten und schlug mit bloßer Faust auf Bruno ein, dass ihm das Blut aus der Nase spritzte.

„Das machst du mir nicht noch einmal, Bürschchen", schrie Kurt und zerrte ihn bis zum Auto. Dann drückte er ihn auf den Hintersitz. Bruno hielt sich sein Taschentuch vor die blutende Nase.

Auf der Burg angekommen, wurde er sofort in den Arrestraum in den Burgkeller gebracht. Dort saß er auf der nasskalten Pritsche. Seine Beine zitterten so sehr, dass er sie mit beiden Armen umfassen musste. Es war stockdunkel im Raum. Vorsichtig rollte er sich auf der alten stinkigen Pritsche ein und legte den Fetzen Decke um sich. Mäuse und Ratten liefen auf dem nassen Steinboden und im Gemäuer umher. Jetzt fiel Bruno völlig in sich zusammen. Aus war der Traum, Mama und Papa und seinen Bruder wiederzusehen. Er zitterte, weinte, schrie, schluchzte. Aber an diesem Ort konnte ihn keiner hören. Außerdem gab es niemanden in dieser Burg, der helfen würde.

An den nächsten Tagen wurde ihm das Essen in den Arrestraum gebracht. Später wurde er nur zum Essen in die Gruppe geholt. Bruno war übersät mit blauen Flecken und hatte eine dicke Nase. Doch das schien im Heim niemandem aufzufallen. Alle hatten hier gut gelernt, wegzuschauen. Am schlimmsten war für Bruno, dass Onkel Kurt zwei der großen kräftigen Jungen auf ihn abgestellt hatte. Sie trugen jetzt die Verantwortung für ihn und durften falls nötig auch zuschlagen. Das waren die Methoden vom Onkel Kurt!

In der Schule fehlte Bruno für längere Zeit. Anna Nastrewa hatte ihn krankgemeldet. Für alle anderen Kinder bot er nun ein Paradebeispiel. So schnell würde keiner wieder einen Fluchtversuch wagen.

Burg Wernberg, Herbst 1975

Martha nahm die letzten Maschen des gestrickten Schafes ab. Sie musste es noch flink zusammennähen, damit ihr Patenkind Miriam es heute Nachmittag zu seinem zweiten Geburtstag bekommen konnte. Die Tatsache, dass sie Trauzeugin von Bettina und Ernst und Patin von Miriam geworden war, hatte ihre Freundschaft noch intensiver werden lassen. Martha freute sich auf die Begegnung und hoffte, dass Bettina und sie am Abend ein wenig Zeit für einen Austausch finden würden. Bei ihr tat sich gerade sehr viel und sie benötigte den Rat ihrer besten Freundin.

Miriam drückte das kleine Schäfchen sofort an sich und ließ es den ganzen Nachmittag nicht wieder los. Mit roten Wangen vergnügte sie sich mit ihren zwei kleinen Freundinnen mit dem neuen Spielgefährten. Sie blökten und lachten mit ihm.

Freudestrahlend griffen sie nach den Seifenblasen, die Bettina für die kleine Geburtstagsschar in die Höhe pustete.

Bettina hatte sich sehr zu ihrem Vorteil verändert. Ihre Pfunde waren mit Miriams Geburt gepurzelt. Sie wirkte viel selbstbewusster als früher. Dazu hatte sicher auch die Burg-Episode beigetragen. Sie strahlte heute pure Ruhe und Zufriedenheit aus. Jetzt war Martha es, die Bettina bewunderte.

Julius und sie hatten gerade eine schwierige Phase hinter sich. Sie wurde trotz vieler Versuche einfach nicht schwanger. Das belastete ihre Beziehung zunehmend. Was wäre, wenn sie keine Kinder bekommen könnten? Würde Julius immer noch zu ihr stehen? Er liebte Kinder und konnte sich ein Familienleben ohne diese eigentlich nicht vorstellen. Um den Druck etwas herauszunehmen, hatten sie beschlossen, das Thema *Kinderkriegen* eine Zeitlang ruhen zu lassen. Vielleicht war es einfach nicht der richtige Zeitpunkt.

Während Bettina Miriam ins Bett brachte, saß Martha im Wohnzimmer und hörte mit geschlossenen Augen ein Violinkonzert im Radio. Sie hatte Bettina gar nicht kommen hören. Plötzlich saß sie neben ihr.

„Bist Du müde, Martha? Es hat doch etwas länger gedauert mit Miriam. Entschuldige bitte, dass Du so lange warten musstest."

„Nein, das ist überhaupt nicht schlimm. Ich habe diese stillen Momente sehr gerne. Und ich liebe es, Max Bruch zu hören."

„Erzähl, wie geht es Dir, Martha?"

„Oh, ich weiß es selbst nicht so genau. Nachdem wir das Kinderthema auf Eis gelegt haben, bin ich in ein Loch gefallen."

„Du Arme. Und dann musst Du auch noch auf einen Kindergeburtstag. Schmerzt es Dich, hier zu sein?"

„Quatsch! Ich freue mich bei Euch zu sein und Dich so glücklich zu sehen. Außerdem weißt Du doch, wie vernarrt ich in mein Patenkind bin."

„Das freut mich. Was ist denn genau Dein Lochgefühl?"

„Ich weiß einfach nicht, wo mein Platz ist. Wenn ich Mutter werden würde, wäre klar, dass ich zu Hause bleibe. Deshalb habe ich mich mehr nach Julius und seiner beruflichen Perspektive gerichtet. Und nun bin ich total verunsichert. Die Arbeit in der Kinder- und Jugendpsychiatrie nimmt mich sehr mit. Die Erfolgsquote ist äußerst niedrig. Viele von ihnen kehren nach kurzer Zeit wieder zurück. Ach, ich weiß einfach nicht, was ich will."

„Und wie sehen Julius Pläne bezüglich einer eigenen Praxis aus?"

„Genau das ist das Problem. Es gibt zwei Möglichkeiten. Die eine liegt in Nürnberg und die andere in Amberg. Klein- oder Großstadt."

„Und was sagt Dein Herz dazu?"

„Ganz klar Kleinstadt! Allerdings sind meine Möglichkeiten als Kinderkrankenschwester dort begrenzt. Es gibt eine kleine Kinderstation, doch die ist momentan gut mit Kolleginnen belegt."

Bettina nimmt Martha ganz plötzlich und voller Begeisterung in den Arm.

„Martha, entschuldige wenn ich so egoistisch denke, aber wenn Ihr nach Amberg ziehen würdet ... Das wäre einfach wunderbar. So nah bei uns!"

„Danke für Deine Begeisterung. Daran habe ich natürlich auch gedacht, aber das reicht einfach nicht als Aussicht. Nicht persönlich nehmen."

Plötzlich hatte Bettina einen Gedankenblitz.

„Martha, ich habe die Lösung. Die Burg!"

„Die Burg??"

„Ja! Ich habe gehört, dass die medizinischen Zustände dort oben nicht die besten sein sollen. Naja, das waren sie eigentlich noch nie. Aber seit der Medizinalrat Dr. Gassner nicht mehr dort Burgarzt sein darf, müssen sie mit allen Kindern nach Amberg zum Arzt fahren. Diese Fahrten übernimmt der Kurt, weil die meisten Kolleginnen keinen Führerschein haben. Aber allzu oft passiert das wohl nicht."

„Und was meinst Du, soll ich da oben auf der Burg?"

„Als Kinderkrankenschwester arbeiten."

„Aber die suchen doch gar keine."

„Soviel ich weiß, sucht Frau Nastrewa eine Heilpädagogin. Aber sie sucht eigentlich immer wieder Kräfte. Das ist ein Kommen und Gehen dort oben. Wenn ihr ein Gesicht oder eine Gesinnung nicht passt, kündigt sie den Leuten, das weißt Du selbst."

„Das wären ja prima Aussichten. Du kennst mich doch. Ich bin keine Opportunistin. Ich wäre ganz sicher eine schwierige Partie für sie."

„Das wäre doch genau die richtige Aufgabe für Dich! Hast Du noch das Zeugnis von der alten Nastrewa?"

„Na klar. Denkst Du, so etwas schmeiße ich weg."

„Schreib eine Bewerbung und lege die Empfehlung ihrer Mutter bei. Absagen kannst Du am Ende immer noch."

Martha war total aufgekratzt. Was hatte Bettina ihr für einen Floh ins Ohr gesetzt? Sie als Kinderkrankenschwester auf der Burg? Ihre Erinnerungen an die Zustände dort oben waren nicht die besten. Schließlich hatte aber die Begegnung mit den Jungen dort oben bewirkt, dass sie sich intensiver mit der Heilpädagogik auseinandergesetzt hatte. Sie würde ein paar Nächte darüber schlafen und vor allen Dingen mit Julius sprechen.

Bettina hatte mit ihrer Idee genau richtig gelegen. Martha ließ der Gedanke, als Kinderkrankenschwester auf der Burg zu arbeiten, nicht wieder los. Auch Julius konnte dem etwas abgewinnen. Sollte es doch die Praxis in Amberg sein? Sie würden sich ein Haus in der Nähe ihrer Eltern suchen, dann wäre Martha auch auf der Ebene zufrieden.

Ein paar Tage nach dem Gespräch mit Bettina setzte Martha sich an ihren Schreibtisch und formulierte ein Bewerbungsschreiben. Sie las die alte Postkarte der Seniorchefin noch einmal durch, um zu prüfen, ob sie diese beifügen wollte.

Liebe Martha,
es war mir wieder eine Freude, Dich auf der Burg gehabt zu haben. Du bist, wann immer Du magst, hier willkommen! Wer weiß, vielleicht ja irgendwann einmal als Kinderkrankenschwester.
Mit besten Grüßen
Agnes Nastrewa

Warum eigentlich nicht! Sollte sie das Zeugnis vom Praktikum noch mit hinzunehmen? Nein, das ging zu weit. Sie war schließlich inzwischen eine erfahrene Kinderkrankenschwester. Martha steckte die Karte mit in den Umschlag zu ihrer Bewerbung, dem Lebenslauf und den abgelichteten Zeugnissen, versah das Ganze mit einer 50-Pfennig-Briefmarke und brachte den Brief zur Post.

Auf der Burg winkte Anna Nastrewa ihrem Sohn Gabriel und seinem Kindermädchen hinterher. Wie froh war sie, dass diese ihr solche Termine, wie dieses neumodische Kinderturnen, vom Halse hielt. Das war einfach nichts für sie. Mit anderen Müttern am Rand sitzen und zum Publikum für die Kinder werden. Sie ging stattdessen lieber in ihr Büro.

Anna nahm sich ihre Kaffeetasse mit an den Schreibtisch, um dort in Ruhe die Post zu sichten. Der Brief fiel ihr sofort auf. *Martha Hohlbein* diesen Namen kannte sie doch irgendwo her. Als die Karte mit der vertrauten Handschrift ihrer Mutter herausfiel, erinnerte sie sich wieder. Ihre Mutter hatte ihr damals von diesem jungen Mädchen erzählt.

Sehr geehrte Frau Nastrewa,
vor zwölf Jahren habe ich als Schülerin und später als Schwesternschülerin im Agnesheim ausgeholfen. Die Arbeit mit den behinderten Kindern hat mir sehr viel Freude bereitet und letztendlich auch zu meiner Berufswahl, Kinderkrankenschwester zu werden, beigetragen.
Durch meinen Umzug von Würzburg nach Amberg rücke ich in die Nähe der Heilpädagogischen Anstalt. Dieser Umstand hat mir Ihre Einrichtung in Erinnerung gerufen.
Sehr gerne würde ich meine medizinischen und pädagogischen Fähigkeiten als Kinderkrankenschwester Ihrer Einrichtung zur Verfügung stellen.

Sollten Sie Interesse und Bedarf haben, würde ich mich über eine Nachricht von Ihnen freuen.
Mit freundlichen Grüßen
Martha Hohlbein

Anna Nastrewa legte das Schreiben, welches durchaus Selbstbewusstsein zum Ausdruck brachte, beiseite und las Marthas Lebenslauf. *Martha Hohlbein, geboren am 25. 10. 1946 in Česky Krumlov.* Sie war also eine von ihnen. Deshalb hatte ihre Mutter solch einen Narren an ihr gefressen. Wenn das nicht ein Zeichen des Himmels war. Warum sollte sie nicht eine Kinderkrankenschwester einstellen? Seit Adolf nur noch sporadisch und dazu noch unerlaubt nach den Kindern schaute, war der medizinische Bereich vernachlässigt worden. Die Jungen brauchten ja eigentlich auch nicht viel. Aber seitdem sie mehr in den Fokus der Öffentlichkeit geraten war und die Auflage bekommen hatte, qualifiziertere Kräfte zu beschäftigen, wäre eine Einstellung von Martha Hohlbein gar kein schlechter Schachzug.

Burg Wernberg, Januar 1976

Martha hatte also eine Zusage von Anna Nastrewa erhalten. Und wie vorausgeahnt, waren Julius und sie in die Nähe gezogen und nun Mieter eines kleinen Reihenhäuschens geworden. Julius hatte tatsächlich die Physiotherapiepraxis eines älteren Kollegen übernommen und sie waren dabei, sich in ihre neuen Lebensverhältnisse einzuleben. Inzwischen freute sich Martha richtig auf den 2. Januar, an dem ihre Tätigkeit auf der Burg beginnen sollte.

Martha war für die Spätschicht eingeteilt und musste somit erst um 14.00 Uhr in der Anstalt sein. Dort sollte sie sich als erstes bei Anna Nastrewa im Büro melden. Ein wenig aufgeregt war sie schon, als sie den Schotterweg zur Burg hinaufstieg. Sie war ja kein unbeschriebenes Blatt in dieser Einrichtung. Hoffentlich würde es ihr gelingen, die bereits entstandenen Vorurteile zu besiegen.

Anna Nastrewa kam ihr bereits auf der Treppe entgegen. Martha hatte sie sich anhand von Bettinas Erzählungen ganz anders vorgestellt. Vor ihr stand eine kleine, etwas füllige Frau mit schwarzem Bubikopf. Sie reichte Martha freudig die Hand.

„Wir freuen uns, dass Sie erneut den Weg zu uns auf die Burg gefunden haben. Ich hoffe, dass auch wir eine gute Zusammenarbeit haben werden, liebe Frau Hohlbein. Meine Mutter hat ja große Stücke auf Sie gehalten."

„Ja, danke, dass hoffe ich auch, Frau Nastrewa."

„Sagen Sie doch bitte wie die anderen auch Frau Chefin zu mir. Ich zeige Ihnen erst einmal das Krankenzimmer und weise Sie in den Medikamentenschrank und die Dokumentationen ein, wenn es recht ist."

Martha nickte bestätigend und folgte ihr in den Anstaltstrakt. Wie vertraut ihr die alten Steinstufen waren. Ihr

Dienstzimmer lag im ersten Stock gleich hinter den Gruppenräumen. An den Türen waren inzwischen Bilder von Raben und Eulen angebracht, stellte Martha fest.

Als Anna Nastrewa jedoch die Tür zum Krankenzimmer öffnete, fuhr Martha innerlich ein Stück zurück. Wie abweisend und steril dieser Raum wirkte. Ein weißer Metallschrank mit Medikamenten und eine Krankenliege mit einem kleinen Fenster darüber. Die Chefin musste Licht machen, damit sie überhaupt etwas sehen konnten. Ein dunkler liebloser Raum, dachte Martha. Hier würde sie als Erstes etwas Atmosphäre reinbringen.

Anna Nastrewa öffnete demonstrativ den Medikamentenschrank, in dem ihr ein heilloses Durcheinander an Medikamenten entgegenkam.

„Hier müssen Sie dringend Ordnung reinbringen. Ist schon länger her, dass sich jemand darum kümmern konnte. Wenn Sie die Krankheitsbilder der Jungen einsehen wollen, kommen Sie bitte zu mir ins Büro. Ich händige Ihnen dann die Akten aus. Bitte immer am gleichen Tag zurückbringen. Ordnung ist mir wichtig."

Martha nickte.

„Mit welchem Arzt werde ich denn zusammenarbeiten?"

„Vorerst mit Doktor Hasler aus Amberg. Kennen Sie den?"

„Ja, aber nur vom Hören."

„Martha Hohlbein, ich bringe Sie jetzt hinauf zu den Eulen. Selbstverständlich werden Sie auch mit in den Gruppen arbeiten. Schließlich müssen Sie ja alle Jungen kennen, wenn Sie sie behandeln wollen. Ich habe gehört, dass Sie manche von denen bereits von Anfang an kennen."

„Ja, das stimmt. Ich habe einige von ihnen damals aus ihrer Heimat gemeinsam mit Kurt Schumacher abgeholt."

Wie viele Jahre waren seit ihrer ersten Begegnung vergangen! Sie sah sich mit Kurt im VW-Bus an die Nordsee fahren. Ob Johann und Peter noch hier waren? Wie hießen doch gleich die anderen noch?

Gerade wollten sie nach oben gehen, als Kurt ihnen entgegenkam.

„Ja, Grüß Gott, Martha. Das ist ja eine Überraschung. Dich, ach nein Sie, hier wieder zu treffen. Hab gehört, dass Sie Kinderkrankenschwester geworden sind. Sie hatten ja damals schon eine Ader für Kinder. Auf gute Zusammenarbeit!"

Er reichte Martha mit allzu festem Druck die Hand.

„Ach Kurt, da können doch Sie Martha weiter nach oben begleiten. Sie entschuldigen mich. Ich hab im Büro zu tun."

Und damit war Anna Nastrewa auf dem Rückweg in ihren Wohntrakt.

„Ja, danke. Ebenfalls auf gute Zusammenarbeit. Geht es Ihnen gut?", fragte Martha Kurt interessiert.

„Ja, bestens! Ich freue mich immer, wenn ich bei den Jungen sein kann. Die brauchen bei dem ganzen Weibervolk hier eine feste Hand."

Innerlich zuckte sie zusammen. Na, das fing gleich gut an. Weibervolk! Feste Hand! Wollte er sich ihr gegenüber aufspielen oder warum diese Ausdrucksweise?

Irgendwie war sie davon ausgegangen, die Jungen von damals vorzufinden. Stattdessen schaute sie in viele neue Gesichter. Etwas Gemeinsames hatten diese Buben jedoch mit den anderen. Der kurze Heimhaarschnitt und der leere Gesichtsausdruck waren auch ihnen allen gleich. Doch als Martha mit ihrem fröhlichen Wesen im Raum stand, änderte sich sofort die Atmosphäre. Ein kleiner Bub kam zu ihr gekrabbelt und fasste ihre Hosenbeine an. Mit piepsiger Stimme fragte er: „Darf ich Deine Hose streicheln?" Dabei ging er sanft mit seiner Handfläche auf ihrem Hosenbein entlang. Plötzlich ging die Tür auf und Peter stand im Raum.

Martha erkannte ihn sofort. Er war fast einen Kopf größer als sie geworden. Auch Peter schien sie sofort wiedererkannt zu haben, denn er kam mit kräftigen Schritten auf sie zu und nahm sie ganz selbstverständlich in seine Arme und drückte vor lauter Freude, genauso wie früher, viel zu fest zu.

„Ja, grüß Dich Peter. Wie schön, Dich hier zu sehen. Kennst mich noch, was?"

„Ja, mag Dich. Magst Du mich auch?", nuschelte er und schaute verschämt zur Seite.

„Ich mag Dich auch Peter. Sind Johann und die anderen Jungen auch noch da?"

„Hm, komm mit."

Und damit zog er sie eilig mit sich in den ersten Stock. Fast wäre sie die Treppen heruntergestolpert, so kräftig hatte er sie im Schlepptau. Voller Stolz öffnete er die Tür zum Gruppenraum. Auf einen Blick sah sie, dass die geistig behinderten Kinder noch immer unter den gleichen Voraussetzungen in diesem entsetzlich dunklen Gruppenraum untergebracht waren. Dort saßen sie alle beieinander auf Stühlen an Tischen, die viel zu klein für sie waren. Der Raum wirkte nicht viel anders als damals, lieblos und leer. An Beschäftigungsmaterial gab es ein Memoryspiel, ein Körbchen mit abgebrochenen Buntstiften und zwei alte, kaputte Plastikbusse. Und in der Ecke stand noch immer die alte Zinkwanne mit den abgenutzten Legosteinen.

Johann hatte seinen Kopf auf den Tisch gelegt und schien zu schlafen. Als Martha herein kam, wurde er wach.

Ein Leuchten breitete sich in seinem Gesicht, das inzwischen pubertäre Züge angenommen hatte, aus. Seine Haut war übersät von Pickeln und erste Bartstoppeln sprossen hervor. Seine Augen verrieten ihr, dass er sie erkannt hatte.

„Hallo Johann, wie schön Dich zu sehen. Wie geht es Dir?"

„Alo, mu ni schime, atig sei."

Martha war zutiefst betroffen. Sie reimte sich seine unartikulierten Worte zusammen. *Musst nicht schimpfen. Artig sein.* Martha konnte es kaum fassen.

„Johann, ich schimpfe nicht. Ich freue mich doch, Dich zu sehen! Geht es Dir gut?", fragte sie ihn stattdessen.

Darauf konnte er leider keine Antwort geben. Bis auf einige undeutliche Worte war er in den letzten Jahren eines weiteren Sprachschatzes nicht mächtig geworden. Auch Thomas und Franz waren in der Einrichtung geblieben, schienen aber ebenso wenige Fortschritte gemacht zu haben wie Johann. Als Martha nach dem Jungen mit den Glasscherben fragte, ihr war sein Name entfallen, bekam sie ausweichende Antworten.

„Der Holger ist im vergangenen Jahr nach Weihnachten an einer Lungenentzündung gestorben", erzählte Frau Martens ihr später und machte Andeutungen zum Nässer-Zimmer. So eisig, wie es da im Winter sei, mussten die Kinder ja nur krank werden.

In den anderen zwei Gruppenräumen der Raben saßen die lernbehinderten Kinder und Jugendlichen zusammengemischt. Einige spielten mit Schwarzer-Peter- und Memory-Karten. Martha gesellte sich zu ihnen. Sofort fiel ihr die Dachbodenaktion mit ihrer Mutter wieder ein. Was hatte sie sich alles überlegt, um den Buben etwas mehr Anregungen zu bieten. Hier würde sie auch jetzt wieder ansetzen. Mangelte es in diesem Heim doch an allen Ecken.

Als Martha am Abend nach Hause kam, fühlte sie sich erschöpft von den vielen Eindrücken. Sie kuschelte sich auf ihrem neuen dunkelbraunen Cord-Sofa neben Julius, was schon länger nicht mehr vorgekommen war. Liebevoll kraulte er ihr den Kopf.

„Mich nimmt diese unmenschliche Umgebung der Jungen wieder total mit. Die haben doch nur sich untereinander.

Kein Zuhause, keine Gemütlichkeit, kein Kuscheln, keinen wirklichen Trost", erzählte Martha und begann hemmungslos zu weinen. Sie hatte ganz vergessen, wie es sich dort oben auf der Burg anfühlte. Julius streichelte ihr sanft über den Rücken und küsste sie auf die Stirn. Dafür liebte er seine Martha. Sie hatte ein so großes Herz, mit welchem sie am liebsten die ganze Welt retten würde.

Martha war von nun an für die Medikamentenvergabe, die Arztbesuche, kleinere medizinische Versorgungen und pflegerische Aufgaben in der Anstalt zuständig. Wider Erwarten sollte sie sich auf eine gelegentliche Zusammenarbeit mit dem Medizinalrat Dr. Gassner einstellen, hatte die Chefin heute mit einem seltsamen Augenzwinkern gemeint. Gab es nicht vor Jahren einen Bericht über die Missstände im Agnesheim in der Zeitung? Bettina sprach damals von einem Behandlungsverbot auf der Burg. Aber vielleicht war ja eine Veränderung eingetreten und sie hatte diese nicht mitbekommen.

Martha versuchte, dem kleinen Krankenzimmer ein wenig mehr Atmosphäre zu geben. Auf den Medizinschrank stellte sie einen rankenden Efeu und hängte zwei Drucke von dem schwedischen Maler Carl Larsson an die Wand. Wie schon einmal vor zwölf Jahren hatte sie die alten Kartons mit ihren Kinderspielsachen durchforstet und war dabei auf ihren Lieblingsteddy und den Hasen Schnuff gestoßen. Die zwei Stofftiere legte sie auf die Untersuchungsliege. Vielleicht könnten die einmal nützlich sein. Bei der Chefin wollte sie noch eine Wolldecke beantragen. Vorerst musste ein Bettlaken von zu Hause zum Zudecken reichen. An dem Haken an der Wand hing ihre alte Marionette Fridolin. Mit ihr würde sie die Jungen sicher ein bisschen aufmuntern können.

Langsam arbeitete sie sich durch die verschiedenen Stockwerke mit den vielen verwinkelten Räumen. Die Chefin hatte wirklich jeden Quadratmeter zur Unterbringung der Kinder genutzt.

Christa, mit der sie heute gemeinsam Dienst hatte, ging neben ihr die Treppen hinauf. Wahrscheinlich war sie in ihren ersten Tagen mit so vielen anderen Dingen beschäftigt gewesen, dass ihr erst heute diese altertümlichen Eimer auf den Treppenaufgängen auffielen.

„Warum stehen diese Metalleimer eigentlich auf den Treppenabsätzen?“, fragte sie zu Christa gewandt.

„Die sind für die Buben, wenn sie nachts austreten müssen. Sie stehen dann in den Schlafsälen.“

„Warum gehen sie denn nicht zur Toilette?“, hakte Martha etwas verwundert nach.

Christa bekam einen vielsagenden Blick und zuckte mit den Schultern. Sie wollte die Neue nicht gleich mit den schlechten Gepflogenheiten auf der Burg konfrontieren. Entschuldigend und mit einem Fingerzeig auf den Trakt der Chefin machte sie sich auf den Weg zur Eulengruppe. Martha blieb indes etwas pikiert vor dem weißen, bereits etwas rostigen Emailleeimer auf dem Treppenabsatz stehen. Hob den Deckel hoch und fuhr wie von einer Tarantel gestochen zurück. Der Eimer war bis zur Hälfte angefüllt mit Urin und altem Kot, auf dem sich bereits Maden eingenistet hatten. Voller Ekel und Empörung schloss sie vehement den Eimer, sodass das metallene Geräusch durch den Flur hallte. Nun wollte sie es wissen! Sie marschierte durch die Stockwerke und ging von Eimer zu Eimer. Überall fand sie mehr oder weniger das Gleiche vor.

„Das ist ja unfassbar“, schimpfte sie vor sich hin.

Als sie im Dachgeschoss das Nässer-Zimmer betrat, wich sie einen Schritt zurück. Ihr schlug ein so beißender Geruch in die Nase, dass sie sich diese augenblicklich zuhalten musste.

Auch in diesem Schlafsaal stand ein mit Urin angefüllter Emailleeimer.

„Unglaublich! Das sprengt ja alle Grundsätze von Hygiene", hörte sie sich selbst laut sagen.

Entschlossen ging Martha ins Sekretariat, um die Chefin davon in Kenntnis zu setzen. Dort traf sie auf Gertrud Schwabing.

„Grüß Gott, Frau Hohlbein. Haben Sie sich gut bei uns eingelebt? Wie schön, dass Sie nach so vielen Jahren als Kinderkrankenschwester zu uns zurückgekehrt sind", begrüßte diese sie herzlich.

„Ja danke. Vieles ist mir tatsächlich sehr vertraut. Unfassbar wie groß die Kleinen von damals geworden sind. Richtig junge Männer!"

„Ja, da haben Sie Recht. Was kann ich denn für Sie tun?"

„Ich möchte gerne die Chefin sprechen."

„Oh, das tut mir leid. Sie ist mit ihrem Sohn ein paar Tage zum Ausspannen nach Salzburg gefahren. Kann ich Ihnen weiterhelfen?"

„Das weiß ich noch nicht. Ich habe mit Entsetzen entdeckt, dass überall auf den Fluren Metalleimer zum Urinieren stehen und habe mir erlaubt, die Deckel anzuheben. Die Eimer sind zur Hälfte gefüllt mit einem Gemisch aus Urin und Fäkalien, auf denen bereits die Maden sitzen!"

Gertud Schwabing schüttelte sich angewidert. Sie kannte diese Eimer nur zu gut! Martha nahm deren Gesichtsausdruck zum Anlass, sich weiter vorzuwagen.

„Diese Eimer möchte ich abschaffen. Das sind ja die reinsten Krankheitserreger und sprengen außerdem alle Hygienevorschriften. Aber darüber müsste ich wahrscheinlich mit Frau Nastrewa persönlich sprechen?"

„Das wäre sicher gut. Ich habe mich auch schon immer vor diesen Eimern geekelt", entgegnete sie Martha mit einem leichten Augenzwinkern. „Aber Sie können sie nicht ohne die Erlaubnis der Chefin entsorgen. Vor allem den einen aus dem Nässer-Zimmer, den können Sie nicht abschaffen! Den brauchen die Kinder nachts, weil sie nicht extra auf die Toilette gebracht werden können. Sie wissen ja, dieser Schlafsaal ist immer verschlossen, damit die Jungen nicht durch die Gegend geistern und die Treppen runterfallen. Die Nachtwache geht gar nicht bis da hinauf", erklärte sie ihr mit einem Schulterzucken.

Martha verschlug es fast die Sprache. Verschlossene Zimmer, aus denen die Jungen nicht herauskonnten und zu denen auch keiner kommen würde? Sie war entsetzt.

„Dann werde ich vorerst auf jeden Fall dafür sorgen, dass alle täglich geleert und mit frischem Wasser und Desinfektionsmittel aufgefüllt werden", bestimmte sie mehr für sich als für die Sekretärin.

„Machen Sie das. Ist sicher gut, dass das mal jemand in die Hand nimmt. Nur schauen Sie, dass Sie keinen Ärger mit der Chefin bekommen", warnte Gertrud Schwabing sie.

Martha nahm es erst einmal so hin. Aber die Geschichte mit dem Eimer im Nässer-Zimmer und der verschlossenen Tür wollte sie noch mehr beobachten. Was tat eigentlich die Nachtwache die ganze Nacht, dass es ihr nicht möglich war, die Kinder auf die Toilette zu bringen? Jetzt machte sie sich erst einmal an das Reinigen und Desinfizieren der Eimer, besonders für die Buben ganz oben. Sie kämpfte mit heftigsten Würgereizen und fluchte leise vor sich hin. Wessen Aufgabe war wohl die Reinigung der Eimer? Wie konnte es überhaupt zu solch einer Nachlässigkeit kommen? Martha ahnte, dass in diesem Haus noch Einiges auf sie zukommen würde.

Eine Woche später waren die stinkenden Eimer endlich entsorgt. Martha hatte harte Überzeugungsarbeit bei der

Chefin leisten müssen. Dabei war nicht ausgeblieben, dass Hilfspfleger Kurt eine Mahnung einstreichen musste, denn er war bisher für das Leeren und Reinigen der Emailleeimer zuständig gewesen. Mit dem Nässer-Zimmer hatte die Sekretärin leider Recht behalten, dieser sollte bleiben. Um den würde sie sich später noch einmal bemühen. Martha musste Vorsicht bei der Chefin walten lassen, wollte sie etwas für die Jungen bewirken. Das hatte sie in der kurzen Zeit auf der Burg bereits herausgefunden.

Um die Buben besser kennenzulernen, bestellte sie jeden einzeln in ihr kleines Krankenzimmer. Auf dieses war sie richtig ein bisschen stolz. Dort konnte sie wenigstens schalten und walten, wie sie es für richtig hielt, und jeder der Jungen genoss das Viertelstündchen mit ihr. Auf diese Weise verschaffte sie sich außerdem einen Überblick über den Gesundheitszustand der Buben und über den Medikamentenbestand. Dieser ließ sie allerdings erneut stutzig werden. Die Haltbarkeitsdaten vieler Präparate waren seit Jahren abgelaufen und diese Unmengen von Narkotika!

Heute waren drei Jungen aus der Rabengruppe mit verdächtigem Hautausschlag bei ihr. Stefan zeigte ihr seine Hände, Kniekehlen und etwas verschämt auch sein Gesäß.

„Schwester Martha, das juckt so schrecklich. Ich muss immerzu kratzen. Aber das soll ich nicht, hat Onkel Kurt gesagt."

„Lass mich mal schauen, Stefan. Wie lange hast Du die Stellen denn schon?", fragte Martha behutsam nach.

„Ich glaube so zwei Wochen. Aber genau weiß ich es nicht." Er sah sie dabei unsicher an, jeden Moment darauf gefasst, dass auch sie mit ihm schimpfen würde.

„Hast Du es jemandem gemeldet? Du kannst mit solchen Sachen ruhig früher zu mir kommen", ermunterte sie ihn.

„Ich hab es dem Onkel Kurt gesagt. Aber der hat gemeint, ich soll mich ordentlicher waschen. Das tue ich ja. Nur die Lappen stinken so grässlich, dass ich die nicht anfassen mag." Dabei schüttelte er sich.

„Stefan, damit müssen wir zum Arzt", stellte Martha klar. „Jetzt mache ich Dir erst mal eine Salbe gegen den Juckreiz darauf und dann schauen wir weiter."

Martha strich ihm liebevoll über den Kopf. Trotzdem verließ er verängstigt das Krankenzimmer. Was mochte er haben? Hoffentlich war das nicht ansteckend? Martha machte sich auf den Weg ins Büro, in dem sie inzwischen fast Dauergast war.

„Grüß Gott Frau Schwabing. Ich muss dringend die Chefin sprechen. Es geht um Ansteckungsgefahr!"

Sie hatte bewusst ein bisschen aufgetrumpft, damit sie nicht wieder von ihr abgewiesen wurde. Denn nur allzu gern ließ die Chefin sich von ihrer Sekretärin verleugnen. Die Ansteckungsgefahr schien zu wirken. Gertrud Schwabing sprang auf und verschwand im Nastrewa-Trakt. Wenig später standen beide Frauen vor ihr.

„Was gibt's denn so Dringendes Martha? Sie nehmen Ihre Aufgabe wirklich sehr genau", zischte Anna Nastrewa sie an.

Martha überhörte die Anspielung auf ihre letzten Unterredungen einfach.

„Frau Chefin, heute habe ich drei Jungen mit Hautauschlag bei mir im Krankenzimmer gehabt. Es sieht nach Krätze aus. Wann war eigentlich das letzte Mal ein Arzt auf der Burg, um die Jungen zu untersuchen?"

„Krätze? Das ist ja entsetzlich. In meiner Einrichtung. Sind sie sicher? Das lasse ich nicht auf mir sitzen, dass es hier unsauber ist. Krätze gibt es doch nur, wenn man alles verdrecken lässt", protestierte sie.

Martha dachte sich ihren Teil dazu und schwieg lieber. Der Handtuch- und Waschlappenwechsel sowie die Kleidung der

Jungen standen bereits in ihrem kleinen schwarzen Notizbuch.

„Der Ausschlag sieht jedenfalls danach aus. Ich würde gerne mit den Buben zum Arzt fahren!"

„Nein, auf gar keinen Fall! Das macht ja dann die Runde durch ganz Wernberg. Ich rufe Medizinalrat Dr. Gassner an, der wird sich die Kinder anschauen", bestimmte Anna Nastrewa mit scharfem Tonfall.

„Es wäre gut, wenn er schnell kommen könnte, da die Jungen unter heftigem Juckreiz leiden. Außerdem müssten eigentlich alle Kinder daraufhin untersucht werden", insistierte Martha noch einmal.

„Ja, dann fangen Sie halt schon mal damit an!", befahl Anna Nastrewa.

Sie wirkte derart gereizt, als hätte Martha die Umstände zu verantworten. Sie ließ sie einfach stehen und kehrte in ihre Wohnung zurück.

Martha ging über den Verbindungsdurchgang ins Krankenzimmer und folgte den Anweisungen. Sie holte sich einen Jungen nach dem anderen aus den Gruppen. Bei achtundzwanzig von ihnen fand sie erste Anzeichen von Hautauschlag. Unglaublich! Thomas und Franz hatten bereits einen ganz zerkratzten Bauch. Peter hatte den Ausschlag zwischen den Fingern und Johann musste sich ständig im Genitalbereich kratzen. David und Martin wollten sich nicht von ihr anschauen lassen. Das musste Dr. Gassner dann eben allein machen. Jetzt wurde es Zeit, dass ein Arzt einen Blick auf die Jungen warf.

Doch Dr. Gassner ließ sich Zeit und kam erst am nächsten Tag auf die Burg. Mit einer Selbstverständlichkeit betrat er das Krankenzimmer.

„Was ist denn das hier für ein Firlefanz? Wollen Sie aus einem medizinischen Raum ein Spielzimmer machen?", fragte er abschätzend und schmiss die Stofftiere in die Ecke auf den Boden. Martha war empört, traute sich jedoch nicht, ihm etwas entgegenzusetzen. *So ein eingebildeter Kerl!* Sie atmete tief durch, um ihm objektiv Bericht erstatten zu können. Gleichzeitig wies sie daraufhin, dass dies alles auch im Dokumentationsheft stand.

„Bringen Sie die Kinder her!", ordnete er mit scharfem Ton an.

Die Jungen warteten bereits abrufbereit in ihren Gruppenräumen auf Martha. Die Tatsache, dass Dr. Gassner sie untersuchen würde, versetzte einige von ihnen in Aufregung. Sie wirkten blass und verängstigt auf Martha. Wenig später sollte sie wissen warum.

Adolf Gassner fasste die Jungen derart grob an, dass sie vor ihm zurückfuhren oder gar schützend die Hand vor ihr Gesicht hielten.

„Stell Dich nicht so an! Hast Du Dich so blutig gekratzt? Willst wohl alle anderen damit anstecken, was?", beschuldigte er Stefan mit strafendem Blick.

„Nein, Herr Doktor. Es juckt nur so heftig. Bestimmt will ich die anderen nicht anstecken", beteuerte Stefan und begann fast zu weinen. Krampfhaft versuchte er seine Tränen zu unterdrücken. *Bloß nicht heulen, dann wird der Gassner immer lauter.* Stefan konnte sich nur allzu gut an die Vorführungen vor den Hunden vor drei Jahren erinnern.

Alles an dem Jungen verriet Martha seine Angst. Nur der Medizinalrat merkte scheinbar nichts davon. Ihm schien es geradezu zu gefallen, den Jungen auf diese Weise zu demütigen. Jetzt wusste sie, weshalb dieser Unmensch nicht mehr auf der Burg wirken durfte. Sie hätte auf den Hausarzt aus Amberg bestehen sollen. Irgendetwas lief hier nicht richtig. Nachdem Adolf Gassner alle Jungen untersucht hatte, bestätigte er Marthas Verdacht. Die Kinder hatten die Krätze.

„Daraus müssen wir keine große Sache machen, haben Sie verstanden? Ich werde es beim Gesundheitsamt melden. Sitze ja vor Ort. Ich lasse Ihnen die Medizin hochbringen. Vorsorglich nehmen alle Kinder eine Tablette, die sollte innerhalb von vierundzwanzig Stunden wirken. Außerdem schreibe ich Permethrin-Salbe für die Kerle auf. Man kann sich ja geradezu vor denen schütteln!"

„Was muss ich sonst noch bedenken, Herr Doktor?", fragte Martha vorsorglich nach.

„Wenn sie es ganz genau nehmen wollen: Alle gründlich duschen, Fingernägel kurz und die Wunden desinfizieren. Am besten ziehen sie sich Handschuhe dabei an!"

Er konnte seinen Ekel bei der Vorstellung, die Kinder anzufassen, kaum verbergen.

„Könnten Sie bei der Chefin durchsetzen, dass sie den Wäschewechsel verändert. Einmal die Woche ist zu wenig. Wir sollten alle Keime abtöten. Alles desinfizieren. Außerdem muss doch die Kleidung der Jungen gewaschen werden, oder?", gab Martha zu bedenken.

„Na, Sie sind ja ne Hundertfünfzigprozentige! Ich werde mal sehen, was Frau Nastrewa dazu sagt. Aus medizinischer Sicht haben Sie ja recht."

Martha wusste gar nicht, wo sie mit ihrer Empörung bleiben sollte. Ihr Bauchgefühl sagte ihr, dass es bei diesem Menschen besser war, den Mund zu halten. Was nahm der sich ihr gegenüber heraus?! Sie würde der Geschichte von vor drei Jahren noch einmal auf den Grund gehen. Vielleicht wusste Bettina mehr darüber. Wenn sie gewusst hätte, dass sie mit ihm hier oben auf der Burg zu tun haben würde, wäre sie wahrscheinlich gar nicht hier.

Endlich fuhr der schwarze Luxus-Mercedes des Medizinalrats vom Burghof. Sie notierte den Untersuchungsablauf mit ihm in ihr schwarzes Notizheft. Martha liebte es, Pläne zu machen. Bei den vielen Aufgaben, die sie nun zu erledigen hatte, war eine Übersicht sicher hilfreich. Für die Liste riss sie sich einen großen Bogen von dem DINA4-Schreibblock und sammelte alle wichtigen Gedanken.

Zu erledigen:
Desinfektionsmittel besorgen
Einmalhandschuhe besorgen
Handtuchwechsel ansprechen
Bettwäsche wechseln ansprechen
Alle Anstaltskleidung waschen lassen
Duschplan schreiben
Salbenanwendungen
Medikamentenvergabe

Sie nahm den Zettel, faltete ihn zweimal zusammen und steckte ihn in ihren Rucksack. Morgen würde sie mit der Chefin darüber sprechen müssen.

Am Abend kehrte Adolf Gassner noch einmal auf die Burg zurück, um Anna und Gabriel zu besuchen. Er musste sich immer wieder zweiteilen in seinen familiären Verhältnissen, denn seine gesellschaftliche Stellung ließ eine Scheidung nicht zu. Seine Frau setzte ihn zunehmend unter Druck. Er solle sich endlich von der Nastrewa trennen. Doch er dachte nicht daran! Sie zwang ihn gewissermaßen zu anderen Lösungen. Darüber wollte er heute Abend mit Anna sprechen.

Gabriel lief ihm bereits auf halber Treppe entgegen. Der Junge hatte doch eine gewisse Ähnlichkeit mit ihm, das musste er zugeben. Meine Güte, was war der Junge gewachsen und er war bald ein alter Mann! Aber über diese Tatsache half ihm Anna mit ihrem kräftigen, jungen Körper, der immer wieder seine Lust hervorzaubern konnte, hinweg. Das einzige Hindernis dabei war Harald Nastrewa. Der Alte saß wie ein Leibwächter zwischen ihnen. Naja, sie hatten sich schon ihre Nischen eingerichtet. Aber er hatte noch eine andere Idee.

„Hallo Papa! Gehst Du noch mit mir auf die Schaukel? Bitte, bitte?", bettelte er und holte ihn aus seinen Gedanken zurück.

„Na gut, dann komm her, Du kleiner Bursche!"

Mit Schwung hob er Gabriel auf seine Schultern und ging mit ihm in den Innenhof. Anna Nastrewa hatte dort extra für ihn eine Sandkiste und eine Schaukel von Felix Spoerl bauen lassen. Gabriel juchzte bei jedem Anschwung, den ihm sein Vater gab, laut auf, sodass seine kleine Stimme im Hof widerhallte. Einige Jungen standen in dem verglasten Verbindungsdurchgang, drückten sehnsüchtig ihre Nasen an die Fensterscheiben und schauten ihm zu. So gerne hätten auch sie einmal auf der Schaukel gesessen.

„So, kleiner Mann, jetzt ist Bettgehzeit! Ab nach oben! Deine Kinderfrau zieht Dich aus und ich geh derweil zur Mama", sagte er bestimmt und gab Gabriel einen liebevollen Klaps auf den Po. Glücklich flitzte dieser über den Hof, aber nicht ohne noch einmal den Jungen oben zuzuwinken. Denn auch wenn seine Mutter den Kontakt zu ihnen nicht gerne sah, für ihn gab es nichts Schöneres, als mit ihnen zu spielen. Doch das gelang nur dann, wenn Mama nicht da war. Dann ging seine Kinderfrau manchmal mit ihm in die Gruppenräume der Buben und er baute mit ihnen Legotürme.

Adolf Gassner war jedes Mal über sich selbst erstaunt, wie weich er mit Gabriel werden konnte. Der Junge hatte sein Herz erobert, mehr als seine beiden anderen Söhne es je geschafft hatten. Versonnen ging er vorbei an der kleinen Kapelle und dem Brunnen zu Annas Privattrakt.

Anna war gerade dabei die Essensreste, welche Frau Ertl ihr am Nachmittag reingereicht hatte, aufzuwärmen als Adolf plötzlich hinter ihr stand.

„Grüß Dich Anna, gibt es heute etwas Feines bei Dir zur Brotzeit?“, säuselte er ihr verführerisch ins Ohr.

„Ah geh, Du kommst doch nicht zum Essen her, oder?“, fragte Anna ungläubig.

„Doch im Ernst. Ich hab einen Bärenhunger!“

Anna deckte den Tisch für Zwei. Sie wollte die wenige Zeit mit Adolf allein genießen. Es gab Weißwürschtel und leckeren Kartoffelsalat. Dazu ein Maß Bier und schon war der Abend gerettet. Adolf zog sie auf seinen Schoß. Aber Anna war heute nicht danach aufgelegt. Sie musste mit ihm über die Krätze sprechen und wie es im Heim drüben weitergehen würde. Doch Adolf kam ihr zuvor.

„Übrigens musst Du Dir wegen der Krätze keine Sorgen machen. Das habe ich bereits mit der jungen Krankenschwester besprochen. Ein fesches Ding. Die weiß, was sie will!“

„Was soll das denn heißen? Du hast alles mit ihr besprochen? Noch bin ich hier die Chefin! Willst Dich jetzt nach jungen Krankenschwestern umsehen? Das hast Du bestimmt vor mir schon genug getan“, empörte sich Anna.

Adolf merkte, dass er den Bogen etwas überspannt hatte. Er stand auf und zog sie fest an sich.

„Ah geh, Anna. Du bist und bleibst meine große Liebe. Genau darüber will ich heute mit Dir sprechen.“

„Willst mich heiraten? Das wäre doch mal was! Dann hätte ich nämlich kein uneheliches Kind mehr und müsste diese Schmach nicht länger ertragen“, entgegnete sie ihm mit sarkastischem Unterton.

„Anna, darüber haben wir schon oft genug gesprochen. Es geht einfach nicht. Aber vielleicht weiß ich eine Lösung für uns.“

„Also dann, raus damit!“, ermunterte sie ihn.

„Ich finde, wir brauchen etwas Gemeinsames. Ein Zuhause nur für uns Drei. Ich habe bei meinem letzten Kongress in Salzburg ein wunderbares Haus zum Kauf angeboten bekommen. Lass uns ein Haus kaufen."

„Ein Haus? Bist Du verrückt? Wovon soll ich denn das bezahlen?"

„Ich habe da so meine Ideen. Außerdem habe ich ja auch Erspartes."

„Was soll es denn kosten?", fragte sie vorsichtig nach.

„Umgerechnet ca. 200.000 Mark. Das ist für ein Feriendomizil in Österreich spottbillig. Anna, ich weiß doch, dass Du dir ein Spitzengehalt auszahlst. Ließe sich da nicht noch ein bisschen mehr an der Schraube drehen?", fragte Adolf mit einem Augenzwinkern.

„Ich weiß nicht so recht. Ich habe ja ein Extrakonto eingerichtet, aber für schwierige Zeiten sozusagen", gab sie zu bedenken.

„Anna, nicht für schwierige Zeiten. Für schöne Zeiten! Wie viel hättest Du denn?"

„Naja, so 100.000 Mark hab ich schon."

„Ich habe auch etwas zurückgelegt und den Rest finanzieren wir über die Bank. Lass uns so bald wie möglich nach Salzburg fahren und das Haus anschauen. Bitte." Er flehte sie fast an, nahm dabei ihre Hände und schaute ihr wollüstig in die Augen.

„Also wenn Du meinst. Ich wäre schon sehr glücklich über solch einen gemeinsamen Ort."

Adolf wusste genau, womit er sie rumkriegen konnte. Er kannte ihre Bedürftigkeit nur zu gut.

„Aber jetzt erzählst Du mir noch von der Krätze", hängte sie fordernd hinterher. Heute würde sie sich nicht ablenken lassen!

„Ich habe ihr gesagt, dass ich es dem Gesundheitsamt melden werde. Was ich natürlich nicht mache. Sonst hast Du schnell wieder das Amt am Hals. Die Medikamente lass ich hinaufschaffen und alles andere muss die Krankenschwester regeln. Wofür hast Du sie schließlich eingestellt."

Anna nickte bestätigend.

„Genau, das hast Du recht gemacht, Adolf. Bloß nicht wieder Kontrollen! Das halte ich nicht noch einmal aus", gestand sie ihm.

„Martha Hohlbein wird morgen zu Dir kommen und alles mit Dir durchsprechen wollen. Die Hygienevorschriften usw. Sei nicht kleinlich, Anna! Meine Menschenkenntnis sagt mir, dass Du Dich vor ihr in Acht nehmen musst."

„Ich hab bei ihrer Einstellung der Mama vertraut. Die hatte ihr dazumal eine Referenz geschrieben. Außerdem ist sie eine von uns, wenn auch nur Halbtschechin, aber immerhin", räumte sie wohlwollend ein.

„Wird schon gut gehen, Anna. Und nun kommt die Belohnung! Bringst mich noch runter in den Burghof?"

Er lächelte süffisant und etwas anzüglich. Anna wusste genau, was er wollte.

Diese Nacht konnte Anna vor Aufregung kaum schlafen. Die Möglichkeit, mit Adolf ein gemeinsames Haus zu haben, in dem sie Wochenenden und Ferien gemeinsam mit Gabriel verbringen könnten, nahm sie vollkommen gefangen. Gegen Mitternacht stand sie auf und setzte sich an ihre Einnahmen- und Ausgabenlisten.

Was hatte Adolf gesagt? Ob sie nicht noch an einer Schraube drehen könne? Ihr Gehalt war bereits außerordentlich hoch. Es musste Schein-Sonderausgaben geben. Die könnte sie mit dem Weihnachtsgeld und den Taschengeldzahlungen vom letzten Jahr abdecken. Das wären schon mal runde 14.000 Mark. Wie gut, dass sie wieder eine Spielzeugspende von Herrn Bayer erhalten hatte. So hatte sie das Geld für die Weihnachtsgeschenke der Jungen zurückhalten können. Das

Spielzeug war zwar wieder zweite Wahl und dadurch fehlte an den billigen Plastikautos mal ein Rad oder eine Tür, aber für die Jungen hatte es gereicht. Ein wenig schlecht war sie sich schon vorgekommen, als sie die kleinen Matchbox-Autos für Gabriel an sich genommen hatte. Aber dann hatte sie sich damit beruhigt, dass die Idioten sowieso nicht richtig etwas damit anfangen konnten.

Zufrieden legte sie sich wieder ins Bett und schlief mit einem zuversichtlichen Gefühl ein.

Am nächsten Morgen beim Erwachen juckte es überall. Wie von einer Tarantel gestochen fuhr sie auf und saß hellwach im Bett. Die Krätze! Die hatte sie über Adolfs Idee mit dem Ferienhaus in Österreich völlig vergessen. Hoffentlich hatten sie und Gabriel sich noch nicht angesteckt.

Gleich würde Martha kommen und mit ihr über diese entsetzliche Krankheit sprechen wollen. Hoffentlich ließ die mit sich reden.

Kaum, dass sie ihren ersten Kaffee getrunken hatte, klopfte es auch schon an der Tür.

„Guten Morgen, Frau Chefin", begrüßte Martha sie freundlich.

„Guten Morgen, Martha. Was gibt's denn schon wieder?" Der gereizte Ton verriet nichts Gutes.

„Hat Dr. Gassner Sie nicht informiert?", fragte Martha verwundert nach.

„Dass wir die Krätze im Haus haben, meinen Sie?", fragte die Chefin unnötigerweise und verdrehte die Augen dabei.

„Ja, genau! Da kommt eine Menge Arbeit auf uns zu. Ich bräuchte dringend Unterstützung dabei", gab Martha zu bedenken. Sie hatte zu Hause sicherheitshalber noch einmal nachgeschaut, ob die Kinder fortan unter Quarantäne stehen mussten. Darüber hatte sie gestern mit Dr. Gassner gar nicht gesprochen.

„Die Kinder können auf jeden Fall nicht mehr in die Schule gehen. Eigentlich bereits seit der Diagnose gestern. Könnten Sie das bitte noch einmal mit Dr. Gassner abklären?", bat sie Anna Nastrewa.

„Ja, wie soll denn das gehen? Wir haben doch gar nicht ausreichend Personal da, wenn alle auf der Burg bleiben. Und wie wird die Schule reagieren? Wie stehen wir dann in der Öffentlichkeit da?" Ihre Stimme überschlug sich geradezu.

„Ist das nicht zweitrangig, Frau Chefin? Die Jungen müssen doch gesund werden. Viele haben sich bereits richtige Wunden gekratzt."

„Für Sie vielleicht, Martha! Ist ja auch nicht Ihr Name, der in den Dreck gezogen wird. KRÄTZE IM AGENSHEIM! Ich sehe schon die Schlagzeilen in der Tageszeitung. Unsauberkeit und was weiß ich, was sie uns alles wieder anhängen werden."

„Frau Chefin, wenn ich da einhaken darf? Ich habe gehört, dass nicht genügend Seife und Zahnpasta da ist und die Handtücher und Waschlappen höchstens einmal wöchentlich gewechselt werden dürfen. Die Lappen riechen ziemlich übel und werden so zu Keimträgern. Außerdem ist für die Buben zu wenig Kleidung zum Wechseln da!"

„Was fällt Ihnen ein! Sie kritisieren hier an allem herum. Erst sind es die Eimer, dann die Lappen, die Kleidung. Was wird denn noch alles kommen? Reicht man Ihnen den kleinen Finger, nehmen sie gleich die ganze Hand", keifte sie Martha an.

„Frau Chefin, es geht hier nicht um mich persönlich. Ich tue nur meine Pflicht als Kinderkrankenschwester. Dabei liegt mir das Wohl der Kinder sehr am Herzen." Martha versuchte ruhig zu bleiben, sich nicht reizen zu lassen.

„Denken Sie mir nicht? Sonst würde ich dieses Heim wohl nicht leiten!"

Das deutliche Gefühl, dass dies bei Weitem nicht der Wahrheit entsprach, nahm Martha für einen Augenblick ganz ein. Sie schaute ihrer Chefin in die Augen, aber diese konnte ihrem Blick nicht standhalten. Jetzt musste sie es wagen.

„Ich würde gerne die nächsten Schritte mit Ihnen besprechen, damit ich mich an die Arbeit machen kann."

„Herrgott nochmal, Sie machen mich wahnsinnig! Ich weiß gar nicht, was meine Mutter dazu bewogen hat, Ihnen diese Referenz zu geben. Also, schießen Sie los!"

„Wir brauchen jede Menge Desinfektionsmittel. Zum einen für die wunden Stellen der Kinder, aber auch um die Betten zu desinfizieren. Ich hätte gerne Einmalhandschuhe, da alle infizierten Kinder geduscht und behandelt werden müssen. Außerdem muss die gesamte Bettwäsche abgezogen und gewaschen werden. In den Schränken fand ich nicht genügend saubere Bettwäsche vor. Auch die Kleidung und das Nachtzeug der Kinder muss gewaschen werden. Ich hoffe, es ist genügend Wechselzeug da."

Missbilligend nahm Anna Nastrewa die Aufzählung von Martha entgegen. Wie Recht Adolf gestern Abend hatte. Jung und zielstrebig! Vor ihr musste sie sich wirklich in Acht nehmen. Sie würde dringend mit ihm telefonieren müssen. Jetzt musste sie jedenfalls kleinbeigeben.

„Tun Sie, was nötig ist! Ich werde Kurt und zwei Erzieherinnen beauftragen, Ihnen zu helfen und das Desinfektionsmittel zu besorgen. Guten Tag!", fertigte sie Martha scharf ab.

Martha verstand die Haltung der Chefin überhaupt nicht. Sie musste doch froh sein, dass sie sich um die Dinge kümmerte. Um was ging es hier eigentlich?

Knapp nachdem Martha den Raum verlassen hatte, rief Anna Nastrewa Adolf Gassner an.

„Anna hier! Martha Hohlbein hat gemeint, dass die Jungen nicht in die Schule dürfen. Davon hast Du gestern nichts gesagt. Stimmt das?", fragte sie Adolf mit barschem Ton.

„Ja, damit hat sie Recht. Du kommst in Teufelsküche, wenn sie andere Schüler anstecken. Ich dachte, Du könntest sie ja unter dem Vorwand, sie hätten die Windpocken, in der Anstalt lassen. Dann kommen wir um die Krätze herum. Aber wenn eine vom Personal plaudert, bin ich dran. Außerdem könnten die Jungen sich später in der Schule versprechen. Anna, das sollten wir nicht machen!"

Anna Nastrewa bekam einen hysterischen Anfall. Sie schrie in den Telefonhörer und beschimpfte Adolf aufs Schlimmste.

„Du hättest ruhig öfter nach den Bengeln schauen können, dann hätte ich jetzt nicht die Scherereien. Hängst mir das Gesundheitsamt auf den Hals."

„Anna, ich bitte Dich! Du weißt genau, dass ich schon lange nicht mehr auf der Burg praktizieren darf. Freu Dich, dass ich es trotzdem tue. Du hättest die Jungen freilich auch dem Dr. Hasler in Amberg vorstellen können. Aber das wolltest Du nicht. Warum nicht, weißt Du am besten!", konterte Adolf.

„Jetzt komm mir nicht auf diese Weise. Du hängst schließlich selbst mit drin", schrie sie noch erboster ins Telefon.

„Lass uns einen kühlen Kopf bewahren, Anna. Krätze kann in den besten Familien vorkommen. Ich schütze Dich, wo ich kann."

„Du musst jedenfalls die Atteste schreiben, dass die Jungen nicht in die Schule dürfen. Und untersuche den Gabriel bitte auch, wenn Du das nächste Mal kommst. Er hat neulich Kontakt mit ein paar Jungen gehabt."

„Das mach ich. – Hast Du über Salzburg nachgedacht?", wechselte er geschickt das Thema.

„Habe ich! Aber mit den Ausgaben, die jetzt auf mich zukommen, weiß ich nicht, an welcher Schraube ich drehen soll!"

„Wir schaffen das, Anna. Ich bin da ganz zuversichtlich. Und jetzt gönn Dir einen Cognac, der entspannt Dich. Ich melde mich in den nächsten Tagen." Damit legte er auf.

Anna war völlig durcheinander. Sie wusste, dass Adolf es im Grunde seines Herzens gut mit ihr und Gabriel meinte. Wenn doch seine Frau nicht wäre. Deshalb schien ein Haus in Österreich die einzige Möglichkeit für alle, ein bisschen Familienleben zu haben. Sie würde sich noch einmal an die Zahlen machen müssen, wenn sie das erreichen wollte.

Die Jungen waren völlig aus dem Häuschen. Wieder mal herrschte emsiges Treiben auf der Burg. Sie vergaßen dabei fast, dass der Grund für die Säuberungsaktion die Krätze war. Martha wirbelte geschäftig und frohgelaunt durch die Räume. Mit ihr gemeinsam hatten heute Christa und der neue Praktikant Rainer im ersten Stock Dienst. Auf der zweiten Etage arbeiteten Silvia und Frau Martens. Kurt war von der Chefin zum Einkaufen geschickt worden. Diese Tatsache entlastete Martha sehr, denn in letzter Zeit waren sie immer wieder aneinander geraten.

Martha entschied, dass die Raben sich mit Hilfe von Rainer an den Aufgaben beteiligen sollten.

„David, Stefan, Martin, Ihr könnt Eure Betten selbst abziehen und wenn Onkel Kurt zurück ist, beim Desinfizieren helfen."

Bei den Eulen ging es weniger fröhlich zu. Viele der geistig behinderten Kinder kreischten wild durcheinander, schaukelten mit ihrem Oberkörper hin und her oder bissen und kratzten sich selbst. Sie konnten Aufregungen solcher Art am wenigsten aushalten.

Frau Martens ging mit lautem Organ und kräftiger Hand dazwischen. Ganz wie sie es von Kurt und der Chefin gewohnt war.

„Haltet doch endlich mal Euer gottverdammtes Mundwerk. Ich werd noch irre bei Euch!"

Obwohl der Verstand ihr sagte, dass es bei diesen Deppen keinen Sinn machte, sie zu züchtigen, setzte sie fünf der Jungen auf ihre Stühle und band sie mit Ledergurten daran fest. So konnten sie sich wenigstens nicht selbst verletzen. Die Jungen folgten ihr willig. Sie waren in den letzten Jahren nichts anderes gewohnt.

Martha und Christa nahmen sich die anderen Buben einzeln zum Duschen aus den Gruppen. Früh am Morgen war die Medizin aus der Apotheke gekommen, sodass sie alle infizierten Jungen mit der Salbe behandeln konnten. Doch schnell wurde deutlich, dass die Waschküche mit dem Waschen und Trocknen der Kleidung der Jungen nicht hinterherkommen würde, geschweige denn genügend Wechselwäsche für die Kinder da war. Auch die Bettwäsche reichte nicht aus. Die meiste Ersatzbettwäsche war kaputt und hätte längst geflickt werden müssen. Das Desinfizieren zog sich dadurch in die Länge. Martha wollte in der Verwandtschaft Bettwäsche sammeln gehen. Aber das hatte die Chefin ihr ausdrücklich verboten.

„Dann müssen die halt mal so unter der Decke schlafen", waren ihre Worte. Von Neuanschaffungen war keine Rede.

Kurt hatte in den letzten Tagen viel einstecken müssen. Diese Martha hatte ihm durch die Krätze im Heim das Zepter aus der Hand genommen. Er kochte innerlich. Was bildete die sich eigentlich ein, wer sie war? Kinderkrankenschwester! Dachte wohl, sie wäre was Besseres als er. Aber er würde es ihr schon zeigen. Schließlich gingen die letzten Jahre auch ohne sie und den Medizinalrat Dr. Gassner. Die Chefin hatte *ihn* zu ihrem Vertrauten gemacht. *Er* hatte sich um alles gekümmert und sich ein Bein für sie und die Idioten ausgerissen! Die Mitarbeiter hatten ihn akzeptiert und manche sogar gefürchtet. Kurt wurde immer wütender und reagierte sich mit dem Desinfektionsmittel an den Betten ab. Seine Hände waren bereits ganz rot von dem Zeug.

Als Martha am nächsten Mittag zum Dienst kam, hörte sie Kurts laute Stimme bereits im Treppenhaus. Sie machte sich auf eine erneute Auseinandersetzung mit ihm gefasst. Was sie dann zu sehen bekam, übertraf alles Bisherige in ihrer beruflichen Laufbahn. Und sie hatte so manches Leid gesehen! Jonas musste vor seinem Platz stehen. Sein Teller stand unberührt vor ihm auf dem Tisch. Die anderen Jungen hatten den Gruppenraum bereits verlassen. Jonas schien sein Essen heute nicht zu mögen. Kurt zwang ihn, das Kohlgericht aufzuessen. Er schrie ihn an und schaufelte ihm brutal sein Essen mit dem Löffel in den Mund, bis er zu würgen begann und sich in hohem Bogen übergab. Kurt hatte sich so sehr in Rage gebracht, dass er Jonas das Erbrochene erneut in den Mund stopfte. Er schien Marthas Anwesenheit dabei gar nicht bemerkt zu haben.

„Wenn Du denkst, dass Du mir mit solchen Allüren davon kommst, hast Du dich getäuscht", brüllte er den hilflosen Jungen an und schlug ihm im gleichen Moment mehrmals brutal ins Gesicht. Jonas wurde schneeweiß und röchelte bedrohlich.

Martha blieb fast das Herz stehen. Ohne zu überlegen ging sie auf Kurt zu und riss ihm den Buben aus der Hand.

„Was machen Sie denn da? Sie vergehen sich an dem Kind! Sehen Sie nicht, dass der Junge zu ersticken droht? Außerdem ist er ja ganz heiß!"

Sie fasste Jonas flink an die Stirn. Der Bub hatte bestimmt 39 Grad Fieber, so heiß wie der war.

„Das wird noch ein böses Nachspiel für Sie haben, Martha!", drohte Kurt Martha mit erhobener Faust.

Er war völlig außer sich! Aber tatsächlich hatte er im selben Moment den Jungen losgelassen und verließ nun wutentbrannt den Raum.

Erst jetzt begann Jonas bitterlich zu weinen und ließ sich in Marthas Arme fallen. Sie fischte ihm die Speisereste aus dem Mund, wischte ihn ab und gab ihm schnell von dem kalten Tee aus dem steinernen Krug zu trinken. Dann nahm sie ihn mit ins Krankenzimmer, bettete ihn liebevoll auf die Liege und führte ihm das Fieberthermometer in den Mund. Nach fünf Minuten hatte sie es schwarz auf weiß: Jonas hatte 39,8 Grad Fieber. Deshalb hatte er nichts gegessen. Er war krank und wurde dafür auch noch bestraft.

Kurt war indes schnurstracks zur Chefin gegangen.

„Was die Krankenschwester sich mir gegenüber erlaubt, geht zu weit! Das hat bisher noch keine hier gemacht. Und das wird auch keine mehr tun!“, schrie er außer sich vor Wut.

„Jetzt erzählen Sie mal einen Schritt nach dem anderen“, versuchte Anna Nastrewa ihn zu beruhigen.

„Kommt rein und reißt mir den Jungen aus der Hand! Bezichtigt mich des Vergehens an ihm. Und das nur, weil der sein Mittag nicht essen will. Ich kenne die Sorte doch ganz genau und weiß, was in solchem Fall zu tun ist!“

„Ganz ruhig Kurt! Ich werde sie mir vorknöpfen, darauf können Sie sich verlassen. Machen Sie nur weiter Ihre Arbeit. Neue muss man sich schließlich auch erst erziehen.“

Kurt entspannte sich. Die Chefin lehnte sich erleichtert zurück. Was würde sie nur ohne ihn machen? Ihn musste sie sich auf jeden Fall warm halten.

„Jetzt machen Sie halt für heute Feierabend. Kommt sowieso nichts Gutes bei raus, wenn sie sich drüben begegnen“, ordnete sie an. Damit war für sie das Gespräch beendet.

Kurt zog frustriert ab. Was sollte er denn zu Hause? Doch er hatte sich dem Willen seiner Chefin zu beugen.

Wenig später klopfte es erneut an Anna Nastrewas Tür. Sie hatte es nicht anders erwartet. Auch Martha drängte es, nachdem sie Jonas versorgt und in sein Bett gelegt hatte, mit ihr ein Gespräch zu führen. Es hatten sich in den letzten Wochen zu viele Vorfälle in ihr angestaut.

„Nehmen Sie Platz, Martha. Der Kurt war auch gerade hier und hat mir von dem Vorfall mit dem Jungen während des Mittagessens berichtet. Was kann ich für Sie tun?"

„Frau Chefin, ich bin empört über viele Umstände in Ihrer Anstalt. Angefangen von den hygienischen Verhältnissen bis zur Unterbringung der Jungen und dem Umgang mit ihnen. Ich komme ja nicht aus der Pädagogik, aber mein gesunder Menschenverstand sagt mir, dass es hier an grundlegenden Dingen mangelt", erregte sich Martha.

Ein bisschen war sie selbst erschrocken über ihren Mut. Aber wenn es um Kinder ging, ließ sie nicht allzu lange mit sich reden. Das war schon immer so.

„Ich möchte Jonas morgen dem Arzt in Amberg vorstellen. Gerne möchte ich auch Peter und Thomas mitnehmen. Dazu benötige ich den VW-Bus. Man sagte mir, dass Sie ihre Einwilligung dazu geben müssen?", hängte Martha noch hinterher.

Anna Nastrewa zog die Augenbrauen hoch und spitzte den Mund.

„Ich möchte gerne noch über etwas Grundsätzliches mit Ihnen sprechen, liebe Frau Hohlbein."

Martha hörte sehr wohl, dass die Chefin sie nicht mehr beim Vornamen nannte. Das hatte nichts Gutes zu bedeuten.

„Bei uns gibt es gewisse Regeln, an die sich bisher alle Mitarbeiter gehalten haben. Eine davon ist, dass sie sich nicht gegenseitig ins Handwerk pfuschen. Ist das klar?"

Oh ja, dachte Martha. Und wer sich nicht an die Regeln hielt, muss gehen!

„Sie sollen natürlich Ihre Aufgaben als Krankenschwester hier gut ausführen. Ich bin ja froh, dass Sie da sind. So konnten wir die Auflage vom Amt, einen Psychologen einzustellen, umgehen. Außerdem hatte meine Mutter Sie mir ja gewissermaßen empfohlen. Aber wissen Sie, früher hat der Kurt das ganz gut allein gemacht. Seien Sie ein bisschen gnädig mit ihm. Sie haben ihm ein wichtiges Aufgabenfeld weggenommen. Jedenfalls kann ich mir vorstellen, dass er es so empfinden könnte. – Beziehen Sie ihn doch einfach ein bisschen mehr mit ein", schlug Anna Nastrewa ihr vor.

Martha dachte, sie hörte nicht richtig.

„Frau Nastrewa, entschuldigen Sie bitte, aber hier scheint es sich um ein Missverständnis zu handeln. Der Pfleger Kurt hat auf brutalste Weise ein krankes und dazu noch schwer behindertes Kind geschlagen und es gezwungen, sein eigenes Erbrochenes aufzuessen. Dabei wäre es beinahe erstickt. Wie, bitte schön, erwarten Sie, dass ich ein bisschen gnädig mit ihm zusammenarbeite?"

Die Chefin nestelte etwas hilflos an ihrem Dirndl herum. So genau wollte sie es gar nicht wissen.

„Der Bub wird schon seinen Teil dazu beigetragen haben, dass der Kurt sich zu so etwas hinreißen lässt", wich sie Marthas Darstellung aus.

„Dieses Kind ist krank! Es hat 39,8 Grad Fieber. Was würden denn Sie mit Ihrem eigenen Buben in solch einem Fall machen?", fragte Martha.

„Das ist doch etwas ganz anderes. Sie wissen doch selbst, dass diese Kinder alle etwas labil sind. Die sind eh nichts anderes gewohnt", versuchte sie Marthas Argumente zu entkräften.

Martha war dermaßen empört über die Worte der Chefin, dass sie jetzt alles auf eine Karte setzte. Sie hatte nichts mehr zu verlieren.

„Frau Nastrewa, es ist mir außerdem ein dringendes Anliegen mit Ihnen über das Nässer-Zimmer zu sprechen! Ich habe den kranken Jungen jetzt in sein Bett gelegt. Dort im Dachgeschoss liegt er völlig abgeschieden in einem Zimmer, in dem es an Hygiene und Wärme mangelt. Es stinkt fürchterlich nach Urin und Tag und Nacht soll das Fenster zum Lüften aufstehen. In solch einem Raum kann ein Kind ja nur krank werden!", betonte sie mit Nachdruck.

Anna merkte wieder einmal, dass sie sich vor dieser jungen Frau in Acht nehmen musste. Sie war sehr direkt. Zu direkt! Sie könnte ihr gefährlich werden.

„Martha, sagen Sie mir, was Sie brauchen, und ich werde schauen, was sich machen lässt", versuchte sie deshalb einzulenken.

Etwas überrascht und auch ein wenig misstrauisch registrierte Martha den Wandel in Anna Nastrewas Reaktion. Sollte sie es so einfach haben, diese Frau zu überzeugen? Glauben konnte sie es nicht. Trotzdem wagte sie sich weiter vor.

„Jonas benötigt während der Krankheit, auf jeden Fall während des Fiebers, einen Raum, in dem er unter Beobachtung sein kann. Und ich möchte, wie bereits gesagt, die Kinder dem Arzt in Amberg vorstellen."

Dabei beließ sie es lieber erst einmal. Doch von einer Zusammenarbeit mit dem Hilfspfleger Kurt konnte die Chefin nicht ausgehen. Auf gar keinen Fall auf seinem Niveau!

Sie reichte Anna Nastrewa zum Abschied die Hand und blickte ihr in die Augen. Wieder kam ihr dieser kalte, ausdruckslose Blick entgegen.

Aufgewühlt und innerlich fröstelnd ging sie zu Jonas ins Dachgeschoss. Gott sei Dank war das Fieber nicht weiter angestiegen. Sie machte alles fertig für die Übergabe an die Nachmittagsschicht. Diese würde sie bitten, den kranken Jungen in das kleine Zimmer im ersten Stock umzubetten.

Burg Wernberg, Herbst 1976

Es war kurz vor 7.00 Uhr, als Martha die schmalen Stufen in den ersten Stock hochstieg. Einige Jungen der Rabengruppe machten sich gerade fertig für die Schule und hasteten über den Flur in ihren Waschraum. Die restlichen Raben hatten heute frei und waren stillgelegt. Sie sollten im Schlafraum bleiben, bis die anderen aus dem Haus waren. Aus dem oberen Waschsaal drangen eigenartige Schreie bis zu Martha herunter. Sie ließ sich von ihrem Instinkt leiten und schritt mit großen Schritten, zwei Stufen auf einmal nehmend nach oben, wo sie auf Kurt und eine der Erziehrinnen stieß. Beide waren, mit einer Klobürste bewaffnet, dabei, drei voll gekoteten Jungen den Po zu schrubben. Die Jungen schrien vor Schmerzen. So etwas gab es doch nicht. Martha war fassungslos.

„Um Gottes Willen, was machen Sie denn da? Hören Sie sofort auf!", ging sie mit scharfem Ton dazwischen.

„Da halten Sie sich besser raus, Martha. Sie sind für die Medizin zuständig und wir für den Rest. Das nennt man Sauberkeitserziehung!"

Kurt keifte sie giftig an, während die Erzieherin schuldbewusst die Bürste an die Seite legte. Sie hatte schon von der Entschlossenheit der Krankenschwester gehört.

Martha sah das Gesäß der Kinder. Knallrot, wund und Risse von den Bürstenborsten um den After herum.

„Jetzt geht es mich schon was an, Kurt. Das ist Körperverletzung! Aber damit haben Sie ja keine Probleme, wie mir scheint."

„Fangen Sie bloß nicht wieder an, alles aufzumischen. Es hat hier bisher alles wunderbar geklappt, auch ohne Sie."

Martha ließ sich auf keine weiteren Diskussionen ein. Sie ging in den Achtbett-Schlafsaal der Raben im zweiten Stock. Dort lag Achim noch in seinem Bett. Sie sah schon von

Weitem, dass er geweint haben musste. Er erzählte ihr Zähne klappernd, dass er die ganze Nacht entsetzliche Schmerzen gehabt hatte. Seine verweinten Augen und die seltsame Haltung seines rechten Arms sprachen Bände. Mit geschultem Griff tastete sie seinen Arm ab.

„Ja, Achim, wie hast Du denn das gemacht? Hast Du nicht die Nachtwache gerufen?"

„Doch, aber die hat gesagt, sie kann nichts tun, und ich soll mich nicht so anstellen. Ich bin gestern beim Ausgang im Burgwald vom Baum gefallen. Da tat es auch schon weh."

„Ach du liebe Güte", entfuhr es ihr. „Du Armer, hast Du es denn nicht in der Früh gemeldet?"

„Doch, aber der Onkel Kurt hat auch gemeint, ich soll mich nicht so anstellen. Hab doch selbst schuld."

Innerlich war sie wieder einmal erbost über diese Unverfrorenheit der Mitarbeiter. Sie zog Achim vorsichtig an, nahm die Hand des unversehrten Armes und ging mit ihm zum Büro, um den Schlüssel für das Dienstauto zu holen. Achim schrie bei der kleinsten Bewegung vor Schmerzen auf. Martha hatte gerade den Autoschlüssel vom Brett genommen, als plötzlich die Chefin vor ihnen stand.

„Martha, Sie können das Auto jetzt nicht nehmen! Zuerst muss mein Sohn damit in die Schule gefahren werden."

Martha dachte, sie höre nicht richtig.

„Aber Frau Chefin, ich gehe davon aus, dass der Junge sich den Arm gebrochen hat. Er hat entsetzliche Schmerzen und muss augenblicklich in die Klinik gefahren werden. Sie haben doch auch noch ihr Auto."

„Das ist in der Werkstatt und geht Sie übrigens auch nichts an. Den Jungen können Sie in die Klinik fahren, wenn mein Sohn in der Schule ist."

„Nein, das möchte ich jetzt tun! Das ist doch das Auto für die Kinder."

„Das entscheide immer noch ich, Martha!"

Damit nahm Anna Nastrewa ihr den Autoschlüssel aus der Hand und gab ihn der Kinderfrau, die sich um Gabriel kümmerte. Martha versuchte, aufgebracht und aufgewühlt, wie sie war, die nötige Ruhe zu bewahren. Durch leises Summen beruhigte sie Achim, der mit schmerzverzerrtem Gesicht Zeuge dieses Gespräches geworden war, und ging mit ihm zurück ins Krankenzimmer. Dort entschied sie, ihm aufgrund dieser fatalen Umstände ein Schmerzzäpfchen zu geben. Dann holte sie ihr Pippi-Langstrumpf-Buch hervor und nahm Achim auf ihren Schoß. Seinen Kopf an ihre Schulter gelehnt, tauchte er in *Pippis Welt* ein und vergaß für kurze Zeit seine Schmerzen.

Wortlos nahm Martha nach einer Dreiviertelstunde den Autoschlüssel in die Hand. Endlich konnte sie mit Achim ins Krankenhaus fahren.

Der Arm musste geröntgt werden. Marthas Vermutung war richtig. Es war eine doppelte Unterarmfraktur. Achim bekam einen Gips angelegt und musste den Arm fortan in einer Schlinge tragen. Als der Orthopäde ihn nach dem Hergang des Unfalls befragte, hatte Martha für einen Moment den Eindruck, dass der Junge nicht ganz die Wahrheit sagte. Sie musste unbedingt noch einmal mit dem Praktikanten Rainer sprechen und sich von ihm den Hergang erzählen lassen.

Stolz und siegesbewusst kehrte Achim mit seinem Gips-Arm in die Anstalt zurück. Jeder konnte es sehen, dass er weder simuliert noch gelogen hatte, seine Schmerzen waren echt gewesen. Als Martha und Achim an Kurt vorbeikamen, blitzte es gefährlich in dessen Augen. Martha hatte den Eindruck, dass Achim seinem Blick auswich. Was war wirklich mit seinem Arm geschehen? Vor was hatte der Junge Angst?

Martha hielt es für besser, Rainer nach Dienstschluss am Burggraben abzufangen, als ihn in der Anstalt anzusprechen. Sie hatte Glück, dass sie heute in der gleichen Schicht arbeiteten.

„Rainer, kann ich Dich noch einen Moment in Beschlag nehmen?"

Martha fühlte sich ein wenig unwohl dabei, den jungen Mann über den Unfall von gestern auszufragen. Er sollte auf keinen Fall das Gefühl bekommen, dass sie ihm misstraute. Nur allzu gut, konnte sie sich an ihre eigene Praktikumszeit erinnern. Wie wach sie damals die Zustände im Heim aufgenommen hatte. Vielleicht war es ja genau das Richtige, mit ihm zu sprechen.

„Klar Martha, Du immer."

Er flirtete mit ihr, sie, die doch dicke zehn Jahre älter war als er. Sie musste innerlich schmunzeln.

„Rainer, Du warst doch gestern mit Kurt und den Jungen draußen im Burgwald, oder?"

„Ja, war ich. Du fragst bestimmt wegen Achim?"

„Genau. Hast wahrscheinlich von seinem Armbruch gehört."

„Nein, das hatte ich noch nicht, ich war heute den ganzen Tag unten bei Felix in der Werkstatt, Betten bauen."

Er zwinkerte ihr solidarisch zu. Denn er war es gewesen, der Martha während der Krätze-Episode darauf aufmerksam gemacht hatte, dass die Jugendlichen in viel zu kleinen Betten schliefen. Sie waren aus ihren Kinderschlafstätten herausgewachsen. Doch Anna Nastrewa hatte es nicht für nötig gehalten, größere Betten anzuschaffen. So waren die langen Kerle mit angezogenen Beinen in ihren Kinderbetten gelegen und schliefen wahrscheinlich recht ungemütlich und kalt obendrein. Denn auch die Decken waren natürlich viel zu kurz geworden. Heinz hatte Rainer einmal gezeigt, wie er sich zusätzlich immer mit seinem Parker zudeckte. Das durfte nur keiner merken.

Als er Martha davon berichtet hatte, war wieder einmal sie es gewesen, welche, von Wut und Empörung getrieben, daraufhin zur Chefin ging. Diese fürchtete Martha Hohlbein inzwischen geradezu. Daraufhin hatte Anna Nastrewa tatsächlich Felix Spoerl und ihn beauftragt, neue Betten zu bauen bzw. einige zu vergrößern. Gestern hatte er dann endlich die alten Matratzen entsorgen müssen. Ihn ekelte es noch immer. Sie waren durchgelegen, durchgepinkelt! Voller großer, getrockneter Urinflecken. Und dann erst der Geruch.

Rainer genoss die kurze Begegnung mit der attraktiven Martha. Im Stillen bewunderte er sie für ihre Kompetenz und Courage. Armbruch hatte sie gesagt. Vor seinem inneren Auge tauchte der gestrige Ausgang der Jungen in den Burgwald auf.

„Warte mal, mir schwant da etwas! Wann hat er sich denn den Arm gebrochen?"

„Er sagt, gestern im Wald. Er wäre beim Klettern vom Baum gefallen."

„Mehr hat er nicht dazu gesagt?"

„Nein."

„Hat er nicht erzählt, dass er Ärger mit Kurt hatte?"

„Nein. Aber bitte erzähl Du es mir. Ich habe schon die ganze Zeit so ein komisches Gefühl."

„Naja, ich habe auch nicht alles mitbekommen. Achim, ist ja unser Kletterer. Er war vorgelaufen zu seinem Lieblingsbaum. Diese alte, knorrige Eiche, weißt Du? Kurt rief wütend hinter ihm her. Aber Achim ließ sich nicht aufhalten. Jedenfalls saß er bereits in einem Ast, als wir ankamen. Ich ging mit den anderen Jungen weiter nach unten. Es gab dann ein Donnerwetter von Kurt. Hab nur das Geschrei hinter mir gehört. Aber das ist ja auf der Burg nichts Neues!"

„War Achim später irgendwie auffällig für Dich?"

„Er war ziemlich still und hielt sich seinen rechten Arm, glaube ich. Ich dachte mir freilich, dass Kurt den Buben zusammengestaucht haben musste."

„Was glaubst Du, was passiert ist?"

„Du meinst, ob Kurt ihn verletzt hat?"

„Ja, das ist jedenfalls meine Hypothese. Als die beiden sich heute Vormittag begegnet sind, blitzte es gefährlich in Kurts Augen und für einen Augenblick hatte ich den Eindruck, dass Achim seinem Blick ängstlich auswich."

„Warum fragst Du Achim nicht noch einmal genauer?"

„Ich wollte erst mehr von Dir hören, damit ich ihn nicht unnötig verunsichere. Das habe ich jetzt. Danke Rainer! Ich werd Dir berichten."

„Gern geschehen. Ich konnte ja nicht wirklich helfen."

„Oh doch!"

Sie nahmen gemeinsam die Abkürzung durch das kleine Waldstück. Die unebenen alten Steinstufen, die schon seit Jahrhunderten Menschen nach unten ins Dorf verholfen hatten, führten sie an die Straße. *Wenn diese Steine sprechen könnten, was hätten sie wohl alles zu berichten.*

Martha sprach Achim am nächsten Morgen noch einmal auf den Waldausflug an. Es war genauso, wie sie es vermutet hatte. Achim war gegen den Willen von Kurt auf den Baum geklettert. Diese Tatsache hatte Kurt dermaßen wütend werden lassen, dass er, als Achim bereits beim Herunterklettern war, ihn aggressiv am Bein gerissen hatte, sodass dieser abgestürzt und auf seinen rechten Arm gefallen war.

„Es hat so einen richtigen Knacks in meinem Arm gemacht."

„Warum hast Du mir das nicht gleich erzählt, Achim?"

„Weil der Onkel Kurt mir das verboten hat. Er hat gesagt, er würde mich dumm und dämlich prügeln, wenn ich das verrate. Aber das hat er erst gesagt, als ich über die Schmerzen geklagt habe."

„Verstehe! Gut Achim, dass Du es mir erzählt hast. Ich verspreche Dir, es bleibt vorerst unser Geheimnis."

Achim schaute sie unsicher an und unterdrückte seine Tränen.

Für Martha war es für heute genug, das Maß war voll, übervoll. Sie würde, nein, sie musste etwas unternehmen!

Teil 3

Auf der Anklagebank

Burg Wernberg, Ende 1976

Martha war dem zu dem Entschluss gekommen, kein Gespräch mehr mit Anna Nastrewa zu führen. Immer wieder hatte sie gehofft, dass sich durch das Aufzeigen der Missstände im Agnesheim etwas ändern würde. Die Chefin hatte ihr zwar sehr häufig das Gefühl gegeben, dass sie Martha ernst nahm, aber eine positive Entwicklung hatte es nicht gegeben.

Martha wusste, dass niemandem geholfen war, wenn sie übereilt Schritte unternahm. Lange hatte sie nun sämtliche Details in ihrem schwarzen Notizbuch vermerkt. Heute war Mittwoch, am Montag würde sie zur Kriminalpolizei gehen. Oder sollte sie vorher zum Jugendamt? Mit wem könnte sie über ihr Vorhaben sprechen? Sie brauchte Verbündete, Zeugen.

Fragen über Fragen. Auch wenn Bettina ihr zweites Kind erwartete, sie musste dringend mit ihr darüber sprechen. Schließlich kannte diese die Verhältnisse auf der Burg von Anfang an. Es war bereits spät am Abend, aber Martha musste ihre Freundin sprechen.

„Hallo, hier Bettina Wegerich."

Martha packte sofort das schlechte Gewissen, als sie Bettinas müde Stimme hörte. Egal, jetzt war sie schon am anderen Ende.

„Hallo, Bettina. Hier ist Martha. Bitte entschuldige, dass ich Dich so spät noch anrufe. Ich fühle mich sehr unter Druck und brauche Deinen Rat."

„Grüß Dich, Martha! Du brauchst Dich doch nicht zu entschuldigen. Ich freue mich, Deine Stimme zu hören. Warte, ich mache es mir ein bisschen bequemer im Sessel. Was gibt es Neues von der Burg?"

„Genau deshalb rufe ich Dich an. Bei mir ist ein Punkt erreicht, der das Fass zum Überlaufen gebracht hat. Ich kann nicht mehr! Und ich kann auch nicht mehr schweigen!"

„Was ist passiert? Hat Sie die Kinder wieder mit der Peitsche geschlagen?"

„Das weiß ich nicht. Ich bin ja selten in der Abendschicht. Ich möchte nicht wissen, was alles noch so passiert, ohne dass ich es mitbekomme. Vieles habe ich ja auch nur hinter vorgehaltener Hand gehört. Das ist ja das Schlimme. Keiner traut sich etwas gegen die Chefin zu sagen, denn das meiste betrifft sie selbst oder den Hilfspfleger Kurt. Ich sage nur: Unterlassene Hilfeleistung, mehrfache Körperverletzung, Kindesmisshandlung und Verwahrlosung!"

„Mensch Martha, das bringt ja wohl alle Missetaten der letzten Jahre auf den Punkt."

„Ich kann Dir heute Abend nicht alle Einzelheiten erzählen. Für Deinen Zustand wäre dies auch bestimmt nicht so förderlich. Bettina, ich werde Anzeige erstatten! Nur so blöd, dass Julius eine Woche auf Fortbildung in Hamburg ist. Deshalb brauche ich Dein Ohr. Ich habe gerade Angst vor meiner eigenen Courage."

„Martha, Du bist so eine starke Frau! Wovor hast DU denn Angst?"

„Dass man mir nicht glaubt. Du weißt selbst, wie viele Menschen im Vorfeld den Versuch unternommen haben, die Zustände auf der Burg aufzudecken. Denk mal an das Jahr 1973. Außer dass Dr. Gassner nicht mehr Anstaltsarzt sein durfte, war nichts passiert. Gemerkt, dass er es dennoch tat, hatte auch keiner. Die haben immer so weitermachen können. Selbst als herauskam, dass die Jungen keine Schule besuchten, folgten keine Kontrollen oder Strafen. Erinnerst Du noch den Fluchtversuch des Buben? Bruno hatte Vertrauen zu einem Lehrer gefasst und ihm von den Misshandlungen auf der Burg erzählt. Der hatte sich bei Kurt erkundigt und den Jungen dann als Lügner hingestellt. Manchmal habe ich den Eindruck, die vom Jugend- und

Gesundheitsamt stecken alle unter einer Decke. Als hätten sie ein gemeinsames Interesse an der Anstalt. Von den opulenten Jagdfesten auf der Burg habe ich dir doch erzählt. Du glaubst ja nicht, wer dort alles schon gastiert hat. Lauter Politiker aus der CSU. An vorderster Stelle unser Ministerpräsident. Und der Medizinalrat Dr. Gassner hat einfach überall seine Finger im Spiel. Wer soll denn dann mir kleinen Kinderkrankenschwester Glauben schenken?"

„Ach Martha, das klingt gerade so ausweglos. Ist es aber nicht!

Ich bin schon mal Deine erste Zeugin. Und Rosa sagt bestimmt auch aus. Wir haben ja bereits vor Jahren ausgepackt und mussten gehen. Uns kann also nichts mehr passieren. Wem würdest Du denn im Moment in der Anstalt noch vertrauen?"

„Gute Frage! Lass mich mal überlegen. Im Moment haben wir einen jungen Praktikanten. Der ist ganz wachsam. Ein wirklich netter Typ. Ich könnte mir vorstellen, dass er genügend Mut hätte. Ja, und dann vielleicht Christa."

„Sprich doch schon mal mit den Beiden. Was meinst Du, würde Dir das mehr Sicherheit geben?"

„Ich denke schon. Ach Bettina, es tut so gut, mit Dir darüber zu reden. Danke."

„Weißt Du noch, wie es vor ein paar Jahren war? Genau umgekehrt! Damals tat es mir immer so gut, mit Dir zu reden. Fühle Dich mit mir immer verbunden."

„Danke Bettina.

Und sonst? Ist alles gut mit der Schwangerschaft? Wie geht es meinem kleinen Patenkind? Drücke sie ganz fest von mir."

„Das mache ich. Sie freut sich sehr auf das Geschwisterchen. Gestern hat sie ihre Puppe unter ihren Pullover geschoben und schwanger gespielt. So goldig."

„Pass gut auf Dich auf, Bettina!“
„Du auch, Martha!“

Ihr Herz klopfte, Martha betrat das Polizeipräsidium. Zweiter Stock, Zimmer 218. Kurz blieb sie vor der Tür stehen, atmete tief durch und klopfte an, dann öffnete sie die Tür zum Büro von Kriminalkommissar Schätzer. Dieser erhob sich von seinem Stuhl, ging um den mit Akten beladenen Schreibtisch herum und begrüßte sie mit festem Händedruck.

„Grüß Gott, Frau Hohlbein! Danke, dass Sie gekommen sind.“

Er bat sie, ihm gegenüber Platz zu nehmen und bot ihr ein Glas Wasser an.

„Oder möchten Sie lieber einen Kaffee?“

„Nein danke. Wasser ist sehr gut.“

„Frau Hohlbein, Sie haben mich in der vergangenen Woche angerufen, weil Sie Anzeige gegen einen Mitarbeiter der Heilpädagogischen Anstalt auf der Burg Wernberg erstatten möchten, richtig?“

„Ja, genauso ist es. Ich selbst arbeite als Kinderkrankenschwester dort. Vor vielen Jahren als die Seniorchefin Agnes Nastrewa noch lebte, habe ich auch zwei Praktika im Heim gemacht.“

Vor lauter Anspannung bekam sie einen trockenen Mund. Wie gut, dass er ihr das Glas Wasser hingestellt hatte. Sie nahm einen kräftigen Schluck und zog sicherheitshalber ihr schwarzes Notizbuch aus der Jackentasche. Auf keinen Fall wollte sie Sachverhalte vor lauter Aufregung vergessen.

„Um wen handelt es sich denn, Frau Hohlbein?“

„Ich möchte Anzeige gegen den Hilfspfleger Kurt Schumacher erstatten. Eigentlich auch gegen die Heimleitung Anna Nastrewa. Aber das könnte wohl ein weitaus schwierigeres Unterfangen werden.“

„Sie beginnen einfach mal und ich schreibe alles mit. Am Ende gehen wir das Ganze noch einmal zusammen durch. Dabei können Sie sich gerne nochmal korrigieren. Anschließend schauen wir gemeinsam, welcher der nächste Schritt sein kann. Einverstanden?"

Martha nickte bestätigend mit dem Kopf.

Klaus Schätzer bemühte sich, ihr die Anspannung zu nehmen. Er wusste von anderen Klägern, wie sehr ein solcher Schritt für Aufregung sorgte. Bei Martha Hohlbein verrieten es ihm ihre hektischen Flecken am Hals und im Gesicht.

„Was genau möchten Sie denn anzeigen?"

„Soll ich es auf den Punkt bringen oder den Hergang erzählen?"

„Am liebsten beides", ermunterte er sie.

„Also Anzeige möchte ich wegen Kindesmisshandlung, Körperverletzung und unterlassener Hilfeleistung von Schutzbefohlenen erstatten. Ja, auch Tendenzen von Verwahrlosung! Aber die beiden letzten Punkte würden eben schon Frau Nastrewa betreffen."

„Das sind ja eine ganze Menge Anschuldigungen, Frau Hohlbein."

Sofort wurde Martha unsicher. War das alles wirklich gerechtfertigt? Übertrieb sie nicht maßlos? Sie würde den beiden Unrecht tun. Wie wollte sie das später verantworten? Herr Schätzer holte sie aus ihrem Gedankenkarussell.

„Frau Hohlbein, am besten Sie fangen einfach an zu erzählen. Sie werden sich den Schritt, zu mir zu kommen, sicher gut überlegt haben."

Sie nickte wieder.

Martha war froh in den letzten Tagen verschiedene Gespräche mit Kolleginnen geführt zu haben. Schließlich war sie nicht die Einzige, die den Missständen auf der Burg ein Ende setzen wollte. Immer wieder hatte sie die Jungen vor Augen. Es ging hier schließlich um die Kinder. Einer musste dem ganzen Elend doch einen Schlusspunkt setzen.

„Ja, wenn es recht ist, fange ich einfach der Reihe nach an, oder?"

„Ja, machen Sie nur. Ich habe ausreichend Zeit eingeplant."

Erleichtert und ein bisschen entspannter lehnte Martha sich weiter in den Stuhl zurück. Stockend begann sie zu erzählen.

„Es kam ein Bub während meines Dienstes mit blutigem Serum im Ohr ins Krankenzimmer. Es sah nach einer Verletzung aus. Auf meine Frage, wie er denn zu dem Blut im Ohr käme, antwortete der Junge doch tatsächlich, er hätte sich immerzu selbst aufs Ohr gehauen. Das habe ich ihm natürlich nicht geglaubt und in der Gruppe nachgefragt. Die anderen Kinder erzählten mir dann die ganze Geschichte."

Martha sah und hörte die aufgeregten Buben wieder vor sich: „Onkel Kurt hat Nachtdienst gehabt. Es hat so ein lautes Gewitter gegeben, dass der Heinzi die totale Angst bekam und zu weinen anfing. Dann hat er sich bei jedem Donner und Blitz die Decke über den Kopf gezogen. Onkel Kurt hat geschrien, dass Angst nur kleine Babys haben. Und dann hat er dem Heinzi brutal auf sein Ohr geschlagen, bis das Blut herausschoss."

„Ja, so haben die Jungen es mir erzählt. Ich habe darauf bestanden, mit dem Heinz zum Arzt zu fahren. Doch dies wurde mir von der Chefin, also der Frau Nastrewa, untersagt. Stattdessen hat sie Dr. Gassner, ihren heimlichen Lebensgefährten, gebeten, sich den Jungen anzusehen. Daraus folgte jedoch keine Konsequenz für den Hilfspfleger. In dieser Art gab es immer wieder schwere Übergriffe auf der Burg."

Über eine Stunde erzählte Martha mit Hilfe ihres Notizbuchs von den Ausschreitungen in der Heilpädagogischen

Anstalt. Sie ließ nichts aus und fügte am Ende noch ein kürzlich stattgefundenes Gespräch mit Anna Nastrewa hinzu.

„Sie hatte mich zu sich gebeten, um mit mir über die sogenannten *Angelegenheiten* der letzten Monate zu sprechen. Sie hat mir doch tatsächlich ein höheres Gehalt angeboten und mich sogar gefragt, was ich denn sonst haben wolle? Ich soll es doch ihr und mir nicht so schwer machen. Sie hat wirklich versucht, mich zu bestechen, und gemeint, ich könnte doch eine ruhige Kugel auf der Burg schieben, wenn ich nur wollte."

Kommissar Schätzer hatte ohne Martha zu unterbrechen zugehört. Er war fassungslos.

„Was für unglaubliche Geschichten, Frau Hohlbein! Sie sind sich darüber im Klaren, dass wir Beweise brauchen? Ihre Anklagen sind schwerwiegend."

„Ja, ich bin mir dessen bewusst. Einige Mitarbeiterinnen und ein Praktikant haben mir zugesichert, dass sie als Zeugen aussagen werden. Aber es gibt auch Kolleginnen, die davon nichts wissen wollen und ganz sicher eine Aussage verweigern werden. Ich bin mir nach dem letzten Gespräch mit Frau Nastrewa sicher, dass diese von ihr „gekauft" wurden. Wie es auch in der Vergangenheit schon einmal der Fall war."

„Ja, Frau Hohlbein, es ist gut, dass sie gekommen sind! Die Anstalt hat bereits vor Jahren einmal im Zwielicht gestanden. Die Missstände gingen damals sogar durch die Presse. Jetzt werden wir der Sache wirklich auf den Grund gehen, das verspreche ich Ihnen. Lassen Sie uns noch einmal meine Aufzeichnungen gemeinsam durchgehen."

Kommissar Schätzer las Martha Punkt für Punkt ihrer Ausführungen vor. Konzentriert nickte sie jeden Satz ab.

„Ich habe den Eindruck, wir sollten uns erst einmal auf den Hilfspfleger Kurt Schumacher konzentrieren. Dabei wird es ganz sicher nicht ausbleiben, dass auch Frau Nastrewa zu Ihrer Anklage befragt werden wird", beschloss Kommissar Schätzer das Gespräch. Martha nickte zustimmend. Er klappte den Aktendeckel zu und erhob sich. Langsam ging er um seinen Schreibtisch herum und begleitete Martha zur Tür.

„Wir bleiben in Kontakt. Sie hören von mir, sobald ein genauer Plan ausgearbeitet ist."

Martha verließ nach zweieinhalb Stunden etwas benommen, aber erleichtert und auch bestärkt das Polizeipräsidium. Jetzt galt es, den anderen Kolleginnen Mut zu machen, auch tatsächlich als Zeugen auszusagen.

Kriminalkommissar Klaus Schätzer griff sofort nach der Verabschiedung von Martha Hohlbein zum Telefonhörer und rief seine Kollegin an. Bei ihm hatten bereits während der Schilderung der Krankenschwester die Alarmglocken geläutet.

„Susanne Schwarz am Apparat."

„Hallo Susanne, hier Klaus Schätzer. Ich habe gerade eine Meldung wegen Kindesmisshandlung, Körperverletzung etc. auf der Burg Wernberg aufgenommen. Du erinnerst Dich vielleicht? Da gab es doch vor ein paar Jahren schon einmal eine Anzeige gegen das Agnesheim. Könntest Du mir die Akte besorgen? Ich muss der Sache unbedingt näher auf den Grund gehen, bevor ich der Heimleitung einen Besuch abstatte."

„Ja, ich erinnere mich. Ging es da nicht auch um den Medizinalrat Dr. Gassner?"

„Ganz genau."

„Ich werde gleich mal nachschauen. Sag mal, sollen wir zusammen in der Kantine zu Mittag essen?"

„Bin heute leider schon verabredet. Aber nächste Woche gerne. Danke."

Eine Stunde später hatte Klaus Schätzer den Vorgang *Agnesheim* aus dem Jahr 1973 vor sich auf dem Schreibtisch liegen. Auf Susanne war wie immer Verlass. Beim Durchblättern stieß er auf den von ihr erwähnten *Eintrag*. Gegen den Medizinalrat Dr. Gassner, tätig als Amtsarzt auf dem Gesundheitsamt und bis dato im Agnesheim, wurde wegen Kindesmisshandlungen durch die Staatsanwaltschaft ermittelt. Die behinderten Kinder sollten wiederholt mit einer Reitpeitsche gezüchtigt und von abgerichteten Jaghunden bedroht worden sein. Ferner wurde ihm missbräuchlicher Umgang mit Narkotika zur Last gelegt. Das Verfahren wurde im Oktober 1973 von der Staatsanwaltschaft wegen widersprüchlicher Aussagen eingestellt. Dr. Gassner wurde lediglich untersagt, weiterhin als Heimarzt tätig zu sein.

Dazu hatte ihm Frau Hohlbein doch gerade eben anderes berichtet. Kriminalkommissar Schätzer wurde sofort misstrauisch. Der Doktor sollte immer noch Kinder impfen, war in ihren Berichten vorgekommen und solche, die in die Ferien fuhren, soll er auch untersucht haben. Wenn er sich recht erinnerte, war doch der Dr. Gassner immer wieder mal in Presse- und Funkveröffentlichungen aufgetaucht. Gerade kürzlich hatten sich am Gymnasium wieder Schüler geweigert, sich von ihm untersuchen zu lassen. Man munkelte auch etwas von sexuellen Übergriffen an Schülerinnen sowie unbeherrschtem Benehmen und Wutausbrüchen. So hatte es jedenfalls in der mittelbayrischen Zeitung gestanden.

Klaus Schätzer schnalzte mit der Zunge und begann einen Verhörplan aufzustellen. Er spürte deutlich, dass diese Geschichte ein heißes Eisen war. Dafür musste er sich warm anziehen. Zu lange schon schienen Vorgänge auf der Burg verschleiert worden zu sein. Ihm war klar, dass er jetzt auch die Jugendlichen selbst befragen würde. Dafür war eine Zusammenarbeit mit dem Jugendamt nötig. Zum zweiten Mal in dieser Sache nahm er heute den Telefonhörer in die Hand und wählte die Nummer des Sozialarbeiters.

„Müller, guten Tag."

„Hallo Herr Müller, hier Kriminalkommissar Schätzer. Haben sie einen Moment Zeit für mich?“

„Ja, einen Moment bitte. Ich gebe meiner Kollegin gerade noch ein paar Akten mit auf den Weg. – So, jetzt bin ich für Sie da. Was kann ich für Sie tun?“

„Ich habe heute Morgen eine Anzeige gegen Mitarbeiter des Agnesheims, Burg Wernberg aufgenommen. Habe mir dazu die Akte von 1973 noch einmal angesehen und bin zu dem Schluss gekommen, dass ich nicht nur die Mitarbeiter, sondern auch die Kinder bzw. Jugendlichen selbst befragen möchte. Spricht etwas dagegen?“

Stille am anderen Ende. Dann Räuspern.

„Hallo Herr Müller, sind Sie noch da?“

„Ja, natürlich. Ich bin etwas erstaunt über Ihre Mitteilung. Bei mir ist nichts gemeldet worden.“

„Dazu sage ich Ihnen gerne zu einem anderen Zeitpunkt mehr.“

„Wer hat denn die Anzeige erstattet? Vielleicht ist die Person mir bereits bekannt?“

„Martha Hohlbein, Kinderkrankenschwester. Sie ist noch nicht so lange dort.“

„Nein, ist mir unbekannt. Vielen Dank für den Hinweis. Ich bespreche mich mit meinem Vorgesetzten, ob eine Vernehmung der Jugendlichen möglich ist und melde mich wieder.“

Am nächsten Morgen läutete das Telefon von Kriminalkommissar Schätzer, knapp dass er seinen Dienst begonnen hatte. Am Apparat war Medizinalrat Dr. Gassner.

„Grüß Gott, Herr Kommissar Schätzer. Ich wollte kurz mit Ihnen, sozusagen kollegial, etwas besprechen. Mir ist zugetragen worden, dass die Kinderkrankenschwester Martha Hohlbein gestern Anzeige gegen die Heimleitung des Agnesheims und den Hilfspfleger Kurt Schumacher erstattet hat.“

„Herr Dr. Gassner, da bin ich aber verwundert, auf welchem Wege Ihnen diese Nachricht zugetragen wurde. Etwa durch das Jugendamt?"

„Naja, wir haben natürlich untereinander Verbindungen. Das ist doch bei der Kriminalpolizei sicher nicht anders? Schließlich war ich ja auch mal als Arzt auf der Burg tätig."

Damit brauchte der sich jetzt nicht zu rühmen, dachte Klaus Schätzer. Er würde sich nach den gestrigen Erkenntnissen auf keine Verbündung mit ihm einlassen.

„Womit kann ich Ihnen denn weiterhelfen, Herr Gassner?"

„Nein, verstehen Sie mich nicht falsch. Sie müssen mir nicht weiterhelfen! Im Gegenteil, ich möchte Ihnen ein paar hilfreiche Informationen zukommen lassen! Es hat in der letzten Zeit wiederholt Reibereien zwischen dem Hilfspfleger und der Kinderkrankenschwester Martha Hohlbein gegeben. Selbige ist aufgrund von Vorkommnissen derzeit von der Arbeit suspendiert worden. Frau Nastrewa hat ihr inzwischen sogar gekündigt. Diese Person will mit der Anzeige Rache an der Heimleitung und dem Pfleger nehmen. Ich würde an Ihrer Stelle den Aussagen von Frau Hohlbein nicht so viel Gewicht beimessen."

„Vielen Dank für Ihre Mitteilung, Herr Gassner. Doch in dieser Angelegenheit möchte ich mir sehr gerne selbst ein Bild verschaffen. Guten Tag!"

Kommissar Schätzer legte den Hörer heftiger auf als gewollt. Was für eine Art und Weise, seine Verbindungen spielen zu lassen! Das Telefonat bewirkte genau das Gegenteil bei ihm. Jetzt wollte er es noch genauer wissen.

Klaus Schätzer ließ sich mit der Burg Wernberg verbinden, um mit der Heimleitung einen ersten Besichtigungstermin zu verabreden.

Am gleichen Morgen hatte Martha Hohlbein tatsächlich ihre Kündigung im Briefkasten. Sie musste von Hand eingesteckt worden sein, denn es fehlten die Briefmarke und der Poststempel. Eigentlich hatte sie nichts anderes erwartet. Diese Reaktion war die übliche Handlungsweise von Anna Nastrewa.

Als am Mittag Kriminalkommissar Schätzer anrief, um ihr von dem Telefonat mit Dr. Gassner zu berichten, war sie doch überrascht.

„Frau Hohlbein, wie gut, dass Sie *gestern* bei mir waren. Stellen Sie sich vor, Dr. Gassner hat mir einzureden versucht, dass lediglich ein Machtkampf zwischen Ihnen und Herrn Schumacher stattgefunden hätte. Und dass aufgrund mangelnden Vertrauens, die Heimleitung Ihnen gekündigt hätte. Er unterstellt Ihnen mit Ihrer Anzeige ein Rachemotiv."

„Ja, so machen die es dort oben immer. Das ist nichts Neues! Was glauben Sie, Herr Kriminalkommissar, warum die Kolleginnen aufgehört haben, gegen die Missstände auf der Burg anzugehen? Der Dr. Gassner ist der Geliebte von Frau Nastrewa und Vater ihres Sohnes. Er kennt jeden Schritt, den sie macht. Ich gehe sogar so weit, dass ich behaupte, er ist derjenige, der ihre Schritte forciert und entsprechend seine Verbindungen zu den Ämtern genutzt hat. Ja, und wie man sieht, noch immer nutzen möchte, um ihr und somit auch sich nicht zu schaden. Anders ist es nicht zu verstehen, dass bereits vor vier Jahren eigentlich schon hätte gehandelt werden müssen. Wie viel Leid ist in den letzten Jahren wieder und wieder für die behinderten Kinder dort oben auf der Burg entstanden."

„Ich habe mir gestern die Akte von 1973 heraussuchen lassen und tatsächlich noch einmal eine Bestätigung Ihrer Schilderung bekommen. Frau Hohlbein, wir bleiben dran! Bleiben Sie weiterhin so mutig. Es wird nicht leicht für Sie werden."

Martha war erleichtert, diese Worte von dem Kommissar zu hören. Einen kurzen Moment hatte sie Sorge, dass Dr. Gassner wieder einen Sieg davontragen könnte und sich alles weiter auf dem Rücken der Kinder austragen würde.

„Ich danke Ihnen für Ihr Vertrauen, Herr Kriminalkommissar. Ich kann auch Gutes berichten. Ich habe gestern nochmals einige ehemalige Mitarbeiterinnen angesprochen und sie haben sich bereit erklärt, über ihre Erfahrungen auf der Burg zu sprechen."

„Schön. Ich werde morgen Nachmittag meinen ersten Besichtigungstermin im Agnesheim haben."

„Sie können mich jederzeit anrufen, wenn Sie Fragen haben, Herr Kommissar. Ich bin ja jetzt mit der Kündigung von meinem Dienst befreit", konstatierte Martha mit ironischem Unterton.

„Das nehme ich gerne in Anspruch. Rechnen Sie bitte auch mit einem Besuch vom Jugendamt. Wir sollten unbedingt mit den dortigen Kollegen zusammenarbeiten."

Kriminalkommissar Schätzer parkte seinen Wagen unterhalb der Burg, um das letzte Stück zu Fuß hochzugehen. Das alte Gemäuer mit seinen verwinkelten Türmen, die aus der Landschaft herausragten, schien Bände erzählen zu wollen. Doch dazu durfte er sich jetzt nicht hinreißen lassen. Ein wichtiger Termin stand ihm bevor. Das Schild vor der Burg mit der Aufschrift GESCHLOSSENE ANSTALT war ihm nicht entgangen.

Neugierig schritt er über die alte Brücke, die bis vor einigen Jahren am Abend immer noch hochgezogen worden war. Auf der Hälfte des Weges blieb er stehen und beugte sich über das morsche Holzgeländer, um sich den Burggraben genauer anzusehen. Welche Arten von Kröten hier wohl lebten? Bestimmt nicht uninteressant. Sein Blick ging an den Burgmauern entlang. Efeu hatte sich bis an die ersten Fenster emporgearbeitet. Es roch ziemlich feucht hier. Wie es wohl drinnen aussehen würde? Er war gespannt!

Kommissar Schätzer hatte die Brücke noch gar nicht ganz überquert als ihm eine rundliche Frau im Dirndl entgegenkam.

„Anna Nastrewa mein Name, guten Tag! Sie sind sicher der Herr Kriminalkommissar Schätzer?“, fragte sie süffisant.

„Grüß Gott, Frau Nastrewa. Ja, der bin ich.“

„Ich bin froh, dass Sie da sind, Herr Kriminalkommissar. Die Anzeige von der Frau Hohlbein hat schon für einen ordentlichen Wirbel in der Anstalt gesorgt. Sie und der Hilfspfleger Kurt Schumacher haben in der letzten Zeit immerzu im Streit gelegen. Ich schätze, Frau Hohlbein hat Ihnen aufgrund dessen etwas überzogene Darstellungen von unserer Einrichtung gegeben. Es war nicht mehr zu ertragen mit der. Deshalb habe ich ihr auch kündigen müssen. Sie hat mit ihrer ewigen Kritik das Arbeitsklima im Heim sehr belastet. Selbstverständlich werde ich Ihnen für Ihre Arbeit zur Verfügung stehen.“

„Danke Frau Nastrewa, ich möchte mir gerne einen eigenen Eindruck von Ihrer Einrichtung verschaffen. Würden Sie so freundlich sein und mir die Räume zeigen? Sowie mir Zugang zu den Kindern gewähren. Ferner möchte ich Ihre Angestellten zu bestimmten Vorfällen vernehmen.

„Ja, selbstverständlich. Nur durch die Räume geht hier normalerweise niemand von außen. Verstehen Sie, die Kinder sind das nicht gewohnt.“

Kommissar Schätzer zog konsterniert die Augenbrauen hoch.

„Frau Nastrewa, im Moment haben wir auch keine normalen Umstände. Es liegt eine Anzeige gegen den Hilfspfleger Kurt Schumacher wegen Kindesmisshandlung, Körperverletzung und unterlassener Hilfeleistung gegenüber Schutzbefohlenen vor. Das sagte ich Ihnen bereits am

Telefon und Sie müssten es doch auch schriftlich erhalten haben? Würden Sie mich jetzt bitte durch die Räume führen!"

Anna Nastrewa blieb nichts anderes übrig, als seiner Aufforderung nachzukommen.

Eng aneinander standen die Betten in den Schlafräumen. Kommissar Schätzer konnte sich nicht vorstellen, wie Kinder so tagein, tagaus leben sollten. Martha Hohlbein hatte nicht übertrieben.

Die Jungen schauten ihn mit fragenden Augen an. Einige der schwerer beeinträchtigten Buben schienen, wie durch ihn hindurchzusehen. Als er einem von ihnen liebevoll über den Kopf strich, wollte der Junge ihm sofort folgen. Aber dies schien nicht gewünscht zu sein. Klaus Schätzer spürte starke Verhaltenheit bei der Leitung als auch beim Personal. So, als würde hier sonst ein anderer Ton herrschen. Da konnte er sich auf seine gute Menschenkenntnis verlassen.

„Frau Nastrewa, hätten Sie einen Raum für mich, in dem ich ungestört Einzelgespräche mit den Mitarbeitern führen kann?"

In den Augen von Anna Nastrewa begann es zu flackern. Sie schien ihm auch blass geworden zu sein. Er war etwas verwundert. Damit hätte sie doch rechnen müssen. Er hatte ihr klar und deutlich sein heutiges Anliegen geschrieben. Ihm schien, dass diese Frau so einiges ausblendete.

„Solch einen Besprechungsraum haben wir freilich nicht. Aber Sie könnten in das Krankenzimmer der ehemaligen Angestellten Hohlbein gehen. Da wären sie ungestört."

Welch eine Ironie des Schicksals! Er betrat das Krankenzimmer, den letzten Arbeitsort von Martha Hohlbein. Ihm fiel sofort die andere Atmosphäre in diesem Raum auf. Kleine Bilder und Gegenstände erinnerten daran, dass hier Kinder liebevoll aufgenommen worden waren.

Im Laufe des Vormittags führte er rund fünfzehn Gespräche. Darunter waren Kinderpflegerinnen und Erzieherinnen, der Hausmeister, die Köchin und die Reinigungskraft. Schätzer konnte sich des Eindrucks nicht erwehren, dass die Angestellten um ihre Stelle fürchteten. Bis auf den Hausmeister traute sich keiner, etwas Belastendes auszusagen. Aber auch Felix Spoerl hielt sich eher bedeckt, er wollte seine gute Beziehung zu Harald Nastrewa und damit auch die kleinen Möglichkeiten, den Jungen etwas Gutes tun zu können, nicht aufs Spiel setzen. Entweder Klaus Schätzer hatte heute die falschen Personen erwischt oder die Vernehmungen am Ort des Geschehens sorgten für Verschwiegenheit. Zudem musste er verwundert feststellen, dass Anna Nastrewa den Hilfspfleger Kurt Schumacher für einige Wochen beurlaubt hatte. „Bis Gras über die Sache gewachsen sei", meinte sie. Also würde er ihm, wie auch den restlichen Mitarbeiterinnen, eine Vorladung ins Präsidium schicken müssen. Den bereits vernommenen Mitarbeitern hatte er angeboten, sollte ihnen noch etwas einfallen, sich telefonisch bei ihm zu melden. Hier auf der Burg machten weitere Gespräche jedenfalls keinen Sinn!

Jetzt blieb ihm noch seine letzte Aufgabe: die Befragung von Anna Nastrewa. Er klopfte an ihre Bürotür.

„Ja bitte, herein", klang es etwas schrill von innen.

Klaus Schätzer war beeindruckt von der Großzügigkeit des Büros der Heimleiterin. Hier ließ es sich arbeiten und leben. Ganz im Gegenteil zu der Behausung der Jungen drüben im Haupthaus der Burg.

„Frau Nastrewa, gerne würde ich auch Ihnen noch ein paar Fragen stellen. Möchten Sie, dass wir das Gespräch hier führen oder lieber im Präsidium?"

„Natürlich lieber hier, Herr Kriminalkommissar."

„Frau Nastrewa, sind Ihnen Körperverletzungen an den Kindern durch Herrn Schumacher oder andere Pflegekräfte bekannt?"

„Nein, mir ist nie etwas Derartiges zu Ohren gekommen, geschweige denn dass ich etwas gesehen hätte."

„Wie schätzen Sie das Arbeitsklima in Ihrer Einrichtung ein?"

„Im Großen und Ganzen gut. Die Leute werden gut von mir bezahlt und dafür erwarte ich auch einen entsprechenden Arbeitseinsatz."

„Ich habe mich ein wenig mit der Akte aus dem Jahr 1973 beschäftigt. Damals hatten Sie die Auflage bekommen, Fachkräfte einzustellen?"

„Das habe ich auch gemacht. Ich habe im gleichen Jahr einen Psychologen eingestellt. Dass der gar keiner war, dafür konnte ich ja nichts. Der war Gärtner und hat sich bei mir als Psychologe ausgegeben. Dafür musste der zwei Jahre ins Gefängnis."

„Frau Nastrewa, lassen Sie sich eigentlich die Zeugnisse Ihrer Bewerber zeigen?"

„Da verlasse ich mich auf meinen gesunden Menschenverstand und vertraue halt den Menschen."

„Haben Sie sich auch bei Kurt Schumacher auf Ihren gesunden Menschenverstand verlassen? Ich hörte, Herr Schumacher sei von Beruf Schlosser und habe gar keine pädagogische oder pflegerische Ausbildung."

„Der Kurt war schon zu Lebzeiten meiner Mutter hier im Agnesheim tätig. Sie hat ihn angelernt. Naja, zuerst war er als Hausmeister angestellt. Aber er hatte sich gut gemacht!"

„Was meinen sie genau mit *gut gemacht?*"

„Er war lernwillig. Hat sich gut anpassen können."

„Gut anpassen an Ihre Erziehungsvorstellungen?"

„Ja, genau!"

„Wie ist denn Ihr Erziehungskonzept für die behinderten Kinder?"

„Wir wollen den Kindern hier Vater und Mutter sein. Ihnen ein Zuhause geben und sie mit dem Nötigsten versorgen.

Und darin ist mir der Kurt zur *rechten Hand* geworden. Auf ihn kann ich mich verlassen. Deshalb glaube ich auch nicht, dass er so etwas gemacht hat!"

„Und wie würden Sie Ihr Verhältnis zu Dr. Gassner beschreiben?"

„Der Dr. Gassner arbeitet schon lange nicht mehr hier. Und mehr möchte ich dazu nicht sagen. Das ist meine private Angelegenheit!" Dazu verschränkte sie abweisend die Arme vor Ihrer Brust.

Klaus Schätzer schloss vehement sein Notizbuch, in das er sich während des Gespräches Notizen gemacht hatte, schraubte seinen Füllfederhalter zu und verstaute seine Sachen in seiner Aktentasche.

„Danke für das Gespräch Frau Nastrewa. Sie müssen davon ausgehen, auch noch einmal von der Heimaufsichtsbehörde Regensburg Besuch zu bekommen. Das Kreisjugendamt hat den Fall *Agnesheim* dorthin weitergeleitet."

„Aber warum denn das? Die vom Kreisjugendamt kennen uns doch ganz gut."

„So, die kennen Sie ganz gut. Na, das ist ja interessant! Vielen Dank, nochmals."

Kriminalkommissar Schätzer ließ sich von Anna Nastrewa an die Tür bringen. Sein letzter Blick ging hoch zu dem Verbindungsdurchgang im ersten Stock. Einige der Jungen liefen dort unaufhörlich hin und her. Manche hielten sich die Ohren zu und kreischten dazu. Sie waren bemitleidenswert. Eingesperrt auf dieser Burg!

Klaus Schätzer hatte einen Mordshunger, aber dieses Wort sollte er laut seiner Frau nicht mehr gebrauchen. Hatte sie wohl Recht mit. Bei seinem Beruf war das nicht so passend. Die Kantine hatte bereits geschlossen. Vielleicht bekam er ja noch im Alten Pfarrhof eine Kleinigkeit.

Bis zum Ende der Woche hatte Klaus Schätzer durch Martha Hohlbein sechs Mitarbeiter als Zeugen der Anklage gewinnen können. Er war sehr zufrieden und ging davon aus, dass sich im Laufe der Zeit noch weitere Kollegen melden würden. Das kannte er schon von anderen Fällen. Je mehr die Wahrheit ans Licht kam, desto mutiger wurden die Menschen. Sie ahnten, dass sie nichts mehr zu verlieren hatten.

Nun standen für ihn noch die Vernehmung von Kurt Schumacher und die Gespräche mit den Kindern und Jugendlichen aus. Zuerst würde er die Jungen aufsuchen.

Als er Anna Nastrewa anrief, um erneute Termine auf der Burg auszumachen, meldete sich ihre Sekretärin Gertrud Schwabing.

„Grüß Gott, ich hätte gerne Frau Nastrewa gesprochen."

„Das tut mir sehr leid. Sie ist mit Dr. Gassner und ihrem Sohn ins Ferienhaus nach Salzburg gefahren."

„Für wie lange denn?"

„In einer Woche wird sie wieder da sein."

„Ich müsste noch einmal ein paar Jungen auf der Burg sprechen. Sozusagen Zeugenaussagen."

„Ich weiß nicht, ob die Chefin damit einverstanden wäre."

„Ich kann die Jungen auch aufs Präsidium bestellen. Das hätten Sie dann morgen in der Post. Was wäre Ihnen lieber?"

Gertrud Schwabing war in Abwesenheit von Anna Nastrewa die stellvertretende Heimleitung. Jetzt musste *sie* eine Entscheidung treffen!

„Dann kommen Sie lieber auf die Burg. Das scheint mir für alle Beteiligten das Beste zu sein."

„Gut, dann bin ich morgen um 14.00 Uhr bei Ihnen."

Es regnete in Strömen als Kriminalkommissar Schätzer den kurvenreichen Weg hinauf zur Burg fuhr. Heute hatte er nicht ein so großes Zeitfenster zur Verfügung wie beim letzten Mal. Deshalb parkte er, um Zeit zu sparen, direkt oben an der Burg.

Anna Nastrewas Sekretärin begrüßte ihn kurz und zog sich dann wieder in ihr Büro zurück. Den Weg nach oben kannte er ja bereits.

Als Klaus Schätzer in den Gruppenraum der Raben kam, begrüßte ihn der Junge, dem er bei seinem letzten Besuch über den Kopf gestrichen hatte, mit Handschlag und wich nicht mehr von seiner Seite. Heute ließ er seine Annäherungsversuche zu. Anna Nastrewa konnte ihm ja nicht dazwischenfunken. Wie viel angenehmer war die Atmosphäre, wenn die Heimleiterin nicht anwesend war.

Klaus Schätzer nahm seinen Zettel aus der Innentasche seines Jacketts. Stefan, Achim, Günther, David, Roland und Bruno. Die Namen der Jungen, welche er von Martha Hohlbein erhalten hatte. Auch heute stand ihm das Krankenzimmer zur Verfügung. Nun musste er der Erzieherin den kleinen anhänglichen Buben doch übergeben.

„Ich komme nachher noch einmal zu Dir. Versprochen!"

Der Junge strahlte ihn an. Was waren das bloß für vertrauensselige Geschöpfe. Das hatten ihm auch der Hausmeister Felix Spoerl und die Köchin versichert. Beiden konnte er anmerken, dass sie eine Beziehung zu den Buben hatten. Von ihnen ging eine berührende Menschlichkeit aus. Ihr Herz war auf dem rechten Fleck, wie der Volksmund so schön sagte.

Da Martha Hohlbein ihn auf die Unsicherheit der Jungen im Vorfeld aufmerksam gemacht hatte, entschied er sich, immer zwei Jungen zusammen zu befragen. Das würde ihnen die Hemmungen nehmen.

Stefan trat aufgeregt von einem Bein auf das andere, während Günther nervös an seinen Nägeln kaute.

„Jetzt setzt Euch erst einmal hin. Wer von Euch beiden möchte denn anfangen, mir ein paar Fragen zu beantworten?"

Stefan fand es total aufregend mit einem echten Kommissar zu sprechen. Er kannte das sonst nur aus den *Drei-Fragezeichen-Büchern*. Er wollte auf jeden Fall die ganze Wahrheit sagen.

„Stefan, Frau Hohlbein hat Anzeige gegen Euren Kinderpfleger Onkel Kurt erstattet. Von ihr weiß ich so manches, was Ihr mit ihm erlebt habt. Magst Du mir erzählen, was bei Euch im Heim passiert ist?"

„Ja! Das war letztes Jahr, als wir so eine komische Krankheit hier im Heim hatten. Die Krätze! Da hab ich mich, weil es so schrecklich gejuckt hat, am Abend blutig gekratzt. Das hat der Onkel Kurt gesehen und mich aus dem Bett gezerrt und mich angeschrien, dass ich nicht kratzen soll. Dann hat er mir Kopfnüsse gegeben und mich noch mit dem Kopf an die Wand geschlagen. Danach musste ich in der Ecke knien."

Kommissar Schätzer machte die Aussage von Stefan noch betroffener als durch Martha Hohlbeins Schilderung. So etwas denkt sich doch kein Kind aus.

Während Stefans Schilderungen hatte sich Günther vor Anspannung seine Nägel blutig gekaut. Der Kommissar gab ihm sein Taschentuch zum Blutstillen. Er wickelte es um seinen Daumen und Zeigefinger. Stotternd begann auch er zu erzählen.

„Ich, ich, ich sollte in den Keller gehen und einen neuen Kittel für Onkel Kurt holen. Da hab ich den falschen gebracht. Er hat sofort angefangen mit mir zu schreien und an meinen Ohren gezogen. Schwachkopf hat er zu mir gesagt und mich mehrmals mit dem Kopf an die Wand geschlagen. Dann musste ich stundenlang in der Ecke vom Gruppenraum stehen."

Dem Jungen stand die blanke Angst noch immer in den Augen. Klaus Schätzer musste an seinen Sohn zu Hause denken. Klar, es gab auch mal Ärger mit ihm, aber was er hier zu hören bekam, war unter aller Würde.

„Danke Ihr Zwei, dass Ihr mir das alles erzählt habt."

„Müssen wir jetzt noch mehr Angst vor dem Onkel Kurt haben?"

„Nein, ich verspreche Euch, dass ich etwas gegen den Onkel Kurt unternehmen werde. Aber es kann sein, dass Ihr das alles noch einmal dem Richter erzählen müsst. Schafft Ihr das?"

Beide Jungen nickten eifrig mit dem Kopf. Einem echten Richter durften sie alles erzählen, genau wie in den *Drei ???*.

Das nächste Gespräch führte Kriminalkommissar Schätzer mit Achim und David. Sie schliefen beide im gleichen Schlafsaal und bestätigten sich gegenseitig in ihren Berichten über die Strafmethoden von Kurt Schumacher. Als Achim von seinem Armbruch erzählte und dass die Leitung erst ihren Sohn in die Schule fahren ließ, während er mit Schmerzen ausharren musste, spürte Klaus Schätzer eine richtige Wut in sich hochkochen. Mit den Schwächsten der Gesellschaft so umzugehen, war einfach empörend!

Zum Schluss kamen Roland und Bruno an die Reihe. Sie hatten sich am längsten gedulden müssen und waren inzwischen ganz hibbelig geworden.

Bruno hatte lauter hektische Flecken im Gesicht, und Klaus Schätzer schien, dass er mit seinen Fragen überfordert war.

„Möchtest Du mir Deine Geschichte lieber später erzählen oder aufschreiben?"

„Aufschreiben ist gut. Ach nein, doch nicht. Ich mach so viele Fehler und dann findet Onkel Kurt den Zettel vielleicht und ich bekomme wieder Schläge. Ich erzähl es Dir!"

Stockend schilderte Bruno sein Heimweh, die Sehnsucht nach seinem großen Bruder, und dass er plötzlich nicht mehr in die Ferien fahren durfte.

„Und dann wollte ich abhauen. Ich wollte nicht mehr im Heim und auch in der Schule nicht mehr sein! Aber der

Onkel Kurt hat mich beim Trampen an der Straße erwischt und mich total zusammengeschlagen. Ich hatte überall ganz viele blaue Flecken. Außerdem bekam ich die Arreststrafe. Das ist die schlimmste hier im Heim. Das war so schrecklich da unten im dunklen Keller."

Bruno rang mit den Tränen, und Klaus Schätzer sah, wie seine Hände sich zu Fäusten ballten.

„Ja, und ein paar Mal hat die Chefin mich auch mit der Peitsche geschlagen und hat so schreckliche Sachen über uns gesagt. Wir sind Deppen und die Mörder von morgen. Ich bin doch gar kein Mörder! Ich bin auch kein Depp!"

Der Junge schrie die letzten beiden Sätze aus sich heraus und schluchzte, dass sein Körper bebte. Klaus Schätzer rückte seinen Stuhl nahe an Bruno heran und legte seine warme Hand auf den Rücken des Jungen. Eine wohlwollende väterliche oder mütterliche Hand schienen die Buben hier jedenfalls kaum zu kennen.

„Bruno, nein, Du bist nicht schlecht. Alles wird gut mein Junge! Dafür sorge ich."

Klaus Schätzer hoffte, dass er sich mit diesem Versprechen nicht übernahm. Aber er spürte einen solchen Willen, sich den Schicksalen dieser Kinder anzunehmen, dass er es sich selbst zur Auflage machte, alle Energie in die Aufklärung dieses Falls zu geben.

Auch Roland war währenddessen ganz nah an Bruno gerückt. Fast hätte er mit ihm geweint. Sein Herz war so voll, dass er dem Kommissar am liebsten alles, was sich in den letzten Jahren in seiner Seele angesammelt hatte, erzählt hätte. Wie gut, dass endlich einer da war, der ihnen zuhörte.

Kommissar Schätzer bemerkte die Anspannung des Jungen und lud ihn spontan zu einem kleinen Spaziergang durch den Burgwald ein. Er konnte ja schlecht sagen, dass auch er als Kommissar an seine Grenzen gekommen war und jetzt unbedingt eine Zigarette rauchen musste. Doch vorher drückte er Bruno noch einmal freundschaftlich an seine Brust und bedankte sich für die Aussprache.

Roland freute sich fast ein wenig, mit Klaus Schätzer für eine halbe Stunde Ausgang zu haben.

Als die Beiden über die Zugbrücke gingen, holte Klaus Schätzer eine Packung Roth-Händle aus seiner Hosentasche und klopfte diese mehrmals gegen seinen linken Zeigefinger, bis eine der filterlosen Zigaretten herausrutschte. Der Regen hatte inzwischen nachgelassen, sodass er sie problemlos mit dem Streichholz anzünden konnte.

„Und, Roland, hast Du auch schon mal eine geraucht?"

„Jaah, aber damit dürfen Sie mich nicht verraten. In der Pause im Schulhofversteck. Wir haben Glück gehabt, dass uns keiner erwischt hat."

„Wie alt bist Du eigentlich, Roland?"

„Ich bin gerade fünfzehn geworden. Aber Geburtstag feiern, so etwas gibt es hier nicht. Man bekommt auch nie das, was man sich wünscht", sprudelte es aus ihm heraus.

„Hattest Du denn einen besonderen Wunsch?"

„Ja, ich möchte so gerne Gitarre spielen. Der Rainer, unser Praktikant, der kann das und spielt uns manchmal so Songs vor. Er hat gemeint, dass er mir vielleicht ganz günstig eine besorgen könnte. Aber Mutter Anna hat es verboten. Wir sollen nicht verwöhnt werden. Das gäbe nur Neid unter uns Jungen."

„Hast Du denn ein bisschen Geld sparen können?"

„Sparen? Was soll ich denn sparen? Wir bekommen hier kein Taschengeld. Die Frau Nastrewa hat gemeint, dass wir hier alles haben, was wir brauchen. Manchmal habe ich mein Pausenbrot an andere Jungs verkauft. Aber das hat sie rausbekommen und verboten. Und dann hat es dafür Schläge vom Onkel Kurt gegeben."

„Und, magst Du mir von Onkel Kurt erzählen?", fragte Schätzer tastend. Er war sich nicht sicher, wann der richtige Zeitpunkt bei diesem Jungen war. Doch dieser feinsinnige Bub schien voll von angestauten Gefühlen zu sein.

„Der ist so ein Brutaler! Ich habe mal beim Essen mit vollem Mund geredet. Da hat er mich mehrmals am Kopf geschlagen. Dann hat er immer Kontrollen in den Zimmern gemacht. Ob wir unsere Hände auch nicht unter der Bettdecke irgendwo haben. Naja, Sie wissen schon. Manchmal hat er uns ohne Grund raustreten lassen und Magenschläge verteilt. Wer gejault hat, musste in der Ecke knien. Aber was ich am schlimmsten finde, dass er die ganz Behinderten, die aus der Eulengruppe, die gar nichts aushecken können, verhaut und sie festgebunden werden. Oder die Bettnässer, die können doch gar nichts dafür. Ich gehörte, als ich kleiner war, auch mal dazu. Echt brutal, was die mit uns gemacht haben. Aber davon möchte ich dem Richter nichts erzählen."

„Danke für Deinen Mut. Ich kann mir vorstellen, dass es nicht so leicht für Dich war, mir das alles zu berichten, Roland. Ich will sehen, ob ich mithelfen kann, dass Du irgendwann doch noch Gitarre spielen lernst."

„Echt? Das wäre so super, Herr Kommissar."

Am Abend spukten die Bilder von der Burg noch lange in Schätzers Kopf herum. Immer wenn er seinen Sohn beim Abendessen anschaute, tauchte einer der Jungen vor seinem inneren Auge auf. Und er wusste, dies waren nur sechs von den mehr als sechzig Jungen in dieser Anstalt.

Als Kriminalkommissar Schätzer am nächsten Morgen die Post durchsah fand er eine Mitteilung der Rechtsanwaltskanzlei vor. Kurt Schumacher verweigerte die Aussage. Er hatte seinen Rechtsanwalt mit der Einholung von Akteneinsichten beauftragt.

Damit war für Klaus Schätzer die Phase der Beweisaufnahme abgeschlossen. Jetzt konnte er die Protokolle für die Staatsanwaltschaft schreiben. Da es sich aber um Gewalt an minderjährigen Schutzbefohlenen handelte, würde wahrscheinlich das Jugendschöffengericht zuständig sein. Gerade hatte er alle Unterlagen zusammengestellt, als Martha Hohlbein anrief.

„Grüß Gott, Herr Kriminalkommissar Schätzer. Ich wollte hören, ob es etwas Neues in der Burgsache gibt und Ihnen von den Ereignissen der letzten Wochen berichten."

„Hallo Frau Hohlbein! Schön, dass Sie anrufen. Ich hätte mich auch die Tage bei Ihnen gemeldet. Habe soeben die Vernehmungsprotokolle fertig. Wie geht es Ihnen?"

„Danke, ich habe mehrere Gespräche mit der Heimaufsicht Regensburg gehabt. Die waren alle sehr freundlich und haben sich, genau wie Sie, die Akte von 1973 wieder hervorgeholt. Etwas leidlich sind allerdings die Anrufe von Kolleginnen aus der Anstalt. Es gibt unschöne Beschimpfungen. Ich würde mit meiner Anzeige ihre Arbeitsplätze gefährden. Wem denn damit gedient wäre, wenn das Heim schließen müsste? Das belastet mich schon arg. Aber ich glaube, dass wir jetzt an den Kern der jahrelangen Vertuschungen kommen. Ich habe immer schon gedacht, dass im Hintergrund Politik betrieben wird. Arbeitsplätze erhalten und dafür einfach wegschauen! Das kann doch nicht so weitergehen", ereiferte sich Martha.

„Das sehe ich genauso. Übrigens verweigert Kurt Schumacher die Aussage. Er hat sich einen Anwalt genommen. Hätte ich wohl an seiner Stelle auch getan."

„Was werden denn jetzt die nächsten Schritte sein?"

„Ich werde die Protokolle an die Staatsanwaltschaft weitergeben und von dort aus wird entschieden, ob das

Jugendschöffengericht für die Anklage zuständig ist. Anschließend wird ein Termin vergeben, zu dem Sie und Ihre Kollegen als Zeugen und bei Bedarf auch die Jugendlichen richterlich vernommen werden. Ferner müssen wir davon ausgehen, dass Anna Nastrewa, ihre Sekretärin und auch Medizinalrat Dr. Gassner als Zeugen vorgeladen werden. Der Angeklagte lässt sich durch seinen Anwalt verteidigen. Aber das bekommen Sie alles noch schriftlich."

„Ich bin sehr gespannt, ob wir es schaffen werden, dem Drama auf der Burg ein Ende zu setzen. Glauben kann ich es noch nicht."

„Ja, wir müssen natürlich damit rechnen, dass die Verteidigung ebenso für Zeugen sorgen wird. Dann stehen Aussagen gegen Aussagen."

„Hoffen wir das Beste. Ich will den Glauben an die Gerechtigkeit nicht verlieren."

Insgeheim bewunderte Klaus Schätzer diese junge Frau. Mit ihren achtundzwanzig Jahren strahlte sie eine Kraft und Entschlossenheit aus, die man ihr im Prozess hoffentlich nicht brechen würde. Er konnte nur hoffen, dass es noch mehr Menschen wie sie gab.

Burg Wernberg, Vor Gericht, 1977

Ein voller Zuhörerraum und eine überfüllte Zeugenbank waren Zeichen des Interesses an dem Prozess, der heute um 9.00 Uhr im Schöffengericht Schwandorf seinen Auftakt nahm. Auf der Anklagebank saß Kurt Schumacher. Schmächtig, im grauen Sportsakko, kurz geschnittenes Haar mit überlangen Koteletten. Er sah blass aus.

Um 8.55 Uhr betrat Anna Nastrewa in Begleitung ihrer Sekretärin den Gerichtssaal. Die Agnesheim-Leitung und Chefin des Angeklagten demonstrierte selbst Leiden. Sie hatte sich den rechten Fuß gebrochen und humpelte auf Krücken herein. Ihr Bein ließ sie sich auf einen Hocker mit Kissen betten.

Um Punkt 9.00 Uhr betrat das Hohe Gericht den Gerichtssaal. Sofort verklang das Gemurmel. Im Saal wurde es ruhig. Alle Anwesenden erhoben sich, bis die Schöffengerichtsvorsitzende das Wort erhielt und dieses an die Zeugen im Zeugenstand richtete.

„Hiermit ermahne ich Sie in der Anklage gegen den Hilfspfleger Kurt Schumacher, die Wahrheit zu sagen und nichts anderes als die Wahrheit! Ich weise Sie daraufhin, dass wir eine Anzahl geistig und lernbehinderter Kinder und Jugendliche der betreffenden Einrichtung als Zeugen im Saal haben. Diese sind zum großen Teil noch immer im Agnesheim untergebracht."

Dann verlas sie mit durchdringender Stimme die Anklageschrift gegen den Hilfspfleger Kurt Schumacher. Dieser hatte sich wegen diverser, schwerer Körperverletzungen an behinderten Schutzbefohlenen zu verantworten. Ihm wurden heute vor Gericht elf Vergehen der Kindesmisshandlung in einem Zeitraum von drei Jahren vorgeworfen. Die anderen Taten aus den Jahren davor konnten nicht mehr konkret erfasst und ihm somit nicht nachgewiesen werden.

„Vorfall 1: Der Angeklagte Kurt Schumacher wird beschuldigt, einen geistig Behinderten mit einem Hausschuh geschlagen und ihn anschließend gezwungen zu haben, sich über längere Zeit hinzuknien.
Vorfall 2: Der Angeklagte soll mehrere Kinder wiederholt ins Gesicht geschlagen haben.
Vorfall 3: Der Angeklagte ließ wegen einer Geringfügigkeit einen Zögling zwei Stunden vor der Zimmertüre knien, bis dieser unfähig war, sich von selbst zu erheben.
Vorfall 4: Der Hilfspfleger soll einem Jugendlichen mit der Hand ins Gesicht und mit der Faust in den Magen geschlagen haben; als dieser schließlich in die Hose machte, soll ihn Kurt Schumacher erst nach zwei Stunden zur Toilette habe gehen lassen. Als er von dort zurückkam, musste er vor der Tür knien.
Vorfall 5: Kurt Schumacher soll einen Jugendlichen derart verprügelt haben, dass dieser schließlich aus den Ohren blutete.
Vorfall 6: Der Angeklagte soll einen Zögling geschlagen haben, bis er blaue Flecken bekam. Tags darauf waren auch Blutverkrustungen feststellbar. Den Kopf des Jugendlichen soll Kurt Schumacher währenddessen zwischen seine Beine geklemmt haben.
Vorfall 7: Weil ein Zögling seine Mahlzeit nicht aufessen wollte, soll ihn Kurt Schumacher mehrmals ins Gesicht geschlagen und ihn dann hinter seinem Stuhl strammstehen lassen haben.
Vorfall 8: Der Hilfspfleger soll einen Zögling an beiden Ohren gepackt und mit dem Kopf mehrmals an eine Wand gestoßen haben, weil er ihm einen falschen Kittel gebracht hatte.
Vorfall 9: Der Hilfspfleger soll wiederholt Zöglinge mit Jagdhunden bedroht haben, sodass diese sich vor Angst in die Hose gemacht hatten.
Vorfall 10: Der Hilfserzieher soll einem geistig behinderten Jungen, als dieser den Mund voll Essen hatte, ins Gesicht geschlagen haben. Als er sich erbrach, soll er ihn gezwungen haben, das Erbrochene aufzuessen.

Vorfall 11: Ein Jugendlicher habe wiederum knien müssen, weil er mit anderen Kindern im Schlafsaal eine Kissenschlacht veranstaltete."

Zusammenfassend liegt dem Hohen Gericht der Vorwurf vor, dass der Hilfspfleger Kurt Schumacher in elf Fällen Schutzbefohlene wissentlich gequält und roh misshandelt haben soll."

Nachdem die Schöffengerichtsvorsitzende geendet hatte, herrschte Totenstille im Gerichtssaal. Man hätte eine Stecknadel fallen hören können, so angespannt war die Atmosphäre unter den Anwesenden.

In diese Stille hinein wurde als erste Zeugin die Heimleiterin Anna Nastrewa von der Staatsanwältin aufgerufen. Diese erhob sich schwerfällig und ging auf ihren Stock gestützt in devoter Haltung, den Blick nach unten gerichtet, in den Zeugenstand.

Die Staatsanwältin schaute Anna Nastrewa einen Moment länger an, bevor sie mit scharfem Tonfall ihre Fragen an sie richtete.

„Frau Nastrewa, Sie haben seit dem Tod Ihrer Mutter die Heimleitung der Heilpädagogischen Anstalt übernommen. Ist Ihnen in Ihrer Einrichtung von den Kindesmisshandlungen des von Ihnen beschäftigten Hilfspflegers Kurt Schumacher etwas bekannt geworden?"

„Nein! Falls mir derartige Vorfälle bekannt geworden wären, hätte ich den Erzieher selbstverständlich sofort entlassen. Als mir die Anschuldigungen gegen Kurt Schumacher bekannt wurden, habe ich ihn umgehend beurlaubt. Außerdem konnte ich mir in meiner Position gar nicht erlauben, dass Kinder misshandelt werden."

„So, das ist ja eine interessante Haltung! Sind Ihnen denn die *Kniestrafen* bekannt gewesen?"

„Ja, diese sind mir wohl bekannt. Es ist teilweise vorgekommen. Jedoch habe ich diese nicht als Kindesmisshandlung angesehen. Ich habe als junges Mädchen auch manchmal knien müssen. Das hat mir nicht geschadet. Bei Einstellungen von Mitarbeitern und in Personalbesprechungen habe ich jedoch immer darauf hingewiesen, dass Bestrafungen, falls überhaupt notwendig, in Form von Verboten ausgesprochen werden sollen."

„Ich habe gelesen, dass Sie des Öfteren in Ihrem Haus in Salzburg weilten. Wenn während Ihrer Abwesenheit angezeigte Vorfälle vorgekommen sein sollten, wie hätten Sie es denn mitbekommen können?"

„Ich bin immer durch meine Sekretärin und Stellvertreterin Frau Schwabing von allen Vorfällen unterrichtet worden. Wenn Sie meine private Meinung zu Herrn Schumacher hören wollen: Er hat sich immer in uneigennütziger Weise um die Kinder gekümmert."

„Vielen Dank für Ihre Aussage Frau Nastrewa. Ich hoffe, Sie sind sich bewusst, dass unwahre Zeugenaussagen Konsequenzen für Sie haben werden."

Anna Nastrewa senkte den Kopf und humpelte auf Ihren Platz zurück.

Als Nächste wurde die Sekretärin Gertud Schwabing in den Zeugenstand gerufen.

„Frau Schwabing, Sie sind in Abwesenheit von Frau Nastrewa ihre Stellvertreterin im Agnesheim. Sie haben die Anklage gegen ihren Kollegen Kurt Schumacher vernommen. Kann es sein, dass Ihnen, die Sie ja vermutlich auch näheren Kontakt zu den Mitarbeitern des Heimes haben, das Verhalten des Hilfspflegers Kurt zu Ohren gekommen ist? Ich weise Sie daraufhin, dass Sie als Zeugin unter Eid aussagen."

Gertrud Schwabing zögerte für Sekunden.

„Nein, mir sind keine derartigen Vorfälle zu Ohren gekommen, geschweige denn, dass ich sie gesehen hätte. Ich bin ja auch mehr mit Verwaltungsaufgaben beschäftigt."

„Aber, Frau Schwabing, sind Sie nicht das *Vorzimmer zur Frau Chefin,* wie Frau Nastrewa bei Ihnen genannt wird?"

„Ja, das schon. Man meldet sich zuerst bei mir zu einem Gespräch bei der Chefin an. Aber da hat es nicht Auffälliges gegeben."

Martha schüttelte unwillkürlich den Kopf, was der Staatsanwältin nicht entgangen war. Doch diese ließ die Aussage der Sekretärin vorerst so bestehen.

Als Nächste wurde die inzwischen gekündigte Kinderpflegerin Christa Montis in den Zeugenstand gerufen. Sie hatte entgegen der Aussagen von Anna Nastrewa ganz anderes zu berichten.

„Ich habe gesehen, wie Frau Nastrewa selbst einen Jungen links und rechts geohrfeigt und dazu gesagt hat: Das ist meine Erziehungsmethode."

Hingegen bestritt die als Nächste vernommene Erzieherin Silvia, jemals von Misshandlungen oder blauen Flecken an Zöglingen gehört oder etwas gesehen zu haben. Sie kümmere sich fast ausschließlich um das Kind von Frau Nastrewa und die Wäschekammer für die Zöglinge. Auf die Frage, von wem sie denn bezahlt würde, antwortete sie:

„Von der Heilpädagogischen Anstalt *Agnesheim.*"

Dann folgte die Zeugenvernehmung der Jungen. Diese waren durch die Gespräche mit Kriminalkommissar Schätzer zwar gut darauf vorbereitet, wirkten jedoch durch die vielen Menschen und die angespannte Atmosphäre im Gerichtssaal sehr eingeschüchtert. Die Stimmlage der Staatsanwältin wurde weniger scharf. Mit warmer Stimme ermunterte sie die Jungen zum Sprechen.

„Ihr könnt hier heute alles sagen was Euch bedrückt. Aber es muss wahr sein. Ihr dürft Euren Pfleger nicht mit falschen Aussagen belasten", gab sie ihnen zu bedenken.

Die Jungen nickten. David trat als erster in den Zeugenstand. Er räusperte sich mehrmals. Schweißperlen standen ihm auf der Stirn.

„Ich habe einmal mit einem anderen im Waschraum geredet. Zur Strafe mussten wir raustreten und die Hände hinter dem Rücken verschränken. Dann hat er uns ins Gesicht geschlagen. Das mussten wir immer tun, die Hände auf den Rücken. Taten wir es nicht, bekamen wir auch noch einen Schlag in den Magen."

Erleichtert setzte er sich wieder auf seinen Platz. Dabei drehte er sich schnell noch einmal zu Kommissar Schätzer um, der ihm anerkennend zunickte.

Im gleichen Moment erhob sich Martin und trat in den Zeugenstand. Vor Aufregung stolperte er fast über eine Stufe – genau wie damals bei der Eröffnungsfeier, als er dem Ministerpräsidenten die Blumen überreichen sollte. Ein Murmeln ging durch den Gerichtssaal. Aber Martin fing sich sogleich wieder und begann mit zittriger Stimme vorzutragen.

„Ich war im Schlafsaal nicht ruhig. Da hat mich der Onkel Kurt rausgeholt und immer wieder in den Bauch und ins Gesicht geschlagen. Dann musste ich mich hinknien. Ich musste aufs Klo. Er ließ mich nicht gehen. Da habe ich in die Hosen gemacht und musste die ganze Zeit mit der nassen Hose auf dem Boden hocken. Am nächsten Tag hatte ich ein ganz geschwollenes Gesicht."

Auch der heute achtzehnjährige Glasarbeiter und frühere Burgzögling Franz Rath sagte gegen Kurt Schumacher aus. Er habe sehr oft gesehen, wie der Herr Schumacher geschlagen hat. „Es waren feste Schläge", betonte er.

Da Franz nichts mehr auf der Burg zu befürchten hatte, stellte die Staatsanwältin ihm weitere Fragen.

„Franz, haben sich die Jungen denn auch einmal gegen die Misshandlungen zur Wehr gesetzt?"

„Nein. Das heißt, ganz zu Anfang haben wir es versucht. Da gab es noch mehr Schläge. Hätte sich später einer gewehrt oder wäre gar zu Frau Nastrewa gegangen, dann hätte es nur noch mehr Prügel gegeben. Wenn wir bei den Ohrfeigen nicht die Hände auf den Rücken verschränkt hätten, wären weitere Fausthiebe im Bauch gelandet. Ich selbst habe nach einem Schlag einmal ironisch *Danke* gesagt. Da ist der noch viel wütender geworden und hat mich zusammengeschlagen."

Schweißgebadet und seine Hände zu Fäusten geballt setzte Franz sich wieder auf seinen Platz. Er musste sich zusammennehmen. Konnte aber nicht umhin, dem Hilfspfleger Kurt auf der Anklagebank einen hasserfüllten Blick zuzuwerfen. Zuviel hatte sich in den zehn Jahren Aufenthalt im Agnesheim in ihm angestaut! Franz war nur froh, dass er inzwischen in einer Pflegefamilie leben konnte.

Als Nächster wurde Rainer Schwarz, der in den vergangenen Monaten ein Praktikum auf der Burg gemacht hatte, aufgerufen.

„Es war beim Essen. Ein Kind wollte nicht aufessen. Herr Schumacher hat wie wild auf den Buben eingeschlagen. Wenn ein Junge nicht parierte, hat er zugeschlagen. Einen hat er brutal vom Baum gerissen, sodass dieser sich durch den schweren Aufprall seinen Arm gebrochen hat."

Als der Praktikant wieder zu seinem Platz ging, blickte er zu Martha, die ihn mit dankbarem Blick anschaute. Denn, was er heute in Kurzform berichtet hatte, genau dies, war vor Monaten der Anlass gewesen, dass der Stein ins Rollen kam, sie zur Anzeige bereit war und weshalb sie heute hier waren, um endlich gegen Kurt Schuhmacher auszusagen.

In wenigen Minuten sollte Martha selbst sich zu all dem äußern. Sie merkte, wie ihr der Schweiß ausbrach und ihr Mund sich ganz trocken anfühlte. Gleich würde sie all ihre Kraft zusammennehmen müssen, das wusste sie. Unwillkürlich richtete sie sich auf, streckte ihr Kinn nach vorne, hob den Kopf ein wenig höher und atmete tief durch. Genau in diesem Moment wurde sie als Hauptanklägerin von der Staatsanwältin aufgerufen. Festen Schrittes ging Martha in den Zeugenstand.

Ohne ein Blatt vor den Mund zu nehmen, trug sie ruhig und gesammelt ihre Anklagepunkte gegen Kurt Schumacher vor.

„Der Hilfspfleger Kurt Schumacher herrschte uneingeschränkt im Agnesheim. Er war die Führung. Wer sich von den Mitarbeiterinnen über Ohrfeigen vom Pfleger Kurt bei Frau Nastrewa beschwerte, erhielt die Antwort *Es werde schon notwendig gewesen sein!* Die meisten der Angestellten haben nach anfänglichen Versuchen nichts mehr gesagt, weil sie alle Angst hatten. Zum einen bekam Kurt Schumacher bei der Chefin stets Recht und zum anderen war das Kinderheim in dieser Gegend für die meisten Kinderpflegerinnen der einzige Arbeitsplatz. Sie hatten Angst um ihre Stellen. Jeder schützte dort seine eigene Haut."

Martha atmete noch einmal tief durch. Um weiter zu sprechen, musste sie wieder all ihren Mut zusammennehmen.

„Die Leitung Anna Nastrewa hat sich um die Kinder überhaupt nicht gekümmert. Die Kinder haben wichtige Medikamente nicht bekommen und notwendige Untersuchungen wurden nicht vom zuständigen Heimarzt vorgenommen. Stattdessen übernahm Medizinalrat Dr. Gassner trotz Behandlungsverbot weiter die Impfungen und Akutuntersuchungen auf der Burg. So blieben die blauen Flecken am Körper der Kinder für die Öffentlichkeit unentdeckt."

Marthas Blick wanderte zu Anna Nastrewa, die mit gesenktem Kopf und verschränktem Armen dasaß. Sie hoffte, dass ihre Ausführungen nicht ohne Folgen bleiben würden. Die Staatsanwältin folgte ihrer Kopfbewegung. Auch ihr Blick ruhte auf Anna Nastrewa, die wie versteinert vor sich hin starrte.

Die Staatsanwältin bedankte sich bei Martha für ihren Mut und ihre Ausführungen.

Als nächste Zeugin wurde Bettina aufgerufen. Hochschwanger wie sie inzwischen war, musste sie sich mit ihrem dicken Bauch durch die Bank zum Zeugenstand schieben. Ein wenig waren ihr die Umstände im Gerichtssaal vertraut. War sie doch im Verfahren gegen Anna Nastrewa und Dr. Gassner 1973 bereits zugegen gewesen. Voller Überzeugung schilderte Bettina die Gesinnung, die auf der Burg Wernberg herrschte. Jetzt kamen, wie bereits bei Martha, nicht nur die Misshandlungen von Kurt Schumacher ans Tageslicht, sondern auch die Einstellung und die Übergriffe der Leitung Anna Nastrewa.

„Die Chefin kam eines Nachmittags in die Lernbehindertengruppe und unterhielt sich mit der Gruppenleiterin. Als ein vierzehnjähriger Bub hinzukam und sie ansprach, schlug sie dem Jungen gleich rechts und links mit der Hand ins Gesicht. *„Das ist meine Psychologie"* waren ihre Worte dazu. Zu anderer Zeit schlug sie Zöglingen ins Gesicht, weil sie auf einem Stuhl hin und her rutschten oder vergnügt quietschten. *„Sehen Sie, so macht man das, eine rein in die Schnauze, dann spuren die Burschen!"* war ihre Devise.

Im Gerichtssaal kam immer stärkere Unruhe auf. Die Zeugenaussagen sorgten bei den Zuhörern für Spannungen, die sich in empörten Zurufen entluden.

„Wann wird denn der Frau endlich die Leitung entzogen?"

„Das Heim muss geschlossen werden!"

„Kinderschänder!", tönte es aus den Zuhörerreihen.

Auch die Richter schienen an ihre Grenzen gekommen zu sein. Deshalb beantragte das Hohe Gericht eine Pause.

Die dargestellten mittelalterlichen Erziehungsmethoden auf der Trutzburg zeigten ihre Wirkung.

Eine Stunde später erwartete die Zuhörerschaft voll Spannung die Vernehmung des Angeklagten Kurt Schumacher. Dieser saß kreidebleich und mit verknoteten Händen auf der Anklagebank, während die Staatsanwältin noch einmal alle elf Punkte der Anklage verlas.

„Herr Schuhmacher", begann die Staatsanwältin mit scharfem Tonfall zu ihm gewendet. „Sie werden in elf Fällen der schweren Körperverletzung an behinderten Schutzbefohlenen beschuldigt. Sie selbst konnten den Zeugenaussagen folgen. Stimmen Sie den Aussagen zu?"

„Nein, zu allen elf Fällen sage ich NEIN! Das habe ich nicht getan." Dabei klang seine Stimme fast verzweifelt.

Nun schien die Staatsanwältin eine andere Strategie anzuwenden. Ihre Stimme klang milder, ihn einladend, ihr von sich zu erzählen.

„Herr Schumacher, berichten Sie uns doch bitte ein wenig über Ihre berufliche Laufbahn."

Kurt Schumacher musste sich einen heftigen Ruck geben, der Staatsanwältin Rede und Antwort zu stehen. Wusste er doch, dass unter den Zuhörern seine Mutter saß. Er hatte sie beim Eintreten in den Gerichtssaal sofort ganz oben in der hintersten Reihe am Fenster bemerkt. Sie sollte das nicht alles mitanhören.

Mit leiser Stimme begann er zu erzählen. Die Staatsanwältin ermahnte ihn, lauter zu sprechen. Er räusperte sich und begann noch einmal von vorn.

„Ich bin auf die Volksschule gegangen. Habe meinen Abschluss so mit Ach und Krach geschafft. Eigentlich wollte ich in die Gastronomie. Wollte Koch werden. Aber mein Vater hat gemeint, ich soll, wie er, Schlosser werden. Das war von Anfang an schwierig. Ich bin ja nicht der Kräftigste, wie Sie sehen. Hab dann viel gewechselt und bin arbeitslos geworden. Dann gab es die Hausmeisterstelle auf der Burg. Da hab ich mich beworben und war von Anfang an dabei. Schon früh half ich aus, wo ich konnte. Als dann Felix Spoerl auf der Burg anfing, hat der die Hausmeisterei übernommen und die Seniorchefin hat mich zum Hilfspfleger befördert. Ich bin sehr stolz darauf und mag die Jungen wirklich."

Seine Stimme brach. Er rang mit seinen Gefühlen. Als er über seinen Vater sprach, stand er einen Moment wie neben sich. Bloß keinen Filmriss kriegen! Dass seine Mutter auch noch oben im Gerichtssaal sitzen musste.

Erna Schumacher knüllte unentwegt ihr Taschentuch in den Händen. Bereits am Morgen wäre sie am liebsten wieder gegangen. Was die alles über ihren Kurt erzählt hatten, das konnte doch nicht wahr sein! Sie sah ihren kleingeratenen, zarten Sohn als Jungen vor sich. Wie oft war er wegen seiner Größe gehänselt worden. Selbst ihr Mann, der ja nur sein Stiefvater war, hatte ihn später als Jugendlichen oft genug wegen seiner fehlenden Männlichkeit aufgezogen. Der Kurt war doch eigentlich immer ein Lieber gewesen, der keiner Fliege etwas zu Leide tat. Eigentlich hatte er immer das gemacht, was andere von ihm wollten. Wohl auch um den Schlägen des Stiefvaters zu entgehen. Und trotzdem hatte dieser ihn immer wieder gepiesackt und verdroschen. Solange bis der Kurt voll ausgerastet war. Sie dachte damals, er würde seinen Ziehvater mit dem Eisenhaken erschlagen. So hatte sie ihn noch nie zuvor erlebt. Wäre sie nicht dazwischen gegangen, was wäre dann wohl geschehen?

„Herr Schumacher, sind Sie noch bei uns? Würden Sie bitte fortfahren?"

Kurt Schumacher musste sich zusammennehmen. Sein Verteidiger sah ihn scharf von der Seite an und holte ihn damit in die Realität zurück.

„Ja, natürlich."

„Sie sind also Kinderpfleger auf der Burg geworden, ohne je eine Ausbildung genossen zu haben, richtig?"

„Ja. Ich habe mir die Pädagogik nach und nach von denen abgeschaut, die darin ausgebildet waren. Die haben schließlich auch für Zucht und Ordnung gesorgt, so wie es von der Heimleitung erwartete wurde. Außerdem bin ich schon immer kinderlieb gewesen. Man kann mit den Jungen arbeiten, wenn man sie mag. Aber es hat mir niemand gesagt, was ich mit den behinderten Kindern im Bedarfsfall machen sollte. Stehen müssen und Ohrfeigen waren durchaus auch von den anderen Kollegen an der Tagesordnung. Ich habe schon auch mal Buben am Ohr gezogen, wie das mein Lehrer früher auch getan hat. Aber derart behandelt, wie die Kollegen und Jungen es ausgesagt haben, habe ich die nicht! Jedenfalls kann ich mich daran nicht erinnern."

Kurt Schumacher wurde fast zwei Stunden zu den einzelnen Vorfällen vernommen. Er erläuterte alle Tatbestände und die wesentlichen Behinderungen der Kinder aus seiner Sicht und räumte sogar kleine Strafen ein. Aber von Misshandlungen und Körperverletzungen nahm er wiederholt Abstand.

Die Staatsanwältin hatte Mühe, Geduld zu bewahren.

„Danke für Ihre Aussagen, Herr Schumacher. Herr Verteidiger bitte, Sie haben das Wort", beendete sie abrupt die Vernehmung.

Kurt Schumachers Verteidiger erhob sich. Er hatte sich kurz vorher noch einmal flüsternd mit seinem Mandanten beraten.

„Vielen Dank, Frau Staatsanwältin. Ich möchte die Verteidigung aufgrund der belastenden Zeugenaussagen gegen meinen Mandanten nicht aufnehmen. Ich beantrage deshalb die Vernehmung weiterer Zeugen und eine Unterbrechung der Verhandlungen."

Gemurmel machte sich im Gerichtssaal breit. Es sollte vorangehen, beschwerten sich die Zuhörer lauthals.

Das Hohe Gericht beratschlagte sich für einige Minuten und gab dann, trotz des Widerstands im Gerichtssaal, dem Antrag des Verteidigers statt. Eine Fortsetzung der Verhandlung wurde für fünf Tage später festgesetzt.

Der folgende Prozesstag im Misshandlungsverfahren gegen Kurt Schumacher begann mit der Vernehmung mehrerer neu geladener Zeugen. Es waren ehemalige Zöglinge der Anstalt, der Rektor sowie einige Lehrer der Schule geladen. Grund dafür war, dass während des ersten Verhandlungstages einer der Jungen in seiner Zeugenaussage dem Gericht mitgeteilt hatte, dass er sich seinen Lehrern mehrmals über die Vorfälle im Agnesheim anvertraut habe. Beide, Rektor und Konrektor, verneinten dies entschieden. Ihnen war lediglich zu Ohren gekommen, dass die Jungen Fussballtrainingsverbote erhielten. Mehr nicht!

Die Staatsanwältin rief den neunzehnjährigen Walter Seidlinger in den Zeugenstand. Er hatte über viele Jahre im Agnesheim gelebt und war bekannt für sein vertrauliches Verhältnis zu Kurt Schumacher.

„Herr Seidlinger, schön, dass Sie es einrichten konnten, zu diesem Termin zu kommen. Sagen Sie, haben Sie sich bei Herrn Schumacher gemeldet oder ist er auf Sie zugekommen?"

Walter Seidlinger wurde unsicher. Er drehte sich zu Kurt Schumacher um, suchte Blickkontakt. Dann stammelte er:

„Also, äh, naja, der Kurt hat mit mir geredet, letzte Woche haben wir uns getroffen. Er hat mich gebeten, für ihn auszusagen, weil wir uns doch immer so gut verstanden haben. Ich habe ja über viele Jahre im Agnesheim gelebt und kann nur sagen, dass der Kurt all das nicht getan haben kann. Er hat sich eher für uns eingesetzt. Geschlagen wurde nur, wenn einer es gebraucht hat."

Jetzt meldete sich Kurt Schumacher ungefragt zu Wort, was die Staatsanwältin ungewöhnlicher Weise zuließ.

„Ich möchte noch eine Aussage machen. Es gab auf der Burg schon eine Art Eigenjustiz unter den Kindern. Wenn sie nachts im Bett unruhig waren, wurden sie in der Regel von anderen Jungen festgehalten und mitunter auch geschlagen. Sie haben sich dadurch oft gegenseitig erzogen."

Die Staatsanwältin fragte sich, ob der junge Walter Seidlinger wohl auch zu den Jungen gehörte, die ihre eigenen Zimmergenossen verprügelt hatten, behielt diese Vermutung jedoch für sich und beendete die Anhörung des ehemaligen Zöglings.

„Ich habe keine weiteren Fragen an den Zeugen, Hohes Gericht."

Zum Abschluss traten eine angestellte Schwesternhelferin und eine als Nachtwache auf der Burg tätige Mitarbeiterin in den Zeugenstand. Beide unterstrichen in ihren Aussagen, dass sie Kurt Schumacher solche Misshandlungen nicht zutrauten. Im Gegenteil, sie hatten das Gefühl, dass die Jungen ihn gern mochten.

Die Staatsanwältin fasste die Anklage und Zeugenvernehmung der beiden Verhandlungen in ihrem Strafplädoyer zusammen.

„Ich möchte zu allererst den Jungen des Agnesheims für ihre Aussagen danken. Ihr habt hier sehr viel Mut bewiesen!

Wir haben erschütternde Worte von Euch gehört. Diese wirkten auf mich ehrlich und überzeugend. Ich möchte den Wahrheitsgehalt nicht anzweifeln.

Glauben schenke ich ferner den damals im Heim beschäftigten Kinderpflegerinnen und der Krankenschwester Martha Hohlbein. Der Heimleitung Anna Nastrewa konnte bis dato nicht widerlegt werden, dass sie von den Vorgängen in ihrem Haus nichts wusste."

Nun wandte sie sich an den Angeklagten Kurt Schumacher, der blass und mit zusammengefalteten Händen dasaß.

„Herr Schumacher! Die Zeugenaussagen während der vergangenen zwei Vernehmungstage hier im Gerichtssaal haben deutlich werden lassen, dass Sie im Umgang mit behinderten Schutzbefohlenen roh und gefühllos gehandelt haben. Ich stelle fest, dass Sie die Ihnen anvertrauten Kinder und Jugendlichen sogar gedemütigt und bei geringsten Verfehlungen gequält haben. Doch möchte ich hierbei nicht außer Acht lassen, dass die Heimleitung versagt hat. Frau Nastrewa hat ihre Aufgaben nicht ernst genommen. Ebenso richte ich Vorwürfe an die Regierung der Oberpfalz, die ihrer Aufsichtspflicht nur ungenügend nachgekommen ist. Wofür gibt es denn eine Heimaufsicht? Sie sind im weitesten Sinne mitschuldig an dem Leid, welches den Kindern auf diese Weise über Jahre zugefügt wurde. Doch darf dies keinesfalls zugunsten des Angeklagten, also Ihnen Herr Schumacher, gewertet werden. Ihnen sind Kinder anvertraut worden, die eine besonders behutsame Erziehung benötigten. Doch stattdessen wurden sie von Ihnen geschlagen und auf Sauberkeit gedrillt."

Die Staatsanwältin wandte sich den Kollegen auf der Richterbank zu.

„Da sich zwei der elf Misshandlungen nicht ausreichend beweisen ließen, beantrage ich eine Gesamtstrafe von 2 Jahren und 2 Monaten. Ferner hat Kurt Schumacher seine erzieherischen Pflichten im Agnesheim grob verletzt. Deshalb fordere ich außerdem ein fünfjähriges Berufsverbot. Er hat im Laufe des Verfahrens keinerlei Schuldeinsicht gezeigt und deshalb gehe ich davon aus, dass dieser auch in Zukunft seinen Erziehungsstil kaum ändern wird."

Einige der Besucher, die dem Verfahren beiwohnten, klatschten laut Beifall, sodass das Hohe Gericht einschreiten musste.

„Herr Verteidiger, Sie haben jetzt das Wort."

Es folgte das Plädoyer des Verteidigers von Kurt Schumacher. Mit lauter, eindringlicher Stimme und massiven Gesten versuchte der Rechtsanwalt die Unschuld seines Mandanten zu beweisen.

„Der Angeklagte wurde auf übelste Weise von der Heimleitung instrumentalisiert. Ich teile mit Ihnen, Frau Staatsanwältin, dass es unfassbar ist, Kinder mit besonderer Beeinträchtigung ohne qualifizierte Fachkräfte erziehen zu lassen. Doch diesen Umstand kann man nicht meinem Mandanten in die Schuhe schieben. Die Schuld daran muss ich jenen geben, die so etwas zulassen. Wieder teile ich Ihre Meinung, werte Frau Kollegin, dass die Regierung an dieser Stelle versagt hat. Es darf einen nicht wundern, dass so immer mehr ungeschulte Kräfte dort Einzug gehalten haben. Einer davon war mein Mandant. Dieser Mann war dort Mädchen für alles!"

Der Verteidiger plädierte nahezu eine Stunde. Die Verhandlung musste zweimal unterbrochen werden. Kurt Schumacher war während der Strafbeantragung kreidebleich geworden. Zunehmend mehr Unmutsrufe drangen aus dem Zuhörerraum, sodass das Gericht einen Mann des Saales verweisen musste. Der Anwalt verglich die vor Gericht gemachten Zeugenaussagen miteinander und fragte: „Wem darf man glauben und wer hat die Wahrheit gesagt? Ist nichts erwiesen, spricht es im Zweifelsfalle für den Angeklagten!"

Das war das Fazit des Verteidigers. Er forderte Freispruch für seinen Mandanten.

Daraufhin zog sich das Hohe Gericht zurück. Doch sie wurden sich schnell einig.

Kurt Schumacher wurde wegen neun selbst getätigter Vergehen an Schutzbefohlenen zu einer Freiheitsstrafe von einem Jahr und acht Monaten ohne Bewährung verurteilt. Ferner wurde ihm verboten, für die Dauer von drei Jahren den Beruf des Kinderpflegers zu ergreifen. Außerdem hatte er die Kosten des Prozesses zu tragen. Angesichts der Tatsache, dass die Schwächsten und Ärmsten der Gesellschaft auf solche Weise behandelt wurden, sprach die Richterin von mehr als „verabscheuungswürdigen Straftaten" und attestierte Kurt Schumacher eine in höchstem Maße unanständige Gesinnung.

Blass und zusammengefallen verließ Kurt den Gerichtssaal. Ihm war das laute Schluchzen seiner Mutter bei der Urteilsverkündigung durch Mark und Bein gegangen. Warum war sie gekommen? Wollte sie hören, welch ein Missetäter ihr Sohn war? Aber das war er nicht! Er hatte es doch nicht anders als sein Vater gemacht und dieser hatte immer wieder beteuert, dass er ihn aus Liebe so erziehen würde, damit aus ihm ein ordentlicher Mensch würde. Beim Verlassen des Gerichtssaals ging sein Blick noch einmal zu seiner Chefin. Er hatte nur seine Pflicht getan, das gemacht, was sie ihm aufgetragen hatte. Für Sekunden trafen sich ihre Blicke. Anna Nastrewa schaute beflissentlich weg. Für sie war die Sache damit erledigt. Sie war noch einmal heil davongekommen.

Das Agnesheim konnte weiterhin geöffnet bleiben.

Martha und Bettina mussten sich nach dieser aufreibenden Verhandlung unbedingt bewegen. Vor allen Dingen aber nach diesen aufregenden Tagen austauschen. Wie gut, dass Bettina auch während ihrer Schwangerschaften die passionierte Wanderin erhalten geblieben war. Die beiden machten sich auf zum Eixlberg.

Schweigend saßen sie nebeneinander in Marthas blauem Renault 4. Die Eindrücke der heutigen Verhandlung lasteten auf ihnen. Martha parkte am Waldrand. Beide atmeten sie tief die würzige Waldluft ein. Bettina durchbrach die Stille.

„Gut, dass der Wanderweg wenig Steigung hat, so müssen wir keine Angst vor einer Waldgeburt haben."

Sie lachte mit ihrem dicken Bauch. Durch die Schwangerschaft hatte ihre Stimme einen volleren Klang bekommen.

„Wie lange hast Du denn noch vor Dir?", fragte Martha nach.

„Zwei Wochen. Also eigentlich kann es jeden Tag losgehen. Aber wird schon nicht gerade hier im Wald passieren. – Martha, wie geht es Dir denn jetzt, nachdem das Urteil verkündet worden ist?" Dabei legte Bettina ihren Arm mitfühlend um ihre Freundin.

„Puh, ich weiß es auch nicht so genau. Einerseits bin ich erleichtert und froh, dass die Gräueltaten durch den Kurt endlich vorbei sind. Andererseits sehe ich noch nicht wirklich einen Fortschritt. Ich könnte platzen vor Wut über so viel Arroganz und Dummheit von der Nastrewa. Jeder von uns im Gerichtssaal wusste, dass sie lügt. Auch die Kollegen, die für Kurt Schumacher ausgesagt haben, wussten es."

„Ja, das ging mir genauso. Hast Du die Augen der Nastrewa gesehen, als sie aus dem Zeugenstand trat? Ich habe Schadenfreude darüber entdeckt, dass man ihr nichts anhaben konnte. Widerlich! Wie kann ein Mensch selbst vor dem Gesetz und unter Eid noch so lügen? Unglaublich!"

„Mir ging es zwischendrin mit dem Kurt nicht gut. Als ich plötzlich alle Zeugen, einschließlich der Chefin, gehört habe und dann den Kurt, eingefallen und kreidebleich, neben seinem schicken Verteidiger auf der Anklagebank sitzen sah, tat mir dieser Mensch plötzlich leid. Weißt Du, was ich damit meine?"

„Oh je Martha, Du hast einfach ein zu großes Herz. Wie kann der Dir leidtun? Denke mal daran, was der den Jungen in den letzten zehn Jahren alles angetan hat. Im Gericht haben sie immer nur über drei Jahre verhandelt. Aber Du und ich, wir kennen das ganze Ausmaß seiner Taten."

„Du hast ja Recht. Und trotzdem! Ich habe seine Mutter im Zuhörerraum und in der Pause auf dem Flur gesehen. Sie war genauso blass wie ihr Sohn. Knüllte immer ihr Taschentuch in den Händen. Hast Du Ihr Weinen am Ende gehört? Was mag wohl in ihr vorgegangen sein?"

„Ja, ich habe sie auch gesehen. Als Mutter muss es entsetzlich sein, die Missetaten des eigenen Sohnes zu hören. Wahrscheinlich unfassbar."

„Als der Kurt über seine berufliche Laufbahn erzählte, da hatte ich einen Moment, in dem ich ihn vor meinem inneren Auge das erste Mal als jungen Menschen gesehen habe. Der wollte eigentlich Koch werden und nicht schwarzer Schlosser. Hast Du das mitbekommen, dass er fast ein Blackout hatte, als er über seinen Vater sprach?"

„Nein. Was Du so alles bemerkst. Was war denn los mit ihm?"

„Die Staatsanwältin musste ihn aufrufen *Sind Sie noch dabei?* Hast Du das nicht gehört? Naja, vielleicht war es auch nicht so wichtig. Jedenfalls habe ich mir in dem Moment die Frage gestellt, was *er* wohl für eine Vergangenheit hat?"

„Hm, das stimmt. Irgendwo muss ja seine Brutalität herkommen. Er hat jedenfalls nach oben gekuscht und nach unten getreten."

„Das kann man wohl sagen! Weißt Du, ich hab mal irgendwo gelesen, dass man die Person und seine Tat voneinander trennen sollte. Jedenfalls hatte ich plötzlich nur den Menschen vor mir. So verrückt das klingen mag: Ich hatte wirklich auf einmal Mitleid mit ihm."

„Martha, das nenne ich wahre Größe!"

Bettina musste stehen bleiben und sich den Rücken reiben. Der Spaziergang strengte sie doch etwas an. Oder war es das Thema?

„Komm, Bettina, stemme Dich mal an die Buche dort. Ich massiere Dir den Rücken ein bisschen. Aber noch keine Wehen kriegen, hörst Du?!"

Bettina stellte sich breitbeinig und etwas vorgebeugt an den Baum. Beide mussten sie angesichts dieser sonderbaren Situation laut lachen, sodass es im Wald widerhallte.

Während Martha ihr das Steißbein massierte, gab Bettina Laute wie eine schnurrende Katze von sich.

„Oh Martha, was tut das gut! Aber ich glaube, wir sollten trotzdem umkehren. Ganz bis zum Eixl-Café schaff ich heute nicht mehr."

„Macht nichts Bettina. Mir ist auch gar nicht nach anderen Menschen. Lass uns langsam zurück zum Auto gehen. Weißt Du", knüpfte sie an ihr Gespräch von vorher an, „es trifft immer die Kleinen. Die Großen kommen ungeschoren davon. Ich sehe es genauso wie die Staatsanwältin und der Verteidiger. Die alte Agnes Nastrewa hatte den Kurt zum Hilfspfleger befördert, wie sie es nannten. Die Anna Nastrewa hat ihn sich gefügig gemacht und schamlos ausgenutzt. Sie hat die Leitung an eine Hilfskraft delegiert und wäscht jetzt ihre Hände in Unschuld. Der Kriminalkommissar hat mir erzählt, dass sie Anzeige gegen unbekannt gestellt hat. Damit die Schandtaten nicht auf ihrem Rücken sitzen bleiben. Und was ist das Ergebnis der Verhandlungen?

Sie kommt ungeschoren davon. Das ist nicht gerecht! Man hat alle Anklage gegen Kurt gerichtet."

„Ja, ich verstehe es auch nicht, dass die Regierung das Heim immer noch nicht geschlossen hat. Jetzt werden einige Kinder zurück nach Niedersachsen kommen, sie muss sich verkleinern und Fachpersonal einstellen, aber die Leitungshoheit wird sie wohl oder übel behalten. Ich bin gespannt, was in dem Heim noch alles ans Tageslicht kommen wird."

Martha nickte. Doch das Schlimmste hatte sie bis zum Schluss zurückbehalten.

„Bettina, ich kriege dauernd anonyme Anrufe, in denen ich beschimpft werde. Ich würde die Leute im Dorf um Arbeitsplätze bringen und lauter Unwahrheiten verbreiten. Ob ich das auf meine Kappe nehmen würde, wenn die Kinder in schlechtere Verhältnisse als auf der Burg kämen? Irgendwie habe ich den Eindruck, dass Anna Nastrewa dahintersteckt. Als würde sie Menschen beauftragen, mich zu tyrannisieren."

Jetzt begann sie zu weinen. Sie hatte doch nur Gutes für die Kinder gewollt. Auf keinen Fall, dass sie es noch schlechter hätten als bisher. Martha konnte dem Druck nicht mehr standhalten. Bettina strich ihr tröstend über den Rücken. Am liebsten hätte sie mitgeweint. So eine Ungerechtigkeit.

Martha schnäuzte sich ein paar Mal die Nase und sprang auf dem Waldboden auf und ab, als könne sie damit die Burg von sich abschütteln.

„Aber, liebe Bettina, es gibt auch gute Neuigkeiten."

Ihr kleines Geheimnis hatte sie sich bis zum Ende aufbewahrt.

Bettina schaute Martha überrascht an. Dann hellte sich auch ihr Blick auf.

„Nein bzw. Ja. Du bist schwanger!?"

„Ja, aber erst in der 10. Woche. Vielleicht bin ich deshalb so nah am Wasser gebaut. Ich habe Angst, das Baby vor lauter

Stress und Gram zu verlieren, Bettina. Julius und ich freuen uns so sehr über die Schwangerschaft."

Ihr flossen die Tränen wie Bäche die Wangen herunter. Martha wischte sie mit der bloßen Hand weg. Wahrscheinlich war es die gesamte Anspannung der letzten Monate, die sich gerade in ihr auflöste.

„Martha, Du darfst jetzt endlich nur an Dich und Dein Kindchen denken! Kannst Du Dich irgendwie vor den Angriffen schützen? Was meint Julius denn dazu?"

„Julius meint, wir sollten eine neue Telefonnummer beantragen."

„Das klingt logisch. Eine gute Idee."

Ganz in der Nähe klopfte ein Specht gegen einen trockenen Ast, das Geräusch hallte durch den Wald. Er holte die zwei Frauen in die Gegenwart zurück. Die letzten Sonnenstrahlen brachen sich bereits in den Bäumen. Es war spät geworden. Noch ein kleines Stück mussten sie an der Pferdewiese entlanggehen, bis sie zurück am Auto waren. Bettina rechnete mit den Fingern, wann der Geburtstermin bei Martha sein würde.

„Martha, dann kannst Du ja meine gesamte Erstlingsausstattung geliehen bekommen. Das heißt, wenn Du willst?"

„Sehr gerne, Bettina. Ich freue mich aber auch darauf, endlich die Zeit zu haben, wieder zu stricken. Ich habe schon mit einer Babydecke angefangen. Das beruhigt mich immer total."

Martha hielt ihren R4 vor Bettinas Haus. Heute war sie leider einfach zu müde, um noch mit hineinzukommen.

„Drück mir mein Patenkind. Ich melde mich bald. Danke für Dein Ohr, Bettina!"

„Ich ruf Dich an. Und vergiss nicht, mir Eure neue Nummer durchzugeben."

Neue Zeiten

Wenige Tage nach der Gerichtsverhandlung erhielt Anna Nastrewa einen Bescheid von der Heimaufsichtsbehörde. Man hatte ihr die pädagogische Leitung der Anstalt entzogen. Welch eine Schmach für sie!

Die Regierung gewährte ihr eine Gnadenfrist. Innerhalb eines Monats hatte sie verschärfte Auflagen umzusetzen. Eine der ersten war, die Zahl der dort untergebrachten Zöglinge wesentlich zu reduzieren. Von den bisher auf der Burg untergebrachten sechzig Jungen durften künftig nur noch fünfunddreißig im Heim verbleiben. Ein Großteil der Zöglinge sollte nach Niedersachsen zurückkehren. Betroffen von dieser Transaktion waren in erster Linie die Jugendlichen über fünfzehn Jahre. Eigentlich hätten diese aufgrund der gesetzlichen Vorschriften schon länger nicht mehr im Agnesheim untergebracht sein dürfen. Jetzt hatte man herausgefunden, dass mehrere auf der Burg lebende geistig Behinderte bereits neunzehn Jahre alt waren. Anna Nastrewa erhielt die Auflage, eine pädagogische Leitung und mehr Fachpersonal einzustellen. Die Regierung erwartete binnen kurzer Zeit ein neues pädagogisches Konzept.

Fortan hatte sie sich nur noch um die Verwaltungsaufgaben und die Geschäftsführung zu kümmern. Dieses wirkte sich natürlich unmittelbar auf ihr eigenes Gehalt aus. Wie gut, dass ihr wenigstens Gertrud weiterhin als Sekretärin zur Seite stehen durfte.

Binnen kurzer Zeit ging die gesamte pädagogische Leitung an die von der Regierung vorgeschlagene Diplom-Psychologin Clara Walter und ihren Stellvertreter Sozialpädagoge Otfried Pohl über. Anna Nastrewa hatte sich gegen den Vorschlag gewehrt. Ihr Personal würde sie, wie früher auch, selbst auswählen. Doch darauf hatte sich die Heimaufsichtsbehörde nach den Erfahrungen der letzten Jahre nicht mehr eingelassen.

Kein guter Start für die beiden Pädagogen. Anna Nastrewa ging sehr unterkühlt mit ihnen um und versuchte, ihnen die Einarbeitung, wo es nur ging, zu erschweren.

Doch die Zwei arbeiteten mit vereinten Kräften an dem gewünschten neuen pädagogischen Konzept. Hierfür erwartete die Heimaufsichtsbehörde vorab eine genaue Bestandsaufnahme der tatsächlichen Verhältnisse im Agnesheim.

Clara und Otfried legten strenge Maßstäbe an. Nicht umsonst hatten sie Soziale Arbeit und Psychologie studiert. Es sollte eine neue Zeit für die Jungen auf der Burg anbrechen. In einem ersten Brief an die Behörde teilten sie ihre wesentlichen Kritikpunkte mit.

Sehr geehrte Damen und Herren,
bezugnehmend auf Ihre Forderungen, ein neues pädagogisches Konzept für die Heilpädagogische Anstalt Agnesheim *zu entwickeln, möchten wir folgende Beobachtungen voranstellen. In dem Kinderheim liegen aus unserer Sicht nicht die Mindestbedingungen für eine heil- und sonderpädagogische Arbeit vor. Es gibt kein pädagogisches Spielzeug bzw. Fördermaterial.*

1. *Die Räumlichkeiten sind eigentlich für ein solches Kinderheim nicht geeignet. Die Jungen schlafen in überfüllten, engen Zimmern ohne persönliche Gegenstände.*
2. *Die Zöglinge haben keinen Kontakt zur Umwelt, sondern leben abgegrenzt auf der Burg. Sie haben keine verlässlichen sozialen Beziehungen. In den vergangenen zwei Jahren wurden 31 Mitarbeiterinnen im Heim eingestellt und wieder entlassen. Sie wurden gekündigt oder gingen freiwillig.*

3. *Die Jungen haben keinen freien Zugang zu ihren Schränken. Diese stehen abgeschlossen im Keller.*
4. *Die sanitären Anlagen sind selbst für 35 Kinder nicht ausreichend.*
5. *Den Kindern wurde bisher das im Pflegesatz und für die Erziehung notwendige Taschengeld in den meisten Fällen nicht ausbezahlt.*

Aufgrund der angeführten Punkte werden wir dafür Sorge tragen, dass entsprechende Umbaumaßnahmen und Anschaffung von Fördermaterial zu den ersten Handlungen gehören werden. Wir bitten um Genehmigung selbiger Vorschläge.

Hochachtungsvoll
Clara Walter und Otfried Pohl

Zähneknirschend musste Anna Nastrewa zuschauen, wie die beiden sich in alles einmischten und wie selbstverständlich in ihrem früheren Machtbereich herrschten. Als Clara Walter auch noch einen Schlüssel des Büros, in dem auch die Akten der Kinder verwahrt wurden, forderte, konnte sie nicht mehr an sich halten. In alter Manier stand sie plötzlich im Gruppenraum der Eulenkinder.

„Ich möchte, dass Sie nur nach Absprache mit mir das Büro betreten. Außerdem haben Sie mich über die Entnahme von Akten zu informieren, Frau Walter."

„Frau Nastrewa, ich kann nachvollziehen, dass es für Sie neu und ungewohnt ist, Ihren Hoheitsbereich zu öffnen. Doch das Studieren der Akten und lesen der Anamnesen und Ergehensberichte gehört zu meinem Aufgabenbereich. Wie soll ich sonst die Kinder in ihrer Beeinträchtigung verstehen, geschweige denn eine Förderung planen. Außerdem bin ich dazu verpflichtet, jährliche Entwicklungsberichte an die zuständigen Behörden zu schicken", entgegnete ihr Clara Walter ruhig und bestimmt.

„Wozu Sie verpflichtet sind, werde ich Ihnen sagen!"

„Nein, Frau Nastrewa, so kann keine Zusammenarbeit zwischen uns entstehen. Herr Pohl und ich werden jetzt diejenigen sein, welche die pädagogischen Maßnahmen zu entwickeln und zu verantworten haben. Dazu gehören übrigens auch die Dienstbesprechungen mit den Erzieherinnen und Kinderpflegerinnen. Wir werden alle Maßnahmen pädagogisch begründen. Für Sie und für die Heimaufsichtsbehörde, Frau Nastrewa."

„Wie reden Sie denn mit mir, junge Frau? Ich lasse mir doch von Ihnen nichts vorschreiben!"

„Entschuldigen Sie, ich schreibe Ihnen nichts vor. Ich nehme meine Aufgabe im Sinne der Kinder und Jugendlichen in Ihrer Einrichtung ernst. Diese Kinder haben ein Recht auf soziale und heilpädagogische Förderung. Und das schon sehr lange. Deshalb sind sie bei Ihnen im Agnesheim."

Anna Nastrewa warf Clara Walter einen giftigen Blick zu, knallte den Schlüssel für den Aktenschrank auf den Schreibtisch und stampfte in ihr Büro. Wie sollte sie das nur alles aushalten? Sie wusste, dass sie sich diesen verdammten Auflagen beugen musste, wenn sie nicht zusehen wollte, wie das Heim geschlossen wurde. Sie saß in der Enge.

Seit der Anzeige gegen Kurt hatte Adolf seine Besuche bei ihr auf der Burg auf das Notwendigste reduziert. Er wollte, nein durfte, auf keinen Fall wieder in den öffentlichen Fokus geraten. Das konnte er sich in seiner Position nicht erlauben. Er hatte sie auch noch um Verständnis gebeten.

Sie war gekränkt und fühlte sich allein und ohnmächtig in ihrer neuen Situation. Trotzdem musste sie Adolf unbedingt treffen. Er musste ihr helfen! Schließlich hatte er die Idee mit dem Haus in Salzburg und dass sie an einer

Schraube drehen sollte. Sonst läge das Geld wahrscheinlich noch auf der Bank. Solche Schnüffler wie die beiden Neuen konnte sie jetzt überhaupt nicht gebrauchen.

Mit der Schlüsselübergabe für das Büro war ein Grenzstein zwischen Anna Nastrewa und Clara Walter gesetzt. Seither gingen sie sich gänzlich aus dem Weg. Doch Clara hatte den Eindruck, dass dies nur die Ruhe vor dem Sturm war. Sie würde sehr wachsam sein müssen, das ahnte sie bereits.

Dennoch arbeiteten Otfried und sie zielstrebig weiter an ihrem neuen Konzept. Auf jeden Fall musste es einen neuen Betreuungsschlüssel geben. Die Jungen sollten künftig in kleineren, familienähnlichen Gruppen von sieben bis maximal elf Kindern leben. Dafür mussten neue Erzieherinnen gesucht werden. Dann würden sie sich verstärkt um einen vertrauensvollen Kontakt zu den Eltern der Jungen bemühen. Es hatte zwischen ihnen und dem Agnesheim fast überhaupt keine Briefwechsel gegeben. Eltern monierten bei Otfried und Clara den rauen Umgangston der Leitung. Sie hätten sich gar nicht mehr getraut, Kontakt zu ihren Kindern aufzunehmen. So allmählich drangen immer mehr Vorfälle ans Tageslicht. Von den Jungen wusste Otfried inzwischen, dass es eine Briefzensur gegeben hatte. Hatten sie sich bei ihren Eltern beschwert, gab es Schläge von Onkel Kurt. Irgendwann hatten sie aufgehört, ihren Familien zu schreiben. Anderen wurde der Kontakt zu ihren Eltern untersagt. Hierzu fand Clara einen Briefdurchschlag an eine Familie: *„Warum hat Ihr Kind während der Abwesenheit aus dem Heim drei Kilo abgenommen? Anscheinend hat es den Aufenthalt bei Ihnen nicht verkraftet, sodass es das Beste ist, Ihr Kind künftig im Heim zu belassen."* Auf diese Weise hatte Anna Nastrewa das Pflegegeld für den Jungen über Wochen selbst verbuchen können.

Wild entschlossen beantragte Otfried einen höheren Etat beim Landessozialamt in Niedersachen, um endlich das schon längst erforderliche Fördermaterial besorgen zu können. Die Diakonie in Rosenheim war auf diesem Gebiet Vorreiter. Er wollte eigens dort hinfahren, um gemessen an den Beeinträchtigungen der Jungen einkaufen zu können.

Trotz vieler Neuerungen im Heim hatten Clara und Otfried mit den Jungen zu ringen. Seit dem Prozess gegen Kurt Schumacher waren die Jugendlichen schwerer zu führen. Wurden sie früher auf Gehorsamkeit gedrillt, so rebellierten sie jetzt gegen sie. Eigentlich war es ein Zeichen des Vertrauens, das sie zu ihnen gefasst hatten. Beide waren zuversichtlich und wollten sich in Geduld üben. Wenn sie die Jungen in ihren Bedürfnissen weiterhin ernst nahmen, würde ihre emotionale und soziale Sicherheit automatisch wachsen. Gerade die Lernbehinderten waren ihr Leben lang fremdbestimmt gehalten worden. Nun durften sie Selbstbestimmung in kleinen Schritten lernen. Dafür war es nötig, den Eigenraum der Kinder zu stärken. Die engen Schlafsäle gehörten jetzt der Vergangenheit an. Nachdem sie fünfundzwanzig Betten entsorgt hatten, boten die Schlafräume fast doppelt so viel Platz für die Jungen. Endlich konnten sie ihre persönlichen Dinge um sich herum haben. Die ersten hatten bereits angefangen, voller Stolz Poster von Popstars an die Wände zu kleben.

Ebenso wollten Sie das Außengelände der Burg mehr auf die Bedürfnisse der geistig behinderten Jungen ausrichten. Spaziergänge und Ausflüge gehörten schon jetzt in ihr Wochenprogramm. Die Jungen blühten förmlich auf. Sie planten ihre Ausflüge mit, trauten sich, Wünsche auszusprechen, und lernten dabei in kleinen Schritten mit ihrem Taschengeld, das sie jetzt endlich erhielten, umzugehen.

Aber wehe Anna Nastrewa tauchte in ihrer Nähe auf. Dann wurde es augenblicklich still im Raum. Noch immer versuchte sie, die Jungen einzuschüchtern. In den ersten Wochen schreckten diese noch bei der kleinsten Bewegung vor Clara und Otfried zurück. Zunehmend mehr hatten sie aber begriffen, dass die beiden ihre Beschützer waren.

Doch Clara und Otfried kannten Anna Nastrewa noch nicht! Sie hatte klein beigeben müssen, ja! Aber sich von ihrem Platz verdrängen lassen, das würde sie sicher nicht! Diesen beiden klugen Herrschaften würde sie noch früh genug einen Denkzettel verpassen.

An diesem Wochenende hatte Clara Dienst und wollte mit einigen Jungen der Eulengruppe mit Fingerfarben malen. Plötzlich hörte sie im Hof laute Stimmen. Stefan kam aufgeregt die Treppen zu ihr hochgelaufen.

„Frau Walter, die Polizei ist da."

„Was? Wieso denn die Polizei? Weißt Du, warum die gekommen ist?"

„Frau Nastrewa hat sie gerufen, weil eine Fahrradkette im Keller abgesägt worden ist. Günther ist mit dem Rad nach Wernberg gefahren. Aber er ist schon wieder da."

„Wieso ruft sie die Polizei an, wenn ich hier bin. Das gibt es ja wohl gar nicht!"

Clara bat eine der Kinderpflegerinnen, das Malen zu übernehmen und eilte die zwei Stockwerke in den Keller herunter. Die Polizisten waren gerade dabei, die Jungen zu befragen. Anna Nastrewa stand etwas abseits und beobachtete den Vorgang.

Schnurstracks ging Clara auf sie zu.

„Frau Nastrewa, können Sie mir sagen, weshalb Sie die Polizei gerufen haben, ohne mit mir vorher über den Vorfall zu sprechen?"

„Frau Walter, Sie sollten sich mal schön zurückhalten. Der Günther knackt ein Fahrradschloss, um mit dem Rad abzuhauen und Sie merken scheinbar gar nichts davon! Sie wissen genau, dass keiner der Jungen ohne Genehmigung ein Fahrrad benutzen, geschweige denn die Anstalt verlassen darf. Das ist Verletzung Ihrer Aufsichtspflicht und ein Vergehen, dem eine Kündigung folgen kann."

Clara verschlug es die Sprache. Was wollte diese Frau ihr anhängen? Was hatte sie eigentlich im Fahrradkeller zu schaffen? Sie musste unbedingt später mit den Jungen sprechen. Jetzt versuchte sie erst einmal, einen klaren Kopf zu bewahren.

„Frau Nastrewa, gerne warte ich die Ermittlungen der Polizei ab. Am besten wir sprechen am Montag in der Besprechung darüber."

Damit wandte Clara Walter sich den beiden Polizisten und den drei Jungen zu. Günther gestand, mit dem Rad nach Wernberg gefahren zu sein. Aber das Schloss hatte er nicht abgesägt. Das war schon so. Sie hatten eine Wette abgeschlossen, ob er sich trauen würde, heimlich in Wernberg eine Bravo-Zeitschrift zu kaufen. Clara wusste nicht, was sie davon halten sollte. Klar war jedenfalls, dass Anna Nastrewa ihr etwas anhängen wollte. Sie musste sich vor dieser Frau in Acht nehmen.

In den folgenden Wochen tauchte Anna Nastrewa immer wieder völlig unerwartet in den Gruppenräumen auf oder ging ungefragt in Claras Büro. Um ungestört die Berichte der Kinder lesen zu können, hatte sie die Akten der Jungen dorthin verlagert. Heute baute Anna Nastrewa sich vor ihr auf.

„Ich möchte die Dokumentationshefte einsehen, Frau Walter. Dazu werde ich ja wohl noch ein Recht haben!"

Um einer Konfrontation aus dem Wege zu gehen, überließ sie ihr widerstandslos das Dokumentationsbuch. Denn die flattrigen unregelmäßig geführten Hefte der Vergangenheit hatten Otfried und sie bereits durch ein nach Tagen datiertes Buch ersetzt. Sollte sie nur nach Fehlern suchen, sie würde nichts finden.

Doch Anna Nastrewa suchte nach ganz anderen Dingen. Dafür brauchte sie die Unterstützung von Adolf. Dieser hatte sich auf dem Gesundheitsamt mehrmals verleugnen lassen, als sie ihn anrief. Früher war er für sie immer gut zu erreichen gewesen. Auch hatte er sich in den letzten Monaten von den gemeinsamen Jagden mit ihrem Vater zurückgezogen. Nun gut, der Vater war schwächlich geworden, aber trotzdem war Adolf sonst mehr zu Gast bei ihnen gewesen. Schließlich hatten sie ja noch den Gabriel zusammen und der Junge vermisste seinen Vater.

Heute fuhr Anna Nastrewa direkt zu ihm ins Amt. Sie fing ihn in der Mittagspause ab.

„Hallo Adolf. Du hast Dich ja sehr rar bei uns auf der Burg gemacht!

Eigentlich wollte sie das Treffen gar nicht mit Spitzen beginnen. Aber sie war einfach zu gekränkt und wütend. Er sollte genauso den Kopf hinhalten wie sie.

„Tag, Anna! Spürst Du mich auf? Das mag ich nicht so gerne."

„Adolf, Du kannst mich doch jetzt nicht mit allem allein dasitzen lassen. Die zwei neuen Leiter machen mir das Leben zur Hölle. Überall stecken die ihre Nasen rein. Krempeln alles um. Ich muss die unbedingt wieder loswerden. Die Psychologin hat alle Akten zu sich ins Büro geräumt. – Und außerdem vermisst der Gabriel Dich. Jeden Abend fragt er, wann Du kommst."

Adolf fuhr sich mit der Hand über seinen Kopf, so wie er es früher immer getan hatte, wenn er an Anna und ihre heimlichen Treffen dachte. Doch heute grenzte diese Geste eher an Verzweiflung. Er wusste doch auch nicht, was zu tun sei.

„Ich komme morgen Abend nach dem Dunkelwerden. Du musst halt den Gabriel noch so lange wach lassen."

Es kränkte sie, dass er sich im Dunkeln einschleichen wollte. Aber besser als gar keinen Kontakt.

„Gut, ich lass auch was Feines von Frau Ertl kochen. Bis morgen!"

Am nächsten Abend sprang Gabriel seinem Vater freudig auf den Arm und drückte ihn kräftig.

„Papa, können wir Armdrücken machen. Guck mal, was ich für Muskeln bekommen habe."

Gabriel spannte seine Oberarme so angestrengt an, dass Adolf Gassner lachen musste. Dieser Bub entlockte ihm immer wieder Milde und ein bisschen Fröhlichkeit. Obwohl er wusste, dass Anna bereits ungeduldig mit dem Abendessen auf ihn wartete, las er Gabriel noch eine Geschichte aus *Räuber Hotzenplotz* vor. So konnte er das Gespräch mit ihr noch ein bisschen hinauszögern. Er ging erst hinunter ins Esszimmer, als Gabriel in seinem Arm eingeschlafen war.

„Jetzt sind die Würschtl bereits wieder kalt. Aber ist schon recht. Schön, dass Du dem Buben noch vorgelesen hast. Der braucht Dich."

„Anna, worüber möchtest Du mit mir reden? Ich hab nicht so viel Zeit heute Abend."

Sie tat Adolf und sich von den aufgebratenen Knödeln und dem Rotkraut auf. Ein wenig zu heftig verteilte sie den Senf mit dem Löffel auf ihren Tellern. Die Weißwurst nahm sich jeder selbst aus dem Topf. Dazu gab es Weißbier. Anna musste sich zusammennehmen, dass sie heute Abend nicht alles verdarb.

„Adolf", dabei streckte sie ihre Hand seiner versöhnlich entgegen. „Ich brauch Dich jetzt! Sie gehen sämtliche Akten durch. Haben Kontakt zu den Eltern der Buben und zum Amt in Niedersachsen aufgenommen. Dass ich kein Taschengeld ausgezahlt habe, ist auch schon raus. Die fangen jetzt an, die Jungen ernst zu nehmen. Ich kann es auch nicht mehr verheimlichen, dass die Kindermädchen von Gabriel die ganzen Jahre über die Anstalt gelaufen sind. Wenn die rauskriegen, dass Du Dir Dein Portemonnaie mit an den Jungen aufgefüllt hast, bist auch Du dran, Adolf!"

Er wusste nur allzu gut, was sie damit meinte. Immer wieder hatte er sich von ihr dazu überreden lassen, die Untersuchungen der Kinder durchzuführen. Sogar geimpft hatte er sie, obwohl man ihm die Genehmigung zur Ausübung von Nebentätigkeiten im Heim entzogen hatte. Sie mussten sich etwas überlegen.

„Anna, wann ist die Probezeit der beiden Schnüffler beendet?"

„In drei Wochen. Du meinst, also Du denkst, ich sollte ...."

„Ja, auf jeden Fall! Du kannst Ihnen zum Ablauf der Probezeit ohne Angabe von Gründen kündigen. Dann sind sie weg und wir können die Akten nach belastendem Material durchgehen. Verstehst?"

„Nein. Die haben doch schon jetzt so viel Unruhe verbreitet. Adolf, können wir nicht nach und nach Akten verschwinden lassen? Ich nehme dann alles raus, was uns schaden könnte."

Ihm war unwohl bei dem Gedanken, auf der Burg herumzugeistern. Zu dumm, dass der Kurt im Gefängnis saß. Der wäre genau der richtige Mann für solch eine Sache gewesen. Aber er wusste auch, was für ihn und Anna auf dem Spiel stand.

Otfried und Clara hatten sich mit dem Landesjugendamt in Hannover in Verbindung gesetzt, um endlich die Überleitung der Kinder und Jugendlichen nach Niedersachen in Gang zu bringen. Allein dafür las Clara jede freie Minute in den Akten der Kinder. Sie hatten entschieden, dass zuerst die ältesten Jugendlichen in neue Einrichtungen wechseln sollten. Mit viel Glück würden die Jungen Ehemalige in der Heimat wiedertreffen. Otfried hatte sich an einem Abend dafür sogar die ältesten Akten vorgenommen. Daher wusste Clara, dass Johann und Thomas vor zwei Jahren in die Helenen-Stiftung bei Bremen gekommen waren. Franz hatte einen Platz in den Rothenburger Werken bekommen. Und Peter konnte nach dem Tod seines Vaters doch zu seiner Mutter an die Nordsee zurück. Endlich würden die Jungen wieder in der Nähe ihrer Familien sein.

Clara kontaktierte die verschiedenen Einrichtungen. Und tatsächlich, einer der Buben würde Johann und Thomas wiedertreffen.

David und Roland und ein paar weitere Jungen würden ganz in der Nähe in die Loewschen Werkstätten und das dazugehörige Wohnheim wechseln.

Jetzt konnten sie sich verstärkt um die noch im Agnesheim verbliebenen 35 Jungen kümmern.

Die Zusammenarbeit mit Anna Nastrewa hatten sie auf das Nötigste reduziert.

Sich so wenig wie möglich von der Frau reizen lassen war ihre Devise.

Das ging scheinbar auch ganz gut. Je spannungsfreier die Atmosphäre im Heim wurde, desto aufgeschlossener waren die Jungen ihnen gegenüber. Sie genossen die gemeinsamen Ausflüge sehr. Neulich waren sie sogar gemeinsam in der Nabburger Bibliothek. Die Leute hatten sie zwar angeschaut, als wären sie Aussätzige, doch das würde sich hoffentlich mit mehr Gewohnheit auch für die Mitbürger ändern. Es musste endlich Normalität im Umgang mit behinderten Menschen eintreten. Das war beiden ein großes Anliegen.

Auch im Team bildete sich ganz allmählich eine Kollegialität, die sich wohltuend auf die Buben auswirkte. Sie hatten jetzt regelmäßige Konferenzen, in denen die Schicksale und Entwicklungsschritte der Jungen besprochen wurden.

Traurig war für alle, trotz der positiven Entwicklungen, der Moment des Umzugs ihrer langjährigen Mitbewohner. Clara und Otfried hatten ein kleines Abschiedsfest vorbereitet. Frau Ertl steuerte leckeren Kuchen bei und die Jungen hatten Bilder für die Reisenden gemalt. Doch blieb der Schmerz auf beiden Seiten nicht aus. Sie konnten die Trauer der Jungen, die wieder in ihre Heimat zurückfuhren, kaum fassen. Hatten sie doch mehr gelitten als gelebt hier. Aber trotz allem war es ihr Zuhause geworden. Ihre Zukunft war hingegen noch unsicher. *Wem würden sie dort begegnen? Gab es auch im neuen Heim einen „Onkel Kurt"?*

Bei den noch im Heim verbliebenen Jungen weckte der Auszug der anderen Sehnsüchte und Heimweh zugleich. Deshalb holte Otfried zum Trost seine Gitarre aus dem Mitarbeiterzimmer. Sofort waren die Jungen um ihn herum und belagerten ihn, während er die Gitarre stimmte. Sehnsüchtig lauschten sie seiner tiefen Stimme und träumten davon, auch einmal so spielen zu können wie er.

In der darauffolgenden Nacht schliefen David und Roland vor Aufregung fast gar nicht. Ständig mussten sie auf die Toilette. Dabei erinnerte sich David an alte Zeiten, die er wohl in seinem Leben nie vergessen würde.

„Weißt Du noch Roland als wir nachts nicht auf die Toilette durften und in diesen ekeligen Eimer pinkeln mussten?"

„Erinnere mich lieber nicht! Ich will daran nicht mehr denken. Ich will mir lieber vorstellen, dass ich mir irgendwann eine eigene Gitarre kaufen kann. Als der Otfried gespielt hat, habe ich wieder solche Lust bekommen, eine eigene zu besitzen."

„Pst, Roland, sei mal still! Da ist jemand, hast Du das auch gehört?" Starr vor Schreck hielt David inne und legte zum Zeichen seinen Zeigefinger an den Mund.

„Quatsch, wer soll denn da sein. Kurt sitzt im Kittchen!"

„Ich habe die Bürotür genau gehört. Kommst Du mit? Ich schleich mal um die Ecke."

„Ich weiß nicht David, nachher setzt es nur wieder Prügel."

„Dann war das unsere letzte Abreibung. Komm sei kein Feigling!"

Die beiden Jungen schlichen auf leisen Sohlen aus dem Zimmer. Das kleine Nachtlicht brannte auf dem Flur. Wie gut, dass sie selbst im Dunkeln standen. Plötzlich huschte ein Schatten über den Flur in Richtung des Wohntraktes von Anna Nastrewa. David stieß Roland mit seinem Ellbogen in die Rippen und zeigte mit dem Zeigefinger auf den Flur. Da sah es auch Roland. Dr. Gassner und ein fremder Mann trugen Akten unter ihren Armen, die sie aus dem Büro von Clara Walter und Otfried Pohl geholt haben mussten.

Schnell und unbemerkt schlichen die Jungen wieder zurück in ihr Zimmer.

„Du, das müssen wir unbedingt noch morgen Clara und Otfried erzählen."

Den Jungen schlotterten die Knie vor lauter Schreck.

„Irgendwas stimmt da nicht. Mensch wie aufregend ist das! Wir haben die *Drei ???* direkt bei uns auf der Burg", kommentierte David das Ganze.

Nach langem Spekulieren über die Akten waren sie endlich gegen Mitternacht eingeschlafen. Aber ihr erster Gedanke beim Aufwachen galt dem nächtlichen Ereignis.

„David, los aufwachen! Lass uns zu Frau Walter gehen, bevor nachher alle anderen Jungen dabei sind."

Otfried und Clara trauten ihren Ohren nicht, als die beiden Jungen aufgeregt ihr nächtliches Erlebnis erzählten.

„Wir haben ganz sicher den Dr. Gassner mit den Akten unter dem Arm gesehen. Den anderen kannten wir nicht. Er war aber groß und nicht so alt. Sie sind wie Diebe über den Flur geschlichen", sprudelte es aus beiden heraus.

„Danke Ihr Zwei! Das war ja eine ereignisreiche letzte Nacht für Euch. Kann sein, dass ich später noch mit Euch reden muss. Könntet Ihr das, was Ihr gesehen habt, bezeugen?"

„Klar", beteuerten beide im Kanon.

Wenig später fuhr der Bus der Loewschen Werkstätten vor. Nun war es soweit. Die beiden nahmen ihre wenigen Habseligkeiten und verstauten sie im Kofferraum. Mit gemischten Gefühlen bestiegen sie mit den anderen Jungen den Bus, der sie in ihre neue Heimat bringen würde. Ihre winkenden Hände ragten zum Abschied aus den Busfenstern und die anderen sahen ihnen nach, bis sie um die nächste Kurve verschwunden waren. Otfried und Clara atmeten erleichtert auf. Der erste große Schritt von heute wäre geschafft! Der nächste stand ihnen noch bevor, denn für den Nachmittag war eine Besprechung mit Anna Nastrewa angesetzt. Sie hatten die Auflage, gemeinsam mit ihr die Resozialisierungsmaßnahmen für einige Jugendliche zu planen. Familien mussten gefunden werden, in denen die Jungen am Wochenende endlich Kontakt zur Gesellschaft erfahren sollten.

Doch Anna Nastrewa hatte sich wiederholt dagegen ausgesprochen. Sie blockierte ihre Arbeit, wo sie nur konnte. So ließ sie sich auch heute kurz vor dem Termin entschuldigen. Sie wusste um ihre Macht, denn ohne die Einwilligung der Geschäftsführung konnte solch eine Maßnahme nicht umgesetzt werden.

Außerdem hatte Anna sich nach dem Gespräch mit Adolf dazu durchgerungen, Clara Walter und Otfried Pohl nach ihrer Probezeit zu entlassen. Für was dann jetzt noch eine Besprechung abhalten. Sie würde zwar wieder Ärger mit der Heimaufsichtsbehörde bekommen, aber sie musste ja schließlich auch nicht alles schlucken. Wenn ihr eine weitere Zusammenarbeit unmöglich erschien, musste sie auch ein Wörtchen mitreden können.

Als Clara an diesem Abend nach Hause kam und ihren Briefkasten öffnete, fand sie das Schreiben mit dem Briefkopf der Burg Wernberg vor. Sie musste wissen, ob Otfried das gleiche Schreiben erhalten hatte und griff zum Telefon. Mit vor Aufregung zittrigen Händen wählte sie seine Nummer. Er war sofort am Apparat.

„Hallo Otfried, sag mal, hast Du auch einen Brief mit der Kündigung nach Ablauf des Probehalbjahres in der Post vorgefunden?"

„Habe ihn gerade geöffnet. *Ihr pädagogischer Einsatz hat meinen Erwartungen nicht entsprochen.* Solch eine Unverfrorenheit! Aber ich sage Dir, damit wird die nicht durchkommen. Dafür werde ich sorgen!"

Otfried war derart erbost, so kannte Clara ihn noch gar nicht. Er, der sonst die Ruhe in Person war. Aber er hatte in den letzten Wochen mehrmals voller Enthusiasmus betont, dass im *Jahr des Kindes* die Kinder des Agnesheims Gerechtigkeit erfahren würden.

Und jetzt das. Alle Mühe umsonst! Aber eigentlich erging es ihr nicht anders als ihm. Sie würden Seite an Seite diesen Kampf für ein besseres Leben dieser Jungen durchfechten.

„Otfried, ich bin dabei! Weißt Du, wer mir sofort eingefallen ist? Diese mutige Kinderkrankenschwester, von der in den Zeitungen immer die Rede war. Sie hat doch dafür gesorgt, dass der Hilfspfleger hinter Schloss und Riegel kam. Mit ihr sollten wir uns treffen."

„Gute Idee! Aber zuerst machen wir eine Meldung bei der Heimaufsicht. Damit kommt sie nicht durch. Außerdem haben wir da ja auch noch die Aktengeschichte! Dieser Medizinalrat kommt mir auch nicht ungeschoren davon", brüllte Otfried schon fast ins Telefon.

„Weißt Du Otfried, eigentlich bin ich gar nicht so unglücklich über die Kündigung. Diese mittelalterlichen Verhältnisse auf dieser alten Trutzburg und diese Frau dazu! Wenn ich nur daran denke, welch eine Geschichte diese Burg hat. Wie viel Leid in diesen Mauern steckt. Wer weiß, vielleicht können wir hier etwas für die Jungen zu einem guten Ende bringen."

„Vielleicht hast Du Recht. Auf zu neuen Taten, Clara! Bis morgen. Schlaf gut."

„Du auch. Und schön, dass es Dich gibt! Du bist so mutig, Otfried!"

Otfried fand in der Nacht keine Ruhe. Um Mitternacht stand er wieder auf und setzte sich an seinen Schreibtisch. Seit ein paar Monaten führte er Protokoll über die ganze Geschichte dort oben. Eigentlich hatte ihm von Anfang an das Vertrauen in die Heimleitung gefehlt. Wodurch hätte dieses auch entstehen sollen? Clara und er waren schließlich gegen ihren Willen auf Anordnung der Heimaufsichtsbehörde eingestellt worden. Sein Bauchgefühl hatte ihn nicht getäuscht!

Er holte seinen prall gefüllten Leitzordner hervor und las noch einmal alle Zeitungsartikel über die Verhandlungen und die Verurteilung von Kurt Schumacher. Bereits darin klangen genügend Anschuldigungen gegen Anna Nastrewa durch. Doch es lag keine Anklage gegen sie vor. Sie war damals lediglich als Zeugin geladen und als solche hatte sie sich unwissend und dumm gestellt. Otfried las die Inhalte jetzt noch einmal völlig neu. Hatte er doch inzwischen reichlich eigene Erfahrungen mit dieser Person machen können. Sie war wie ein Aal, den man nur schwer greifen konnte. Für eine Anklage würde er jetzt allerdings sorgen.

Er spannte zwei Bogen Schreibpapier dazwischen das Blaupapier für den Durchschlag in seine alte Schreibmaschine und hoffte, die Nachbarn würden sich nicht wegen des nächtlichen Geklappers beschweren.

An die Heimaufsichtsbehörde
Betreff: Anzeige gegen Frau Anna Nastrewa

Sehr geehrter Herr Meinard,
Als pädagogische Leitung der Heilpädagogischen Anstalt Agnesheim *wenden wir uns heute direkt an Sie.*
Wir, Diplom-Psychologin Clara Walter und Sozialpädagoge Otfried Pohl, sind seit knapp einem halben Jahr durch Auflage der Heimaufsichtsbehörde in der Einrichtung angestellt. Das Agnesheim war, wie Sie wissen, in der Vergangenheit mehrfach Gegenstand der Diskussion in der Öffentlichkeit, der Presse und vor Gericht. Es handelte sich hierin im Wesentlichen um die Vorwürfe der Kindesmisshandlungen in elf Fällen gegen einen Kinderhilfspfleger.
Die Regierung der Oberpfalz als oberste Heimaufsichtsbehörde hatte bei ihrem damaligen Heimbesuch zur Überprüfung der Einrichtung festgestellt, dass wesentliche Auflagen, die sie selber im Sommer 1975 angeordnet hatte, nicht im erforderlichen Maß erfüllt worden waren. Im Besonderen ging es dabei um die Einstellung des notwendigen Fachpersonals, v.a. einer qualifizierten leitenden Kraft für den pädagogischen Bereich. Ferner sollte die räumliche Lebenssituation der Kinder gemessen an sozial- und heilpädagogischen Förderungsmöglichkeiten verbessert werden. Außerdem wurde die starke Personalfluktuation, die gerade in der Arbeit mit behinderten Minderjährigen sich äußerst schädlich auswirkt, bemängelt. Durch die Einstellung einer doppelten Leitung konnte im Frühjahr des Jahres eine Schließung des Heimes abgewendet werden.
Mit gestrigem Datum wurde uns als pädagogische Leitung mit der Begründung „Ihr pädagogischer Einsatz hat meinen Erwartungen nicht entsprochen“ fristgerecht zum Ende der Probezeit gekündigt.

Wir machen darauf aufmerksam, dass in den vergangenen Monaten Resozialisierungsmaßnahmen in die Wege geleitet werden sollten, welche von Frau Nastrewa stets blockiert wurden.
Der gerichtlichen Auflage entsprechend wurden 25 Zöglinge von uns in ihrer Heimat in Niedersachsen bzw. im Oberpfälzer Umkreis untergebracht. Es wurden die verwaisten Kontakte zu den Eltern wiederaufgenommen. Hierbei stellten sich Erlebnisse von Eltern heraus, die wir gerne zu einem anderen Zeitpunkt weiter erläutern würden. Ferner mussten wir Ungereimtheiten in den Akten der Kinder feststellen. Diese betreffen sowohl medizinische als auch finanzielle Daten und Dokumentationen.
Vor wenigen Tagen wurden zwei Männer nachts von zwei Jungen bei einem Transfer von Akten der Kinder aus dem Leitungsbüro in die Räume von Frau Nastrewa beobachtet. Einem davon wurde der Zutritt zur Burg bereits vor Jahren untersagt. Die Jungen sind bereit, als Zeugen auszusagen.
Diverse andere Unterminierungen bzw. Übergriffe von Frau Nastrewa wurden ja bereits während der Verhandlungen des Hilfspflegers von der Kinderkrankenschwester Martha Hohlbein dem Gericht vorgetragen. Wir können diese aufgrund unserer Erfahrungen im Agnesheim nur unterstreichen.
Herr Meinard, wir möchten darauf aufmerksam machen, dass mit Ablauf des Monats das Agnesheim ohne pädagogische Leitung sein und somit Frau Nastrewa wieder die Hoheitsgewalt in ihrer Einrichtung haben wird.
Wir sehen das leibliche, seelische und geistige Wohl der Kinder als gefährdet an. Daraus ergeben sich uns drängende Fragen. Wie lange sollen diese Kinder und Jugendlichen noch ferngehalten werden von einer ihnen zustehenden Erziehung? Wie lange sollen der Inhaberin weiterhin

Zugeständnisse gemacht und wie lange soll sie damit noch in ihrer Taktik bestärkt werden?
Unser Anliegen ist pädagogisch orientiert. Doch seien sie sicher, dass wir sehr wohl auch finanzielle und personalpolitische Aspekte in ihrer Verhältnismäßigkeit abgewogen haben.
Aber gerade wo das Jahr 1979 zum Jahr des Kindes *proklamiert worden ist, sollten unsere Anstrengungen, die das Wohl aller Kinder betreffen, von echtem Interesse getragen werden.*
Wir hoffen sehr, dass die Regierung als Heimaufsichtsbehörde, gemäß ihres Auftrages als Wächteramt im Sinne der Kinder auf der Burg Wernberg, reagieren wird.
Ferner möchten wir Sie davon in Kenntnis setzen, dass wir mit gleichem Datum bei der Staatsanwaltschaft Strafanzeige gegen die Heimleiterin stellen werden.

Hochachtungsvoll
Clara Walter, pädagogische Leitung
Otfried Pohl, stellvertretende Leitung

Zufrieden und müde streckte Otfried Pohl sich in seinem Schreibtischstuhl. Jetzt konnte er schlafen gehen. Was Clara zu seinem Entwurf sagen würde?

Diese stimmte dem Inhalt des Briefes an die Heimaufsichtsbehörde voll zu. Sie bewunderte Otfried für seine klaren Worte. So hätte sie es niemals formulieren können. Aber auch sie war am Abend nicht tatenlos gewesen. Nach dem Telefonat mit Otfried hatte sie Martha Hohlbein angerufen. Wie von Clara erhofft, zögerte diese, obwohl sie kurz vor der Geburt ihres ersten Kindes stand, keine Sekunde, sie bei der Anzeige gegen die Heimleitung zu unterstützen. Im

Gegenteil, sie war begeistert, dass es weitergehen und endlich auch Anna Nastrewa in ihre Schranken gewiesen würde.

Martha rief noch am selben Abend Bettina, Rainer und Rosa an. Auch sie waren bereit, erneut als Zeugen auszusagen.

Clara und Otfried versuchten das gerichtliche Prozedere zu beschleunigen und stellten einen Antrag auf einstweilige Verfügung. Denn, wenn sie in zwei Wochen das Agnesheim verlassen mussten, wären die Jugendlichen den Launen der *Mutter Anna* wieder ausgeliefert.

Die Regierung der Oberpfalz reagierte dieses Mal ungewöhnlich schnell. Endlich waren sich die verschiedenen Instanzen, die mit dem Fall Agnesheim zu tun hatten, einig. Oberregierungsrat Mauter bekundete den festen Willen, nun eine energischere Gangart gegenüber der Sozialunternehmerin Anna Nastrewa anzuschlagen. Eine einstweilige Verfügung konnte zwar nicht ausgesprochen werden, da die Kündigung zeitgerecht ausgesprochen worden war, dafür machte sich aber die Heimaufsicht stark, dass beide, Psychologin Clara Walter und Sozialpädagoge Otfried Pohl, weiter auf der Burg tätig zu bleiben hatten. Andernfalls würde das Agnesheim zum Ende des Monats geschlossen werden.

Anna Nastrewa musste sich fügen. Von jetzt an ließ sie sich nicht mehr in den Räumen des Heimes sehen.

Die Staatsanwaltschaft hatte auf den Vorgang Agnesheim EILT geschrieben. Nachdem Clara, Otfried und Martha Anzeige erstattet hatten, erhob die Staatsanwaltschaft Anklage gegen die Heimleiterin Anna Nastrewa. Somit wurde der Agnesheimprozess vom Anfang des Jahres erneut vor dem Erwachsenen-Schöffengericht in Schwandorf aufgerollt. Diesmal allerdings unter veränderten Vorzeichen. Angeklagt war die 46jährige Anna Nastrewa, ehemalige Leiterin der

Heilpädagogischen Anstalt *Agnesheim* auf Burg Wernberg. Mit Bekanntwerden der Anklage war Anna Nastrewa auch die geschäftliche Leitung des Kinderheimes entzogen worden.

Im Schöffengericht in der Kreuzbergerstraße sollte heute der Fall *Agnesheim* neu aufgerollt werden. Presse und Zuhörerschaft warteten bereits auf der Straße, um eingelassen zu werden. Geladen waren die Angeklagte Anna Nastrewa und die Hauptankläger Clara Walter und Otfried Pohl sowie an die fünfundzwanzig Zeugen. Sie alle hatten irgendwann einmal etwas mit den behinderten Kindern zu tun gehabt.

Anwesend in diesem Prozess waren ferner Politiker, Regierungsräte, Angestellte vom Sozial- und Jugendamt und andere Behördenvertreter.

Nachdem das Hohe Gericht Platz genommen hatte, vereidigte der Schöffengerichtsvorsitzende alle anwesenden Zeugen.

Anna Nastrewa, schwarzer Bubikopf, schwarze Hornbrille, um deutliche Pfunde weniger als bei der Verhandlung von Kurt Schumacher, trug eine Pelzjacke, Schottenrock und Stiefel. Sie saß klein und schmächtig neben ihrem Verteidiger auf der Anklagebank. Die Staatsanwältin hatte eine mehrseitige Anklageschrift vor sich liegen. Nach einem prüfenden Blicken in den Gerichtssaal richtete sie das Wort an Anna Nastrewa.

„Frau Nastrewa, Sie sind angeklagt wegen Kindesmisshandlung von behinderten Schutzbefohlenen, Verweigerung eines Krankentransportes für ein verletztes Kind, sowie wegen Betruges und Veruntreuung öffentlicher Gelder, die eigentlich den Heimkindern zugestanden hätten. Ferner wird Ihnen zur Last gelegt, Kinder über mehrere Jahre um eine Schuldbildung gebracht zu haben."

Sie verlas die gesamte Anklageschrift. Immer wieder ging ihr Blick eindringlich zu Anna Nastrewa. Auf die Bitte der

Staatsanwältin, zu den Anschuldigungen Stellung zu beziehen, folgte von dieser nur: „Ich habe nichts dazu zu sagen!"

Ihr Gesichtsausdruck wirkte leer, unbeteiligt, scheinbar gleichgültig. Als hätten die Anschuldigungen nichts mit ihr zu tun.

Durch die Haltung von Anna Nastrewa zeichnete sich für die Richter ab, dass dieser Prozess ein reiner Indizienprozess werden würde, denn die Angeklagte, vertreten durch ihren Verteidiger Arnold Menzinger, schien sich für die Strategie entschieden zu haben, von ihrem Aussageverweigerungsrecht Gebrauch zu machen. Dementsprechend verlegte das Schöffengericht den Schwerpunkt auf eine ausführliche Zeugenbefragung.

Als erste trat Martha Hohlbein, dieses Mal selbst hochschwanger, in den Zeugenstand. Sie atmete einmal kräftig durch, bevor sie sich erhob, um mit ruhigen Schritten in den Zeugenstand zu gehen.

„Frau Hohlbein, Sie haben ja bereits in der Sache Kurt Schumacher gegen die heutige Angeklagte Anna Nastrewa ausgesagt. Bitte seien Sie doch so freundlich, diese Aussage noch einmal vor dem Hohen Gericht zu wiederholen."

„Mit Beginn meiner Tätigkeit auf der Burg hatte ich beständig Auseinandersetzungen mit Frau Nastrewa. Die sanitären Hygieneverhältnisse waren entsetzlich. Die Kinder mussten des Nachts auf Metalleimern ihr Geschäft verrichten. Einen davon, angefüllt mit Urin und Fäkalien habe ich bereits mit Maden durchsetzt vorgefunden. Viele Medikamente der Kinder waren bereits abgelaufen. Bettwäsche, Handtücher und Waschlappen durften nicht nach Bedarf, sondern nur nach strengen Regeln gewechselt werden. In einem Zimmer, dem sogenannten *Nässer-Zimmer*, musste auf Anweisung von Frau Nastrewa Tag und Nacht das Fenster aufstehen, Sommers wie Winters. *„Damit man* *diesen Gestank aushält, wenn man reinkommt!"* waren die Worte der Chefin. Die Matratzen rochen stark nach Urin. Des Nachts blieb dieser Raum verschlossen und nach den Kindern wurde von der Nachtwache nicht geschaut. Eigentlich hat die Heimleitung sich um die Kinder überhaupt nicht gekümmert. Sehr häufig haben sie wichtige Medikamente nicht erhalten und notwendige Untersuchungen wurden nicht vorgenommen. Stattdessen hat Medizinalrat Dr. Gassner, Vater des gemeinsamen Kindes, trotz Behandlungsverbot weiter Impfungen und Akutuntersuchungen auf der Burg vorgenommen. So blieben die durch Schläge verursachten blauen Flecken am Körper der Kinder für die Öffentlichkeit unentdeckt. Den letzten Anstoß für meine damalige Anzeige gab die Tatsache, dass Frau Nastrewa sich weigerte, für einen Jungen, der sich den Arm gebrochen hatte, den Kleinbus des Heimes zur Verfügung zu stellen. Erst musste ihr Sohn in die Schule gefahren werden." Kurz wanderte ihr Blick zu Anna Nastrewa, welche den Kopf gesenkt hielt.

„Vielen Dank für Ihre Aussage, Frau Hohlbein."

Während sie wieder zurück auf ihren Platz ging, spürte sie, dass ihr Bauch fest wurde. Eine Wehe! Bloß nicht jetzt, hier an diesem Ort, dachte sie.

Als nächster Zeuge wurde Rainer Schwarz in den Zeugenstand gebeten.

„Also, ich habe ein Praktikum auf der Burg gemacht und wurde eigentlich überall mal eingesetzt. Zu meiner Zeit gab es gerade die Krätze im Heim. Es mussten alle Betten abgezogen werden. Da kam zum Vorschein, dass die inzwischen herangewachsenen Jungen in viel zu kleinen Betten und unter viel zu kurzen Decken schliefen. Sie haben es mir dann vorgemacht, wie sie mit angezogenen Beinen schlafen mussten und sich zusätzlich mit ihrem Parker zugedeckt haben.

Und dann gab es da noch so eine merkwürdige Sache. Ich hatte an einem Heiligabend Dienst. Die Chefin hatte ein frühes Abendbrot angeordnet, zu dem es einen speziellen Weihnachtstrunk für die Jungen gab. Binnen kurzer Zeit wurde die gesamte Kinderschar schläfrig und wir wurden angetrieben, sie umgehend für die Nacht fertig zu machen. Die Kinder hatten alle Schlafmittel in ihren Tee bekommen, damit Ruhe auf der Burg herrschte."

Laute Empörung ging durch den Gerichtssaal. Die Staatsanwältin kam mit ihrer Stimme nicht durch und musste die nächste Zeugin zweimal aufrufen.

Christa Montis betrat den Zeugenstand.

„Gerne schließe ich direkt bei dem an, was Herr Schwarz berichtete. Weihnachten und Geburtstage waren wohl die traurigsten Feste auf der Burg. Frau Nastrewa hatte vorher zwar Wunschzettel schreiben lassen, doch erfüllt wurde keiner davon. Die Enttäuschung war immer groß und die Tränen bitterlich. Mir selbst ging das sehr zu Herzen, so etwas kann ich nicht aushalten. Oft haben wir Erzieherinnen von zu Hause etwas für die Kinder mitgebracht. Geburtstage spielten für die Leitung keine Rolle."

„Vielen Dank für Ihre Aussage, Frau Montis. Bettina Zacke, bitte kommen Sie in den Zeugenstand."

Bettina zitterten die Knie vor Aufregung. Die alten Erinnerungen waren in den letzten anderthalb Stunden in ihr wieder ganz lebendig geworden. Sie räusperte sich noch einmal, dann begann sie.

„Im Agnesheim hat es von Frau Nastrewa harte Maßnahmen gegeben. Höhepunkte an menschenunwürdigem Verhalten waren für mich ihre Abendgänge durch die Flure. Sie hatte eine Peitsche dabei, die sie über den Boden schlug. Das sollte die Jungen einschüchtern und damit wurde auch schon mal zugeschlagen. Und dann die Drohungen mit den

Jagdhunden. Die Buben hatten eine höllische Angst vor dem Zwinger. Da war der Dr. Gassner auch ganz vorne dabei. Aber das ist lange her. Frau Nastrewa hatte ihre Erziehungsstrategie für das Personal immer schnell parat: *Sehen Sie, so macht man das. Eine rein in die Schnauze und schon spuren sie!* Dann hat sie zugeschlagen."

Mit zunehmenden Zeugenaussagen breitete sich Unmut im Gerichtssaal aus. Die Richterin ermahnte zur Ruhe. Doch hielt das Murmeln der Anwesenden an, sodass die Kollegen auf der Richterbank entschieden, eine Pause einzulegen. Die Konzentration und emotionale Aufnahmebereitschaft waren erschöpft. Die Verhandlung wurde für eine Stunde unterbrochen.

Anna Nastrewa erhob sich von der Anklagebank. Ihr Gang war trotz hochgestiefeltem Schuhwerk unsicher. Verteidiger Menzinger führte sie aus dem Amtsgericht, um mit ihr im naheliegenden Café einen Kaffee zu trinken und die nächsten Schritte durchzusprechen. Beim Heraustreten standen bereits Journalisten verschiedenster Tageszeitungen vor der Tür und schossen ihre Titelfotos für die Ausgabe des kommenden Tages.

Nachdem das Hohe Gericht eine Stunde später wieder Platz genommen hatte, ergriff die Staatsanwältin erneut das Wort. Jetzt wurden die Hauptbelastungszeugen Otfried Pohl und Clara Walter zu den weiteren Anklagepunkten befragt.

Die beiden hatten gründlich gearbeitet. In Zusammenarbeit mit den Kollegen des Landesozialamtes Hannover brachten sie bisherige Dunkelziffern ans Licht. Anna Nastrewa hatte ihre gesamte Buchführung darlegen müssen.

Über Jahre war den Zöglingen kein Taschengeld gezahlt worden, sodass diese genötigt waren, ihr Pausenbrot oder Federmäppchen an Mitschüler zu verkaufen. Dafür gab es dann wiederum Schläge. Den Umgang mit Geld hatten sie nie gelernt.

Was die Kinder nicht wussten: Das Landessozialamt Hannover hatte Jahr für Jahr stattliche Taschengeld-Beträge an die Anstalt überwiesen. Für den Zeitraum von 1973-1979 waren es an die 100.000 Mark. Für Spiel- und Lehrmaterial zahlte das Land jährlich bis zu 18.000 Mark. Wirklich vorhandenes Spielmaterial waren jedoch: ein Fußball, zwei Drachen, ein paar Brettspiele und ausgeleierte Legosteine. Für Weihnachtsgeschenke zahlte Hannover aus der Landeskasse 18.000 Mark. 1973 immerhin auch schon 6.000 Mark. Was hätte durch diese Gelder den Jungen auf der Burg alles zukommen können! Stattdessen überwies die Leitung sich selbst ein Jahresgehalt von 55.000 Mark. Ihre Freundin und Sekretärin Gertrud Schwabing erhielt ein Monatsgehalt von 3.200 Mark. Für die Rund-um-die-Uhr-Betreuung ihres Sohnes Gabriel zog die Heimleiterin über Jahre hinweg zwei ausgebildete Kinderpflegerinnen aus den Gruppen ab. Diese rein private Dienstleistung stellte sie dem Land Niedersachsen in Rechnung. Das Landessozialamt zahlte rund 200.000 Mark Steuergelder an das Agnesheim aus. Gelder, die der Pflege, Betreuung und Förderung durch die Jahre von mehr als hundert Kindern hätten zugutekommen sollen.

Die Beweisaufnahme gegen Anna Nastrewa sorgte für bedrückende Stimmung im Gerichtssaal. Selbst die Staatsanwaltschaft stellte die berechtigte Frage, wie es in einem Sozialstaat möglich werden konnte, dass eine einzelne Person derart viel Macht und Handlungsspielraum von der Regierung bekommen hatte. Deshalb wurden während eines weiteren Gerichtstermins Oberregierungsrat Mauthner aus der Oberpfalz und Oberregierungsrat Alborn vom Landessozialamt Niedersachsen zu diesen Sachverhalten differenzierter befragt.

Oberregierungsrat Mauthner erläuterte als Zeuge, dass im Agnesheim in Wernberg ständig Kontrollen und

Besichtigungen durch die Regierung der Oberpfalz, das Landessozialamt Niedersachsen, das Kreisjugendamt Nabburg und durch das Staatliche Gesundheitsamt durchgeführt worden waren. Die Regierung der Oberpfalz hatte dafür graduierte Sozialpädagogen abgestellt. Jedoch erst wenn es Schwierigkeiten gab, hatten die Sachgebietsleiter oder auch ein Jurist nach dem Rechten zu sehen.

Oberregierungsrat Alborn zeigte sich erschüttert über den Missbrauch des Taschengeldes der Zöglinge. Das Agnesheim hatte bereits im September 1970 die Richtlinien für das Taschengeld durch das Niedersächsische Landessozialamt zugesandt bekommen. Er räumte allerdings im Folgenden ein, dass es ansonsten zwischen dem Landessozialamt und dem Agnesheim keine schriftlichen Verträge über die Unterbringung der Kinder gab. Alle Abmachungen seien fernmündlich getroffen und lediglich mit einem Aktenvermerk festgehalten worden. Auf die Frage der Staatsanwältin, ob die Pflegesätze denn so gering bemessen waren, dass Anna Nastrewa deshalb möglicherweise das Taschengeld in die Gesamtaufwendungen für das Heim stecken musste, antwortete Alborn eindeutig.

„Auf gar keinen Fall, denn das Agnesheim hatte in den letzten Jahren bis zur Schließung relativ hohe Pflegesätze zugestanden bekommen. Ausgaben für die Pacht, Abschreibungen, Instandhaltungen und ähnliches sind dem Agnesheim noch zusätzlich vergütet worden. Ebenso Ausgaben für Bekleidung der Kinder und deren Weihnachtsgeld."

Im Anschluss an weitere Zeugenvernehmungen wurde dem Verteidiger von Anna Nastrewa das Wort erteilt.

In einem zweistündigen Plädoyer legte der Verteidiger vor, dass die Vergehen seiner Mandantin nicht von der Schwere seien, wie sie dem Gericht von den Zeugen dargestellt wurden.

„Ich möchte zu bedenken geben, dass das Gericht zu dem Tatbestand der Misshandlung an den Schutzbefohlenen Gefahr läuft, die Taten des Kurt Schumachers, die ja bereits zu einer Strafvollstreckung geführt haben, noch einmal auf dem Rücken meiner Mandantin auszutragen. Ich möchte darum bitten, die Zeugenaussagen mit einer gewissen Skepsis zu sehen. Im Fall des Jungen, der sich einen Arm gebrochen hatte und laut Anklageschrift verspätet ins Krankenhaus gebracht werden konnte, ist seiner Mandantin kein Quälen oder rohes Misshandeln vorzuwerfen, da die Verzögerung minimal gewesen war. Im weiteren Anklagepunkt, in welchem meiner Mandantin vorgeworfen wird, einem behinderten Kind eine Ohrfeige gegeben zu haben, beantrage ich, meine Mandantin freizusprechen. Diese Strafe ist die geringste eines Zuchtmittels."

Rechtsanwalt Menzinger widmete sich weiter dem Tatbestand der fortgesetzten Untreue, die entweder zu Lasten der Kinder, die ihr Taschengeld nicht bekamen oder zu Lasten des Landessozialamtes Niedersachsen ging. Er kritisierte die Verantwortlichen des Landessozialamtes, die wegen Verwaltungsvereinfachung die Gelder einfach an die Leiterin des Agnesheimes überwiesen, sich aber nie darum gekümmert hatten, ob sie auch an die Kinder weitergeleitet wurden. Er versuchte, das Gericht auch davon zu überzeugen, dass der über fünfzehn Jahre bestehende Vertrag zwischen dem Agnesheim und dem Landessozialamt Niedersachsen nur ein sehr lockerer war und zitierte ein Urteil des Bundesgerichtshofs, wonach in einem ähnlichen Fall mit einem derart lockeren Vertrag ein Eisenhändler freigesprochen wurde. Der Verteidiger beantragte damit *Freispruch* für seine Mandantin.

Verhalten bedankte sich das Hohe Gericht für die Ausführungen des Verteidigers und beschloss den zweiten Verhandlungstag. Die Fortsetzung würde am nächsten Morgen mit dem Plädoyer durch die Staatsanwaltschaft und der Urteilsverkündung stattfinden.

8:30 Uhr, die Stimmung im Gerichtssaal war angespannt. Alle spürten, dass das Ende des Prozesses nahte.

Blass und deutlich weniger selbstbewusst als am Tag zuvor betrat Anna Nastrewa den Saal und nahm neben ihrem Verteidiger Platz. Sie hielt ihren Kopf gesenkt und reagierte nicht auf sein Zuflüstern. Innerlich hatte sie bereits mit dem Prozess abgeschlossen. Das Leben schien es nicht gut mit ihr zu meinen. Wer war sie denn jetzt noch, wo alle Öffentlichkeit mit dem Finger auf sie zeigte? Eine alleinerziehende Mutter mit einem unehelichen Kind ohne Sicherheiten. Sie fühlte sich von Adolf verraten und ausgenutzt. Er hatte sie und Gabriel im Stich gelassen, als es für ihn zu brenzlig wurde.

Clara, Otfried und Martha hingegen saßen hellwach auf ihren Plätzen.

Das Schöffengericht machte sich die Urteilsverkündung nicht leicht. Über siebzig Minuten begründete Richter Plötzer seinen Urteilsspruch. Er ging mit detaillierter Präzision noch einmal auf die einzelnen Vorgänge ein. Demzufolge sei die Angeklagte Anna Nastrewa in folgenden Tatbeständen schuldig zu sprechen:

- *Misshandlung Schutzbefohlener/§223*
- *Untreue/§ 266*
- *Betrug/§ 263*

Dafür verkündete er folgende Einzelstrafen: Fünf Monate für den Fall, in dem ein Junge mit gebrochenem Arm warten musste, bis der Sohn der Angeklagten in die Schule chauffiert worden war, ehe man ihn ins Krankenhaus bringen durfte. Vier und drei Monate für die Ohrfeigen, die behinderte Heiminsassen grundlos erhielten. Sechzehn Monate für die jahrelange Vorenthaltung des vom Landessozialamt Niedersachen für die Schutzbefohlenen gezahlten Taschengeldes. Siebenundzwanzig Monate schließlich für die Beschäftigung zweier Kindermädchen für den eigenen Sohn, die das Sozialamt und somit der Staat entlohnt hatte. Aus diesen Einzelstrafen bildete das Gericht eine Gesamtstrafe von drei Jahren und schöpfte damit den Strafrahmen, den ein Schöffengericht hatte, in vollem Umfang aus.

Anna Nastrewa durchsuchte hektisch ihre Handtasche nach einem Taschentuch. Ihr Verteidiger reichte ihr seines. Laut schnäuzte sie mehrmals hinein. Sie versuchte Haltung zu bewahren. Doch wer sie kannte sah, dass sie verzweifelt mit den Tränen rang.

Die eigentlichen Beweggründe, die zu dem Urteilsspruch geführt hatten, schilderte Richter Plötzer den Anwesenden wie folgt. Als mildernde Umstände ließ er gelten, dass Anna Nastrewa bisher nicht vorbestraft war und dass ihr die Untreue, wie auch der Betrug sehr leicht gemacht worden waren. Hier kritisierte er die staatlichen Behörden, die in ganz gravierendem Maße versagt hatten. Einer schien sich hier auf den anderen verlassen zu haben: das Sozialamt Niedersachsen auf die Regierung der Oberpfalz und umgekehrt. Er hob noch hervor, wie bedauerlich es sei, dass erst mit dem Aufdecken der Missstände auf der Burg die Kontrollen stattfanden. Vorher schienen die Behörden den Kopf in den Sand gesteckt zu haben. Deshalb attestierte er beiden ein erhebliches Mitverschulden.

Ansonsten sprach Plötzer keine Milderungsgründe für Anna Nastrewa aus, die sich trotz ihrer Funktion als Leitung einer Heilpädagogischen Anstalt gewalttätig an den ihr anvertrauten Kindern vergriffen hatte. Er betonte noch einmal mit Nachdruck, dass es sich um geistig- und lernbehinderte Kinder gehandelt habe und Anna Nastrewa dennoch nicht vor Züchtigungen zurückschreckte. Sie hatte sich an den Schwächsten der Gesellschaft, die nicht in der Lage waren, auf ihr Recht zu pochen, bereichert, in dem sie den Kindern ihr Taschengeld vorenthalten hatte. Doch nicht nur finanziell hatte sie den Jungen geschadet!

Eindringlich erklangen seine letzten Worte im Gerichtssaal.

„Das Minus in der Staatskasse kann sicher ausgeglichen werden, nicht jedoch das Liebesdefizit und die verstrichenen Entwicklungsmöglichkeiten der vielen behinderten Kinder, die im Agnesheim ein armseliges Dasein führen mussten. Deshalb wird Anna Nastrewa drei Jahre lang hinter Gefängnismauern ein ähnlich tristes Leben führen müssen, wie die Behinderten unter ihrer Herrschaft."

Richter Plötzer ließ es sich nicht nehmen, zum Abschluss noch ein Plädoyer über den nicht erschienenen Medizinalrat Dr. Adolf Gassner zu halten.

„Ich möchte mir erlauben, an dieser Stelle einen Namen zu nennen, der stets und besonders seit 1973 mit dem Agnesheim in Verbindung gebracht wurde. Leider ist diese Person aus gesundheitlichen Gründen nicht anwesend. Der Medizinalrat Dr. Gassner stand damals im Verdacht der Kindesmisshandlungen und des Missbrauchs von Narkotika. Es tut sich mir die Frage auf, ob bereits zu dem Zeitpunkt die Behörden geflissentlich weggeschaut haben. Aber verzeihen Sie, das mag eine provokante Hypothese sein!"

Fast jeder im Saal verstand diesen herausfordernden Abschluss der Versammlung. Mit gesenktem Haupt und schützender Hand vor den Augen verließ Anna Nastrewa, untergehakt von ihrem Verteidiger, das Gerichtsgebäude. Draußen hagelten die Blitze der Journalisten nur so auf sie nieder.

In drei Tagen hatte sie sich im Frauengefängnis Eichstedt einzufinden.

Adolf Gassner erhielt lediglich ein Disziplinarverfahren. Seine Arzttätigkeit stellte er durch Eintritt in den Frühruhestand ein. Der gemeinsame Sohn Gabriel wurde von seiner Patentante Gertrud Schwabing, der ehemaligen Sekretärin und Freundin von Anna Nastrewa, für die Zeit der Inhaftierung aufgenommen.

Innerhalb eines Monats sollte das Agnesheim aufgelöst werden. Dieser letzte Schritt wurde in die Verantwortung von Clara Walter und Otfried Pohl gegeben. Es gab viel zu tun, denn die Regierung der Oberpfalz hatte bereits neue Bewohner für die Burg Wernberg: libanesische Asylanten!

Clara und Otfried blickten mit Dankbarkeit auf den Prozess gegen Anna Nastrewa zurück. Wie viele Menschen hatten sich plötzlich zu den Kindern gestellt, ihre eigenen Sorgen und Befürchtungen zurückgedrängt, um dem Elend auf der Burg ein Ende zu bereiten. Die Ausführungen des Richters und sein Schlusssatz lagen ihnen noch in den Ohren. Liebes- und Entwicklungsdefizit hatten die Kinder erlitten. Jetzt lag es an ihnen, für die noch im Agnesheim verbliebenen Jungen eine neue Heimat zu finden.

Clara hatte in der Nacht einen Traum gehabt. Leider erinnerte sie nur eine kleine Sequenz davon, doch diese stand beim Aufwachen noch ganz lebendig vor ihr.

Sie sollte sich mit Otfried und den Kindern auf eine Reise begeben. Zu zweit gingen die Jungen Hand in Hand hintereinander einer neuen Zukunft entgegen. Alle hatten sie das gleiche Ziel und wollten nicht voneinander lassen.

Als sie beim Frühstück saß, fiel es ihr wie Schuppen von den Augen. Das war es, was der Traum ihr sagen wollte. Unbedingt sollten sie achtsam vorgehen in der Auswahl der Heime für die Jungen und dabei die bereits bestehenden

Kontakte und Freundschaften der Buben berücksichtigen. Darüber wollte sie nachher direkt mit Otfried sprechen. Sie freute sich auf die Begegnung mit ihm. Die letzten Wochen und Monate hatten sie auf besondere Weise miteinander verbunden.

Otfried erging es ähnlich. Er hatte zwar keinen Traum gehabt, aber auch er freute sich auf die gemeinsame Planung der Zukunft für die Jungen. Gleich war Teambesprechung im Café Meindl. Später würden auch Martha und Bettina dazu stoßen.

Clara saß bereits in der gemütlichen Polsterecke des Cafés und war vertieft in ihre Notizen als Otfried hereinkam.

„Hallo, guten Morgen schöne Frau! Mensch das tut richtig gut, mal nicht auf der Burg Teamgespräch zu halten."

Clara lachte und errötete zugleich. So hatte Otfried sie ja noch nie begrüßt.

„Guten Morgen, was verschafft mir die Ehre solcher netten Worte?"

„Ach, einfach nur so. Du siehst wirklich total entspannt aus. Das macht Dich sehr schön."

„Danke! Du siehst aber auch lockerer aus. Ein großes Gewicht ist abgefallen. Komm setz Dich! Ich muss Dir unbedingt meinen Traum von heute Früh erzählen."

Clara schilderte Otfried ihre Eingebung, wie sie es nannte.

„Ich denke, wir sollten unbedingt darauf achten, dass die befreundeten Jungen nicht getrennt werden. Auch wenn ihre Zeit oben auf der Burg für sie schrecklich war, es war ihr Zuhause. Sozusagen wie lauter Brüder. Wir haben die Erfahrung ja bereits mit den anderen Buben gemacht."

„Das sehe ich genauso! Lass uns mal ein Soziogramm zeichnen. Wer mag wen oder kann wen nicht ausstehen? Wer kommt woher und kann wohin in Niedersachsen kommen?

Und dann lassen wir uns vom Landessozialamt die Adressen der neuesten Einrichtungen schicken."

„Sehr gute Idee! Darüber könnten wir auch mit den Erzieherinnen sprechen. Viele von ihnen kennen die Jungen ja schon lange", bestärkte Clara Otfried.

Sie waren ganz in das Soziogramm vertieft als Martha und Bettina ins Café kamen. Martha sah ein wenig blass aus. Die Verhandlungstage waren hochschwanger sehr anstrengend für sie gewesen. Außerdem hatte sie in der Nacht Vorwehen gehabt. Doch nach dem Erfolg der letzten Woche, wollte sie sich ein Treffen nicht nehmen lassen.

Bettina hingegen sah wie das blühende Leben aus. Von der Kälte glühten ihre Wangen rot. Sie hatte wieder ein paar Pfunde zugenommen, aber das stand ihr gut. Rund und gemütlich sah sie aus.

Allen Vieren war die Erleichterung der überstandenen Gerichtstermine anzusehen. Sie hatten einen Meilenstein für die Reformierung der alten Heimerziehung gesetzt. Seit über einem Jahr waren die Missstände auf der Burg durch die Presse gegangen und hatten somit viele Menschen, und hoffentlich auch viele Mitarbeiter in anderen Heimen, erreicht.

Otfried hatte eine Flasche Sekt bestellt. Darauf mussten sie miteinander anstoßen.

„Auf das *Jahr des Kindes*", erhob er als Erster sein Glas.

„Auf das *Recht auf Kindheit* würde Janusz Korzçak sagen", ergänzte Martha und stieß mit Otfried und Bettina an, während Clara in ihrem Rucksack kramte.

„Kennt jemand von Euch Nelly Sachs? Sie war eine jüdische Schriftstellerin und hat 1966 den Nobelpreis für Literatur bekommen. Sie hat so unglaublich berührende Gedichte über das Schicksal ihres Volkes geschrieben. Mir ist heute Morgen ein Gedicht in die Hände gefallen. Ich finde, das Ende passt auch zu unseren Jungen auf der Burg. Ich möchte es Euch gerne vorlesen."

Chor der Geretteten
Wir Geretteten bitten Euch:
Zeigt uns langsam Eure Sonne.
Führt uns von Stern zu Stern im Schritt.
Lasst uns das Leben leise wieder lernen.
Es könnte sonst eines Vogels Lied das Füllen des Eimers am Brunnen
Unseren schlecht versiegelten Schmerz aufbrechen lassen
Und uns wegschäumen.

Großkönigsförde, September 1979

Weit weg von Burg Wernberg in einem kleinen Dorf am Nordostseekanal hatte es sich Martina eben in ihrer kleinen Kate gemütlich gemacht. Seit einem Jahr lebte sie nun hier mit ihrem Mann. Ihre fünf Monate alte Tochter schlief nach einem Spaziergang friedlich in der Nachmittagssonne. Bis kurz vor der Geburt von Hannah war sie an einer Sonderschule für Geistig Behinderte tätig gewesen.

Eben noch entspannt in ihren Sessel zurückgelehnt, blätterte sie in der aktuellen Ausgabe des STERNs, jetzt klopfte ihr Herz zum Zerspringen.

In voller Größe drängte sich ihr, in der Rubrik *Diese Woche* eine riesige, Burg auf. Überschrieben war der Artikel mit: *Einfach eine in die Schnauze hauen, die sind ja alle blöd!*

Das Foto zeigte Burg Wernberg. Die Burg, auf der ihr Bruder Johann noch bis vor kurzem, von seinem siebten bis zu seinem achtzehnten Jahr gelebt hatte. Im Vordergrund des Bildes waren Jugendliche zu sehen, die sie sogar meinte, von Besuchen auf der Burg zu kennen. Daneben ein Foto eines ihr wohlbekannten Gesichtes, die Heimleiterin Anna Nastrewa. Es trug den Untertitel: *Jahrelange Gewalt an behinderten Kindern und Jugendlichen auf der Burg Wernberg.* Martina brach der kalte Schweiß aus. Ein Druck, faustgroß und zentnerschwer legte sich ihr in den Magen.

Hannah erwachte in ihrem Kinderwagen an der offenen Terrassentür und begann zu weinen. Martina fühlte sich nicht in der Lage, aufzustehen und zu ihr zu gehen. Sie saß erstarrt und regungslos in ihrem Sessel. Erst als ihre Nachbarin, welche im Garten tätig gewesen war, die weinende Hannah auf den Arm nahm, ins Wohnzimmer trat und sie anzusprechen versuchte, schrie sie plötzlich „Nein, Nein, Nein!!! Mein kleiner Bruder. Oh mein Gott, so etwas darf es doch nicht geben!" Sie schrie, weinte, schrie wieder und wieder das Gleiche. Dann brach ihre Stimme, als sie ihrer Nachbarin mitteilen wollte, was sie gerade im *Stern* entdeckt hatte. Kein Ton kam mehr aus ihr heraus. Heike legte den Arm um ihre Schulter, suchte Augenkontakt, doch Martina schien weit weg und nicht ansprechbar zu sein. Schneeweiß im Gesicht und immer noch dieser starre Blick, welcher Heike zunehmend beunruhigte.

„Martina, was ist passiert? Du bist ganz bleich um die Nase. So rede doch!" Sie fasste sie fester bei den Schultern, rüttelte an ihr. Ohne Erfolg.

Als Klaus am Abend nach Hause kam, fand er Martina im Bett und Hannah bei der Nachbarin vor. Heike hatte Martina in ihrer Hilflosigkeit ein Beruhigungsmittel gegeben. Klaus hatte sie nicht erreichen können.

In den folgenden Wochen litt Martina unter Schlafstörungen und Albträumen; depressive Gefühle und aggressive Ausbrüche wechselten sich ab. Sie verspürte zunehmend den Wunsch, mit ihrer Mutter Helene zu sprechen. Doch diese wohnte dreihundert Kilometer entfernt von ihr, sodass sie nur telefonieren konnten. Zaghaft versuchte Martina, zu ihr vorzudringen. Vorsichtig fragte sie nach den neuesten Ereignissen, klopfte taktierend ab, ob es irgendetwas Besonderes in der Zeit des Aufenthaltes von Johann auf der Burg gegeben hatte.

„Nein", entgegnete Helene verwundert. Martina lauschte auf Zwischentöne, konnte es kaum glauben, dass ihre Mutter nichts von diesen Ereignissen wusste. Sie nicht vom Amt darüber in Kenntnis gesetzt worden war, was sich auf der Burg zugetragen hatte.

„Warum fragst Du so komisch? Was sollte denn dort gewesen sein?"

Das Telefonat überforderte und verunsicherte Martina. Dermaßen, dass alle körperlichen Symptome der letzten

Wochen sie zu überfluten schienen. Sie stand an der Schwelle zur Wahrheit und hatte gleichzeitig große Angst vor ihr. Angst vor dem Schock, dem Schmerz, den sie ihrer Mutter Helene damit bereiten würde.

Das konnte sie nicht tun.

Martina beschloss zu schweigen.

Burg Wernberg, 2014

Viele Jahre später. Martina und ihr Mann Klaus standen vor der Haustür von Martha Hohlbein. Ihr erstes Telefonat hatten sie vor vier Monaten geführt, jetzt waren sie hier. Ausgelöst durch eine Lebenskrise hatte Martina begonnen, sich nach mehr als 36 Jahren mit dem dunkelsten Teil ihrer Biografie zu beschäftigen. Nun sollte Realität werden, was sie bisher nur aus Zeitungsartikeln von den Jahren 1978 und 1979 kannte. In wenigen Sekunden würde sie der Kinderkrankenschwester Martha, der Kinderpflegerin Bettina und dem Sozialpädagogen Otfried aus dem ehemaligen Agnesheim gegenüberstehen und Einblicke aus erster Hand über das erhalten, was sich damals auf der Burg wirklich zugetragen hatte.

Eine vitale Frau mit kurzen, grauen Haaren, warmen, dunklen Augen und einer ebenso warmen, herzlichen Stimme, öffnete ihnen die Tür. Der Funke sprang sofort über! Martina und Martha konnten nach dem langen Telefonat, das sie miteinander hatten, nicht anders, als sich in die Arme zu nehmen. Sie waren in Kürze zu engen Verbündeten geworden.

Wenige Augenblicke nach der Begrüßung, sie standen noch in der Tür, fuhr Marthas langjährige Freundin und damalige Kollegin Bettina in ihrem alten Citroen vor. Die wilden Haare hatte sie mit einer Spange am Hinterkopf zusammengefasst. In der einen Hand trug Bettina einen Korb mit selbstgebackenem Apfelkuchen, in der anderen einen Strauß Herbstastern für Martha. Otfried Pohl, ein freundlicher, schlanker Herr, inzwischen auch grauhaarig, saß bereits im Wohnzimmer und blätterte in seinem alten Leitzordner, in welchem er mehr als fünfzig Zeitungsartikel über den Burgskandal gesammelt hatte.

Er erhob sich und reichte Martina und Klaus herzlich die Hand. Martina blickte in seine wachen Augen. Sie meinte, in ihnen sofort den Mut des jungen Mannes von damals zu sehen.

Für die nächsten drei Stunden waren sie komplett.

Martina hatte verschiedene Burgfotos von ihrem kleinen Bruder auf dem Tisch ausgelegt. Lauter kleine und größere Jungen mit ernsten, traurigen Gesichtern schauten ihnen daraus entgegen. Daneben stand Agnes Nastrewa und später ihre Tochter Anna Nastrewa, fürsorglich eine Hand auf die Schulter eines Zöglings gelegt. Martina stellte das Aufnahmegerät an. Nachdem die erste Befangenheit gewichen war, begannen Martha, Bettina und Otfried zu erzählen.

Die traurige Geschichte von damals wurde für Stunden zu neuem Leben erweckt. Sie berichteten, ereiferten sich, verfielen dabei in ihren breiten bayrischen Dialekt und vergaßen zwischendurch, dass die Schwester von Johann mit am Tisch saß. Martina rang damit, ihre Gefühle zu kontrollieren. Wie froh war sie, Klaus bei sich zu haben. Allein hätte sie diesen Schritt wohl nie gewagt. Wenn zwischendrin Momente der Dissoziation auftraten, führte Klaus sicher das Gespräch mit den Dreien weiter und stellte unterstützende Fragen. Doch auch er war vor seelischer Erschütterung nicht gefeit.

Martha und Bettina waren unverblümt ehrlich und Otfried untermalte seine Schilderungen noch mit entsprechenden Zeitungsausschnitten. *Die Frau, die sechzig Kinder quälte,* dazu ein Foto von Anna Nastrewa, ging Martina unter die Haut.

Eigentlich müsste es noch einen weiteren Artikel mit der Überschrift *Die Frau, die 60 Kinder befreite!* geben. Denn Martha war damals von Anfang an dabei gewesen und diejenige, welche den Mut und die Stärke besessen hatte, das Grauen auf der Burg durch ihre Anzeige aufzudecken.

Hotel Burg Wernberg, Winter 2017

Martina und Klaus statteten der Burg Wernberg ihren letzten Besuch ab.

Ihr erster Weg führte zu der kleinen Kapelle vorbei am Brunnen, auf dessen Grund seit ihrem ersten Besuch ein Friedensstein ruhte. Die Tür war offen. Martina setzte sich auf die vorderste Bank und schloss ihre Augen. Sie atmete tief ein und aus. Stille in ihr. Ja, sie spürte die nötige Kraft!

Sie hatte sich vorgenommen, heute ohne Klaus in das Hotel zu gehen. Innerlich gestärkt betrat Martina das Burghotel und ging an die Rezeption.

„Guten Tag! Ich habe eine etwas ungewöhnliche Bitte an Sie. Wäre es wohl möglich, einmal bis in das oberste Geschoss des Hotels zu gehen? Es würde mir viel bedeuten. Ich war vor Jahren schon einmal hier."

Der Mitarbeiter schaute sie etwas verwundert, aber freundlich an und nickte zu Martinas Erleichterung verständnisvoll mit dem Kopf.

„Ja, natürlich, gehen Sie nur. Soll ich Sie begleiten?"

„Nein danke, ich kenne mich aus."

Vielleicht dachte er, dass sie einmal dort geheiratet hatte und nun getrennt lebte oder Witwe geworden war und ihre Erinnerungen wiederbeleben wollte. Wenn er wüsste!

Mochte es der Winter oder Zufall sein: Martina schritt durch die einzelnen Etagen ohne auch nur einen einzigen Menschen zu treffen. Sie hielt in jedem Stockwerk inne, schloss die Augen. Kinderantlitze tauchten auf. Sie hörte ihre Schreie, spürte ihre Einsamkeit und ihr ewig währendes Heimweh! Gefangen in dieser Burg ohne Kontakt zu ihren Familien! Ihr kleiner Bruder war einst einer von ihnen gewesen.

Im Dachgeschoss stand sie vor der Tür, die zum Nässer-Zimmer geführt haben musste. Martina schaute sich kurz um, lauschte in die Flure hinein. Keine Menschenseele. Zaghaft öffnete sie die Tür. Wagte einen Schritt in den Raum. Uringeruch stieg ihr in die Nase und verbunden damit gewahrte sie noch einmal all das Leid, das hier geschaffen wurde. Sie durfte den inneren Bildern nicht weiter folgen, denn das alte Gefühl, verrückt zu werden, lauerte bereits im Hinterhalt.

Martina vergegenwärtigte, dass sie im Wäscheraum des Hotels stand. Es roch nach frisch gewaschener, gemangelter Bettwäsche und fein säuberlich lag eine Fülle von strahlendweißen Handtüchern gestapelt in den Regalen.

War es Ironie oder eine Fügung des Schicksals, was aus diesem Raum geworden war und dass sie ihn heute betreten hatte? Langsam ging sie die Stockwerke wieder hinunter.

Sie schrieben das Jahr 2017, ihre kleine Zeitreise war vorbei.

Johann schaut Elena verdutzt an. Sie legt ein zweites Besteck auf den kleinen Holztisch, den sie wegen der Quarantäne extra in sein Zimmer gestellt hat.

Elena lacht verschmitzt und zwinkert mit den Augen.

Nur drei Tage nach Johanns positivem Abstrich hat auch seine Mitbewohnerin Maria Corona bekommen. Deshalb dürfen die Zwei ab heute ihre Mahlzeiten zusammen einnehmen.

Das gab es noch nie! Es fühlt sich für Johann richtig ein bisschen wie ein neues Zuhause an. Seine verwachsenen Hände falten unsicher zwei rote Servietten zu einem Dreieck. So wie sie es immer in der Gruppe machen, wenn ein Festessen ansteht. Aus seinem Schätzeregal fischt er die kleine Blumenvase mit den bunten Seidenblumen und stellt sie in die Mitte des Tisches. Schön soll es sein, wenn Maria kommt.

Dann geht er zu seinem Waschbecken, wühlt in seinem Kulturbeutel nach dem Rasierwasser, schüttet sich etwas davon in seine Handflächen und trägt es mit lautem Klatschen auf sein Gesicht auf.

„Hm, hier riecht es ja gut“, bemerkt Elena mit lachend, als sie Maria ins Zimmer schiebt. „Rieschst gut“, bestätigt diese und strahlt Johann an.

Ein bisschen wie in einer Beziehung, denkt Elena beim Hinausgehen und freut sich für die beiden.

Aufgeregt berichtet Johann am Sonntag seiner Schwester am Telefon von seiner *neuen Mitbewohnerin.* Als er dann noch hört, dass Martina ihn in einer Woche besuchen kommen darf, beginnt die Welt für ihn wieder in Ordnung zu sein.

„Schön anziehen, Essen gehen, Cola light trinken, vorne sitzen?“, fragt Johann sicherheitshalber noch einmal seine bevorstehenden Ereignisse bei Martina ab. Als diese alles bejaht, atmet er zufrieden tief durch. Nun kann er „Tschüss“

sagen und alle wissen, dass es für Johann in der kommenden Woche nur noch ein Thema geben wird: Schön anziehen, Essen gehen und vorne im Auto sitzen. Glücklich spannt er seine Hände zu Fäusten und bewegt sie lachend hin und her, genauso wie er es schon als kleiner Junge gemacht hat. Denn seine Freude hat Johann in seinem Leben nicht verloren!

Epilog

Wie ging es Johann nach der Zeit auf der Burg? Er gehörte zu den Kindern, deren stärkste Entwicklungszeit über zwölf Jahre ungenutzt geblieben war!

In der neuen Einrichtung zeigte er starke Anfälle von Autoaggressionen, in denen er, bei Hilflosigkeit und zu starker Eingrenzung von außen, seinen eigenen Körper verletzte. Wenn die Anspannung besonders groß wurde, zerstörte er auch seine eigenen, ihm lieb gewordenen Sachen.

Johann ist der Sprache nur sehr begrenzt mächtig. Er kann heute weder schreiben noch malen oder rechnen. Seine motorische Entwicklung blieb ungefördert, sodass er nur einfachste Tätigkeiten, wie zum Beispiel Schrauben einpacken, ausüben kann. Auffällig war auch seine langjährige Hundephobie, welche nur durch viel einfühlsames Training im Laufe der Zeit nachließ.

Martha Hohlbein begegnete Jahre später, durch ihre Tätigkeit als Krankenschwester, Dr. Gassner noch einmal an seinem Sterbebett. Hier trafen sich auch Anna Nastrewa und Frau Gassner kurz vor seinem Tod auf dramatische Weise wieder.

Gabriel, der Sohn von Adolf Gassner und Anna Nastrewa, entwickelte sich zu einem empfindsamen Menschen, der sich in den Dienst der Entwicklungshilfe im Ausland stellte, um damit wieder gutzumachen, was seine Eltern angerichtet hatten.

Und die dunkle Geschichte der Burg Wernberg war noch lange nicht zu Ende!

Kurz nach der Schließung des Agnesheimes sollten vietnamesische Flüchtlingskinder auf der Burg Wernberg untergebracht werden. Die Anlage würde sich aufgrund ihrer günstigen Lage, nach geringfügigen baulichen Veränderungen, gut für eine Unterbringung eignen, hieß es. Zeitungszitat: *Durch die bestehenden Räume des Agnesheimes, das in den letzten Monaten bundesweit Schlagzeilen machte, als behinderte Kinder dort grob misshandelt wurden, könnten die vietnamesischen Kinder auf ihr Leben in der westlichen Welt optimal vorbereitet werden.*

Nicht abgeneigt schien auch der Bürgermeister. Vor allem deshalb, weil, wenn die vietnamesischen Kinder von deutschem Pflegepersonal betreut werden würden, die Arbeitsplätze auf der Burg Wernberg erhalten blieben. *Das ist eine angenehme Sache, Das ist eine glänzende Idee* hießen Aussprüche in der Zeitung. Hieraus wurde jedoch nichts.

Stattdessen diente die Burg von 1980 bis 1990 als Asylantenheim. An die hundert Asylanten wurden dort untergebracht. Der ehemalige Festtrakt von Anna Nastrewa wurde zu Gemeinschaftssälen umfunktioniert, die Heimräume blieben so, wie sie waren, erhalten. Die Asylanten wurden mit einem Bus auf die Burg gefahren. Sie stiegen zwar aus, weigerten sich jedoch, die Burg zu betreten. Als hätten sie einen Instinkt für das, was dort im Laufe eines Jahrhunderts geschehen war und vielleicht sogar dafür, was sie dort erwarten sollte. Ihr Anführer, ein Palästinenser, übernahm die Herrschaft. Er befahl, dass keiner über die Brücke auf die Burg zu gehen hatte. Daraufhin reagierte die Regierung mit Erpressung. Wenn keiner reinging, würde es auch kein Essen und kein Trinken geben. Es folgte ein Riesengeschrei unter den Asylanten, Kinder weinten durcheinander. Eine Freundin von Martha arbeitete damals im *Asylkreis.* Sie ging alleine hoch auf die Burg, um zwischen Regierung und Palästinensern zu vermitteln. Sie sprach mit dem Palästinenser und erfuhr von ihm, dass Palästinenser und Libanesen, sonst Feinde, gemeinsam auf dieser Burg leben sollten. Ein schlechtes Omen für die Asylantenfamilien.

Marthas Freundin hatte ihre Überredungskünste genutzt, um die Asylanten in die Burg zu bringen. Dort trafen sie auf Felix Spoerl, den ehemaligen Burghausmeister aus dem Agnesheim. Dank seines ruhigen, freundlichen Wesens gelang es ihnen, die Asylanten auf der Burg politisch klug zu verteilen. Doch wieder sollte es unendlich viel Gewalt und Leid hinter diesen Mauern geben! Aber das ist eine andere Geschichte.

1992 wurde das Grundstück um die Burg, dann der Fürstensaal sowie die angrenzenden Räumlichkeiten, wie die Bibliothek, der Kaminsaal und das Fachwerkzimmer saniert. Der eingestürzte ehemalige Fürstenbau im Nordflügel wurde wieder errichtet und die Dachkonstruktionen wurden nach historischem Vorbild saniert. Die Dächer neu eingedeckt. Gleichzeitig wurden störende Einbauten aus der Zeit der Nutzung als Kinderheim bzw. Flüchtlingsunterkunft entfernt. Dadurch sollten die historischen Raumgrößen wieder erfahrbar gemacht werden. Der ehemalige Wehrgang wurde ergänzt und der Innenhof beim Torhaus freigelegt. Die vorhandene Bausubstanz wurde so weit als möglich restauriert und erhalten. Das Unternehmen Conrad Electronic und die Gemeinde brachten hierfür, unter Berücksichtigung öffentlicher Förderungen, 27 Millionen Deutsche Mark auf.

Die sanierte Burg war ab Mai 1998 bezugsfertig für die neue Nutzung als gehobener Hotel- und Tagungsbetrieb.

Überregional bekannt wurde das Restaurant *Kastell* in der Burg Wernberg, das hohe Bewertungen in Restaurantführern erhielt. Ab 2001 kochte dort Christian Jürgens, ab 2008 Thomas Kellermann, seit Juni 2018 Robert Morgan. Nach einer gastronomischen Neuausrichtung, durch die eine breitere Kundschaft erreicht werden sollte, verlor das

Restaurant zwei Sterne und damit seine gutzahlenden Gäste auch im Hotel. Ende Juni 2019 musste der Gastronomie- und Hotelbetrieb seine Türen schließen.

Ab Oktober 2019 wurde das Burghotel zur *Vincera-Klinik* umfunktioniert. Ein ganz neues Konzept. Eine Privatklinik für Führungskräfte. In der Burg-Klinik werden bis zu 30 Menschen, die an Depressionen, Angststörungen und stress-induzierten Erkrankungen sowie Burnout leiden über Wochen behandelt. Teil der Therapie, so der Geschäftsführer Bertholt Müller, seien die dicken Mauern. „Die Menschen fühlen sich hier sicher und geborgen. Wenn sie im Burghof sind, finden sie den Ausgang nicht so schnell. Das ist genau das, was wir widerspiegeln wollen."

Nachwort

Gibt es in unserer Familie *Familiengeheimnisse?*, fragte mich 2011 jene Tochter, die 1979 als kleines Baby den großen Schmerz ihrer Mutter um das Schicksal des behinderten Bruders auf einer unbewussten Ebene in sich aufgenommen hatte.

Damit nahm die Erzählung der Geschichte der *Burgschattenkinder* ihren Anfang.

Ich erzählte meinen Kindern aus dem Leben meines Bruders auf der Burg Wernberg. Wohl wissend, dass ich damit ein heißes Eisen meiner eigenen Biografie berühren würde. Das Beweismaterial aus dem STERN gab es schon lange nicht mehr. Es hat Zeiten gegeben, in denen ich mir selbst nicht mehr sicher war, ob es diesen besagten Artikel wirklich gegeben hatte.

Innerhalb einer halben Stunde auf die benannte Frage hin, traf ich die Entscheidung, gemeinsam mit meiner Tochter nach den Geschehnissen auf der Burg Wernberg im Internet zu suchen. Nach 32 Jahren des Verdrängens entschloss ich mich nun dazu, den Misshandlungen auf der Burg Wernberg nachzugehen. Ich setzte mich mit den Zeitungsverlagen in Verbindung und kurze Zeit später hielt ich die Artikel von 1978 und 1979 aus dem STERN und der ZEIT in den Händen.

Über sieben Jahre recherchierte ich nach den Ereignissen im Agnesheim und begegnete dabei 2013 der Kinderkrankenschwester Margit Hohl. Unseren ersten Kontakt hatten wir per Telefon. Sie war sofort zu einem Treffen bereit. Durch sie entstanden vielfältige Begegnungen und Interviews, die Licht in die traurige Geschichte meines Bruders und der vielen anderen betroffenen Jungen brachten.

Ich war insgesamt dreimal mit meinem Mann auf der Burg Wernberg und in deren Umkreis. Ein erstes Interview fand mit Margit Hohl und Antonie Oberer statt. Daraus sind in meiner Geschichte Martha und Bettina geworden. In einem zweiten Interview traf ich zusätzlich den damaligen Praktikanten und in einem dritten Otmar Poguntke, damaliger Sozialpädagoge auf der Burg Wernberg. Aus ihm wurde in meinem Manuskript Otfried Pohl. Mit ihm bekam meine Recherche einen noch stärkeren Realitätsgehalt. Denn Otmar Poguntke brachte zu unserem Treffen seinen mit Zeitungsartikeln angefüllten Ordner aus der Zeit der Anklage und Verhandlungen mit. Diesen stellte er mir für meine Recherchen zur Verfügung. Ihm verdanke ich die präzisen Angaben über die Verurteilungen der beiden Straftäter. Während seiner einprägsamen Erzählungen aus den Jahren 1979 / 1980 erwähnte er immer wieder seine Kollegin, die leider inzwischen bereits verstorben war.

Ich nahm mit dem Bayrischen Staatsarchiv Kontakt auf und hielt wenige Tage nach meinem letzten Besuch auf der Burg (2017) ein *lebendiges Beweismaterial* in Form einer DVD des Bayerischen Rundfunks in den Händen. 7'23 Minuten Lebenswelt auf der Burg Wernberg. Die Heimleitung, Erzieherinnen und einige der Jungen, die sich 1979 in einem Interview zur Anklage äußern mussten, kamen mir auf der Leinwand lebensgroß entgegen. Dieser Film war seelisch für mich fast die größte Herausforderung der Recherche.

Ferner übernahm ich im Jahr 2013 die gerichtliche Betreuung für meinen Bruder und hatte dadurch die Möglichkeit Akteneinsicht beim Sozialamt zu erhalten. Diese deckte auf, dass es keinerlei Entwicklungsberichte über meinen Bruder aus der Agnesheim-Zeit gab. In dem Briefverkehr fand ich den von mir zitierten Brief mit Briefkopf von der Burg Wernberg.

Als Betreuerin lud ich mich selbst in eine Teambesprechung in der heutigen Einrichtung meines Bruders ein und schilderte seine Biografie, von der keiner der Mitarbeiter wusste. Damit war ihnen ein Schlüssel zum Verständnis seiner Autoaggressionen gegeben.

In Folge der Recherchen machte mein inzwischen 66 jähriger Bruder einen fast unerklärlichen Sprung in seiner Entwicklung. Seine Sprache wurde deutlicher und zeigte einen größeren aktiven Wortschatz. In seiner Willensentwicklung fand ein *Ich-Einschlag* statt, wie man ihn bei dreijährigen Kindern beobachten kann. Ab da hat er begonnen für sich selbst einzustehen und seine Gefühle wie Wut und Trauer aktiver zum Ausdruck zu bringen. Er drückt verstärkt seine eigenen Bedürfnisse aus und fordert von sich aus einen regelmäßigen wöchentlichen Telefonkontakt mit mir.

Ich habe über zehn Jahre an dem Manuskript über die Schicksale der Jungen auf der Burg gearbeitet. Es durchlief die unterschiedlichsten Formen. Oft bin ich an die Grenze des für mich Aushaltbaren gestoßen, dann musste ich mein Manuskript in die hinterste Ecke der Schublade meines Schreibtisches legen, um es erst Monate später weiterzuentwickeln. Die Recherche und das Schreiben waren für mich eine Aufarbeitung der Biografie meines Bruders, aber auch, bedingt durch unsere Trennung, eine Aufarbeitung meiner eigenen Biografie. Über mein Persönliches hinaus, wurde es mir währenddessen immer mehr zum Anliegen ein Stück Nachkriegs-Zeitgeschichte zu beleuchten und zu deren Aufarbeitung beizutragen. Aber auch den vielen Heimkindern aus dieser Zeit Gehör zu verschaffen! Hierbei war mir meine langjährige Tätigkeit in heilpädagogischen Einrichtungen eine große Hilfe.

Noch immer sind die Kinder mit Beeinträchtigung trotz Integration und Inklusion das schwächste Glied in unserer

Gesellschaft. Ihnen gilt meine Aufmerksamkeit. Das Aufarbeiten des Schicksals der Kinder, die im Schatten der Burg groß geworden sind, dient der Katharsis, aber auch der Prävention! Denn auch im Jahr 2023 laufen wir immer noch Gefahr, dass *Heimunterbringung* die Entwicklung der Betroffenen beeinträchtigen kann. Sowohl in Behinderteneinrichtungen als auch in der Altenpflege, zumal auch behinderte Menschen alt werden. Wir sprechen heute von *Moralischem Distress* und einem *Coolout-Syndrom*, dem die Pflegenden, SozialtherapeutInnen und PädagogInnen oftmals durch äußere Auflagen, aber auch durch innere Überforderung ausgesetzt sind. Eigentlich haben wir aus den Fehlern der Kriegs- und Nachkriegsjahre gelernt und wissen, was ein behinderter Mensch an Würde, Unterstützung und Liebe benötigt. Und dennoch laufen Menschen in diesen Berufen Gefahr, auszukühlen. Ein Selbstschutz!

Somit ist dieses Buch auch ein Weckruf an die Gesellschaft, an die Träger von Einrichtungen, noch menschenwürdigere Bedingungen für Menschen mit Beeinträchtigung jedweder Art zu schaffen und angemessen Sorge zu tragen.

Ich habe mich zu der Form eines Romans entschlossen und damit auch zu einer Anonymisierung der Personen, um die noch lebenden Menschen und deren Angehörige zu schützen. Hierbei habe ich mich zu großen Teilen an den Wahrheitsgehalt der Interviews und Zeitungsartikel gehalten.

Die Romanform hat mir selbst die Möglichkeit gegeben, mich von der bisherigen Sachbuchautorin zu entfernen. Ich habe mir die Freiheit genommen Geschichten zu erzählen, Geschichten einer vergangenen Zeit, deren Spuren bis ins Heute führen und uns alle einladen, wachsam zu werden.

So war es! So könnte es gewesen sein! So wird es gewesen sein!

Danksagung

Bis ein Buch seinen Weg in die Öffentlichkeit gefunden hat, haben vielfältige Prozesse stattgefunden. Dieses Buch hat einen Werdegang von 10 Jahren.

Danken möchte ich an erster Stelle Margit Hohl, ohne sie gäbe es diesen Roman nicht. Sie war diejenige, die den Mut hatte, die unmenschlichen Zustände auf der Burg Wernberg aufzudecken. Durch ihr Foto im Stern 1979 konnte ich sie 2012 ausfindig machen.

Ferner danke ich Antonie Oberer und Peter Kraus für die gemeinsamen lebendigen Interviews mit Margit Hohl und meinem Mann.

Ein weiterer Dank geht an Otmar Poguntke. Mit unserem Treffen im *Alten Pfarrhof* konnte meine Arbeit an Fahrt aufnehmen. Er betrat die Gaststube mit einem dicken Leitzordner unter dem Arm. In diesem befand sich die komplette Geschichte der Skandale auf der Burg Wernberg. Zeitungsartikel und der gesamte Schriftverkehr mit Radio und Fernsehen. Ihm und seinem Engagement, aber auch seiner Treue zu diesem Prozess von über fast vierzig Jahren, verdanke ich den Wahrheitsgehalt vieler Bilder im Roman.

Im Jahr 2019 begegnete ich Philipp Seehausen in seiner *Buchhandlung am Paulusplatz* in Bonn. Er wurde auf meinem Weg zur Romanschriftstellerin zu meinem Schreib-Coach und Agenten. Ihm verdanke ich viele Impulse. Sein Glaube an die *Burgschattenkinder* hat mich immer wieder ermutigt, dran zu bleiben.

Mit dem fundierten Vorwort von Bernhard Schmalenbach bekam mein Manuskript eine tiefe gesellschaftliche Berechtigung. Er konnte als Professor für Heilpädagogik und Sozialtherapie die Metaebene, welche mir manchmal unterwegs drohte verloren zu gehen, einnehmen und dadurch die Geschichte der Burgschattenkinder verobjektivieren. Danke dafür!

Ein herzlicher Dank geht an die beiden VerlegerInnen Nathalie und Nicolas Marchioni des Novalis Verlages. Sie haben sich mit großer Offenheit dem Thema gewidmet und die Veröffentlichung des Buches möglich gemacht.

Besonders hervorheben möchte ich meine Lektorin Nathalie Marchioni. Durch ihr Herz für die *Burgschattenkinder,* ihren Enthusiasmus und ihre frische, einfühlsame Art zu lektorieren, haben wir eine bereichernde Zusammenarbeit haben können. Danke!

Von ganzem Herzen danke ich all meinen Freundinnen und Freunden, die sich als ManuskriptleserInnen haben berühren lassen und die Entwicklung der Burgschattenkinder auf unterschiedlichste Weise begleitet haben.

Ein inniger Dank gilt meinem lieben Mann, der mich auf allen Wegen begleitet hat. Den Gang auf die Burg Wernberg, die Interviews, die vielen unruhigen Nächte und die vielen unzählbaren Stunden, in denen er mir zuhörte, mich einfach in seinen Armen hielt, wenn ich wieder einmal weinen musste, und mir immer wieder Mut zugesprochen hat. Ja, ohne seine Begleitung gäbe es dieses Buch wohl nicht.

Schlussendlich geht mein Dank an meine Kinder, die alle Höhen und Tiefen dieses langjährigen Prozesses einfühlsam begleitet haben. Insbesondere meine Erstgeborene, die das Schicksal meines Bruders und meines seit 44 Jahren tief in sich trägt und die für dieses Buch *ausschlaggebende Frage nach Familiengeheimnissen* stellte.

Von Herzen Dank auch an alle Menschen, welche ich an dieser Stelle nicht erwähnt habe, deren Unterstützung mir aber nicht weniger wert war.

Anhang

Die älteste Geschichte der Burg lässt sich nur schwer nachzeichnen. Doch durch den Fund einer Kupfermünze aus der Zeit Ptolemäus II im Burghof kann man darauf schließen, dass die Römer spätestens im 3. nachchristlichen Jahrhundert einen von Limes vorgeschobenen Grenzposten in Wernberg gehabt haben. Im Jahre 1146 taucht als erster Burgbesitzer Gebhard I von Leuchtenberg auf. Ab diesem Zeitpunkt lässt sich die Geschichte der Burg Wernberg chronologisch verfolgen. 1280 wird die Burg „Werdenberch“ durch den Landgrafen Friedrich II. von Waldeck und Landgraf Gebhard IV von Leuchtenberger an Konrad den Paulsdorf verkauft, da dessen Tochter Adelheid sich mit Engelhard II. Notthafft von Wildstein vermählte. Dieser befand sich kurze Zeit später im Besitz der Burg Wernberg. In der Folge wurde Wernberg einer der Hauptsitze der Familie Nothaft. 1367 trug Heinrich I. seine freieigene Burg Wernberg der Krone Böhmens zu Lehen auf und empfing sie von Kaiser Karl IV als „rechtes Mannlehen“. Das Lehensband mit dem Königreich Böhmen hatte bis zum Preßburger Frieden von 1806 Bestand. Im Jahre 1401 wurde die von Heinrich II. erneuerte und mit zwei Burgaltären ausgestattete Burgkapelle St. Georg zu Wernberg geweiht. Fünf Jahre später, am 25. Mai 1406, stiftete Heinrich II. Nothaft eine ewige Messe, die dreimal in der Woche in der Schlosskapelle gehalten werden sollte. Am 23. August 1406 erhielt Heinrich II. auch das Halsgericht über Stock und Galgen über die zur Burg gehörigen Orte und Güter als kurpfälzisches Lehen. Wernberg war somit der Stammsitz der Nothaft von Wernberg, einer Hauptlinie der Familie. Im Laufe des 15. Jahrhunderts wurde die Burg Wernberg durch streitige Erbschaftsverhältnisse unter Heinrich IV. und seinen Neffen Georg und Heinrich aufgeteilt.

1470 vermittelte Bischof Heinrich von Regensburg schließlich einen umfassenden Burgfrieden zwischen beiden Parteien. Georg und Heinrich Nothaft errichteten 1478 den damals von der Burgkapelle bis zum Treppenturm am Arkadenbogen im inneren der Burg reichenden Bau. Im gegenüberliegenden Nordflügel sind dagegen im Erd- und Obergeschoß noch Reste älterer Wohnbauten zu finden. Im Vorhof der Burg erscheint das Haus des Pflegers und eine Tafernwirtschaft. Die Burg verfügte damals über drei Toreinlagen. Am 28. Dezember 1509 endete nach mehr als zwei Jahrhunderten die notthafftische Herrschaft über die Burg Wernberg. An diesem Tag wurde die Burg von den Brüdern Notthafft von Wernberg an den Ritter Georg Wispeck zu Velburg für 14.500 Gulden veräußert. Nach seinem Tode ging die Burg 1519 an seinen Sohn Hans Adam über. Dieser veräußerte die Herrschaft Wernberg am 29. Januar 1530 an den Landgrafen Johan IV von Leuchtenberg. In den Wirren des Dreißigjährigen Krieges wurde Wernberg 1621 durch Mansfeldisches Kriegsvolk eingenommen und geplündert. 1634 besetzten erst schwedische, dann kaiserliche Truppen das Schloss. Am Ende des langen Krieges war die Burg in einem sehr desolaten Zustand.

Am 1. November 1646 waren mit dem Tod des Landgrafen Maximilian Adam die Erbfolge der Landgrafen von Leuchtenberg erloschen. Am 6. April 1647 wurde die ehemalige Landgrafenschaft Leuchtenberg bayrisch. Kaiser Ferdinand III. hatte die heimgefallene Herrschaft Wernberg am 10. Mai 1650 an den Grafen Christoph Khevenhüller verliehen. Diese ging im gleichen Jahr an den Kurfürsten Maximilian I. von Bayern über. Im Juli des folgenden Jahres erfolgte die feierliche Belehnung durch Kaiser Ferdinand III. Im spanischen Erbfolgekrieg verhängte Kaiser Joseph I. die Reichsacht über Kurfürst Max Emanuel von Bayern. Die

Landgrafschaft Leuchtenberg betrachtete er als ein heimgefallenes Reichslehen, Wernberg als ein erledigtes böhmisches Lehen. 1708 verlieh der Kaiser die Landgrafschaft Leuchtenberg an seinen Oberstallmeister, den Fürsten Leopold Mathias von Lamberg. In der Nacht zum 6. April 1712 stürzte die westliche Ringmauer mit der Westwand der Burgkapelle ein. Bereits im Juni 1712 waren die Renovierungsarbeiten im vollen Gang und so erhielt die Schlosskapelle unter Fürst Leopold Mathias von Lamberg ihre barocke Gestalt und Ausstattung. Erst mit dem Ende des Spanischen Erbfolgekrieges kehrte Wernberg, zusammen mit der Landgrafschaft Leuchtenberg, 1714 an das Kurfürstentum Bayern zurück. Seit jener Zeit war Wernberg der Sitz eines kurfürstlichen Pflegamtes, welches 1803 aufgelöst und dem Landgericht Nabburg einverleibt wurde. Die Burg Wernberg blieb einige Jahrzehnte Amtssitz, so als Rent- und Forstamt. 1856/57 bis 1859 diente sie als Filiale des Zwangsarbeitshauses Ebrach, 1861 eröffnete in der Burg eine Erziehungsanstalt für gefallene Frauen und verwahrloste Mädchen, die jedoch schon 1866 nach Ettmansdorf bei Schwandorf verlegt wurde. Vier Jahre nach dem Einzug der „Rettungsanstalt", die durch die „Schwestern zum Guten Hirten" aus München betrieben wurde, musste die „alte Fürstenstube" in der Nordostecke der Burg wegen Baufälligkeit teilweise eingelegt werden.

1873 veräußerte der Staat die alte Burg schließlich für 1.000 Gulden in die privaten Hände des preußischen Hauptmannes Karl von Peritzhof, der sie damit vor dem bereits ins Auge gefassten Abbruch bewahrte. Nachdem 1899 Rudolf von Brencken die Burg erworben hatte, ließ dieser umfangreiche Umbauten im Erdgeschoss des Nordflügels durchführen.

1918 kam die Burg Wernberg für 175.000 Mark in die Hände des königlich-sächsischen Rittmeisters Andreas Graf Schall-Riaucour, bei dessen Nachkommen der Besitz noch immer ist. Dieser veranlasste um 1920 große Umbauten in allen Bereichen des Burggebäudes. Am 21. Januar 1942 vernichtete ein Brand den an die Kapelle anschließenden Teil des Südflügels der Burg. Die Kapelle, deren Dachstuhl ebenfalls ein Raub der Flammen geworden war, erhielt ein Notdach, die benachbarten Brandruinen blieben bis zum Wiederaufbau im Jahr 1946 unbedacht.

Anfang der 50er Jahre vermietete die Familie Schall-Riaucour die ungenutzten Räume der Burg an Dr. Loew zur Einrichtung einer Kuranstalt. Später beherbergten sie das „Agnesheim" für körperlich und geistig behinderte Kinder. Nach dem Wegzug der Schall-Riaucours in den 70er Jahren war über 13 Jahre hinweg ein Asylbewerberheim darin untergebracht. Die Schließung des Asylbewerberheims Anfang der 90er Jahre fiel zeitlich fast genau mit der Ansiedlung der Firma Conrad Electronic zusammen, woraus sich ein gutes Nutzungskonzept für die Burg ergab: 1992 kaufte der Markt Wernberg-Köblitz sein Wahrzeichen und verpachtete es an die Firma Conrad, die auch die kompletten Unterhaltskosten übernahm. Bis 1998 folgten die Sanierung und der Ausbau des mittelalterlichen Gebäudes zu einem Hotel und Restaurant, wobei die Raumstruktur weitgehend erhalten blieb. Die Gemeinde als Eigentümer hat das Recht, die Räume für Veranstaltungen zu nutzen. Besonders beliebt: standesamtliche Trauungen im Fürstenzimmer.

Ab Oktober 2019 wurde das Burghotel zur Vincera-Klinik umfunktioniert. Ein ganz neues Konzept. Eine Privatklinik für Führungskräfte. In der Burg-Klinik wurden bis zu 30 Menschen, die an Depressionen, Angststörungen und stressinduzierten Erkrankungen sowie Burnout leiden, über Wochen behandelt.

Literaturnachweise

Aly, Götz, Die Belasteten, *Euthanasie* 1939 – 1945,
Eine Gesellschaftsgeschichte, Fischertaschenbuch, 2014

Schmalenbach, Bernhard, Dimensionen der Heilpädagogik,
Verlag am Goetheanum, 2016

Artikel aus dem Stern, 14.9.1978

Artikel aus der Zeit, 14.9.1979

Artikel aus *Der Neue Tag* Weiden, 29.5.1979

Artikel aus *Die Woche,* 8.2.1979

Artikel aus *Die Welt,* 8.2.1979

Artikel aus *Frankfurter Rundschau,* 14.2.1979

Artikel aus *Süddeutsche Zeitung,* 14.2.1979 und 13./14. Juni 79

Artikel aus *Oberpfälzer Nachrichten,* 1. März 1980

Artikel aus *Mittelbayrische Zeitung,* 30.1.80 und 7.10.1980

Artikel aus *Brigitte-Zeitschrift,* November 1980

Artikel aus dem *Hamburger Abendblatt* 1979

Artikel aus der *Bild-Zeitung,* 11.3.80

Aufzeichnungen über Rundfunkreportage des Ostbayernjournals
des Bayrischen Rundfunks, 14.2.1979 von 12.15 - 12.30 Uhr

BR-Mitschnitt Bayernreport vom 22.2.1979
„Rechtsaufsicht für Pflegeheime“ (7’23)

Dokumente aus dem Privatarchiv zur Sache
Agnesheim/Wernberg von Otmar Poguntke

Hinweis auf Fernsehsendung im Bayrischen Rundfunk/Juni 1979

Diverse Fotos aus Privatbesitz